【전면개정판】

인류 역사상 최대의 제국을 지배한 위대한 황제

건륭황제

6

얼 웨이 허 역사소설

홍순도 옮김

乾隆皇帝

더봄

건륭황제 6권

개정판 1판 1쇄 인쇄   2016년 5월 13일
개정판 1판 1쇄 발행   2016년 5월 18일

지은이   얼웨허(二月河)
옮긴이   홍순도
펴낸이   김덕문

펴낸곳   더봄
등록번호   제399-2016-000012호
주소   경기도 남양주시 별내면 청학로중앙길 71, 502호(상록수오피스텔)
대표전화   031-848-8007   **팩스**   031-848-8006
전자우편   thebom21@naver.com
블로그   blog.naver.com/thebom21

ISBN 979-11-86589-58-8 04820
ISBN 979-11-86589-52-6 04820(전18권)

책값은 뒤표지에 있습니다.

피서산장에서 황족과 대신들의 조례를 받는 건륭제

하북성河北省 승덕承德에 있는 피서산장避暑山莊은 청나라 황제의 여름 궁전으로, 열하행궁熱河行宮 또는 승덕이궁承德離宮으로도 불린다. 북경에서 180km 떨어져 있으며, 총면적은 5.6km², 주위의 담장 둘레는 10km에 달한다. 강희 42년(1703) 건축을 시작하여 옹정과 건륭 세 황제를 거쳐 89년 만인 1792년에야 비로소 완공되었다. 청나라 전반기의 여러 정치, 군사, 민족 및 외교 등 국가대사를 이곳에서 처리하여 자금성에 이어 제2의 황궁 역할을 했다. 건륭 역시 매년 이 곳에서 군사, 정치와 같은 중요한 문제들을 처리하였고, 외국사절과 변방 소수민족 수령들의 접견장소로 이용하기도 하였다.

장유공莊有恭

1713~1767. 복건福建 진강晋江 사람. 건륭 4년(1739)에 치러진 첫 과거시험에서
장원급제한 후 광록시경光祿寺卿을 시작으로 30여 년 동안 내각학사, 호부시랑,
강소순무, 강남하도총독江南河道總督, 형부상서, 협판대학사 등을 지냈다. 특히 재정
확충과 치수 등에 많은 업적을 남겼으며, 근정애민하고 청렴하여 관리의 모범으로
추앙을 받았다. 건륭 32년 복건 총독으로 부임하는 도중 사망하였다.

조설근曹雪芹

대표작인 《홍루몽》紅樓夢으로 유명한 청나라 때의 소설가. 생몰연대는
1715년~1763년으로 추정된다. 본명은 조점曹霑이며, 호는 설근雪芹,
근포芹圃이다. 조부 조인曹寅이 강희 연간에 강녕직조江寧織造를 지내는
등 남경南京의 명문가의 후예이지만 요절한 부친에 이어 숙부 대에 이르러
몰락했다. 옹정제에 의해 북경으로 송환될 당시 조설근은 열세 살의 소년으로
더할 수 없는 심리적 타격을 받았다. 한때 종학宗學에서 일하며 종실의 자제
돈민敦敏, 돈성敦誠 형제와 나이를 초월한 우정을 키우기도 하였으나 이후 북경
교외인 향산香山 기슭으로 옮겨 시를 짓고 그림을 팔며 가난하게 살았다.
10년 세월 동안 《홍루몽》 창작에 매달리며 영광스런 가문의 흥망사와 꿈처럼
사라진 젊은 시절을 함께 한 소녀들을 형상화하였지만 탈고를 하지 못한 채
마흔여덟 살 되던 해 섣달 그믐날에 쓸쓸히 세상을 떠났다.

2부 석조공산夕照空山

28장 | 군신, 옥신묘에서 조우하다   009

29장 | 건륭의 은전恩典   034

30장 | 황학루黃鶴樓의 주안상   062

31장 | 출세의 비결   088

32장 | 도관道觀 상청관上淸觀   115

33장 | 피서산장으로 향하는 건륭의 위용   142

34장 | 몰락해가는 기인旗人들과 무능한 황족들   169

35장 | 꼬마 자객   197

36장 | 몽고 소년의 보은   224

37장 | 조설근의 사직   251

38장 | 사고전서四庫全書   281

39장 | 실성한 관리, 기밀을 누설하다   308

40장 | 천연두를 앓는 황자   333

28장
군신, 옥신묘에서 조우하다

　노작盧焯은 목에 항쇄項鎖를 찬 죄수의 신분으로 북경에 도착했다. 수
감된 곳은 양봉협도養蜂夾道에 있는 옥신묘獄神廟였다. 원래 이곳은 강희
연간에만 해도 죄를 지은 황자와 종실의 귀족들만 수감되던 곳이었다.
그러나 나중에는 수감 대상이 범죄를 저지른 혐의를 받는 대신들까지
로 확대됐다. 황자들이 갇히는 곳이었던 만큼 처음에는 웅장하고 번듯
했다. 그러나 몇 십 년의 파란 많은 세월을 거치는 동안 건물은 완전히
볼품없이 피폐해졌다. 새똥이 덕지덕지 말라붙은 높다란 잿빛 담벼락은
볼썽사나웠고 처마 밑에는 거미줄도 흉물스럽게 늘어져 있었다.
　노작은 이곳에 수감돼 있는 관리들 중 단연 가장 높은 관직에 있던
사람이었다. 그래서 옥신묘에서 가장 크고 좋은 독방을 배치 받았다.
방 한가운데를 나무판으로 갈라 나름 안방과 바깥방으로 나눌 정도로
넓은 독방이었다. 또 바깥방에는 손님 접대용 식탁이 따로 구비돼 있었

다. 그뿐만이 아니었다. 안방 침대 위에는 하얀 모기장까지 정갈하게 둘러쳐져 있었다.

옥졸들이 노작을 좋게 봐서 좋은 방을 배정해 준 것은 아니었다. 형이 확정되기 전까지는 사대부士大夫에게 굴욕을 주지 못하게 한 조정의 규정이 일단 가장 컸다. 그러나 더 큰 이유는 수감된 관리들의 장래를 아무도 점칠 수 없다는 사실이었다. 결과적으로 목이 잘린 수감자들도 있기는 했으나 한동안 갇혔다가 나중에 사면돼 몇 년 후 보란 듯이 재기하는 이들이 비일비재했던 것이다. 그러니 전옥典獄이 수감자들을 함부로 대하지 못한 것은 전혀 이상할 것이 없었다.

이친왕 윤상 역시 과거 이곳에 수감된 적이 있었다. 당시 전옥은 병든 그에게 "엄살을 부린다"면서 욕설을 퍼부은 적이 있었다. 길흉화복은 아무도 점칠 수 없는 것이었기에 윤상은 모두의 예상을 깨고 재기하여 득세했다. 그리고는 광동으로 발령 났던 전옥을 북경으로 불러들여 한평생 말단을 벗어나지 못하도록 지그시 뒤를 눌러버렸다. 나름 복수를 한 셈이었다. 옥신묘의 옥졸들이 수감자들에게 '나리', '대인' 등의 극존칭을 사용하면서 온갖 아부를 떨곤 하는 것은 다 이유가 있었던 것이다.

노작은 호부 원외랑員外郎 겸 시랑侍郎을 역임하다가 흠차로 치수 현장에 파견된 바 있었다. 나중에는 봉강대리까지 지냈기에 인맥이 엄청나게 넓었다. 따라서 옥신묘에 수감되어 있는 동안 왕년의 동료와 지인들이 문턱이 닳도록 들락거렸다. 적적할 새가 없었다. 심지어 그는 자신이 형의 선고를 기다리는 죄수라는 사실마저 깜빡깜빡 잊어버릴 정도였다.

실제로 그의 옥중 나날은 거의 매일이 생일이자 잔칫날이었다. 오늘은 장삼張三이 "살기殺氣를 쫓아낸다"면서 술상을 마련하면 내일은 이사李四가 "놀란 마음을 진정시켜야 한다"고 주안상을 차리고는 했다. 그랬으니 노작이 복건성에 있을 때보다 열배는 더 편하다는 생각을 한 것은 너무나도 당연했다. 그러나 그는 그런 중에도 불안한 마음에 밤잠을 이루지 못하는 날이 적지 않았다. 건륭이 직접 심문하는 만큼 화복을 예측할 수 없다고 판단한 것이다.

그러나 어쩐 일인지 위에서는 아무런 소식이 없었다. 어느새 5월도 소리 없이 지나가고 있었다. 이날 하늘에서는 가는 빗줄기가 내리면서 주위를 온통 몽롱하게 물들였다. 노작은 무료함을 달래기 위해 창밖을 내다봤다. 마침 호부 주사 유진모柳縉模와 운남사雲南司 주사 여성덕呂成德이 등 뒤에 몇몇 사무관과 일꾼을 달고 들어오고 있었다. 옥졸이 황급히 문을 열면서 너스레를 떨었다.

"오늘 저녁도 나리들 덕분에 입이 호강하게 됐습니다."

노작 역시 반갑게 맞이했다.

"한 번 인사 나눴으면 됐지 할 일도 많은 사람들이 이렇게 자꾸 찾아와서 미안해서 어쩌나."

"오늘은 여 주사가 주안상을 봤습니다."

유진모가 언제 봐도 싱글벙글 웃음이 떠나지 않는 얼굴을 한 채 일꾼에게 음식을 꺼내놓으라고 분부했다. 이어 옥졸에게 용돈을 찔러주었다.

"여 주사는 운남사를 맡더니 동그라미 구경을 잘하나 봅니다. 하루가 다르게 신수가 훤해지는가 싶더니 발기부전도 다 나았다고 하지 뭡니까! 작년에 들인 첩실의 배 속에 씨까지 뿌렸다고 합니다. 그래서 제가 '나 같으면 한턱이 아니라 두 턱, 세 턱도 내겠다' 이렇게 살살 구슬려 술상을 받아왔죠. 하하."

노작이 유진모의 말에 반색을 했다.

"그런 기쁜 일이 있었다는 말인가! 정말 축하하네. 그런데 아랫도리에 영 자신이 없어 하더니 발기부전은 무슨 수로 고쳤나? 내가 복건福建에 있을 때 한 동료도 그 병 같지도 않은 병에 걸려 인삼, 녹용을 비

롯해 노새와 사슴의 그것까지 별의별 걸 다 먹었지. 그래도 통 나아지
지가 않아 고생하던데! 볼 때마다 목과 손등에 할퀸 자국이 있기에 물
어 봤더니 마누라가 그러고도 남자냐면서 꼬집는 통에 살맛이 안 난다
고 하더군. 남의 일이니 웃고 말았는데 사실 넣자마자 시들어버리는 것
도 여간 고문이 아니겠어."

유진모가 노작의 말에 재미있다는 듯 낄낄대면서 술을 따랐다. 이어
두 사람은 쑥스러워하는 여성덕을 향해 득남을 기원하는 축배를 들었
다. 유진모가 다시 노작의 접시에 음식을 담아주면서 말했다.

"가난한 경관京官들 대다수가 발기부전에 시달리고 있습니다. 생각해
보세요. 일 년 녹봉이 고작 은자 삼사십 냥이니 가솔들을 끼고 살 수가
없습니다. 또 여자 생각이 난다고 기방을 들락거릴 수도 없지 않습니까.
매일 차가운 방에 드러누워 차디찬 벽만 마주하고 자다 보니 무슨 수로
병에 안 걸리겠습니까? 칼도 갈지 않으면 녹스는 법입니다."

노작이 유진모의 말이 끝나기도 전에 그만 풋 하고 술을 내뿜고 말
았다.

"악담을 하는 거야, 뭐야!"

여성덕도 유진모를 가리키면서 크게 웃었다. 그러나 너무 웃어서 그
런지 뒷말을 잇지 못했다. 대신 사무관 한 명이 두어 순배의 술에 벌겋
게 취기가 오른 얼굴을 들고는 말했다.

"알고 보면 아랫도리가 원만하지 못한 관리들이 의외로 많습니다. 박
봉에 시달리는 미관말직도 그렇지만, 남부러울 것 없는 조정 대신들도
예외는 아니라고 들었습니다. 전에 이불李紱 대인이 직예 총독 시절에 툭
하면 공자 왈, 맹자 왈 하면서 여자 보기를 돌보듯 했다지 뭡니까? 그래
서 문생들이 첩실로 들이라고 여자 한 명을 데려다 줬더니 내 눈에 흙
이 들어가도 그리 추잡스런 짓은 못한다면서 소리소리 질러 내쫓았다지

뭡니까. 그래 놓고는 밤이 되니 옆구리가 허전한지 기방 앞을 왔다 갔다 하면서 군침만 꿀꺽꿀꺽 삼켰다고 하더군요. 거짓말 아니에요. 진짜 그런 웃지 못할 일화가 있었답니다.”

유진모가 사무관의 말에 얼굴 가득 괴이한 표정을 지었다. 이어 농담조로 말했다.

“어쩐지 이불 대인의 앞주머니가 늘 후줄근하다 했어. 알고 보니 그 양반도 발기부전이었군!”

좌중의 사람들은 유진모의 능청스러운 말과 표정에 모두 배꼽을 잡았다. 그러나 심사가 복잡한 노작은 그저 웃는 시늉만 할뿐이었다. 이어 그가 혼자서 술잔을 거푸 몇 번 비우고 나서는 입을 열었다.

“지난번 우尤 대인이 그러더군. 전도가 운남 동정사銅政司 업무를 빈틈없이 잘 처리해 곧 어사御史로 승진한다고 말이야. 그게 사실인가? 윤계선도 강소에 커다란 서원을 짓고 해관 세수도 작년의 두 배나 거둬들였다더군. 폐하께서 귀경하시면 얼마나 흐뭇하시겠어?”

노작은 사실 전도의 근황이 궁금한 것이 아니었다. 그에게는 오로지 건륭이 북경에 돌아왔는지, 돌아왔다면 기분이 좋아 보이는지의 여부만 궁금할 뿐이었다. 한마디로 에둘러 질문을 던졌다고 할 수 있었다. 그러나 좌중의 사람들이 노작의 그런 속마음을 알 리가 만무했다. 아니나 다를까, 여성덕이 아무 생각 없이 입을 열었다.

“요즘은 동정사가 호부의 부아문副衙問(부속 아문을 의미함)에 버금갈 정도로 힘이 세졌습니다. 물론 모두 전도가 일궈낸 공로라는 데는 아무도 이의가 없을걸요? 그는 부임하고 나서 몇 개월 동안은 자신의 주장을 한 번도 내세우지 않았습니다. 그저 남의 말을 듣기만 했답니다. 그래서 덜 떨어진 어떤 인간들은 그를 백치로 알았다지 뭡니까? 그러다가 갑자기 어느 날부터인가 증거를 딱딱 제시하면서 탐관오리들을 하나씩 색출하기 시작했답니다. 불 보듯 뻔한 사실 앞에서 발뺌을 하거나 모르쇠를 놓는 자들에게는 살이 물러 터질 정도로 매질을 안겼다고도 합니다. 심지어 구리상인들과 결탁해 크게 부패를 저지르고 뇌물을 받은 세 명을 때려죽이기까지 했답니다. 그 광경을 지켜보고 오줌을 지리지 않을 이가 있겠습니까? 나머지는 저마다 알아서 벌벌 기면서 문초하기도 전에 죄를 이실직고했다고 합니다. 그뿐만이 아닙니다. 일 잘하는 광부들의 품삯은 두 배로 올려줬다고 합니다. 반면 선량한 광부들에게 기생해 온갖 비리를 저지른 십장들 중에 죄질이 무거운 자들은 아문 밖에서 공개처형을 했다고 합니다. 청방만 그대로 놔두고 다른 방회幇會들은 모두 단속했고요. 아무튼 '선참후주'先斬後奏(우선 죄인의 목을 베고 나중에 보고함)의 권한을 원없이 행사한 셈이죠. 그렇게 피비린내를 풍기면서 안팎으로 철저히 정돈한 덕분에 올해 구리 생산량은 지난해의 네 배가 넘고 주조해낸 동전 역시 품질이 전에 없이 뛰어나다고 합니다. 폐하께서 흡족해하시지 않을 이유가 없지 않겠습니까?"

"그러게 바닷물을 되로 가늠할 수 없듯 사람도 겉만 봐서는 모른다고 했지. 전도에게 그리 무서운 면이 있는 줄 누가 알았겠는가! 전에 호부에 있을 때는 시키는 일이나 그럭저럭 하는 샌님이었는데 말이야."

노작이 길게 한숨을 내쉬었다. 유진모도 취기가 오른 눈을 게슴츠레하게 뜬 채 말했다.

"전문경 대인 밑에서 막료로 있으면서 은연 중 보고 배운 게 많았던 것 같습니다. 게다가 운도 상당히 따랐다고 해야 하지 않을까요? 군기처 말단으로 있던 중 우연히 폐하를 뵙고 점수를 땄으니 말입니다. 이번에 폐하께서 주저 없이 '선참후주'권을 주신 것도 다 그만한 믿음이 있었기에 가능한 것이 아니겠습니까?"

뚱뚱한 사무관 한 명이 유진모의 말이 끝나자마자 술값을 해야겠다고 생각한 듯 대화에 끼어들었다.

"아무튼 담력이 대단한 사람임에는 틀림없습니다. 금천에 있던 늑민이 경복 흠차와 장광사 군문을 피해 운남으로 도망갔는데 전도가 거둬주고 있다고 하더군요. 우리 같았으면 노자나 몇 푼 쥐어주고 등을 떠밀었을 텐데 말입니다."

좌중의 사람들은 뚱보의 말에 모두들 고개를 끄덕이면서 공감을 표했다. 그때 마침 직예의 하도총독으로 있는 악선이 황급한 걸음으로 들어왔다. 악선과 허물없는 사이인 여성덕이 그의 소매를 잡아당기며 자리에 앉혔다.

"악선, 삼품 대원이 되더니 그새 나를 잊은 것은 아니겠지? 어서 앉아 한잔 받게. 쩌죽게 생겼는데 관포는 무슨 놈의 관포야! 뭐라고 그럴 분들이 아니니 어서 벗게!"

악선은 바로 정색을 했다. 여성덕이 막무가내로 내미는 술잔도 밀어버렸다.

"농담할 때가 아니야. 어서 술상을 치워! 폐하와 부항 대인께서 걸음을 하셨어."

뚱보 사무관이 악선의 말이 끝나기 무섭게 기름기가 번들거리는 입을 헤벌리면서 웃음을 터트렸다.

"누가 농담을 하는지 모르겠네요. 폐하께서는 이제 막 산동에서 귀경하셔서 여독도 채 풀리지 않았을 것 아닙니까? 황후마마나 비빈 전에 들어 회포를 푸시지 않고 이런 곳에 먼저 거동하실 리 만무……."

뚱보는 그러나 말을 채 마치지 못하고 그만 그 자리에 바짝 얼어붙고 말았다. 그리고는 눈이 튀어나올 것처럼 놀란 표정으로 문어귀를 바라봤다. 급기야 자신의 뺨을 세차게 때리면서 털썩 무릎을 꿇었다. 그리고는 죽어라 이마를 찧으면서 더듬거렸다.

"폐…… 폐하! 이 썩을 놈이…… 좋은 술을 처먹고 정신이 나가……엉뚱한 소리를 했사옵니다. 미친개가 짖은 것이니 용서해 주시옵소서, 폐하!"

좌중의 다른 사람들도 그제야 건륭을 발견했다. 모두들 약속이나 한 듯 동시에 자리에서 벌떡 일어났다. 등골에 식은땀이 흐르면서 술이 확 깼다. 건륭과 부항 역시 놀라기는 마찬가지였다. 감옥이라는 곳에서 거나하게 술판이 벌어지고 있었으니 어이가 없었다.

"초도청肖道淸, 방금 뭐라고 헛소리를 했어? 신하라는 사람이 그렇게 함부로 지껄여도 되는 건가? 이거 당장 못 치워?"

부항이 한껏 굳은 얼굴을 한 채 건륭의 눈치를 살피면서 호통을 쳤다. 순간 숨 죽여 훔쳐보고 있던 옥졸들이 쥐새끼들처럼 줄줄이 기어 들어와서 재빨리 술상을 들어냈다. 건륭은 말없이 자리에 앉았다. 이어 옥졸이 받쳐 올린 찻잔을 받아 한쪽으로 밀어놓더니 갑자기 피식 웃음을 터뜨렸다.

"초도청이라고 했나?"

"예, 폐하!"

"어느 부서 소속인가?"

"아뢰옵니다, 폐하! 이놈은 호부 소속이옵니다."

"방금 짐한테 뭐라고 했는지 다시 한 번 말해보게."

"……"

"말해 보라니까!"

"예……."

초도청이 겨우 정신을 추스르더니 건륭을 힐끗 훔쳐보고는 마른침을 꿀꺽 삼켰다. 이어 천천히 떨리는 목소리로 아뢰었다.

"죽을죄를 지었사옵니다. 소인은 폐하께서 이제 막 산동에서 귀경하

—

셨기에 여독을 풀 겸 황후마마나 비빈들의 처소를 찾으시어……"

초도청은 차마 뒷말을 잇지 못했다. 그저 자신의 따귀를 마구 때리는 것으로 마무리를 하고 말았다. 웃음이 터질 일이었다. 부항 역시 터져 나오는 웃음을 겨우 참고 있었다. 그러나 노작 등은 그럴 수가 없었다. 긴장한 나머지 심장이 튀어나올 것 같은 불안감을 떨치지 못했다. 건륭이 다시 시선을 여성덕에게 돌리면서 물었다.

"이 술상은…… 자네가 봐온 건가?"

"소인이 돈을 낸 것은 아니오나 전적으로 소인의 책임이옵니다. 폐하께서 죄를 물으신다면 달게 받겠사옵니다."

"노작에게 술을 사주는 저의가 뭔가? 노작이 나중에 재기용될 때를 대비해서 잘 보이려고 그런 것인가? 이제 보니 자네는 여성덕이라는 자로군. 장친왕이 마련한 연회 자리에서 이친왕의 귀를 잡아 벌주를 마시게 했었지?"

건륭의 눈빛은 대단히 날카로웠다. 여성덕이 깜짝 놀라 술 트림을 하면서 머리를 조아렸다.

"지난번에 주안상을 들여보낼 때까지는 그런 마음이 없지 않아 있었사옵니다. 하오나 이번에는 아니옵니다. 노작 대인의 참립결斬立決이 확정됐다는 말을 전해 듣고 예전의 정을 못 잊어 송별연을 베풀고자 마련했던 자리이옵니다. 어찌 됐건 물의를 빚어 폐하의 심기를 불편하게 해드린 점은 잘못이옵니다. 그에 상응한 죗값을 받겠사옵니다."

"짐은 자네들의 죄를 물을 생각이 없네. 인정과 도리를 생각하면 그렇게 하는 것이 맞겠지. 그러나 방법이 옳지 않았네."

건륭이 손사래를 쳤다. 그리고는 안색이 창백하게 질린 노작을 일별하면서 다시 말을 이었다.

"노작의 마지막 가는 길을 배웅하는 자리가 꼭 감옥이어야 하고 꼭 이리 흥청망청했어야 했나? 생일상도 이리 푸짐하기 어렵고 잔칫날도 이리 화기애애하지는 못할 거네. 짐의 말이 틀렸는가?"

좌중의 사람들은 죽지는 않더라도 껍질이 한 겹씩 벗겨지는 처벌을 면치 못할 것이라고 전전긍긍하던 차였다. 그런데 건륭의 입에서는 전혀 뜻밖에 '인정과 도리'라는 말이 터져 나왔다. 그들은 그제야 일제히 안도를 하면서 무릎을 꿇은 채 머리를 조아렸다. 저마다 황은을 칭송하는 말을 주저리주저리 늘어놓기도 했다. 그러자 건륭이 시끄럽다는 듯 손사래를 쳤다.

"알았네, 다들 그만 물러가게! 각자 돌아가서 사죄 상주문을 써서 도찰원에 바치게. 손가감이 자네들의 신상 명세에 죄를 기입하도록 말이야!"

사람들은 도망치듯 옥신묘에서 물러났다. 감옥 안에는 이제 건륭, 부항, 악선과 노작만 남게 됐다. 삽시간에 숨 막히는 긴장감이 감돌았다. 건륭이 가벼운 한숨을 내쉬면서 먼저 입을 열었다.

"노작, 알고 있었는가?"

"신은 북경에 오기 전부터 죽음을 피할 수 없을 거라고 생각해왔사옵니다. 선제와 폐하의 성총과 은덕을 모두 저버린 신은 사람도 아니옵니다. 살아서 세상 사람과 부모님을 뵐 면목이 없사옵니다. 죽어서도 선제와 조상들을 뵈올 면목이 있을 턱이 없사옵니다. 후회막급이옵고 창자를 뽑아 삶아 빨고 싶은 마음까지 드옵니다."

노작은 가슴을 쥐어뜯으면서 자신의 죄를 통렬하게 뉘우치는 모습을 보였다. 건륭은 그 처절한 모습에 감화된 듯 갑자기 눈동자를 붉혔다. 그러더니 흘러나오는 눈물을 참으려고 일부러 헛기침까지 했다. 그러나 목소리는 어느새 가늘게 떨리고 있었다.

"형부와 대리시에서 자네의 형을 확정짓기까지 다섯 번이나 합동조사를 했네. 그리고 세 번이나 상주문을 올렸다네. 그때까지도 짐은 쉽게 받아들일 수 없었네. 이번에 육부에서 공동으로 주장을 올려 명백한 증거가 확보됐다고 하니 짐도 어쩔 수 없이 법에 따라 형의 집행을 윤허하게 됐네. 형부에서 참립결로 확정했더군. 짐은 자네 목이 잘리는 모습을 차마 볼 수 없으니 자결을 권하는 바이네. 이에 대해 자네는 짐을 원망하는 마음이 있는가?"

노작의 낯빛이 새파랗게 질렸다. 운명을 직감한 듯했다. 곧이어 죽어라 머리를 조아렸다.

"당치도 않사옵니다. 신이 지은 죄는 용서받을 수가 없는 것이옵니다. 하오나 한 가지 청이 있사옵니다. 그것은 만인이 보는 앞에서 폐하께서 신을 죽여주시는 것이옵니다. 어차피 죽을 목숨, 신은 온 천하에 사죄하고 천하의 신료들이 다시는 신의 전철을 밟지 않도록 경종을 울려주고 싶사옵니다……."

노작이 끝내 말을 잇지 못하고 눈물을 흩뿌렸다. 그러나 머리는 계속 조아렸다. 건륭의 안색 역시 창백해졌다. 그가 이어 토하듯 한숨을 쏟았다.

"짐은 자네의 말로가 애석하기 이를 데 없네. 선제께서는 경에 대한 성총이 남다르셨지. 강서에 있는 노작은 치수에 남다른 재능과 열정이 있는 사람이라고 자주 얘기하셨다네. 성조 때의 근보靳輔, 진황陳潢에 이어 크게 키워야 할 치수 인재이니 각별한 애정을 주라고 짐에게 당부하셨네. 자네가 치수 분야에서 그동안 이룩한 업적은 선제의 안목이 정확했음을 입증해주고도 남음이 있네. 그렇게 조신하고 사리에 밝던 자네가 어쩌다 그런 착오를 범하게 됐나? 그동안 따끔한 훈육을 소홀히 한 채 칭찬만 해주기에 바빴던 짐의 책임도 크네……."

건륭이 다시 코가 시큰해지는지 말을 잇지 못했다. 대신 부항이 입을 열었다.

"훈영熏英(노작의 호), 멀쩡한 사람이 어찌 바위를 들어 제 발등을 찍는 짓을……."

부항 역시 흥건히 고인 눈물을 닦을 생각도 못한 채 코를 훌쩍이면서 겨우 한마디를 덧붙였다.

"그것도 여자 때문에!"

노작이 긴 한숨을 토해내더니 눈물을 훔쳤다.

"부상, 이놈이 자식에 눈이 어두워 제정신이 아니었나 봅니다. 입이 백 개라도 드릴 말씀이 없습니다. 그 여자가 저에게 아들을 낳아줬습니다. 저는 오 대 독자였습니다. 저의 부친이 손주 욕심 때문에 '가산을 탕진하는 한이 있더라도 여자를 속신贖身시켜야 한다'고 말씀하셨습니다. 그러나 막대기를 휘둘러도 걸리는 것 하나 없는 가난한 살림에 돈 나올 곳이 어디 있겠습니까. 한숨만 푹푹 쉬시는 부친의 모습을 보다 못해 그만 흑심을 품고 말았습니다. 솔직히 무사하게 넘어가기를 간절히 바랐습니다. 그러다가 유오룡劉吳龍이 탄핵의 글을 올린 것을 알고 당황한 김에 돈을 건네준 양경진을 비방하는 주장을 올려 급기야 기군죄까지 짓고 말았습니다. ……무어라 드릴 말씀이 없사옵니다. 그저 어서 죽여주십사 하고 간절히 주청올리는 바이옵니다."

노작이 말을 마치자마자 바로 오열을 터뜨렸다. 건륭이 억압된 분위기를 더 이상 견디기 힘들었는지 그를 애써 외면하면서 자리에서 일어섰다.

"유종의 미를 거두지 못해 유감이지만 죄도 복도 자네가 지은대로 가는 것이니 어쩔 수 없네. 짐의 방문이 마지막 길에 조금이라도 위로가 됐으면 하네. 악선, 자네는 여기 남아서 치수 선배의 경험담을 듣도록 하게."

건륭이 마지막 말을 마치고는 뒤도 돌아보지 않고 밖으로 나갔다. 부항이 황급히 뒤따라 나섰다.

보슬비는 아직도 내리고 있었다. 건륭은 얼굴에 떨어지는 빗방울의 차가운 느낌이 싫지 않았다. 그러나 방금 전의 무거운 기분에서 쉽게 헤어날 수는 없었다. 그래서 승여乘輿도 마다한 채 고개를 푹 숙이고 뚜벅뚜벅 걸었다. 줄줄이 불을 밝힌 노란 등롱이 미풍에 흩날리는 가랑비와 더불어 그네를 타듯 흔들거리고 있었다. 건륭은 한참을 말없이 걷기만 했다. 그러다 얼마 후 천천히 입을 열었다.

"부항! 자네는 밖에서 흠차로도 활약하고 군사를 거느리고 나가 승전도 이끌어냈지. 그리고 돌아와서는 군기대신으로 자리를 굳혀가고 있지 않은가. 솔직히 말해 보게. 그 동안 공금에 손을 댄다거나 뇌물의 유혹을 받은 적은 없었나?"

"그런 적은 없었사옵니다. 물론 군사를 거느리고 나갔을 때는 군비나 군량미를 더 타내기 위해 병사들의 인원을 다소 부풀리는 경우가 있었던 것은 사실이옵니다. 그렇게 하지 않으면 조정에서 여러 가지 명목으로 군량미를 공제해 실제 필요한 양만큼 제공해주지 않기 때문이옵니다. 그 외에는 성총에 위배되고 양심에 거리끼는 짓을 한 적이 한 번도 없사옵니다. 폐하의 성총도 성총이려니와 누님인 황후마마의 체통에도 손상이 가서는 아니 되오니 항상 긴장을 늦출 수 없었사옵니다. 이밖에 신이 노작과 다른 점은 성조 때부터 물질적인 어려움이 없었다는 것이옵니다."

부항의 대답은 빠르고 명쾌했다. 건륭이 부항의 말을 듣고 나더니 고개를 가볍게 저었다.

"이유가 충분하지 않네. 자네는 일반인이면서도 상상인上上人이야. 짐의 현신賢臣이면서도 노복奴僕인 특수한 위치에 있지. 이런 사람들일수록 끊임없이 스스로 싸워 이기는 노력이 없다면 돈의 노예가 되기 십상이네."

건륭의 말에 부항이 황급히 수긍했다.

"지당하신 말씀이옵니다. 신은 폐하의 훈육을 가슴에 깊이 새기고 장정옥 대인을 따라 배우도록 하겠사옵니다."

건륭이 고개를 들더니 차가운 보슬비를 맞았다. 이어 잠시 뭔가를 생각하더니 천천히 입을 열었다.

"자네 말대로 장정옥은 여러 면에서 본보기가 되기에 손색이 없는 사람이지. 다만 나이가 들어서 그런지 요즘 들어서는 전례 없이 명예를 탐내는 것 같아. 그것도 죽은 뒤의 명성을 말일세. 짐은 현량사賢良祠에 장정옥의 이름을 올려주고 시 한 수를 하사하겠다고 약조했었지. 그걸 짐이 잊을까봐 오늘도 또 애써 상기시키려고 하는 것이 아닌가. 벌써 몇 번째인지 모르네. 몸과 마음이 약해져서 그렇겠거니 하고 안심시켜주기는 했으나 마음이 서글펐네."

건륭이 말을 마치더니 갑자기 말머리를 돌려 물었다.

"자네는 노작이 용서받을 만한 여지가 있다고 생각하는가?"

부항은 약간 망설였다. 건륭의 진의를 완전히 파악하지 못한 탓이었다. 그러나 사람은 일단 살려놓고 봐야겠다는 생각에 용기를 냈다.

"예…… 폐하! 우선 그는 뇌물로 받은 은자를 한 푼도 쓰지 않고 그대로 뒀사옵니다. 또 자신의 착오에 대해 죄의식이 분명하고 죗값을 치르려는 진심이 돋보이옵니다. 그리고 평소에 뛰어난 업적을 쌓고 백성들의 사랑을 받았다는 것도 결코 흔치 않은 장점이옵니다. 요즘 관리들은 뇌물을 받아 챙기는 수법도 갈수록 다양하고 고명해지고 있사옵니다. 노작처럼 직접 은자를 받는 사람은 거의 없는 걸로 알고 있사옵니다. 은자 대신 땅, 골동품, 집과 같은 값나가는 물건을 주고받는다고 하옵니다.

소주, 항주 일대의 비단 상인과 강서 경덕진의 도자기 상인들은 아예 가게 분점을 차려주는 식으로 소리 소문 없이 부모관에게 재산을 떼어준다고 하옵니다. 노작 같은 숙맥이나 그물에 걸리지……."

부항이 말끝을 흐리면서 한숨을 내쉬었다. 건륭 역시 한숨을 토해냈다.

"노작 같은 인재가 드물기는 하지. 요즘 새로 선발된 진사들을 보면 하나같이 입만 번지르르하고 실속 있는 문장을 하나도 쓰지를 못하더군. 그렇다고 전도처럼 거친 광부들을 휘어잡을 만한 배짱이 있는 것도 아니고 말이야. 또 손등이 자라껍질처럼 될 정도로 흙탕물과 씨름할 의지가 있는 것도 아니고! 하나같이 별 볼 일 없는 자들뿐이니 노작의 빈자리가 더욱 크게 보일 수밖에 없네. 영영 다시 못 본다고 생각하니 아쉽고 서글픈 마음을 금할 길 없네."

부항이 건륭의 상심어린 말을 듣고 조심스레 생각을 밝혔다.

"폐하의 성심이 이러하시면 그 사람을 용서하는 일도 어려울 것은 없지 않사옵니까? 폐하께서 부의部議 결과를 기각하시면 노작은 사면 받을 수 있사옵니다."

건륭이 즉각 반박했다.

"황제도 육부의 부의 결과는 마음대로 기각할 수는 없다네. 이치吏治를 쇄신하는 길은 이처럼 멀고도 험하다네. 여기서 발걸음을 멈출 수는 없지. 짐이 눈물을 머금고 노작의 목을 치는 것은 이치의 허를 노리는 교활한 자들의 기세를 꺾기 위한 것임을 명심하게."

부항은 건륭의 강경한 대답에 말문이 막혔다. 그러다 한참 후 다시 입을 열었다.

"폐하의 말씀에 깊이 공감하옵니다. 이렇듯 천리, 만리를 통촉하시고 시시각각 천하의 명운을 우려하시는 성군을 가까이에서 섬길 수 있다는 것만으로 매우 뿌듯하옵니다."

부항이 말을 마치고는 건륭의 눈치를 슬쩍 봤다. 이어 작심한 듯 자신의 생각을 다 털어놓기 시작했다.

"부디 신의 말이 폐하의 심기를 불편하게 해드리지 않기를 바라면서 감히 한 말씀 더 올리겠사옵니다. 폐하께서 참고하셨으면 하옵니다. 폐하께서 노작을 잃은 다음 두고두고 심려가 무거울 것 같으시면 지금이라도 늦지 않으니 고쳐 생각해 주시옵소서. 폐하께서 그를 대신해 책임을 조금만 분담하신다면 노작은 살아남을 수 있을 것이옵니다."

"뭐라고?"

건륭이 갑자기 걸음을 멈췄다. 그러나 불빛을 등지고 있는 탓에 그의 표정은 보이지 않았다.

"좋은 발상이네. 굳이 짐의 과실을 따지자면 왜 없겠나? 짐이 평소 준엄한 훈육을 아낀 것도 노작의 도덕적 해이를 부추긴 원인 중 하나가 될 테지. 아마 신료들도 입 밖으로 드러내지 않을 뿐 그리 생각할 것이네. 자네 말대로 하는 게 좋겠네. 먼저 짐의 입장을 밝힌 뒤 육부의 낭관郞官 이상 관리들에게 짐의 과실을 논의해 상주문을 올리라고 하면 되겠네. 그렇게 하면 노작을 보호할 수 있을 뿐 아니라 반부창렴反腐倡廉(부패를 척결하고 청렴을 창도함)에 대한 짐의 확고한 의지도 보여줄 수 있으니 일석이조의 효과를 거둘 수 있겠네. 정말 훌륭한 생각이네."

건륭은 진심으로 노작을 구해주려 하고 있었다. 그러나 부항은 상황이 이상하게 흘러가자 오히려 주저하게 되었다. 건륭의 말대로라면 황제가 스스로의 과오를 인정해 노작을 보호한다는 것이 아닌가? 그렇다면 만일의 경우 노작이 건륭의 기대를 무참히 짓밟고 다시 용서받을 수 없는 죄를 저지른다면 어떻게 될 것인가? 노작의 사면을 적극 권장한 자신에게 불똥이 튈 게 아닌가. 세상일을 누가 장담할 수 있겠는가. 부항이 잠시 고민하더니 조심스레 아뢰었다.

"신의 발상이 반드시 옳다고 장담할 수는 없사옵니다. 폐하! 부디 통촉해 주시옵소서."

건륭은 그러나 이미 뜻을 굳힌 듯했다. 어조도 단호했다.

"아니, 훌륭하네. 눌친이 출발한 지도 이미 이틀이 지났네. 짐은 이미 전도에게 늑민을 데리고 상경하라고 명령을 내렸네. 금천의 사태가 어느 정도 진정되면 경복과 장광사는 절대 용서할 수 없네! 그 두 사람의 관직과 명성은 노작과는 비교가 안 되지. 그 둘의 목을 쳐서 짐의 뜻을 보여줄 거네. 죄지은 관리에 대해서는 직급의 높낮이에 무관하게 가차 없이 국법을 적용한다는 의지 말이네."

부항이 건륭의 단호한 말에 깜짝 놀란 듯 황급히 머리를 조아렸다. 그의 등골은 어느덧 식은땀으로 끈적거리고 있었다.

그 사이 둘은 어느새 서화문西華門 밖에 당도했다. 그곳에는 여느 때처럼 여덟 개의 노란 궁등이 부드러운 빛을 뿜고 있었다. 공기 중에 가랑비가 안개처럼 자욱하게 퍼진 가운데 독수리 날개를 방불케 하는 서화문 처마는 먹구름이 낀 밤하늘을 향해 힘차게 날개를 뻗고 있었다. 그 서화문에서 마주 보이는 건물은 장정옥의 집이었다. 그곳 대문 앞에도 등롱이 두 개 내걸려 있었다. 사람 그림자들도 어른거렸다. 부항은 장정옥을 위해 한두 마디 아뢰려고 했다. 그러다 입가에 맴돌던 말을 도로 삼켜버리고 말았다. 이어 유난히 심사가 무거워 보이는 건륭의 기색을 살피면서 조심스레 여쭈었다.

"폐하! 심사가 무거워 보이시옵니다. 외람되오나 그 이유를 여쭤 봐도 되겠사옵니까?"

"짐은 산동 평음에서 있었던 일을 생각하고 있네. 자네에게 얘기했듯 아무리 생각해봐도 남장 여자인 충허 도사가 수상하단 말이야. 일지화가 틀림없는 것 같아. 그 당시에 간파했더라면 손쉽게 잡았을 텐데……."

건륭이 마치 뭔가를 곱씹듯 천천히 입을 열었다. 부항은 그 일이라면 달리 할 말이 없었다. 건륭이 여색을 지나치게 좋아한 덕분에 일을 그르친 경우를 한두 번 본 적이 아니었던 것이다. 그렇다고 황제가 말하는데 침묵을 지키고 있을 수만도 없었다.

"누군들 '한 송이 고운 꽃' 앞에서 넋을 빼앗기지 않을 수 있겠사옵니까!"

부항이 무슨 말을 해야 할지 망설이다 엉겁결에 뱉어낸 말은 조금 묘했다. 그럼에도 건륭은 특별한 반응을 보이지는 않았다. 그저 천천히 고개를 저을 뿐이었다.

"아무리 고운 꽃이라고 해도 독이 있으면 뽑아서 내쳐야 하는 법이네. 일지화는 짐이 열두 살 되던 옹정 초기부터 만방에 악명이 높았던 사람이야. 나이를 따져보면 지금쯤은 얼굴에 주름이 자글자글한 아낙일 텐데 어찌 그리 젊을 수 있다는 말인가?"

부항이 즉각 대답했다.

"백년 묵은 불여우가 환생했는지도 모르옵니다."

부항이 그렇게 말을 해놓고는 어쩐지 경박스러운 느낌이 드는지 황급히 표정을 진지하게 바꿨다.

"폐하께서는 그 뒤로 그 여자를 만나신 적이 있사옵니까?"

건륭이 소리 없이 한숨을 내쉬면서 대답했다.

"만났지. 이튿날 변경에 대한 해금이 시작되고 짐이 평음을 떠나는 길에 성 밖에서 봤네. 먼발치여서 말은 못 나눴지. 그저 짐을 향해 깍듯이 예를 갖추고 떠나더군."

부항이 어쩐지 심란해 보이는 건륭을 향해 웃음을 지어보였다. 이어 위로하듯 말했다.

"인연이 닿으면 나중에라도 다시 만나게 될 것이옵니다."

"인연 같은 소리 하고 있네. 이제 그만 물러가게!"

건륭이 갑자기 나무라듯 손사래를 쳤다.

부항은 집에 돌아오자마자 시계를 봤다. 아직 해시 전이었다. 집사 왕씨가 구르듯 달려 나왔다. 부항이 안으로 들어가면서 물었다.

"누가 다녀간 사람이 있었나? 아기는 잠이 들었고?"

왕씨가 종종걸음으로 부항을 따라가면서 아뢰었다.

"나리들이 많이 기다리고 계셨사오나 마님께서 내일 다시 오라고 하셨습니다. 그밖에 하란국荷蘭國(네덜란드)에서 코쟁이 서양인 화상和尙 두 명이 다녀갔사옵니다. 뭐라고 손짓발짓을 하면서 떠드는데 통역관이라고 따라온 자도 시원찮아 무슨 말인지 못 알아들었습니다. 도련님께서는 막 잠자리에 들었다고 합니다. 그래서 소인은 도련님이 깊은 잠이 들 때까지 딱따기를 두드리지 말라고 야경꾼에게 지시했습니다."

부항이 말없이 잠시 서 있다 한참 후에야 입을 열었다.

"그렇다고 딱따기를 두드리지 못하게 해서는 안 되지. 애를 그리 조심스레 키워서는 안 되네. 앞으로 군사를 이끌고 전쟁터를 종횡무진 누빌 장군감인데 대포소리에 잠 못 들게 만들 참인가? 어서 야경꾼에게 평소처럼 하라고 하게!"

부항은 말을 마치고는 횅하니 이문으로 들어갔다. 그가 나타나자 몸종인 채휘彩卉와 등불 밑에서 점괘를 보고 있던 당아는 희색을 감추지 못했다. 어조에도 들뜬 기색이 역력했다.

"어머, 오늘은 어쩐 일이세요? 이리 일찍 귀가하고! 오늘도 야밤에야 오겠거니 하고 기대조차 하지 않고 있었는데! 채휘야, 어서 인삼탕 한 그릇 가져오너라. 조심해, 도련님 깰라!"

부항이 곤히 잠든 아이를 들여다보면서 말했다.

"잡초처럼 키워, 잡초처럼! 온실의 화초처럼 키우는 것은 이 아이를 죽이는 거나 다름없어. 모기도 없는 방에 모기장은 뭐하러 쳐놨어?"

당아가 남편의 말에 기분이 나쁜 듯 바로 뾰로통하게 대꾸했다.

"오, 그래서 당신은 강아를 남의 애 보듯 하시는 거예요? 무슨 아버지가 그래요! 강아가 아장아장 걷기 시작한 이후로 당신이 데리고 놀아준 적이 몇 번이나 돼요?"

복강안은 새근새근 깊은 잠에 빠져 있었다. 젖살이 올라서 그런지 포동포동한 얼굴이 막 빗물에 씻긴 복숭아처럼 탐스러운 아이였다. 이불 밖으로 나온 조그마한 팔다리도 예사롭지 않았다. 어린 연근처럼 통통한 것이 누구라도 깨물어주고 싶은 마음이 들게 할 만큼 사랑스러워 보였다.

그런 아들을 바라보는 부항의 두 눈에는 아버지의 긍지와 살뜰한 감정이 물결쳤다.

"고슴도치도 제 새끼는 함함하다는데, 나라고 왜 자식 예쁜 줄 모르겠어? 아무리 봐도 나를 빼다 박은 내 아들인데!"

부항이 그예 참지 못하고 고개를 숙여 잠든 아들 복강안의 얼굴에 입을 맞췄다. 순간 까칠한 수염이 복강안의 얼굴을 찔렀다. 복강안이 몸을 뒤척이더니 발딱 일어나 앉았다. 이어 진주처럼 새까만 눈동자를 굴리면서 부항을 바라봤다. 그리고는 울음을 터뜨릴 듯 입을 비죽거렸다. 그러나 어린 아이답게 곧 책상 위에 있는 금빛이 번쩍거리는 물건들에 시선을 빼앗겼다. 복강안이 손을 내밀어 그쪽을 가리키면서 아직 어눌한 발음으로 칭얼거렸다.

"나, 저거…… 줘."

당아는 복강안이 보채기 무섭게 점괘 패를 채훠에게 밀어주고는 일어섰다. 이어 복강안이 가리킨 물건을 가져다 그의 손에 쥐어주었다. 부항이 자세히 보니 그것은 금시계였다. 그가 깜짝 놀라며 물었다.

"이건 금시계가 아닌가? 이리 진귀한 물건은 어디서 났는가?"

"코쟁이 화상 '길리'吉利가 가져온 것이에요. 왕씨를 시켜 돌려주려고 했더니 자기들 나라에서는 그리 귀한 것이 아니라면서 되돌려 보냈더군요. 뭐 당신은 큰 영웅이고 꼬리가 크다나? 그래서 제가 족제비가 꼬리가 크지 우리 그이가 무슨 꼬리가 있느냐고 막 야단을 쳐서 보냈어요."

부항이 당아의 말에 웃음을 터트렸다.

"화상이 아니고 신부神父들이야. 우리 대청에서 전도를 하도록 도와달라는데 내가 무슨 힘이 있어야지. 폐하께 주청을 올리라고 했더니 무릎 꿇는 것은 죽어도 싫다네? 어쩔 수 없지. 그들이 아니라 그들 국왕이 와도 폐하께 삼궤구고의 대례를 올려야 마땅하거늘 무슨 얼토당토않은 소리인지! 그런데 여보, 다시 말하지만 귀한 자식일수록 매 한 번 더 든다는 말이 있어. 너무 오냐오냐 키워서는 안 돼. 집에 글 가르치는 선생도 있고 무예 가르치는 선생도 있으니 글 익힐 나이가 되면 글을 가르치고 넘겨졌다가 스스로 일어날 정도가 되면 주먹질도 가르쳐야 해!"

부항이 금시계를 가리키면서 다시 말을 이었다.

"단언하건대 그들 나라에서도 이런 물건은 아무나 가질 수 있을 정도로 흔한 물건이 아니야. 내일 중으로 돌려보내도록 해."

당아는 부항의 말에 바로 뾰로통해졌다. 홱 몸을 돌리는가 싶더니 잽싸게 안방으로 들어가 버렸다. 부항은 가볍게 고개를 젓다가 이내 뒤따라 들어갔다. 이어 이불을 얼굴까지 당겨쓴 당아를 뒤에서 껴안으면서 부드럽게 달랬다.

"우리 장래는 저 아이에게 달려 있어. 잘 키워서 복 중당福中堂에만 만족하게 해서는 안 되지. 어떻게든 아비를 능가하는 아들이 되도록 밀어줘야 하지 않겠어? 힘들겠지만 강하게 키워야 해. 그리고 나는 당신이 그토록 사리분별을 못하는 여자라고는 생각하지 않아. 아무것도 아닌 금시계 하나가 나의 앞길에 치명타를 입힐 수도 있다는 것을 알아야 해. 그게 그리 욕심이 나면 내일 입궐해 황후 누님께 하나 하사해달라고 부탁을 하면 될 게 아닌가. 자네를 유달리 예뻐하시는 황후마마께서 그걸 안 들어주시겠나."

당아는 어느새 화가 풀린 듯했다. 바로 돌아누우면서 부항의 품으로 파고들었다. 그러자 부항이 풀어헤친 당아의 향기로운 머리카락을 쓸어내리면서 속삭였다.

"여보, 얼마 전 우리말을 막 배우기 시작한 코쟁이 서양인 한 명이 나보고 체격이 '위대'하다고 하더군. 그래서 내가 인격이 위대하면 했지 체격은 '위대하다'가 아니라 '우람하다'라고 한다고 하면서 고쳐 줬거든? 여보, 내가 진짜 그리 위대해? 여기 좀 만져봐. 우뚝 솟은 것이 제법 위대하지."

당아가 부항의 말에 호호호 웃으면서 이불속으로 기어들었다. 언제나 그렇듯 둘의 운우지정은 곧 죽어도 여한이 없을 정도로 질펀했다.

한바탕 광풍이 지나간 다음 당아가 만족한 표정으로 팔을 베고 누워 있는 부항의 넓고 매끈한 가슴을 만지면서 물었다.

"여보, 오늘은 별로였어요? 다른 데서 훔쳐 먹었던 딴 계집이 생각나세요?"

부항은 당아의 말에 다른 생각을 하다 바로 정신을 차렸다. 이어 그녀의 머리를 쓸어내렸다.

"실없기는! 눌친에게 절호의 기회를 빼앗기고 나니 마음이 불편해서 그러네."

당아는 당연히 부항의 속내를 알고도 남았다. 애교 있게 위로하는 것도 잊지 않았다.

"죽으러 가는 게 뭐가 그리 부러워서 그래요. 마음 편히 태평시대의 재상 노릇을 하는 게 최고예요! 모난 돌이 정 맞는 법이에요."

부항이 당아의 가느다란 팔을 어루만지면서 말했다.

"오늘은 하루 종일 폐하의 시중을 들었네. 상주문을 읽고 사람을 접견하고 오후에는 옥신묘에 있는 노작에게까지 다녀왔지. 정말 피곤하군. 폐하께서는 틈만 나면 일지화를 놓친 일에 대해 얘기하셨어. 그게 그렇게 아쉬우셨나봐. 위로해 드리는 것도 여간 힘든 일이 아니야."

당아의 표정은 부항의 말 한마디에 금세 어두워졌다. 건륭이 일지화를 여자로 보고 마음에 두고 있을지도 모른다는 생각이 들었던 것이다. 급기야 마음이 아파오는지 울컥 치밀어 오를 것 같은 눈물을 보였다. 그리고는 애써 눈물을 거둬들이더니 짐짓 비아냥거리는 어투로 말했다.

"하여튼 남자들은 다 똑같아! 황제가 저러고 다니니 누님이 속병이 날 수밖에!"

부항은 당아의 미세한 표정 변화에는 전혀 관심을 두지 않았다. 하기야 그랬다면 그게 오히려 이상할 일이었다. 얼마 후 그가 혼잣말처럼 중얼거렸다.

"당신이 생각하는 그런 건 아니야. 폐하께서 없애려고 했던 홍삼이라는 자를 일지화가 죽여 버렸어. 폐하나 일지화나 홍삼을 죽이려고 한 의도는 대동소이해. 어느 특정한 지역을 휘젓는 극악무도한 패거리 두목을 제거해 현지 백성들에게 안락한 삶을 되돌려주기 위함이었지. 방식은 달라도 추구하는 바는 닮은꼴이라고 할 수 있지. 그 점이 아마 폐하를 힘드시게 만드는 것 같아. 강도라도 인정仁政을 베풀면 천하를 얻을 수 있어. 반대로 하夏나라 때의 걸桀이나 상商나라 때의 주紂처럼 폭정을 일삼는다면 천지개벽의 혁명이 일어나지 않을 수 없지. 민심을 얻는 자는 천하를 얻고, 민심을 잃는 자는 곧 천하를 잃는다는 뜻이야. 더구나 우리는 고작 일이백만 명의 만주족으로 수억 명의 한족을 통치해야 하는 입장이니 결코 방심할 수 없는 상황이라고!"

부항이 그렇게 열변을 토하는 사이 품안의 당아는 피곤했던지 어느새 깊이 잠들어 버렸다. 그는 피식 실소를 흘리면서 옷을 입고 온돌을 내려섰다. 잠을 놓쳐서인지 점점 정신이 말똥말똥해지고 있었다. 그가 바깥방으로 나오자 몸종 채훼가 시립하고 있는 모습이 보였다. 순간 그는 치솟는 욕정을 느꼈다.

그러나 심호흡으로 자제를 하고는 다시 안방으로 들어가 서류를 한가득 안고 나왔다. 채훼가 그런 부항에게 입을 헹굴 물을 떠다놓으면서 나직하게 물었다.

"잠을 놓치셨습니까? 소인이 시중을 들겠으니 필요한 것이 있으면 뭐든지 말씀만 하십시오."

부항은 채훼의 말이 끝나자마자 바로 그녀의 저고리에 손을 집어넣었다. 그리고는 봉긋한 젖가슴을 아프지 않을 만큼 꼬집었다.

"괜찮아. 이렇게 손이 심심할 때 시중 들어주면 돼! 가서 인삼탕이나 한 그릇 가져와!"

부항은 채훼가 얼굴을 붉히면서 물러가자 서류를 한 장씩 넘기면서 읽기 시작했다. 그리고는 몇몇 부府와 현縣에서 올려 보낸 재해보고서에 답장을 달았다. 중요하다고 생각되는 상주문들은 따로 요지를 작성했다.

그중에는 동정사 전도가 무고한 백성을 죽였다는 내용의 탄핵안도 있었다. 부항은 잠시 생각한 다음 "형부에서 사람을 파견해 확실히 조사한 뒤 다시 보고하라. 무고하는 자에게는 반좌反坐(거짓으로 죄를 씌운 자에게 그 씌운 죄에 해당하는 벌을 줌)한다"라는 요지의 지시 사항을 적어 내려갔다. 이어 마지막으로 악종기를 천섬川陝(사천四川과 섬서陝西) 총독에 임명한다는 표票를 작성하고는 붓을 내려놓았다. 얼마 후 그가 시큰시큰 아파오는 손목을 주무르면서 옆에 서 있는 채훤를 슬며시 끌어당겼다.

"이리 가까이 와……."

29장
건륭의 은전恩典

당아는 다음날 금시계를 들고 입궐했다. 황후에게 상납할 생각이었던 것이다. 요즘 그녀가 황후와 태후에게 문후 올리러 입궐하는 횟수는 이전보다 훨씬 잦아졌다. 남편 부항이 천자天子의 제일가는 믿음직한 신하로 부상했으니 그럴 수밖에 없었다. 어깨에 힘이 들어가지 않는다면 그게 오히려 이상할 일이었다. 때문에 그녀가 가랑이에 바람이 일도록 궁궐에 드나들어도 아무도 뭐라고 하는 사람이 없었다.

이날도 마찬가지였다. 콧대가 높기로 유명하고 은근히 사람의 기를 죽이는 좌액문左掖門의 시위와 태감들조차 당아가 나타나자 함박 미소를 지으면서 허리를 한껏 낮췄다. 그리고는 공손하게 길을 비켜줬다. 길에서 마주치는 다른 사람들 역시 크게 다르지 않았다. 얼른 길을 비켜주면서 인사를 했다. 그렇게 융종문隆宗門 밖에 다다르자 알현을 기다리는 관리들이 눈에 띄게 많아졌다. 그중에는 당아가 잘 아는 몇몇 친왕들도 있었다. 그들은 중요한 일이 있는지 서로 머리를 맞대고 뭔가를 상의하고 있었다. 당아는 누가 볼세라 고개를 숙인 채 종종걸음으로 사람들 옆을 스쳐 지나갔다. 아녀자가 특별한 일도 없이 궁궐을 자주 드나드는 모습이 사람들에게 알려져 봤자 자신의 남편에게 득이 될 것이 없다는 사실을 잘 아는 때문이었다. 그래서일까, 그녀는 죄지은 것도 없이 괜히 가슴이 콩닥콩닥 뛰었다. 그녀는 그렇게 도망치듯 양심전 안쪽 골목으로 들어갔다. 그제야 비로소 안도의 숨을 내쉴 수 있었다. 어느새 콧등에는 땀이 송송 맺혀 있었다.

"당아, 자네 왔는가! 겨우 진시辰時인데 이 시간에 어쩐 일인가? 긴히 아뢸 말이라도 있는 것인가?"

황후는 당아가 예를 갖춰 인사하자 자명종을 힐끗 쳐다보더니 다소 의아한 표정으로 물었다. 이어 즉각 당아에게 자리를 내주라고 내니에게 명령을 내렸다. 내니는 황후의 시중을 들면서 궁녀 선발을 기다리는 여자답게 옷맵시와 몸놀림이 전보다 많이 세련되어져 있었다.

내니가 은인을 반갑게 맞으면서 비단방석이 깔린 낮은 걸상을 들고 나왔다. 이어 소매로 먼지 터는 시늉까지 하면서 당아가 자리에 앉을 때까지 다소곳하게 기다렸다. 당아가 자리에 앉으니 바닥에 엎드려 절까지 했다. 당아가 그 모습을 보면서 흐뭇한 표정을 지었다.

"다음부터는 절대 대례를 올리지 말거라. 너는 더 이상 그 옛날의 내니가 아니야. 너와 마찬가지로 나도 황후마마의 아랫것이거늘. 입궐해 황후마마를 섬기게 된 것도 너의 복이고 운이야. 황후마마를 잘 모시다 보면 더 좋은 일이 있을 것이야. 뭐든 자질구레하게 필요한 것이 있으면 주저하지 말고 나를 찾아오너라. 신약身弱하시고 다망하신 마마를 귀찮게 하지 말고."

황후가 당아의 말이 끝나자 수줍음에 얼굴을 붉히면서 조용하게 웃

는 내니를 지그시 바라보았다

"이름을 내낭眜娘이라고 개명했네. 치장을 해놓으니 애가 제법 쓸 만해. 요즘은 말투도 달라졌다네."

내니, 아니 내낭이 황후와 당아의 애정을 느낀 듯 갑자기 울먹였다.

"명심하겠습니다, 마님. 이 미천한 년은 살아생전에 관세음보살과 같은 황후마마를 모시게 될 줄은 꿈에도 몰랐사옵니다. 평생 갚아도 다 못 갚을 은혜를 어이해야 좋을지 모르겠사옵니다. 이년은 입궐한 뒤에도 위씨 집안으로부터 험한 소리를 들었사옵니다. 하오나 마마께서 계시는 한 이년은 더 이상 두려울 게 없사옵니다. 이년의 피와 살을 다 바쳐 마마를 섬기고 마마께서 성불成佛하시면 묘향妙香(옹정황제의 어머니 덕비德妃의 시녀)처럼 연가輦駕를 시봉侍奉하면서 따라가겠사옵니다."

황후가 내낭의 간절한 눈빛을 응시했다. 순간 그녀의 눈에도 이슬이 맺혔다. 당아가 부드러운 손길로 내낭의 가녀린 어깨를 감싸주었다.

"위씨 집안 놈들은 더 이상 신경 쓰지 말거라. 부처님 눈에는 부처만 보이고 돼지 눈에는 돼지만 보이는 법이야."

내낭이 고개를 힘주어 끄덕였다. 그리고는 박씨 같은 이를 드러내며 생긋 웃었다. 그러자 당아가 내낭의 머리를 다시 한 번 쓰다듬으며 황후를 보고 말했다.

"황후마마의 안색은 하루가 다르게 좋아지시는 것 같사옵니다. 얼마 전까지만 해도 이마 언저리가 검푸른 색을 띠었었는데 지금은 전혀 보이지 않사옵니다. 체양體樣도 좀 풍만해 보이옵니다. 큰 병을 앓고 나시더니 오히려 더 건강해지신 것 같사옵니다."

"그러게!"

황후가 당아의 말에 귀밑머리를 살짝 쓸어넘겼다. 그리고는 자신감 넘치는 표정으로 덧붙였다.

"옹정 십이 년, 내가 아직 옹화궁에서 복진으로 있을 때였지. 가사방이 내 사주를 보고 이런 얘기를 했네. 구 년 후 나에게 생사를 가를 정도로 큰 재앙이 닥치는데 다행히 귀인이 도와 기사회생한다고 말이네. 그 후 윤계선이 나의 사주팔자를 들고 영은사靈隱寺의 백세百歲 방장 요공了空을 찾아갔더니 가사방과 비슷한 얘기를 했다고 하네. 나는 선행만 베풀고 좋은 인연을 맺어야 한다면서 해마다 방생을 하라고 하셨네. 또 달마다 재계하면서 날마다 불경을 손에서 놓으면 안 된다고도 하셨고. 한 치의 오차도 없이 그 말에 따랐더니 과연 막판에 기윤이라는 은인이 나타나서 나를 죽음에서 구해준 것 같네. 폐하께서 온 천하에 대사면을 명하시고 인덕을 베푸신 것도 큰 도움이 된 것 같네. 내가 꾀병을 앓았던 것처럼 이렇게 멀쩡하게 털고 일어나지 않았나? 요즘은 입맛도 살아나고 기분도 좋은 것이 사는 맛이 나네!"

황후는 과연 전에 없이 얼굴에 생기가 넘치고 언동에 기운이 흘렀다. 당아는 그 틈을 놓칠세라 얼른 보자기에 싼 금시계를 꺼내놓으면서 사건의 경위를 소상히 털어놓았다. 그리고는 보자기를 내낭에게 건네줬다.

내낭이 조심스레 보자기를 펼쳤다. 아니나 다를까, 그 안에는 번쩍이는 금시계가 여러 개 들어 있었다. 내낭이 호들갑을 떨면서 황후에게 다가가 아뢰었다.

"금시계라는 걸 말로만 듣다가 직접 보니 너무 정교하고 멋지옵니다. 시계가 어쩌면 이리도 작고 앙증맞을까요?"

"이런 걸 왜 나한테 가져오는가?"

황후가 무덤덤한 표정으로 금시계를 바라보더니 한쪽으로 밀어버렸다. 그리고는 다시 말을 이었다.

"자네 남정네더러 내무부內務府의 사치고四値庫에 갖다 주라고 하면 될 걸 가지고."

황후는 말은 썩 내키지 않은 것처럼 했으나 기분은 그리 나빠 보이지 않았다. 당아가 그런 그녀의 마음을 눈치채고는 바싹 다가앉았다.

"그 사람이 내무부에 이런 걸 갖다 바칠 정도로 아둔한 사람은 아니지 않사옵니까? 내무부의 인간들은 허벅지를 보면 엉덩이까지 봤다고 하는 자들인데 무슨 기상천외한 소문을 퍼뜨릴지 어찌 압니까. 모두 열세 개인데 그 중에서 하나는 복강안이 떨어뜨려서 유리가 깨졌사옵니다. 소인이 하나쯤 남겨두면 안 되냐고 물었다가 남편에게 꾸중을 들었사옵니다. 아무리 생각해봐도 황후마마께 바치는 것이 적당할 것 같아서 가지고 왔사옵니다."

황후는 목이 마른지 찻잔을 집으려고 손을 내밀었다. 눈치 빠른 내낭이 얼른 다가가서는 찻잔에 남은 차를 버린 다음 은병銀甁에서 새로 한 잔을 따라 올렸다.

"방금 끓인 차를 드시옵소서. 위장에 좋다는 구기자와 대추 즙을 조금 넣어 끓였사옵니다."

내낭은 자신이 먼저 한 모금을 마셔본 다음 황후에게 차를 받쳐 올렸다. 궁중에 오래 있었던 경험 많은 궁녀처럼 자세가 벌써 몸에 배어 익숙해 보였다. 황후가 차 한 모금을 입 안에 넣고 꿀꺽 소리 나게 넘기고 나서 말했다.

"내낭, 너는 참으로 영특하고 참한 애로구나. 앞으로 오래오래 내 곁에서 시중들도록 해줄 테니 걱정 말거라. 채운彩雲이나 묵취墨翠와 똑같은 대우를 받게 될 거야."

당아가 호들갑을 떨면서 축하의 말을 건넸다.

"내낭, 너는 참 복도 많은 애로구나. 또 한 등급 신분상승을 했으니 다른 애들 눈 밖에 날라. 조심해야겠다."

황후가 당아를 향해서도 다정한 어조로 입을 열었다.

"당아, 자네도 이 물건에 욕심이 나는 것 같은데 하나 챙기게. 내가 상으로 내릴 테니."

황후가 말을 마치고는 잠깐 망설이더니 유리가 깨진 시계를 내낭에게 건네줬다.

"채운이와 묵취에게는 예전에 준 것이 있으니 이건 내낭이 네가 가지거라. 궁전 안에 시계를 수리하는 곳이 있으니 가져다 수리해서 쓰거라."

당아와 내낭은 황급히 엎드려 머리를 조아렸다. 동시에 입을 모아 사은을 표했다. 황후가 덧붙였다.

"폐하도 나도 이런 물건에 호들갑을 떠는 성정이 아니라네. 금을 살짝 발라 눈속임이나 하는 물건이야. 긁어내면 쇳덩이나 다름없는 걸! 폐하께서 그러셨네. 우리 대청은 땅이 넓고 물산이 풍부해 코쟁이들에게 아쉬울 것은 하나도 없다고 말이네. 툭하면 이런 쇠뭉치나 들고 와서 얼쩡거리는 꼴이 불쌍하고도 우습다고 하셨네."

황후는 원래 과묵한 편이었다. 오늘처럼 말을 많이 하는 경우는 거의 없었다. 그랬으니 당아와 내낭은 황후의 말을 들으며 덩달아 기분이 좋아질 수밖에 없었다. 그렇게 화기애애하게 담소가 이어지고 있을 때였다. 귀비 나랍씨가 사뿐사뿐 안으로 들어섰다. 이어 황후를 향해 몸을 낮춰 예를 행하고 일어서더니 생글거리면서 입을 열었다.

"분위기가 참으로 좋아 보이옵니다! 황후마마께서는 갈수록 옥체가 건강해지시는 것 같아 참으로 다행이옵니다."

"귀비마마께 문후 올립니다."

당아도 황급히 자리에서 일어나 나랍씨에게 예를 갖춰 인사를 했다. 그와 함께 몇 마디를 덧붙였다.

"귀비마마께서는 갈수록 젊어 보이십니다. 세월은 귀비마마를 비켜

가나 봅니다. 오늘은 생화生花까지 머리에 꽂으시니 구십주仇十洲(명나라의 유명 화가. 이름은 구영仇英임)가 그렸다는 그 어떤 미녀보다도 아름다우십니다."

당아의 호들갑이 채 끝나기도 전이었다. 갑자기 건륭이 죽선竹扇을 부치면서 성큼 들어섰다. 당아는 놀란 나머지 입을 다물어버리고 말았다. 안팎의 태감, 궁녀들과 나랍씨는 재빨리 무릎을 꿇었다. 당아 역시 정신을 차리고는 황급히 무릎을 구부렸다. 이어 황후가 천천히 자리에서 일어나 황제를 맞았다.

건륭은 여느 때와 다름없이 사람들을 쓸어봤다. 그러다 당아와 시선이 마주쳤다. 그는 순간 그녀의 시선을 뿌리치듯 외면해버렸다. 그리고는 대수롭지 않은 표정으로 자리에 앉았다.

"간간이 웃음소리도 들리고 하더니 짐이 들어서자마자 뚝 끊기는군! 이건 누가 보내온 건가?"

건륭이 금시계를 가리키면서 물었다. 황후가 기다렸다는 듯 상세한 경위를 아뢰고는 덧붙였다.

"당아와 내낭에게 하나씩 상을 내렸으니 나랍씨도 빠질 수 없지."

황후는 내친김이라는 듯 나랍씨에게도 선심을 쓰려는 듯했다. 그러나 황후의 말을 들은 나랍씨는 기분이 몹시 언짢았다. 자신이 당아나 내낭과 똑같은 취급을 당한다고 생각하자 내심 불쾌했던 것이다. 물론 그런 내색은 하지 않고 짐짓 환하게 대답했다.

"잊으셨사옵니까, 마마! 소인은 지난번 자녕궁에서 태후마마로부터 크고 작은 금시계를 두 개나 받았는걸요!"

건륭이 물끄러미 지켜보다 한마디를 툭 건넸다.

"태후마마는 태후마마이고 황후는 황후지. 황후께서 상을 내리신다는데 무슨 군소리가 그리 많나!"

순간 나랍씨의 얼굴이 눈에 띌 정도로 붉어졌다. 이어 공손히 두 손을 내밀면서 고개를 숙였다.

"소인의 불경을 용서해 주시옵소서."

"다들 일어나지."

건륭이 좌중을 향해 부채 끝으로 일어나라는 시늉을 했다. 그리고는 말을 이었다.

"보아하니 황후의 병은 거의 완쾌된 것 같군. 짐은 며칠 뒤 승덕承德으로 갈 예정이네. 황후가 동행할 수 있는지 물어보러 왔네. 동행하고 싶다면 곧 길일을 택해 출발하도록 하지."

황후가 기분이 좋은지 들뜬 목소리로 즉각 대답했다.

"올해는 어찌된 영문인지 폐하를 따라 바깥바람을 쐬고 싶은 마음이 간절하옵니다. 하오나 은전恩典을 내리시는 김에 며칠만 말미를 주시면 안 되겠사옵니까? 오는 유월 십구 일은 관음성탄일觀音聖誕日이옵니다. 소인이 한 사람의 목숨을 구해주고 삼천 생령生靈을 방생하기로 발원하지 않았사옵니까? 아직 누구의 목숨을 구해줘야 할지 결정하지 못했사옵니다. 누구를 어떻게 구해주면 좋을지 폐하께서 도움을 주셨으면 하옵니다. 이 일이 순조롭게 마무리되면 소인도 홀가분하게 승덕으로 갈 수 있을 것 같사옵니다. 소인이 평소에 아껴 모아둔 돈으로 승덕의 피서산장에 라마묘喇嘛廟를 만들고 싶사옵니다. 개광파토開光破土하는 일에 성심을 모아 경건한 마음으로 참석하고 싶은 소인의 마음을 부디 통촉해 주시옵소서."

건륭은 황후의 입에서 "누구를 어떻게 구해주면 좋을지 모르겠다"는 말이 나올 때부터 웃음을 참기 힘들었다. 그러다 급기야 크게 웃음을 터트리고 말았다. 그가 사레까지 들릴 정도로 껄껄 웃더니 황후에게 말했다.

"허허, 황후도 모르는 척 시치미를 뗄 줄도 아시는구먼. 터지는 웃음을 겨우 참았다네. 보아하니 태후마마와 여차저차 입을 맞춘 것 같은데 짐짓 딴청을 부리다니! 내일이면 노작이 이승과 작별하게 되니 그 사람을 구해주면 되겠네?"

노작의 사건은 너무나도 유명했다. 황후를 비롯해 모두들 익히 알고 있는 사건이었다. 그렇지 않아도 미리 노작을 만났던 황후와 당아는 건륭의 예리한 말에 가슴이 뜨끔했다. 그러나 황후는 곧 평정심을 되찾았다. 잠시 침묵을 지키다가 천천히 입을 열었다.

"소인은 노작을 구해주겠다는 생각은 해 본 적이 없사옵니다. 나라의 중대사는 아녀자가 간섭할 일이 아니라 사료되옵니다. 소인은 그저 올해 추결秋決키로 했던 죄수들 중에서 정말 사정이 딱하고 억울한 사람이 있다면 사형을 면해주실 것을 간절히 주청 올리려던 참이었사옵니다."

건륭은 황후의 마음 씀씀이에 적이 감동을 받은 듯했다. 금세 다시 부드러운 표정으로 변했다.

"인간적으로 접근하면 하나같이 소중한 목숨들이지. 하지만 어쩌겠어. 국법이 엄연히 있는 걸! 짐도 그들의 이름 석 자에 붉은 가위표를 죽죽 그을 때면 손이 떨리기는 마찬가지라오. 황후의 인자한 마음을 짐이 어찌 모르겠는가! 짐에게 누구를 구해야 할지 도와달라고 했지? 황후의 소망이 정 그렇다면 기왕이면 노작을 구해주시오."

순간 건륭의 머릿속에 좋은 생각이 떠올랐다. 노작의 목숨도 구하고 황후 부찰씨의 인자함도 천하에 알릴 수 있는 일거양득의 방안이 생각난 것이다.

"노작이 죽을죄를 지은 건 사실이야. 그러나 용서해줄 마음만 있다면 충분한 이유도 있는 사람이지. 내일 정오를 기해 사형장으로 끌려갈 것이니 황후가 직접 건청궁乾淸宮으로 가서 많은 사람들 앞에서 선언하시오."

"건청궁으로 가라고 하셨사옵니까?"

황후가 건륭의 말에 놀란 표정을 짓더니 다소 흥분한 기색을 보였다. 그러나 그녀의 반짝이던 눈빛은 순식간에 어두워졌다. 그리고는 고개를 저으면서 나지막한 소리로 말했다.

"그건 연극에서나 있을 법한…… 다소 황당한 경우로 사료되옵니다. 성군聖君께서 목을 치라고 명하신 죄수를 아녀자가 어찌……."

건륭이 황후가 말끝을 흐리자 웃음을 머금었다.

"겁낼 것 없어, 황후! 그건 황후답지 않은 발상이야. 대신들은 모두 황후 앞에서 무릎을 꿇어야 하는 아랫것들이야. 그런데 뭘 그리 주저하는가? 장미도 푸른 이파리가 받쳐주지 않으면 볼품없는 것처럼 성군 역시 현명한 황후가 없으면 빛을 발하기 힘들어! 걱정하지 말고 내일 가서 이렇게 얘기해. '노작이 죽을죄를 지은 것은 사실이나 치수에는 그를 능가할 만한 인재가 없다', '황하가 몇 년에 한 번씩 크게 범람해 조정과 백성에게 엄청난 피해를 초래하는 것은 주지하는 바이다', '노작을 구하는 일은 노작을 위함이 아니라 이 나라 백성들을 수마水魔의 위협에서 구출하기 위함이다' 뭐 이런 식으로 말하면서 강하게 밀고 나가라고. 누가 감히 반박을 하나 보자고."

황후는 건륭의 진심이 듬뿍 담긴 성원의 말에 감동한 표정을 지었다. 이어 촉촉해진 눈빛으로 건륭을 바라보면서 나지막하나 단호한 어조로 말했다.

"신첩, 어지를 받들겠사옵니다. 하오나 만에 하나 폐하께서 황후의 베갯머리송사에 놀아나 죄수를 사면시켰다는 당치 않은 소문이 퍼질 수도 있사오니 먼저 태후마마께 말씀 올리는 것이 좋을 것 같사옵니다. 태후마마께서 의지懿旨를 내리신 연후 신첩이 건청궁으로 가서 사면을 호소하는 게 어떨까 하옵니다."

건륭이 얼굴 가득 웃음을 머금은 채 고개를 끄덕였다.

"좋아, 황후의 뜻에 따르겠어! 황후의 소원이 그러하다면 유월 이십일 이후에 승덕으로 떠나도록 하지. 이번에는 우리 두 사람이 태후마마를 모시고 즐거운 한때를 보내야겠어. 칠, 팔, 구월이 지난 후에 돌아오도록 하지."

건륭이 당아를 향해서도 입을 열었다.

"자네도 따라가고 싶겠으나 어쩔 수 없네. 부항이 눌친을 대신해 북경을 지켜야 하니까."

건륭의 말은 차라리 안 하는 것이 좋을 뻔한 말이었다. 당아 역시 어쩔 수 없다고 생각하면서도 은근히 서운한 마음을 가졌던 것이다. 그녀가 조용히 입을 열었다.

"소첩이 남정네한테 들은 바로는 폐하께서는 앞으로 해마다 승덕으로 추렵秋獵(가을사냥)을 다녀오실 거라고 하셨사옵니다. 소첩의 짧은 소견으로는 창춘원 서쪽 어원御苑에도 사자, 호랑이, 늑대, 표범, 노루 등등 별의별 동물이 다 있는데 추렵을 위해 굳이 승덕까지 다녀오실 필요가 있을까 싶사옵니다. 칠, 팔월의 피서도 오고 가면서 길에서 고생하기보다는 서늘한 어원에서 하는 것이 제격일 것 같사옵니다."

건륭은 당아의 당돌한 말에 이내 미소를 거둬들였다. 그리고는 천천히 일어나 이리저리 거닐더니 한참 후 천천히 꾸짖는 듯한 어조로 입을 열었다.

"틀린 말은 아니네. 그렇지 않아도 짐은 오늘 도찰원都察院 감찰어사監察御史 총동叢洞이 올린 상주문을 받아봤네. 자네하고 입을 맞추기라도 한 듯 똑같은 반론을 제기했더군. 그래서 짐은 하나는 알고 둘은 모르는 아녀자의 짧은 소견이라고 면박을 줬지."

건륭의 얼굴에는 다행히 불쾌한 기색은 보이지 않았다.

"짐이 언관言官이 가진 언론의 자유를 막는다는 오해를 살 수 있음에
도 불구하고 그 사람에게 면박을 준 것은 비슷한 생각을 하고 있는 천
하의 신하들에게 추렵의 의미를 알려주기 위해서네."

건륭이 잠깐 말을 멈추고는 시계를 꺼내봤다. 뭔가 다급한 일정이 있
는 모양이었다. 이어 서둘러 다시 말을 이었다.

"태평무사한 나날이 이어지니 팔기병은 백 년 전의 위용이 다 어디로
갔는지 갈수록 무기력해지고 있네. 장군은 군사를 이끌고 전쟁터에 나
가는 것을 두려워하고 병사들은 총포소리에 뒷걸음을 치는 정도가 됐
네. 금천의 전사가 저 꼴이 되기까지에는 사졸士卒들의 유약한 근성이
한몫 했다는 것을 잊지 말게. 우리 만주족은 십삼만 명으로 이자성李自
成의 백만 철기병을 쓸어 눕힌 위대한 민족이야. 삼번三藩의 난이 열한
개 성에 전염병처럼 번져 위험 수위를 넘어섰을 때도 성조께서는 용감
무쌍한 팔기병을 이끌고 몇 년 만에 난을 평정하고 개가를 올렸다네.
그런데 그 위대한 전통이 선제에서 짐에 이르는 동안 형편없이 망가졌
어. 가슴이 아플 수밖에 없네. 손바닥만 한 대금천, 소금천에서도 번번
이 얻어터지고 올 정도가 됐다니 실로 개탄스럽기 그지없네! 이런 현실
을 반추해 보면 추렵은 사냥이라는 형식을 빌려 무예의 중요성을 강조
하고 수행한 장병들의 사기를 진작시키는 데 큰 의미가 있네. 야수들의
먹고 먹히는 약육강식의 현장을 보여주려는 짐의 큰 뜻을 책을 안 읽는
자네들이 알 리 없지. 황후는 언제 한 번 이런 말을 입 밖에 내본 적이
없네. 또 산해관 밖으로 나가 추렵을 하다보면 몽고의 여러 왕들이 자
연스레 찾아오게 돼 있어. 이렇게 하면 중앙과 지방 번사藩司들 간의 정
도 돈독해지고 교류도 활발해질 게 아닌가. 눈에서 멀어지면 마음에서
멀어진다느니 하는 말은 자네 같은 아녀자들이 입에 달고 다니는 말이

아닌가! 방금 당아가 말한 것처럼 짐의 목적이 단순히 즐기는 것이라면 궁궐 내 어디서든 질펀하게 즐길 수 있지 않겠는가. 일부러 고생을 사서 하면서 먼 길을 떠날 필요가 있겠는가."

건륭이 길고도 긴 사자후를 끝냈다. 좌중의 사람들은 그의 뜻을 알겠다는 듯 일제히 고개를 숙였다. 당아도 마찬가지였다. 건륭의 말 중에 "질펀하다"라는 단어가 나올 때는 더욱 그랬다. 아예 얼굴이 삽시간에 홍당무가 돼버릴 정도였다. 건륭과 '질펀하게' 운우지정을 나누던 순간이 생각났던 것이다.

이튿날은 사형 집행일이었다. 노작은 이승에서의 마지막 한 끼를 그야말로 진수성찬으로 포식했다. 형부에서는 그가 식사를 다 마치자 마차를 보냈다. 이어 채시구菜市口에 있는 사형장으로 그를 압송했다. 예로부터 더운 날에는 사형을 집행하는 경우가 드물었다. 때문에 노작에 대한 사형 집행은 북경 백성들로서는 참으로 오랜만에 보는 진귀한 볼거리라고 할 수 있었다. 게다가 노작은 유명한 봉강대리가 아니던가. 사형장은 진시가 되기도 전에 사방에서 몰려든 인파로 북새통을 이루었다.

노작의 사면에 관한 일은 아직 내부 기밀이었다. 그 어느 곳에도 누설되지 않은 상태였다. 심지어 사형 감독관인 유통훈도 모르고 있었다. 아니 오히려 혹시라도 사형 집행에 차질이 생길세라 잔뜩 신경을 곤두세우고 있었다. 노작의 사면을 끈질기게 탄원해왔던 복건福建 사람들이 집단 난동을 부리지 못하도록 막기 위해 순천부 아역들을 대량 투입해 현장 질서를 지키도록 했을 정도였다. 또 황천패에게도 긴장을 늦추지 말라고 신신당부를 했다.

노작은 워낙 친구도 많고 백성들의 인심을 얻었던 사람이었다. 당연히 그가 가는 마지막 길을 보러 오는 사람이 적지 않았다. 때문에 유통훈은 천막을 여러 군데 설치해 즉석에서 제사를 지낼 수 있도록 배려했다. 술과 음식을 마련해두기까지 했다.

그가 그렇게 반나절을 바삐 움직이고 나자 드디어 "사형수 노작이 압송됐다!"라는 고함소리가 들려왔다. 사형장 주위에 몰려든 인파는 걷잡을 수 없이 술렁대기 시작했다. 천막 안에서 몇몇 관리들과 인사를 나누던 유통훈 역시 말도 채 끝맺지 못한 채 부랴부랴 뛰쳐나왔다. 수십 명의 아역들이 손에 손을 잡고 길게 늘어선 채 인파를 차단하면서 형거刑車의 길을 틔워주는 모습이 보였다. 그럼에도 사람들은 아역들의 등 뒤로 사정없이 밀어닥쳤다. 인파의 무게를 이기지 못한 아역들이 금세라도 고꾸라질 것만 같았다.

"채찍은 뒀다 삶아먹을 거야?"

유통훈이 그 모습을 보고는 화가 치밀어 아역들에게 고함을 질렀다. 아역들은 그 한마디에 마치 기다렸다는 듯 채찍을 뽑아들더니 인정사정없이 후려치기 시작했다. 사람들은 뒤로 넘어지면서 너나 할 것 없이 깔려 죽는다고 비명을 질렀다. 얼마 후 아역들은 겨우 노작을 끌어다 형장 가운데 세웠다. 그제야 장내는 조용해지기 시작했다. 가끔 기침소리가 들려올 뿐 수천 명이 모인 장소치고는 그렇게 쥐 죽은 듯 고요할 수가 없었다. 유통훈은 수많은 이목이 집중된 가운데 두 눈을 질끈 감고 있는 노작에게 천천히 다가가 읍을 하고 나서 말했다.

"노공盧公, 마지막 길을 바래다주러 왔소."

"고맙소, 연청."

"동아줄이 너무 조여 아프지는 않았소?"

"그렇지는 않았소."

"어명이라 어쩔 수 없었소."

"내 어찌 모르겠소? 이해하고도 남지."

"달리 남길 말씀이 있으면 시간을 드리겠소."

"그럴 것 없소."

짤막하게 대화를 마친 유통훈이 다시 읍을 하면서 말했다.

"아직 시간이 남아 있소. 천막 안에 벗들이 많이 와 있으니 가서 만나보오. 나와는 나중에 한잔 하도록 합시다."

유통훈이 짧게 대화를 마친 다음 아역들에게 명령을 내렸다.

"포승을 풀어드려라!"

아역들이 노작을 묶은 포승을 풀자 유통훈이 다시 물었다.

"혼자 걸을 수 있겠소?"

노작이 말없이 고개를 끄덕였다. 유통훈 역시 입을 굳게 닫은 채 손짓으로 아역들에게 노작을 천막으로 데려가도록 지시했다. 그런 다음 성큼성큼 감참대監斬臺에 올랐다. 그리고는 다시 마치 죽 끓듯 떠들기 시작한 인파를 위엄 있게 쓸어보더니 경당목驚堂木(재판관이 탁상을 쳐서 위엄을 환기시키던 장방형의 나무 막대기)을 들어 힘껏 내리치면서 고함을 쳤다.

"지금부터 노작의 죄상에 대한 성지聖旨를 낭독하겠으니 조용히 하라. 형장에서 규칙을 어기는 자는 즉각 순천부로 넘길 것이니 그리 알라!"

유통훈이 말을 마치기 무섭게 깊은 정적 속에서 어지를 선독했다. 힘찬 목소리가 마치 메아리처럼 널리 울려 퍼졌다.

하늘의 뜻을 받들어 명하노라:

짐은 천하를 다스림에 있어서 공정성으로 일관해 왔다. 또한 신하들에게 지성至誠을 다했다고 생각했다. 그러나 짐은 분노를 금할 수 없다. 짐이 그토록 신뢰했던 대신들 중에 노작처럼 짐의 성의를 무시하고 수만 냥에 달하는 뇌물을 받아 자신의 주머니를 채운 비열한 자가 있다는 사실 때문이다! 또 짐의 지극한 정성이 여러분을 감화시키지 못했다는 사실에 울분과 수치를 느낀다. 살합량과 객이흠의 처참한 말로는 주지하는 바이다. 노작은 이를 교훈으로 삼지 아니하고 공공연히 법규에 저촉되는 일을 저질러 자나 깨나 민생을 염려하는 짐을 욕되게 했다. 그러니 짐이 어찌 삼척왕강三尺王綱을 휘두르지 않을 수 있겠느냐? 즉각 노작을 형장으로 끌고 가서 정법正法에 처하라. 유통훈은 형장 감시를 철저히 하라.

노작의 죄상을 알리는 유통훈의 선독이 끝났다. 유통훈은 어지를 다 읽은 다음 감참대에서 내려왔다. 그러나 노작의 죄상을 알리는 대목에서부터 술렁거리기 시작한 장내는 점점 더 소란스러워졌다. 여기저기서 울음기 섞인 아우성도 들렸다. 그 소리를 뚫고 돈민, 돈성 형제가 모습을 보였다. 인파에 치였는지 머리가 흐트러져 있었다. 유통훈은 그들을 반갑게 맞았다.

"북경에는 언제 돌아왔어요? 날도 더운데 피비린내가 역겹지도 않아요? 그렇게 한가하면 어디 그늘을 찾아 시나 읊으면서 놀 일이지 이런 데는 왜 왔어요?"

"노작과 모르는 사이도 아니고 다시 못 올 길을 떠난다는데 와 보는 것이 인지상정이 아니겠습니까. 대인은 사람 잡는 것을 이 잡듯 하는 사람이니 다르기는 다르군요. 이 마당에도 웃을 수 있는 걸 보니! 언젠가는 내가 저 모양이 돼 끌려와도 싱글벙글하겠죠?"

돈성이 유통훈과는 격의 없는 사이인 듯 진한 농담을 던졌다. 이어 간단하게 덧붙였다.

"그렇지 않아도 설근 그 친구의 집에 가서 시나 한 수 읊고 오려던 참이에요. 산해관에서는 어제 돌아왔습니다."

유통훈이 걸어가면서 말했다.

"시간이 다 됐어요. 노작에게 술이라도 한잔 권하고……."

유통훈의 말이 끝나기도 전에 어디선가 대포소리가 울렸다. 그러더니 친병이 달려와 아뢰었다.

"예정된 시간입니다. 명령을 내려 주십시오."

유통훈이 즉각 입을 열었다.

"조금만 더 기다리게. 삼각三刻에 집행해도 늦지 않네."

유통훈이 말을 마치고는 돈민과 돈성 형제에게 다시 시선을 돌렸다.

"그대들이 그리 재미있다고 호들갑을 떨던《홍루몽》은 별로더군요. 읽다가 졸려서 자버리고 말았어요. 오히려《제공전》濟公傳이 더 낫던데요? 폐하께서 기윤을 시켜 도서를 널리 수집하니 그대들도 책을 잘 골라서 보내야 할 거예요.《홍루몽》의 사詞가 다들 좋다고 하지만 내가 보기에는 형식만 화려하고 내용은 공허하더군요."

돈씨 형제는 유통훈의 말에 허허 웃고 말았다. 잠시 셋 사이에는 침묵이 감돌았다. 그때 감참대를 지키고 있던 황천패가 헐레벌떡 달려왔다. 세 사람이 천막 안에 들어서기도 전이었다. 황천패가 감정이 격앙됐는지 목소리까지 떨면서 다급히 입을 열었다.

"연청 대인! 내정內廷의 채蔡 태감이 왔습니다."

유통훈은 고개를 돌려 황천패가 가리키는 곳을 바라보았다. 과연 땀범벅이 된 태감 한 명이 멀리서부터 고함을 치면서 달려오고 있었다.

"태후마마의 의지懿旨가 계신다. 황후마마의 의지도 계신다. 유통훈은 사형집행을 보류하라!"

형장 앞에는 어느새 구경꾼들이 족히 1만 명은 넘게 모여들어 있었다. 그들은 하나같이 태감의 등장과 사형집행을 보류하라는 말에 영문을 모르겠다는 듯 의아해했다. 개국 이래 수많은 사람이 이곳에서 죽어갔어도 사형집행을 코앞에 두고 태후와 황후의 의지로 인해 보류된 경우는 한 번도 없었으니 그럴 만도 했다. 천막 안에서 친구들이 건네는 술을 마시던 당사자 노작 역시 깜짝 놀랐다. 얼마나 놀랐는지 그만 손에 들고 있던 잔까지 떨어뜨릴 정도였다.

형장 주변의 사람들은 낮은 소리로 수군대다가 급기야 광기 어린 목소리로 고함을 지르기 시작했다. 일부는 혹시라도 유통훈이 못 들었을까봐 "사형보류!"를 연호했다. 또 다른 한쪽에서는 "황제 만세, 만만세!"를 외쳐댔다. "태후, 황후 천세, 천천세!"라고 외치는 함성 역시 간간이 들려왔다. 그뿐만이 아니었다. 두 손을 모아 "나무아미타불!"을 연발하면서 땅에 엎드려 절하는 노인도 있었다. 목청이 찢어져라 송성가頌聖歌를 부르는 이들 역시 없지 않았다.

유통훈 역시 어리둥절하고 경황이 없기는 마찬가지였다. 술은 입에 대지도 않았는데 다리가 후들거리고 눈앞이 흐릿하기까지 했다. 그는 의지를 전하러 온 태감에게 태후와 황후의 문후를 여쭙고 나서 가까스로 정신을 추슬렀다.

"채 태감, 돌아가서 태후마마와 황후마마께 전하시게. 유통훈이 의지를 받들어 모시겠노라고 말이오. 유통훈은 즉각 이 자리에서 사형을 보류하고 조정의 명령을 기다리겠소!"

이렇게 해서 넋을 잃은 노작은 천막 안, 영문을 몰라 갑갑한 유통훈은 천막 밖 홰나무 아래에서 초조하게 조정의 명령을 기다렸다. 그 와중에도 천막 안의 노작을 보러 오는 관리들은 더욱 많이 늘어났다. 아역들은 이래저래 질서를 유지하느라 안간힘을 쏟아야 했다. 그들의 그런 고생은 어림군御林軍이 도착해서야 겨우 끝이 났다.

초조한 시간이 얼마나 흘렀을까, 갑자기 인파가 다시 술렁거리기 시작했다. 저 멀리 동쪽에서 먼지를 뿌옇게 일구면서 쾌마가 질주해오는 모습이 보였다. 곧이어 양심전 태감들이 모습을 나타냈다. 그들 사이에는 부항의 모습도 보였다. 부항은 감참대 앞까지 말을 달려와서는 침착하게 말에서 내린 다음 남쪽을 향해 돌아서고는 천천히 입을 열었다.

"어지가 계신다. 유통훈은 무릎 꿇어 어지를 받들라."

"신 유통훈, 대령했사옵니다."

유통훈이 부항의 말이 떨어지기 무섭게 안짱다리 자세로 허겁지겁 달려갔다. 그 모습이 우스꽝스럽기 그지없었다. 그러나 지엄한 어지가 떨어진 터라 주위의 그 누구도 웃음을 터트리지 않았다. 유통훈이 부항의 앞에 무릎을 꿇었다.

"……폐하의 성유聖諭를 받들어 모시겠사옵니다."

부항이 얼굴에 미소를 짓더니 유통훈을 힐끗 바라봤다. 거의 동시에 어지를 읽기 시작했다.

"황후는 오늘 진시에 태후마마의 의지를 받들어 건청궁에 직접 와서 짐에게 주청을 올렸다. 노작이 국법의 용서를 받을 수 없는 죄를 지은 것은 사실이니 제임 기간 동안 수리와 치수에 쏟은 열정과 그로 인해 조정과 백성이 입은 혜택은 이루 헤아릴 수 없을 만큼 크다. 이런 이유로 황후는 노작의 죄를 사면해달라고 친히 청을 올렸다. 노작의 대죄입공을 지켜보겠노라고 강한 자신감도 피력했다. 짐은 황후의 마음이 곧 중생들의 마음을 대변하고 태후마마의 큰 뜻을 받는 것이라 생각해 청을 받아들이기로 했다. 노작을 특별 사면하니 노작에 대한 사형을 즉각 중단하라. 노작을 대리시로 압송한 다음 명령을 기다리라. 물론 국법이 엄중한 만큼 이런 이례적인 사면은 이 한 번으로 족함을 분명히 일러둔다. 노작은 태후마마와 황후의 인덕에 힘입어 다시 살게 됨을 감사하게 생각하고 거듭 태어나는 자세로 과거의 잘못을 통렬히 뉘우치고 세심혁면洗心革面(마음을 닦고 얼굴도 바로 함)하기를 바란다."

유통훈이 즉각 머리를 조아렸다. 이어 큰 소리로 외쳤다.

"만세, 만만세! 신 유통훈, 어지를 받들어 모시겠사옵니다."

좌중의 사람들은 노작의 생사를 걱정해 가슴을 졸이던 터라 유통훈처럼 너 나 할 것 없이 기뻐했다. 일제히 땅에 엎드려 "만세!"를 연발했다. 동시에 폭죽소리가 하늘 멀리까지 울려 퍼졌다. 사람들은 제사를 지내려고 준비해 왔던 종이와 천을 태우는 냄새가 싫지 않은 것은 처음이라고 생각했다.

1년 동안 세상을 시끌벅적하게 만들었던 노작의 사건은 이리저리 뒤집히는 파란을 거듭하면서 결국 이렇게 결말을 맺게 됐다. 돈민, 돈성 형제는 이번 결말이 너무나 의외였다. 그러나 다른 한편으로는 그렇게 불가사의한 일도 아니었다고 입을 모았다. 둘은 인파가 흩어지기를 기다렸다가 천천히 말에 올랐다. 이어 고삐를 움켜쥐고 앞으로 나아갔다. 얼마 후 서직문西直門 입구에 이르자 돈성이 채찍 끝으로 어딘가를 가리켰다.

"형, 저기 저 부인 좀 보세요. 뒷모습이 예전의 장 백정의 딸 옥아하고 꼭 닮지 않았어요? 늑민이 눈이 빠지게 찾던 그 여자 말이에요."

돈민이 미간을 좁히면서 돈성이 지목한 여자를 눈여겨봤다. 과연 어딘가 눈에 익은 뒷모습이었다. 두 사람은 확신에 찬 눈짓을 주고받으면서 힘껏 채찍을 휘둘렀다. 그리고는 두어 걸음 만에 여인을 뒤쫓아 갔다. 과연 등 뒤에 곤히 잠든 아이를 업고 있는 여자는 틀림없는 옥아였다. 돈성이 다짜고짜 큰 소리로 여자를 불렀다.

"옥아 처녀!"

"어머, 나리!"

옥아는 자신을 부르는 느닷없는 소리에 깜짝 놀라 고개를 돌렸다. 그녀 역시 바로 돈민 형제를 알아본 듯 이내 고개를 숙이며 기어 들어가는 목소리로 입을 열었다.

"사형집행 구경을 나오셨어요?"

돈민이 화를 참는 듯 숨을 길게 들이마셨다. 이어 따지듯 물었다.

"등에 업은 그 아이는 그대의 아들이오? 아이의 성이 뭐요?"

"자⋯⋯, 장씨예요."

"애 아비는 어디 있소?"

"작년에 먼저 갔어요."

"생전에 뭘 하던 사람이었소?"

돈성은 옥아의 남편이 죽었다는 말에 일순 마음이 누그러지는 듯한 표정을 지었다. 그러나 여전히 궁금증을 참지 못하겠다는 듯 계속 캐물었다.

"그래, 먹고 사는 데 지장은 없소?"

"평범한 농사꾼이었어요. 없는 게 흠이지 괜찮은 사람이었어요. 시어머님은 성격이 유별났어요. 다 팔자소관인 것 같아요."

옥아는 발끝으로 땅만 후벼 팔 뿐 여전히 두 사람에게는 시선조차 주지 않았다. 순간 세 사람은 잠시 할 말을 잃었다. 무거운 침묵이 흘렀다. 그러나 곧이어 만감이 교차하는 표정을 짓고 있던 돈민이 다시 물었다.

"그동안 말도 없이 어디로 이사를 갔던 거요? 지난번에 조설근도 장씨의 정육점 타령을 하던데! 늑민도 아직 옥아 처녀에 대해 많이 궁금해 하오. 사람이 어찌 그리 매정할 수 있소? 그래도 한때는 정을 주고 내일을 기약했던 사람인데⋯⋯."

옥아가 얼굴이 하얗게 질리더니 끝내 고개를 떨어뜨리고 말았다. 이어 변명처럼 말했다.

"그렇게 됐어요. 웬만해서는 진내鎭內에 한 번 나오기도 힘든 첩첩산중으로 갔거든요. 애가 아파서 약을 지으려고 큰맘 먹고 나왔지, 아니면 나올 엄두를 못 내요."

돈성은 못마땅한 기색을 감추지 못했다.

"배 지나간 뒤에 손 흔들어봤자 무슨 소용이 있겠소만 옥아 아버지도 너무 하셨어! 당사자끼리 죽자 살자 하는데 그렇게 생이별을 시켜놓고 속이 시원했을까? 들어봐야 아무 소용이 없겠으나 알고나 있으시오. 늑민은 지금 좋지 않은 상황에 처해 있소."

옥아가 돈성의 말에 놀란 듯 번쩍 고개를 쳐들었다. 그녀의 이마와 눈가에는 어느새 물고기 비늘 같은 잔주름이 생겨나 있었다. 옛날의 고운 자태는 눈을 씻고 찾아보려 해도 찾을 길이 없었다. 그러나 영특한 눈빛만은 여전했다. 옥아가 주저주저하더니 곧 무겁게 입을 열었다.

"오라버니는…… 위험한가요? 지금 어디 있어요?"

옥아는 늑민이 좋지 않은 상황이라는 소식에 놀랐는지 얼굴에 수심이 가득했다. 돈민이 그 모습을 보면서 돈성을 나무랐다.

"전해주려면 제대로 전해줘야지. 거두절미하고 그렇게 말하면 사람이 놀라지 않겠어? 위험한 것은 아니오. 지금 운남에 있는데 며칠 내에 북경으로 올 거요. 별 탈 없이 마무리될 것이니 걱정하지 마오."

"행색을 보니 그리 넉넉하지는 못한 것 같은데……"

돈성이 형의 말이 끝나기 무섭게 더덕더덕 기운 옥아의 바지를 보면서 한숨을 지었다. 이어 주머니를 뒤지기 시작했다.

"얼마 안 되지만 아이 먹을거리 사는 데 보태시오. 정 막막하면 우리 집으로 찾아오도록 하오. 그래도 과거에 좋은 추억을 나눴던 사이가 아니오. 어찌 됐건 우리는 옥아를 영원한 큰……, 큰누이로 생각하고 있소."

돈씨 형제는 주머니에 있던 은자 몇 냥을 털어 한사코 뿌리치는 옥아의 손에 쥐어주고는 작별인사를 고하고 다시 길을 떠났다

조설근이 새로 이사 간 집은 백가탄白家瞳에 있었다. 가는 날이 장날이라고, 이날은 정말 특별한 날이 되었다. 유소림과 하지가 먼저 와 있

었던 데다 돈씨 형제까지 합류하자 전에 없이 흥청거리는 분위기가 만들어진 것이다.

돈씨 형제가 도착해 말에서 내렸을 때는 이미 안에서 유소림의 이야기 한마당이 진행 중이었다. 방경은 연기가 자욱한 부엌에서 부지런히 솥을 비워가면서 음식을 만들고 있었다. 아이들은 어느새 훌쩍 커버려 큰 놈은 방에서 글을 읽고 작은 놈은 밖에서 혼자 놀고 있었다. 그때 방경이 무슨 광경을 봤는지 갑자기 작은 아이를 야단쳤다.

"동리東籬야, 형이 책 읽고 있잖아! 그 앞에서 놀지 말고 저쪽 나무 밑에 가서 놀아. 흙장난은 그만 하고!"

방경은 밖에 있는 둘째아들에게 신경을 쓰다 두 사람을 발견했다. 깜짝 놀란 그녀는 앞치마에 젖은 손을 쓱쓱 닦으면서 달려 나왔다. 이어 윗방을 향해 소리쳤다.

"근포(조설근), 돈 나리 형제분이 오셨어요!"

그런 다음에야 돈씨 형제에게 인사를 했다.

"어서 오세요. 곧 주안상을 차릴 테니 잠깐만 앉아 계세요."

돈민이 사람 좋게 웃으면서 대답했다.

"형수님의 요리솜씨는 하루가 다르게 느는 것 같습니다. 우리 두 사람은 동네 입구에서부터 군침을 질질 흘리면서 왔다는 것 아닙니까!"

돈성 역시 뒤질세라 너스레를 떨었다.

"지난번에 보니 시도 참 잘 쓰시더군요. 조설근의 집사람이니 여부가 있겠습니까."

그 사이 조설근이 달려 나와 반갑게 돈씨 형제를 맞았다. 예전보다 신수가 훤했다. 아마도 돈씨 형제의 주선으로 다시 종학에 들어가 교습敎習을 맡게 되면서 형편이 좋아지게 된 것 같았다. 더구나 알게 모르게 그를 괴롭히던 장리長吏 교습들이 외지로 발령이 나서 종학을 떠난 것도 그에게는 도움이 되었다. 그렇게 마음도 한결 편해지고 매달 정기적으로 수입이 생겨 가계에도 큰 보탬이 됐으니 사실 신수가 나쁘다면 그게 오히려 이상하다고 해야 할 터였다. 게다가 부항을 비롯해 이친왕怡親王과 장친왕莊親王 등도 자주 도움을 줬으므로 살림이 많이 나아졌다. 게다가 외관도 말끔했다. 이발을 했을 뿐만 아니라 흰색 두루마기를 깔끔하게 차려입은 모습이 여느 귀공자 못지않게 멋졌다.

"말은 안장이요, 사람은 옷이라더니, 역시 옛말이 틀린 데가 하나 없구먼!"

돈민과 돈성이 약속이나 한 듯 동시에 농담을 했다. 그 말에 조설근이 어색한 표정을 짓더니 뒤통수를 긁적였다. 둘은 그런 조설근의 가슴팍을 툭툭 치면서 반가워했다. 이제는 완전히 절친한 친구가 다 됐기에 주고받는 행동이었다.

안에서는 한 무리의 사람들이 아무 거리낌 없이 이끌어가는 술판이 한창이었다. 그들은 두 사람이 들어가자 여기저기서 왁자지껄 떠들면서 일어났다. 이어 돈민과 돈성에게 벌주를 마시라고 야단법석을 떨었다. 돈민은 그 바람에 연속해서 두어 잔을 받아 마셨다. 그러나 돈성은 연신 술을 피했다.

"소림 어른께서 얘기판을 벌이신 것 같은데 먼저 얘기나 듣죠. 나는 빈속에는 술 먹을 자신이 없어요. 형수님이 맛있는 안주를 만들어 주실 때까지 기다려야죠. 아! 글쎄, 벌주는 조금 있다 마신다니까요!"

돈성이 벌주를 외치면서 아우성치는 무리들을 향해 웃는 얼굴로 손사래를 쳤다. 그러자 유소림이 다리를 꼬고 앉은 채 한 손에 잔을 들고 다른 한 손은 창틀에 얹고는 자신만만하게 입을 열었다.

"나는 방금 임사낭林四娘의 얘기를 하던 참이었소. 늦게 왔으니 앞부분부터 다시 하겠소. 강희 이 년에 복건 사람 진록애陳綠崖가 청주靑州 도대道臺로 있을 때의 일이오. 그때 당시는 전란이 막 끝난 뒤라 아문이고 어디고 잡초가 무성하고 인가가 드물었소. 어느 날 밤 그가 늦게까지 술잔을 기울이고 있는데 궁장宮裝 차림의 아리따운 여자가 홀연 나타났다지 뭐요. 붉은 색 옷에 머리를 틀어 올리고 허리에 쌍검을 꽂은 여자는 제비는 저리 가라 할 정도로 날렵하더라고 하오. 진록애는 그녀가 협객인 줄 알고 공손히 예를 갖춰 자리를 권했다고 하오. 술을 권하면서 이것저것 물었더니 여자는 이름이 임사낭이고, 불행히 요절한 청주 항왕恒王의 궁빈宮嬪이라면서 자기소개를 하더라는 거요. 도대아문이 자리한 곳이 바로 왕궁의 옛터라고 찾아왔다는 거지. 진록애가 여자를 요모조모 뜯어보니 미색이 수려하고 조용조용히 말하는 투가 악의는 없어 보였다더군. 두 사람은 곧 권커니 잣거니 술을 마셨다고 하오. 그러다 정분이 난 것은 순식간이었다고 하오. 그런데 꿈인가 생시인가 모를 나날이 얼마쯤 이어지고 어느 날 임사낭이 얼굴 가득 수심을 담은 채 작별을 고했다고 하오. 이어 '소첩은 속세의 인연이 다해 이제는 종남산終南山으로 돌아가야 합니다. 이 시는 곁에 두고 있다가 소첩이 그립거든 읽어보십시오'라는 말 한마디를 남기고 감쪽같이 사라져버리고 말았다오."

유소림이 잠시 얘기를 멈추고는 연거푸 술잔을 비웠다. 좌중의 사람들은 그가 얘기를 이어가기를 이제나 저제나 기다렸다. 그러나 유소림은 음식을 입에 넣고 씹을 뿐 아무런 말도 하지 않았다. 아무래도 더 말을 할 표정이 아니었다. 참다못한 돈성이 물었다.

"그게 끝이오?"

유소림이 히죽 웃으면서 대답했다.

"임사낭이 감쪽같이 사라졌다는데 뭘 더 말하라는 거지?"

좌중의 사람들은 그럴 줄 알았다는 듯 저마다 실소를 터트렸다. 그때 방경이 쟁반에 음식을 가득 담아가지고 들어왔다. 조설근이 잽싸게 일어나 음식그릇을 받더니 탁자에 하나씩 올려놓기 시작했다. 그 모습을 본 좌중의 사람들은 조설근더러 공처가라고 손가락질을 하면서 한바탕 무안을 줬다.

술이 두어 순배 더 돌아가자 돈성은 바빠지기 시작했다. 오늘 사형장에서 있었던 자초지종을 들려주느라 정신이 없었던 것이다. 그가 현장 상황을 생생하게 옮겨놓고 나더니 다시 덧붙였다.

"사면 소식이 날아오니까 백성들이 완전히 미친 것처럼 환호하더라니까! 와, 노작이 그 정도로 대단한 사람인 줄은 정말 몰랐소. 인생을 다시 살아야 하나 하는 생각이 다 들더라고요. 정말이지 도대체 나는 지금껏 뭘 했나 싶더라고요. 우리는 정말 훌륭한 폐하를 모시고 사는 복된 사람들이라는 생각은 늘 해왔어도 태후마마와 황후마마께서도 천리마를 알아보는 혜안을 가지고 계신 줄은 미처 몰랐어요. 황후마마는 정무政務와는 거리가 먼 심궁深宮에서 밖으로 나오는 모습을 거의 못 봤는데, 어떻게 갑자기 노작을 구해낼 생각을 했는지 그게 좀 궁금하기는 하오."

"그거야 우리 범인凡人들은 알 수가 없지 않소? 알 바도 아니고."

유소림이 농담처럼 말했다. 그리고는 수염을 쓸면서 진지하게 말을 이었다.

"요즘은 극성시대라고 해도 거짓이 아닌 것 같소. 남경에서 북경으로 오는 길에 윤계선이 새로 지었다는 금릉서원을 구경했는데, 어찌나 웅장하고 멋있는지 숭양嵩陽이나 악록岳麓 같은 서원은 발뒤꿈치도 못 따라가겠더군! 윤계선에게 좋은 일을 했다고 칭찬을 했더니 듣는 둥 마는 둥 하였소. 그러더니 폐하께서 남순 길에 편히 쉬어가실 수 있도록 행궁을 짓는다는 곳으로 안내하지 뭐겠소. 몇 천 평은 족히 될 부지에 돈을 어마어마하게 쏟아 부은 것 같더라고. 두 시간을 구경하고도 다 못하고 나왔으니 말이오. 윤계선이 그러는데 요즘은 관부에도 민간에도 돈이 넘쳐난다는 거요. 서원을 짓고 행궁을 짓는 데 돈을 자루째 쏟아 넣어도 백성들을 착취하지 않고 내가 부패하지 않는 한 두려울 것이 없다는 거지! 솔직히 그 배짱이 너무 부러웠소. 윤계선은 정말 사람 됨됨이가 괜찮다는 생각이 들었소. 북방은 째지게 궁색해도 강남은 반대라더군. 강남의 몇몇 큰 사원寺院은 조금만 늦게 가도 불전함佛錢函이 꽉 차서 보시도 못하고 돌아올 정도라고 하오."

조설근도 사람들에게 술을 따라주면서 오랜만에 장황한 말을 입에 올렸다.

"북경 한구석에 처박혀 있는 나도 고기 냄새, 기름 냄새를 원 없이 맡는 걸 보면 세상이 참 좋아졌다는 걸 알 수 있소. 그런데 우리는 잘 먹고 잘 살지만 다음 세대는 어찌 될지 누가 장담할 수 있겠소. 극성極盛하면 쇠잔衰殘하기 마련인데 무작정 술판을 낭자하게 벌일 일만도 아닌 것 같소. 한나라 때 문경지치文景之治의 뒤에는 왕망王莽의 난이 있었고, 당나라 때의 정관貞觀과 개원開元의 번화한 뒤에는 천보天寶의 난이 이어졌소. 그런 측면에서 보면 나는 오늘의 극성이 그리 반갑지 않소. 녹음이 우거진 이 여름도 언젠가는 다 가고 낙엽 쓸쓸한 가을이 오지 않겠소? 노작은 구사일생으로 살아났다고 하나 아계와 늑민은 아직 앞날을 점칠 수 없는 상황에 처해 있지 않소? 때리고 맞고, 치고받는 싸움이 끝나면 누군가는 패해 쓰러지는 쪽이 있을 게 아니오? 인생이라는 것은 연극 무대와 같소. 내가 춤추고 내려온 자리에 네가 올라가 광기를 부리고, 네가 웃고 내려온 자리에서 내가 오열하는 연극 무대 말이오. 이런 생각을 하면 새삼 허망하고 쓸쓸해지오."

좌중의 사람들은 조설근의 철학이 담긴 말에 금세 숙연해졌다. 선의의 비아냥거림도 없었을 뿐 아니라 나 잘났노라고 더 난해한 철학을 쏟아내는 사람도 없었다.

순간 돈성은 문득 옥아를 만났던 일이 생각났다. 내친김에 두어 마디로 옥아의 근황도 좌중을 향해 털어놓았다. 이어 한숨을 지었다.

"세상사라는 것은 정말 종잡을 수 없는 것 같소. 늑민이 어디가 모자라 옥아를 놓쳐야 했는지 모르겠소. 그 고집불통 장 백정은 두 사람을 생이별 시켜놓고 저 모양이 된 딸을 보면서 저승에서도 편치 않을 걸? 땅을 치면서 후회하고 있는지도 모르지!"

좌중의 사람들은 돈성의 말에 모두들 고개를 끄덕였다. 공감을 표한다는 뜻이었다. 좌중의 분위기는 언제 떠들썩했냐는 듯 순식간에 싸늘하게 식어버렸다.

30장

황학루黃鶴樓의 주안상

눌친은 건륭의 명을 받고 6월 19일 북경을 떠나 대, 소금천으로 향했다. 이어 하루가 지난 20일에 보정保定에 도착했다. 바로 이때 조정으로부터 소식이 날아들었다. 경복과 장광사가 모든 직무와 작위를 박탈당했다는 소식이었다. 둘이 곧 북경으로 연행돼 부의部議에 넘겨질 것이라는 소식 역시 들려왔다. 그로부터 2, 3일 후 다시 날아온 소식은 더욱 끔찍했다.

'병부의 조사 결과 경복은 상, 하첨대 전투에서 반곤에게 패배했다. 반곤이 금천으로 잠입하도록 방치하기도 했다. 경복 본인도 이 모든 사실을 인정했다. 이번 금천 전투에서도 패망의 위기를 앞두고 경복이 먼저 강화협정을 제안했다. 이는 장광사의 상주문을 통해 분명하게 밝혀진 사실이다. 부의 결과 경복은 죽음을 면치 못할 것이다. 그러나 그가 황실친귀皇室親貴의 자제임을 감안해 참수형 대신 자결을 명한다.'

눌친은 그러거나 말거나 길을 재촉했다. 그러면서도 고개가 갸웃거려지는 것은 어쩌지 못했다. '경복에게 죽음을 명했다면 장광사는 어찌 되는가?', '무엇 때문에 장광사에 대한 처분 소식은 없는가?', '장광사는 무사하다는 말인가?' 하는 의혹들이 꼬리에 꼬리를 물었던 것이다. 그러나 그것은 그 누구에게도 내색할 수 없는 일이었다. 그저 속으로만 중얼거릴 뿐이었다. 때문에 주위에 수행원이 많았어도 그의 속내를 아는 사람은 아무도 없었다.

눌친은 길을 떠나기 전에 소금천에서부터 공격을 개시한다는 계획을 세운 바 있었다. 계획대로라면 낙완洛宛에서 사천四川으로 들어가는 것이 빠르고 편리할 터였다. 그러나 그는 건륭을 배알하고 나온 뒤 일정을 변경했다. 호광湖廣을 경유하기로 한 것이다. 건륭의 판단은 충분히 설득력이 있었다.

'싸움은 무엇이냐? 바로 사기士氣와 모략謀略과 군량미의 겨룸이다. 군량미를 충분하게 지원 받으려면 윤계선을 만나야 한다. 윤계선의 전폭적인 지원을 이끌어내야 한다.'

건륭은 그러한 자신의 뜻을 분명히 밝혔다.

"조정에서는 대, 소금천의 전투에 더 이상 호부의 전량錢糧을 소모할 생각이 없다. 그러니 반드시 윤계선의 도움이 필요하다. 짐은 이미 윤계선에게 어지를 내려 무창武昌까지 영접을 나오라고 명했노라. 그러니 자네는 황학루黃鶴樓에서 윤계선을 잠깐 만난 후에 사천으로 들어가도 늦지 않다."

건륭의 훈수는 눌친의 마음을 움직이기에 충분했다. 물론 호광으로 에돌아가려면 닷새 동안 밤낮없이 바쁘게 걸어야만 했다. 눌친은 때문에 하남성 신양부信陽府에 이르자 300명의 수행원들에게 짐을 최소한으로 줄이라고 명령을 내렸다. 더불어 지치고 병든 말을 전부 튼튼한 말로 바꿔 속력을 내라고 다그쳤다. 덕분에 신양에서 호광의 무창까지 당도하는 데 걸린 시간은 반나절밖에 되지 않았다. 그렇게 장강長江에 이르러 배에 올라탔을 때는 겨우 정오가 조금 지난 시각이었다.

신양에서 무창까지 반나절밖에 걸리지 않은 것에서 보듯 눌친은 오는 길 내내 그야말로 말 등에 앉은 채 가랑이에 불이 날 정도로 길을 재촉했다. 잠시 숨 돌릴 틈도 없었다. 배에 오르고 나서야 비로소 마음의 안정을 찾을 수 있었다.

아무려나 뱃사공의 느린 노랫소리와 함께 배는 서서히 부두를 떠나기 시작했다. 하늘은 구름 한 점 없이 맑았다. 햇살은 따뜻했다. 동쪽을 향해 도도하게 흐르는 장강에는 푸른 물결이 넘실대고 있었다. 그 모습이 마치 넓고 푸른 바다를 방불케 했다. 강 위에는 갈매기들도 한가로이 날아다니고 있었다. 또 멀리서는 귀산龜山과 사산蛇山 양대 산맥이 뽀얀 물안개 속에서 서서히 모습을 드러냈다. 그러나 단연 눌친의 눈을 끈 것은 바로 강기에 우뚝 선 채 넘실대는 물결을 따라 흔들흔들 춤을 추는 것 같은 웅장한 건물이었다. 그것은 바로 그 이름도 유명한 황학루였다.

눌친은 만경창파에 몸을 맡겼다. 그리고는 맑은 하늘을 바라봤다. 그러자 그동안 알게 모르게 쌓여온 모든 고뇌가 한꺼번에 씻겨나가는 느낌이 들었다. 그때 옆자리에 서 있던 막료 가모조柯模祖가 갑자기 맞은편의 부두를 가리켰다.

"동옹東翁(눌친의 호), 저기 보세요! 윤계선 총독께서 마중을 나오셨네요!"

눌친이 가모조의 말을 듣더니 얼굴에 보일 듯 말 듯한 엷은 미소를 흘렸다.

"그렇군. 나도 봤네. 가운데 서 있는 사람이 윤계선 공, 그 옆에 있는 사람은 호광 순무 합반룡哈攀龍……, 그 밖에 이시요와 전도도 있는 것 같군."

눌친이 한 사람씩 이름을 부르는 사이에 배는 어느덧 부두에 이르러 정박을 하기 시작했다. 윤계선이 기다렸다는 듯 손짓을 했다. 동시에 풍악소리가 크게 울리기 시작했다. 풍각쟁이들이 일제히 연주한 곡은 승리를 기원하는 《득승령》得勝令으로, 마치 천년 묵은 바위도 깨뜨릴 것처럼 요란했다. 곧이어 폭죽이 타닥타닥 끝없이 터지기 시작했다. 동시에 뱃사공이 째지는 듯한 목소리로 배의 정박을 알렸다. 그러는가 싶더니 바로 닻이 내려지고 디딤판이 다리처럼 놓여졌다.

눌친은 의관을 정제하고 천천히 배에서 내렸다. 그러자 다시 귀청을 째는 듯 요란한 대포소리가 세 번 울렸다. 그 여진에 제방이 드르르 떠는 것 같았다. 눌친이 내리자 윤계선을 비롯한 수십 명의 관리들은 일제히 무릎을 꿇었다. 정신 사납게 울려 퍼지던 음악과 폭죽소리는 그제야 그쳤다. 그때를 기다렸다는 듯 윤계선과 합반룡이 큰 소리로 인사를 올렸다.

"신 윤계선, 합반룡이 호광의 관리들을 대동해 폐하께 성안聖安을 여쭙사옵니다!"

"폐하께서는 강녕하시네!"

눌친이 남쪽을 향해 돌아서서 대답했다. 이어 웃는 얼굴로 몸을 낮춰 두 사람을 부축해 일으켰다.

"원장元長 공, 반룡 아우! 그간 무고하셨소? 원장 공은 몸이 열 개라도 부족할 사람이 남경에서 여기까지 나오느라 수고가 많았소!"

호광 순무 합반룡은 사실 금천을 지원하라는 명령을 직접 받은 것은 아니었다. 그러나 조정의 고관이 호광에 왕림한 현실을 외면할 수는 없었다. 어떻게든 인사치레를 해야 했다. 그가 윤계선의 인사가 끝나기를 기다렸다가 입을 열었다.

"눌상, 오시느라 풍진風塵에 수고가 많으셨습니다. 호북에서 흠차를 여러 번 영접했어도 이처럼 날개 돋친 듯 빨리 오신 대사大使는 처음입니다. 이쪽으로 옮기시죠. 눌상의 여독을 풀어드리기 위해 조촐한 주안상을 마련했사오니 괘념치 마셨으면 합니다."

눌친이 합반룡의 말을 듣고는 하늘로 치솟은 황학루를 힐끗 쳐다봤다. 그리고는 천천히 입을 열었다.

"이리 멀쩡하게 보여도 속은 까맣게 타 들어가는 사람이라오. 잠시라도 엉덩이를 붙이고 느긋하게 앉아 있을 시간이 없소. 특별히 호광에 들른 것은 두 사람과 군량미 조달 건에 대해 긴히 상의할 일이 있어서요. 서로가 초면도 아니고 하니 허례허식은 빼는 게 좋겠소. 나는 원래부터 연석宴席은 질색이나 이번만은 폐하의 어지가 계시니 예외라 하겠소. 기왕 술잔을 기울일 거라면 황학루에 올라 시원한 강바람을 안주 삼아 두어 잔 마시는 것이 좋지 않겠소?"

합반룡은 눌친이 도착하기 전까지만 해도 그가 최소한 사흘은 머물다 갈 것으로 예상했다. 그런데 눌친은 자신의 생각과는 달리 배에서 내리자마자 서둘러 군무에 대해 논하고는 바로 떠날 채비를 했다. 번갯불에 콩 볶아 먹듯 황학루의 주연도 입에 올렸다. 그로서는 기가 막히지 않을 수 없었다. 하기야 명물 황학루에 오르지 않고서는 호광에 와 봤다고 할 수 없으니 눌친의 요구도 무리한 것만은 아니었다. 문제는 내일쯤 황학루에 모시려고 사전에 아무런 준비도 하지 않았다는 사실이었다.

'여행객들이 개미처럼 몰려든 황학루에서 어떻게 경계를 강화한다는 말인가? 여행객들을 다 내보낸 다음 다시 청소하고 연회석을 마련하려면 시간이 얼마나 걸릴지 장담할 수 없는 노릇이 아닌가.'

합반룡은 그렇게 생각하자 갑자기 화가 치밀어 올랐다. 그는 속으로 욕지거리를 한 사발 늘어놓았다.

'미리 일정을 알려주든가, 아니면 별스럽게 굴지 말고 내가 계획한 대로 따르든가 하면 얼마나 좋아. 빌어먹을!'

합반룡은 눌친을 원망하는 마음이 가득했으나 달리 어쩔 도리가 없었다. 부임한 지 얼마 안 된 신참 순무로서는 감히 뭐라고 토를 달 수 없는 것이 현실이기도 했다. 더욱 기가 막힌 것은 윤계선도 입을 다문 채 조용히 웃기만 할 뿐 가타부타 말이 없다는 사실이었다. 합반룡은 도리 없이 주위에 황급히 명령을 내렸다.

"즉각 주안상을 황학루로 옮기도록 하라, 어서!"

합반룡의 명령을 받은 아역들은 가랑이에 바람을 일으키면서 정신없이 움직였다. 다행히 오래 기다리지 않고 세 사람이 앉아 술잔을 기울일 공간이 마련됐다. 눌친이 황학루에 오르기 전 먼저 입을 열었다.

"원장 공이 현무호玄武湖 근처에 우리 대청의 으뜸으로 꼽힐 만한 서원을 만들었다고 들었소. 폐하께서 대단히 흡족해하시더군. 첨부해 보낸 그림을 보니 실로 장관이 따로 없더구먼. 원래부터 인재의 요람으로 명망 높은 남경이 더욱 유명세를 타게 생겼소."

윤계선이 언제 봐도 비굴하지도 오만하지도 않고 침착하고 늠름한 모습을 한 채 몸을 의자에 살짝 기대면서 대답했다.

"과찬이십니다, 눌상! 원래 서원이 있었으나 너무 낡아서 볼썽사나웠습니다. 명륜당明倫堂은 한 귀퉁이가 무너지기까지 했거든요. 아무 때건 폐하께서 남순南巡 길에 오르시면 틀림없이 걸음을 멈추고 둘러보실 곳인데 너무 누추한 것도 불경스러울 것 같아 큰맘 먹고 새로 단장했습니다."

눌친이 다시 말을 받았다.

"들자하니 막수호 쪽에는 화려하기 이를 데 없는 행궁도 지어놓았다는 얘기를 들었소? 돈은 많이 들지 않았소?"

윤계선은 평소 영민하다는 평가를 받는 그답게 눌친이 집요하게 '돈'에 대해 강조하는 의중을 바로 알아차렸다. 눌친은 세상이 다 아는 '부자'인 자신의 비위를 적당히 맞춰 군량미를 많이 타내려고 하는 심산이었던 것이다. 윤계선이 파안대소했다.

"그 행궁도 성조께서 남순 때 머물고 가셨던 행궁을 적당히 손 봤을 뿐입니다. 만승지군萬乘之君이 침수를 드실 곳인 만큼 예부에서 내려와 직접 기획하고 감리를 했습니다. 돈은 많이 든 것이 확실하나 모두 국고에서 지출한 것이니 저는 잘 모르겠습니다. 저쪽에 저의 속사정을 훤히 꿰뚫고 있는 전도도 와 있으니 궁금하면 물어보시죠."

눌친이 윤계선의 말에 고개를 끄덕였다. 그리고는 다시 입을 열려고 할 때였다. 합반룡의 부하인 아역 한 명이 달려왔다. 동시에 황급히 예를 갖추면서 아뢰었다.

"눌상께 조정의 문건이 날아왔습니다."

눌친이 아역의 말이 떨어지자마자 즉각 문건을 받았다. 이어 조심스레 묵직한 문건의 겉봉을 뜯어 속지를 꺼내 폈다. 놀랍게도 그것은 장광사의 상주문이었다. 뒷면을 보니 아니나 다를까 역시 건륭의 주비가 첨부돼 있었다. 눌친은 바로 자리에서 벌떡 일어나 먼저 장광사의 주장부터 펼쳐 읽었다. 먼저 사라분과 강화조약을 맺기까지의 전후사연을 상세하게 설명하고 있었다. 더불어 경복의 난명亂命을 물리치지 못하고 조정과 폐하께 치욕을 안겼으니 백번 죽어 마땅하다는 참회의 내용도 담겨 있었다. 어느 막료의 수필手筆인지 구구절절 피눈물 맺힌 회한이 그대로 묻어나 읽는 이로 하여금 감명을 받지 않을 수 없도록 하고 있었다. 눌친은 건륭의 의중이 궁금했다. 서둘러 뒷면의 주비를 읽었다. 내용은 장광사의 간청을 많이 반영하고 있었다.

경의 주장을 읽고 나니 감개가 무량하네. 서글픔도 밀려오네. 경은 진심으로 과오를 뉘우치고 회개하지만 짐은 경에게 서운하지 않을 수 없어. 짐의 성총을 한 몸에 받는 대장군이라면 경복의 허튼 수작을 진작 간파하고 짐에게 상주해야 했을 것이 아닌가! 이제 와서 땅을 치면서 통곡한들 무슨 소용이 있겠나! 짐은 경의 생사를 눌친에게 맡기겠네. 어찌해야 살아남을 수 있을지 곰곰이 생각해보고 눌친을 만나거든 잘 얘기해보게. 눌친은 짐의 의중을 잘 헤아리는 대신이니 경을 죽이든 살리든 눌친의 결정이 곧 짐의 결정이 될 것이네. 금천을 평정하는 것은 짐의 오랜 숙원이네. 기회가 된다면 눌친을 잘 보필해 이번에 반드시 승전고를 울리도록 하게. 그렇지 못할 경우에는 경복과 마찬가지로 엄정한 군법의 심판을 면치 못할 것임을 일러두네.

'결국 장광사는 이대로 살아남는다는 얘기인가?'

눌친이 속으로 중얼거리면서 깊은 한숨을 삼켰다. 이어 말없이 주장을 고이 접어 봉투에 넣고는 자리로 돌아와 앉았다. 합반룡의 시선은 굳어진 눌친의 얼굴에서 떨어질 줄 몰랐다. 반면 윤계선은 무덤덤한 표정으로 손톱에 낀 흙을 파내느라 여념이 없었다. 잠시 무거운 침묵이 흘렀다. 합반룡이 그 침묵을 참기 힘들었는지 황학루 쪽을 슬쩍 바라보고는 말했다.

"연회석 준비가 완료된 것 같습니다. 저리로 자리를 옮기시죠."

윤계선이 그제야 자리를 박차고 일어나 시계를 꺼내봤다.

"미시가 넘었군요. 모두들 뱃가죽이 등에 가 붙었을 겁니다. 오래간만에 포식하려고 아침부터 쫄쫄 굶었을 텐데 오죽하겠어요!"

윤계선의 말에 눌친과 합반룡도 웃었다. 눌친이 가장 마지막에 자리에서 일어서면서 말했다.

"전도도 와 있다고 하니 불러서 자리를 같이 하는 것이 좋겠소. 원장공, 나는 길게 입씨름이나 하려고 온 게 아니오. 군량미만 넉넉하게 조달받을 수 있다면 이번에 보란 듯이 싸워 이기겠소. 그렇지 않고 여기에서부터 일이 꼬여 차질이 생긴다면 입에 올리기도 싫으나 어쩔 수 없이 군법을 동원해야겠소. 주지 않으면 빼앗아 가겠다는 뜻으로 해석해도 틀리지 않을 거요!"

농담 반, 협박 반인 눌친의 말에 윤계선이 즉각 대답했다.

"무슨 말씀인지 잘 알아들었습니다. 어서 황학루로 오르시죠."

윤계선의 말이 끝나기 무섭게 눌친 등은 먼지 하나 없이 깨끗하게 정돈된 돌계단을 밟으면서 황학루에 올랐다. 연회에 합석하라는 명령을 받은 전도 역시 멀리서 뒤따라 올라왔다. 원래 관가의 예법으로는 대신大臣은 연회석 상석에 앉는 것이 관례였다. 그래서 눌친과 윤계선의 자리는 황학루의 맨 위층에 마련됐다. 윤계선과 합반룡은 눌친을 앞세우고 맨 위층으로 통하는 나무계단을 밟고 올라섰다. 그러자 오래 된 나무계단은 걸음을 뗄 때마다 금방이라도 부서질 듯 위태로운 소리를 냈다. 윤계선이 합반룡을 향해 말했다.

"돈은 움켜쥐고 있다고 해서 능사는 아니지! 보아하니 나무계단이 백년도 더 지난 것 같소. 손을 좀 보지 그러오? 저쪽에 당비唐碑라고 세워둔 것도 비랑碑廊을 만들어 비와 햇볕을 가릴 수 있게 해줘야 하지 않겠소? 이백李白의 시비詩碑는 이 고장의 얼굴인데 수십 년 동안 방치된 여느 무명비 같은 꼴이어서야 되겠소?"

합반룡이 무관 출신답게 거친 숨 한 번 쉬지 않고 뒤따라오더니 바로 대답했다.

"그렇지 않아도 학정學政들에게 계단을 손보라고 명했습니다. 황학루가 다시는 벼락을 맞지 않도록 위에 불탑佛塔을 세우고 감실龕室에 관세음보살을 모시라고 했죠. 또 조자룡趙子龍의 묘廟도 만들라고 자금도 넉넉히 지원했습니다. 그러나 아직 착공을 하지 못한 상태인 것 같습니다. 돌아가면 단단히 주의를 줘야겠습니다. 왕년에 조자룡이 이곳에서 어가를 호위하지 않았더라면 후세들이 이곳에 황학루를 세울 생각이나 했겠습니까?"

일행은 숨이 턱까지 차올라 헐떡이면서도 간간이 한마디씩 주고받았다. 그러다 어느덧 황학루 정상에 다다랐다. 눌친은 정상까지 올라와 본 것이 처음이었기에 기분이 좋을 수밖에 없었다. 정상의 넓은 공간에는 전체에 홍송 마루를 깔아서 그런지 확 트인 느낌을 주었다. 떡갈나무로 만든 병풍도 예사롭지 않았다. 기둥에 조각된 물고기를 비롯한 벌레, 꽃, 새, 구름, 나무 등이 선인仙人의 그림들과 절묘한 조화를 이루고 있었다. 조각은 하나같이 섬세하고 정교했다. 다만 세월의 흔적을 말해주듯 기둥의 붉은 칠이 군데군데 벗겨져 검은 살이 드러난 것은 조금 아쉬웠다. 조각된 꽃의 색상 역시 안타깝게 빠른 속도로 퇴색하는 듯했다.

당연히 유람객들이 만지고 지나간 자리는 손때가 묻어 반질반질했다. 눌친이 난간에 기댄 채 그런 기둥들을 손으로 쓸어보면서 연신 감탄했다.

"여기가 바로 말로만 듣던 황학루로구나. 동으로 줄기차게 흘러가는 장강이 한눈에 안겨오니 천고의 옛 얘기가 머릿속에 떠오르는구나! 황학루의 명성은 과연 헛된 것이 아니로군. 이 아래가 황학기黃鶴磯(황학루가 세워진 물가의 지명)라는 곳이지? 어찌해서 이곳에 황학루를 세웠는지 그대 호광 순무는 그 연유를 알고 있는지 모르겠소? 아래층에 연회를 시작하라고 명하고 우리도 한잔 비우고 다시 얘기하는 것이 좋겠소."

"흠차대인께서 연회를 시작하라고 명하신다!"

계단 입구에 서 있던 아역들이 눌친의 말이 끝나자마자 흠차의 명령을 아래로 전달했다. 눌친의 양 옆에는 즉각 윤계선과 합반룡이 자리를 잡았다. 전도는 주전자를 든 채 일일이 일행의 술잔을 채워나갔다. 합반룡이 먼저 술잔을 들더니 눌친에게 권했다.

"말 그대로 이 고루高樓 밑의 황학기는 원래 황학黃鶴들의 서식지였다고 합니다. 선인仙人들은 학을 타고 승천하는 것이 곧 득도의 최고 경지라고 믿었다고 합니다. 그래서 황학의 서식지인 이곳에 고루의 터를 잡았을 가능성이 크다고 생각됩니다."

"그리 말하니 그것도 일리가 있어 보이오. 하기야 몇 백 년 전의 일을 누구인들 제대로 알겠소. 이것도 맞고 저것도 맞는 경우가 비일비재하지."

이어 윤계선도 술을 권했다. 이어 덧붙였다.

"지난번 남위南闈 시험 때 어떤 수재秀才가 자신의 외모를 설명하는 부분에서 수염이 몇 가닥 났다고 해서 '미수'微鬚라고 적었나 봅니다. 그런데 나중에 신체검사를 하면시 순사청巡查廳의 한 학구學究가 '미微는 곧 없음을 뜻하는 말이다. 그러니 미수라고 하면 수염이 없다는 뜻이 아니냐. 수염이 있으면서 없다고 했으니 답안지와 실물이 부합하지 않는다'고 억지를 부리면서 수재의 자격을 박탈했다지 뭡니까? 이에 불복한 수재는 학구를 공당公堂으로 끌고 가 반론을 제기했답니다. '사서四書에 보면 공자가 미복微服을 한 채 송宋나라를 시찰했다고 합니다. 그러나 학구의 논리대로라면 공자는 그때 당시 홀랑 벗은 알몸으로 대낮에 활개치고 다녔다는 말입니까?'라고 했다더군요. 그 말에 학구는 그만 꿀 먹은 벙어리가 됐답니다."

좌중의 사람들은 출처 모를 윤계선의 얘기에 한바탕 웃음을 터트렸다. 그 말을 계기로 좌중의 분위기는 급속도로 화기애애해지기 시작했다. 그러나 술이 세 잔씩 돌아가자 눌친이 술잔을 앞으로 밀어냈다. 이어 무겁게 입을 열었다.

"마침 전도도 자리를 같이 했으니 다행이오. 하고 싶은 말이 뱃속에 가득 하니 술이 넘어가지 않는군. 단도직입적으로 군량미에 대해 의논해볼까 하오. 폐하께서는 출발을 앞둔 이 사람에게 재삼 당부하시고 강조하셨소. 더 이상 조무래기들에게 얻어맞고 돌아오는 일이 없도록 하라고 말이오. 운남의 개토귀류改土歸流 때부터 상, 하첨대 전투 그리고 대, 소금천 전투에 이르기까지 십 몇 년 동안 판을 벌였어도 속 시원하게 승전고를 울린 적이 한 번도 없었소. 물론 폐하께서는 원장 공을 비롯해 지방에서 고생하는 여러 신하들의 노고를 거듭 치하하셨소. 전에는 이위와 범시첩范時捷, 지금은 원장 공과 범시첩, 전도 세 사람이 강남에서 생업을 진두지휘하랴, 끝이 보이지 않는 막대한 군량미를 지원하랴…… 고생이 이만저만이 아닐 것이라고 말씀하셨소. 또 올해에 이어 내년에도 강남 전 지역의 전량을 면제키로 했으니 지방세 수입이 하나도 없는 여러분의 입장이 더 곤란해질 것을 이미 짐작하고 계셨소. 그래서 하는 얘기인데 폐하께서는 이번 금천 전투가 우리 군의 완승으로 끝난다면 그간 전폭적인 지원을 아끼지 않은 강남의 노고를 잊지 않고 배로 은혜를 베푸실 의사도 분명히 밝히셨소."

눌친은 우선 윤계선을 안심시켰다. 그런 다음 천천히 본론을 끄집어냈다.

"폐하께서는 나를 조정의 으뜸가는 선력대신宣力大臣이라고 하셨소. 솔직히 내가 그 정도의 인물은 아닌 것 같소. 그러나 아무튼 보정재상輔政宰相의 신분으로 전선에 나간 사람은 내가 개국 이래 처음이라는 거요. 그러니 사라분에게 두 번 다시 수모를 당해서는 안 되오. 조정으로서는 더 이상 물러설 자리가 없으니 말이오. 무슨 수를 쓰든지 갈아엎어야 한다 이 말이오. 사실 내가 맡은 임무도 쉽지는 않은 것이오. 한마디로 뒤돌아보면 천애절벽이요, 엎어지면 칼산인 위태로운 처지라고 해도 좋소. 하지만 이 일도 서로 맡겠다고 노린 사람이 많았소. 부항도 그중 한 사람이었지. 내가 폐하께 독대를 청해 부항의 험담을 좀 했다오. 부항은 재능은 있으나 경륜이나 위망威望이 7개 성의 군마軍馬를 통솔하기에는 역부족일 것 같다고 말이오. 그러면서 내가 목숨 걸고 군령장軍令狀을 세우겠노라고 말씀드려 폐하의 성원을 이끌어 낸 거요. 내 처지가 이러하니 염치없지만 여러분의 전폭적인 지지를 간절히 부탁하는 바이오. 여러분이 도와주지 않으면 나는 아무것도 할 수 없소."

합반룡은 윤계선이라는 든든한 방패막이가 있어서 아무런 걱정이 없다는 듯 눌친의 말을 듣고만 있었다. 그러다 미소를 지으면서 천천히 입을 열었다.

"입은 비뚤어져도 말은 바로 하라고 했습니다. 아무튼 사라분 그놈은 대단한 놈입니다. 고작 한줌밖에 안 되는 토사土司의 병력으로 대학사인 경복을 무릎 꿇게 만들었으니 말입니다. 하관의 소견으로는 경복 대인은 군권을 틀어쥔 장광사 앞에서 시종일관 꼭두각시 노릇만 한 것 같습니다. 실권 하나 없이 이용당하다가 결국 무고한 희생양이 되지 않았나 생각됩니다. 눌상, 장광사를 멀리 내쫓아야 합니다. 그 대장에 그 부하라고, 장광사의 입김이 작용하는 한 그의 부하들을 인솔하는 데 애로사항이 많을 것으로 생각됩니다."

눌친은 합반룡의 말이 틀리지 않다고 생각했는지 입술을 꽉 깨물었다. 그 바람에 아랫입술에 이빨자국이 선명하게 새겨졌다. 이어 그가 다시 굳은 의지를 다졌다.

"쫓아내나 마나지. 그 양반의 목숨은 내 손아귀에 달려 있는데 무슨 걱정이오? 죽지 않으려면 당연히 나를 정실로 모시고 그가 고분고분한 첩실이 돼야지!"

무심코 던진 돌에 개구리는 맞아죽는다고 했던가. 눌친이 생각 없이 내뱉은 첩실이라는 단어는 분명히 평범한 돌이었다. 그러나 첩실 소생인 개구리 윤계선의 자존심에 크나큰 상처를 주고야 말았다. 그는 자신이 원한 것은 아니었으나 첩실의 아들로 태어났다. 그로 인해 어머니와 함께 온갖 수모를 겪으면서 살았다. 때문에 나중에 출세가도를 달리고 성공하기는 했으나 당시의 악몽은 시도 때도 없이 기억 속에 떠다니면서 그를 비참하고 가슴 아프게 만들었다. 그는 이유 없이 매 맞고 까닭 없이 홀대받는 것은 어떻게든 참을 수 있었다. 그러나 어머니가 천한 몸종들과 마찬가지로 아버지와 큰어머니 앞에서 엉거주춤 고개 숙인 채 차를 따르고 수건을 건네면서 한껏 기죽어 사는 모습은 차마 눈 뜨고 보기 힘들었다. 윤씨 일가에 대한 원한이 뼈에 사무친 것은 당연한 일이었다. 다행히 옹정이 그 사실을 알고 직접 나서서 윤계선의 어머니를 고명부인誥命夫人으로 봉한 후 남경에서 아들과 함께 살 수 있도록 배려해줬다. 그러나 윤계선의 어머니는 장기간의 우울증이 고질이 돼 꿈에도 그리던 아들과 상봉한 지 사흘 만에 죽고 말았다. 윤계선은 그렇게 불쌍한 어머니를 늘 가슴에 묻고 있었다. 때문에 어머니와 관련된 것이라면 아주 사소한 말 한 마디, 행동 하나에도 쉽게 상처를 입고는 했다. 한마디로 어머니와 자신의 출신 성분은 그의 최대 약점이라고 해도 좋았다.

　인두로 가슴을 지진들 그보다 더 아프고 쓰라리랴! 윤계선은 연신 술을 넘치게 따라 속으로 들이부었다. 그러나 목구멍만 탈 뿐 슬프고 분한 마음은 좀체 가라앉지 않았다. 나중에는 시뻘건 눈에 눈물이 잔뜩 고여 곧 쏟아져 내릴 것만 같았다. 그는 결국 도망치듯 자리를 벗어났다. 이어 소매로 눈물을 닦으면서 저 멀리 굽이치는 강물을 바라봤다. 시원한 강바람이 마치 어머니의 따뜻한 위로의 손길처럼 느껴졌다. 그제야 그는 마음이 어느 정도 진정되었다. 그가 한참 후 자리로 돌아와서는 소리 없이 한숨을 내쉬었다.

"이 사람은 약관弱冠의 젊은 나이에 용문龍門에 올라 선제와 폐하의 과분한 성총에 힘입어 이립而立도 되기 전에 봉강대리에 발탁됐습니다. 탐관오리들의 목을 칠 때 손이 떨린 적이 없었고, 또 폭동을 잠재울 때 다리가 흔들린 적도 없었습니다. 지금껏 맡은 바 임무를 그르친 적 역시 한 번도 없었습니다!"

윤계선이 이를 악문 채 내뱉듯 단호하게 말했다. 그러다 갑자기 말투와 표정을 부드럽게 했다.

"눌상, 어지를 받은 오늘부터 이 사람은 대인의 부하입니다. 물론 일을 그르치면 군법이 알아서 처벌할 것이나 일단 군량미를 언제, 어떻게 지원해야 할 것인지 분부를 내려주십시오."

좌중의 사람들 중 윤계선의 그런 가슴 아픈 속사정을 아는 사람은 전도 외에는 아무도 없었다. 그래서 조금 전 눌친의 입에서 정실이니 첩실이니 하는 말이 나오자 전도는 속으로 마음이 조마조마할 수밖에 없었다. 그러나 윤계선은 그런 그의 불안을 깨끗하게 잠재워버렸다. 겉으로는 전혀 내색하지 않은 채 의연하게 공무를 논하고 있었다. 전도는 윤계선의 높은 인격 수양에 감복하지 않을 수 없었다. 그때 눌친이 다시 입을 열었다.

"경복이 무능해 군기軍機를 놓쳤을 뿐 다행히 우리 군은 크게 원기를 다치지 않았소. 부상병을 제외하고 현재 이만 구천 명이 대, 소금천에서 포위 태세를 취하고 명령을 대기하고 있는 상태요. 그 외에도 이만 명의 역부役夫와 군량미 운반책들을 합치면 가동 가능한 병력이 총 육만 명쯤 된다고 보고받았소. 육만 명이면 하루에 식량 육백 석이 필요하오. 한 석에 은자 세 냥씩 친다고 해도 천팔백 냥이오. 또 일 년이면 육십오만 냥이오. 이밖에 군량미를 운반하는 인건비까지 합치면 내가 일 년

내에 승부를 내지 못해 반 년 정도를 더 끈다고 예상했을 때 원장 공은 적어도 나에게 이백만 냥의 군비를 지원해줘야겠소."

"좋습니다! 그런데 중당께서는 남로군을 말씀하십니까, 아니면 전군의 군비를 말씀하십니까?"

"남로군과 중로군의 군비만 책임지면 되오. 북로군은 사천성에서 맡기로 했으니까."

윤계선이 눌친의 대답에 담담하게 대꾸했다.

"아, 그렇습니까! 섬서, 운남의 벗들이 보내온 서찰을 읽어보니 개펄을 지나는 북로군의 행색이 말이 아니었다고 합니다. 군량미와 의복이 제대로 조달되지 않고 있나 봅니다. 사천성의 재력으로는 아마 뒷바라지하기가 힘에 부칠 겁니다. 제가 내놓는 김에 사천성에 일백만 냥을 더 지원하도록 하겠습니다."

눌친은 줄곧 국공부國公府에서 자라고 공부를 해온 귀공자였다. 그랬으니 줄기차게 북경에서만 일하고 외지에서 일해본 적이 없었다. 따라서 상서방과 군기처의 요직을 두루 겸하는 동안 지방관들의 생리에 대해 배울 기회가 전혀 없었다. 하나에 하나를 더하면 둘이라는 것만 알았지 셋이 될 수도 있고 넷이 될 수도 있다는 사실을 알 턱이 만무했다. 급기야 그가 자진해서 100만 냥을 더 내놓겠다는 윤계선의 말에 크게 기뻐했다.

"원장 공의 충심보국하는 마음에 실로 감탄하지 않을 수 없소. 당장 폐하께 그대의 마음 씀씀이를 높이 치하하는 글을 올리겠소!"

윤계선이 당치도 않다는 듯 말했다.

"마땅히 해야 할 일을 했을 뿐인데요, 뭘! 그래도 모자라면 최고 오백만 냥까지 내놓겠습니다. 강남의 은자가 어디 하관의 소유입니까? 조정에서 필요로 한다니 무한한 영광으로 여기고 중당께서 원하시는 대로 가져다 쓰십시오!"

윤계선이 잠시 말을 멈췄다 다시 이어 나갔다.

"물론 은자나 군량미는 모두 땅을 파서 쉽게 얻어온 것이 아닙니다. 장광사 군문은 제가 보낸 창고 두 개분의 식량을 금천에서 몽땅 썩혀버리고 말았죠. 솔직히 강남에도 쌀 한 되가 없어서 자식을 내다파는 부모가 있습니다. 그러니 만에 하나라도 제가 쌀과 은자가 처치하기 곤란해서 선행을 베푼다는 생각은 하지 말았으면 합니다. 중당께서는 하관이 지원에 인색해 전사戰事에 지장을 초래할 경우 군법에 따라 엄정히 처벌할 거라고 말씀하셨죠? 듣기 싫은 소리겠으나 만일의 경우 중당께서 하관이 보낸 식량을 낭비하신다면 저도 가만히 있지 않을 것입니다. 탄핵도 불사하겠다는 얘기죠."

눌친이 눈빛을 반짝이면서 자신감 넘치는 목소리로 말했다.

"그런 걱정은 붙들어 매시오!"

윤계선이 환한 얼굴로 화답했다.

"하관은 이번에 무창으로 오면서 식량 일만 석을 가져왔습니다. 물을 거슬러 올라와야 하는지라 배가 늦어 아마 사흘 후에 당도할 것입니다."

세상에 이보다 더 기쁜 소식이 있을까. 눌친은 너무 반가운 마음에 자리를 박차고 벌떡 일어났다. 그리고는 직접 주전자를 들어 윤계선에게 술을 따라주고는 머리가 땅에 닿을 정도로 길게 읍을 했다.

"정말 고맙소! 그대의 일월성신日月星辰을 능가하는 애국충정을 필히 폐하께 아뢰어 특공을 기입하도록 하겠소. 이시요와 늑민은 경복과 장광사 사건 때문에 북경으로 소환됐소. 원래는 대질심문이 필요해 불렀던 것이나 사건이 다 마무리된 마당에 두 사람의 직무를 해제시킬 필요가 없다고 폐하께서 의사를 밝히셨소. 내 생각에는 그 두 사람에게 군량미 조달업무를 맡기는 게 좋을 것 같소. 폐하께서 복직시키라고 하셨으니 합반룽 그대가 가서 이를 알려주는 것이 좋을 것 같소. 두 사람에게 나를 따라 사천으로 갈 준비를 하라고 일러주오."

눌친이 말을 마치고는 비로소 장광사의 처분과 관련된 건륭의 주비朱批를 세 사람에게 읽어보라면서 건네줬다. 윤계선과 합반룽은 주비를 읽어보고 별다른 말이 없었다. 그러나 전도는 장광사를 군중에 남겨두는 것이 부당하다는 생각을 떨쳐버리지 못했다. 물론 그는 눈앞의 현장이 자신이 낄 자리가 아니라는 사실 역시 모르지 않았다. 그래서 입을 꾹 다문 채 아무 말도 하지 않았다.

이튿날 전도는 윤계선을 따라 양강 총독의 전용 대좌함大座艦을 타고 남경으로 돌아왔다. '불가마'로 불리는 무창의 찜통더위를 뒤로 한 채 시원한 강바람을 맞받으면서 배를 달리는 기분은 그야말로 날아갈 것만 같았다. 게다가 두 사람은 모두 문인 출신인 터라 풍류를 충분히 즐겼다. 때로는 강물을 바라보면서 시를 읊기도 하고 때로는 달밤에 갑판에 나와 술잔을 기울이기도 한 것이다. 시간가는 줄 모를 정도로 편안한 한때였다.

그럼에도 전도는 마음이 완전히 편치만은 않았다. 군량미 공급과 관련해 석연치 않다고 생각되는 부분을 윤계선과 조금 더 터놓고 얘기하고 싶기도 했다. 그러나 엄청난 약속을 하고도 아무 일도 없었던 듯 풍화설월風花雪月을 읊어대는 윤계선을 보노라니 입가에 맴도는 말을 꿀꺽 삼켜버리는 수밖에 없었다. 윤계선은 마치 당장 하늘이 무너진다고 해도 술잔을 끝까지 비우고야 말 것처럼 넉넉하고 여유 있는 모습을 보였다.

그러나 석두성石頭城의 모습이 드디어 눈앞에 드러나면서부터는 윤계선도 변하기 시작했다. 오는 길 내내 맑은 하늘처럼 그늘 한 점 없던 표

정이 점차 흐려지기 시작했다. 나중에는 수행원들이 내릴 준비를 하든
말든 아랑곳하지 않고 갑판에 선 채 부두에 시선을 박고 통 말을 하지
않았다. 등 뒤에 서 있던 전도가 눈치를 보다 슬며시 입을 열어 물었다.

"총독 대인, 집에 도착했는데 기쁘지 않으십니까? 뭔가 심사가 깊어
보이십니다?"

"무한보다 더 더운 남경이 뭐가 좋다고 그래? 배에서 내리는 순간부터
골머리 아픈 일들뿐일 텐데!"

"합반룡 중승에게 듣자 하니 폐하께서는 윤 제대制臺 내인을 양광 총
독 적임자로 점지하고 계신다는데 그게 사실입니까?"

윤계선이 전도를 향해 고개를 돌렸다. 이어 여전히 생각에 잠긴 표정
을 한 채 고개를 끄덕이면서 대답했다

"폐하께서는 아직 결정을 내리지 않으신 걸로 알고 있어. 양광은 현
재 코쟁이들과의 해상무역이 활성화되기 시작한 시점이라 잘만 개척하
면 오늘의 남경에 비할 바가 아니지. 그래서 그리로 보내달라고 내가 먼
저 청을 드렸네."

사실 윤계선이 건륭에게 주청을 올린 이유는 따로 있었다. 양광으로
가고 싶어 한다기보다는 강남을 뜨고 싶은 마음이 더 강했다. 그는 부
유하다 못해 기름이 뚝뚝 떨어진다는 강남에서 양강 총독 자리를 자
그마치 8년이나 지킨 인물이었다. 군정軍政과 민정民政은 말할 것도 없
고 재정財政, 해정海政, 양무洋務까지 한 손에 움켜쥐고 있다고 해도 과언
이 아니었다. 문제는 그렇게 되면 남의 눈에 날 수밖에 없다는 사실이
었다. 실제로 권력이 막중하면 소인배들의 질시를 받게 되는 것은 시간
문제라고 해도 과언이 아니었다. 눈 먼 화살에 맞아 치명타를 입는 것
도 당연한 일이었다. 그는 이미 누군가가 건륭에게 "남쪽에서는 윤계선
의 말 한마디가 성지聖旨를 능가한다"라는 따위의 글을 올려 자신을 비

방하고 있다는 사실 역시 잘 알고 있었다. 그가 잠시 뭔가를 생각하더니 말을 이었다.

"양광으로 가면 다 좋아. 그런데 한 가지 아쉬운 점이 있긴 해. 죽으라는 건지 살라는 건지 도통 알아듣지 못할 광동말도 문제이기는 하나 학문을 중시하고 시사詩詞에 능한 사람이 적다는 것도 유감이 아닐 수 없지."

"당분간은 서글프겠지만 시간이 지나면 적응이 될 겁니다. 인재도 키우기에 달려있지 않습니까. 천천히 지기知己를 만들어 가는 일도 재미있을 것 같네요. 한 곳에 오래 머물다 보면 나중에는 고향으로 착각할 정도로 정이 들게 마련입니다. 저는 또 윤 제대께서 군비 때문에 고민하고 계신 줄로 알았습니다."

전도가 윤계선을 위로했다. 확실히 핵심을 짚어놓고 짐짓 딴청을 부리는 재주가 있는 사람다웠다. 그 속내를 모를 리 없는 윤계선이 미소를 지어보였다.

"또 뭐가 그렇게 궁금한 건가? 군비를 많이 주겠다고 대책 없이 큰소리친 것을 후회할까봐 내 걱정을 하는 건가? 결론부터 말하자면 그건 아니네! 내가 황학루에서 무슨 생각을 했는지는 아무도 모를 걸. 단 한 가지 맛보기로 알려줄 수 있는 것은 내가 하마터면 나쁜 마음을 먹을 뻔했다는 거야. 하마터면 눌 중당이 치명타를 입는 걸 보면서도 못 본 척하려 한 거지. 흥! 삼백만 냥 좋아하네. 삼백만 냥으로는 칠 개월을 버티면 고작일 텐데, 뭐 일 년에 삼백만 냥이면 된다고?"

"그게 대체 무슨 말씀입니까? 저는 무슨 뜻인지 잘 모르겠습니다."

전도가 짐짓 놀란 표정을 지으며 윤계선을 바라봤다. 윤계선이 빙그레 웃으면서 입을 열었다.

"자네같이 영특한 사람이 내 말을 못 알아들을 턱이 있나? 눌 중당은 군사 경험이 전혀 없는 재상이네. 이 점을 간과해서는 얘기가 안 되지. 그 양반이 말한 삼백만 냥이나 이백만 냥은 병부에서 대충 올린 보고에 근거한 숫자일세. 병부에서는 인부들의 인건비를 계산에 넣지 않았네. 경복 대인과 장광사 군문이 금천에 이 년 동안 죽치고 있으면서 쏟아 부은 은자가 얼마나 되는 줄 알아? 자그마치 천삼백만 냥이야! 폐하께서는 태후마마께 효도하려고 원명원圓明園을 대대적으로 보수할 계획을 세우셨지. 그 경비를 줄이면서 금천 전사를 전폭적으로 지원하신 거네. 그런데 그렇게 엄청난 돈을 갖다 쓰고도 패전했으니 폐하께서 경복의 목을 치지 않으시겠어? 물론 실추된 조정의 위상을 다시 세우고자 하는 측면도 있겠으나 은자를 낭비한 괘씸죄가 컸다는 게 나뿐만 아니라 대부분 사람들의 생각일 거네. 눌 중당이 이백만, 삼백만 냥을 거론했을 때 나는 그렇게 예산을 짜면 큰 낭패를 볼 것임을 분명히 알고 있었지. 그럼에도 불구하고 내가 나하고 무슨 상관이 있느냐는 식으로 그의 말을 그대로 수용했더라면 어떻게 되겠는기? 눌 중당이 경복 대인의 전철을 밟게 될 것은 불을 보듯 뻔한 일이지. 그래서 나는 결정적인 순간에 생각을 바꿨다네. 그동안 내가 조정과 폐하로부터 얼마나 큰 은혜를 받아왔던가. 눌 중당이 아무리 밉다고 해도 폐하의 성총에는 보답해야 할 게 아닌가. 그래서 마음을 바꾼 거네."

윤계선이 말을 마치고는 잠시 눈꺼풀을 내렸다. 이어 중얼거리듯 다시 덧붙였다.

"경복에다 눌친에……, 하나같이 탁상공론밖에 할 줄 모르는 위인들이지. 뒤를 이을 사람이 씨가 마른 것도 아닌데, 저런 종이호랑이를 내보내는 폐하의 성심이 궁금하네. 하다못해 부항 대인도 눌친보다는 훨씬 낫겠어! 악종기 장군도 괜찮고. 장광사의 콧대만 겨우 꺾어 그대로 앉혀놓고 인마들도 예전에 장광사가 부리던 그대로인데 총 한 번 못 잡아본

눌 중당에게 뭘 어쩌라고 저러시는지 통 이해가 안 가네."

윤계선이 급기야 절레절레 고개를 저었다. 전도 역시 잠시 침묵하더니 천천히 입을 열었다.

"제 생각에는 대, 소금천 전투에 장군만 교체해서는 별 효과가 없을 것 같습니다. 늑민이 그러는데 장광사의 부하들은 사라분 이름 석 자만 들어도 벌벌 떤다고 합니다. 그 장군에 그 병사가 아니겠습니까. 눌 중당 혼자 힘으로 어떻게 병사들의 사기를 진작시키겠다는 건지 모르겠습니다."

"모름지기 싸움의 반은 천명天命에 달렸으니 기적이 일어날 수도 있겠지."

윤계선이 갑판의 손잡이를 잡았던 손을 풀었다. 동시에 크게 기지개를 켰다.

"우리가 여기에서 입방아를 찧는다고 될 일도 아니잖은가. 내 코가 석 자이니 이제부터는 남의 일에 신경 끄자고. 사실 이번에 내가 서둘러 돌아온 이유는 폐하로부터 밀지를 받았기 때문이야. 그 동안 철통 경계에 갇혀 어디에도 발을 붙이지 못했던 일지화가 우리 금릉金陵 지역에 잠입했다는 결정적인 단서가 포착됐나봐. 주지하다시피 남경은 와호장룡臥虎藏龍의 명소이기도 하나 도둑이 둥지 트는 곳으로도 악명이 높지 않은가? 내가 곧 이곳을 떠날지도 모르는데 여태까지 잘해오다가 발령을 앞두고 몇몇 나부랭이들 때문에 책잡힐 필요는 없지 않나."

전도가 말을 받았다.

"남경이 시끄러우면 온 천하가 들썩거릴 거 아닙니까! 뭐가 뭔지는 모르겠지만 정신을 바짝 차려야겠습니다."

배가 부두에 정박했을 때는 사방에 어둠이 깔린 뒤였다. 순무 범시첩, 포정사 도이길道爾吉, 안찰사 장추명張秋明 등이 어둠을 뚫고 마중을 나와 있었다. 부두에 내걸린 수십 개의 등롱이 별처럼 반짝이고 있었다. 배 위에서는 열 몇 명의 선원들이 닻을 내리고 밧줄을 푸느라 땀범벅이 된 채 부산하게 움직이고 있었다. 곧이어 선장으로 보이는 사내가 윤계선에게 다가왔다.

"조심해서 내리십시오. 비가 올 것 같아 정신없이 노를 저었습니다. 아무튼 비가 내리기 전에 당도해서 다행입니다."

"장강의 일몰을 구경하려고 했었는데 그게 조금 아쉽군! 쩌죽을 것 같은 날에는 비를 좀 맞는 것도 나쁘지 않은데⋯⋯. 아무튼 수고가 많았네. 일인당 은자 열 냥씩 상을 내리도록 하게."

윤계선이 선장을 치하하고는 이어 전도의 부축을 받으면서 배에서 내려섰다. 그러자 맨 앞에 서 있던 범시첩이 정참례庭參禮를 행하려고 했다. 그러나 윤계선은 한 발 성큼 다가가서는 그의 손을 덥석 잡았다.

"그만, 그만하게! 우리 사이에 그런 허례허식이 뭐 필요한가? 그런데 늙다리가 나 없는 사이에 몰래 뭘 먹었기에 개가죽에 기름이 빈들거려?"

악의 없는 윤계선의 농담에 범시첩이 크게 웃음을 터트렸다.

"개가죽이 욕심나면 벗어드리겠소! 그런데 전도 저 사람은 어쩐 일로 불알을 달랑거리면서 쫓아왔소? 설마 내 돈주머니를 노리고 온 것은 아니겠지?"

전도는 범시첩이 입만 거칠 뿐 마음은 따뜻하다는 것을 너무나 잘 알고 있었다. 그래서 자연스럽게 웃는 얼굴로 응수할 수 있었다.

"요즘은 구두쇠라는 소리를 안 듣나 보죠? 사람들이 범 대인을 구두쇠라고 어찌나 수군거리는지 쇠 집게 들고 털 뽑으러 왔습니다."

범시첩 등이 곧 주안상을 마련하려고 수선을 떨었다. 윤계선이 그런 모습을 보더니 말했다.

"주안상을 따로 마련할 건 없네. 내가 맛이 일품이라는 무창어武昌魚를 가져왔네. 우리 아문에 가서 따끈한 물고기국에 잡곡밥이나 말아먹으면서 술 한잔씩 하는 게 좋을 것 같아. 내 돈도 아니고 관부의 돈으로 흥청망청 퍼마셔 봤자 득 될 게 하나도 없어."

윤계선이 말을 마치고는 먼저 수레에 올라탔다. 다른 관리들도 그 뒤를 따라갔다.

등불이 휘황찬란한 총독아문에 도착하자 선장의 말대로 콩알만 한 빗방울이 후드득후드득 떨어지기 시작했다. 후덥지근한 수레에서 나온 사람들은 시원한 빗방울이 좋은지 너 나 할 것 없이 몸을 내맡긴 채 즐거워했다. 그러나 전도는 오랜만에 오는 곳이 얼마나 바뀌었는지 살피며 주위를 둘러보았다. 아문 담벼락 저편에 먹을거리를 파는 가게들이 올망졸망 길게 늘어서 있는 모습이 우선 눈에 들어왔다. 또 저 멀리에는 주루酒樓의 현란한 등롱이 무지개처럼 이어져 있었다. 전도가 윤계선의 뒤를 따라 아문으로 들어가면서 말했다.

"그 사이 많이도 변했군요. 장사꾼들이 총독아문 앞까지 진을 친 것을 보니 말입니다. 이위 대인 때 같았으면 꿈도 꾸지 못했을 텐데요."

윤계선은 일단 문안 인사를 올리는 막료와 서판, 아역들에게 고개를 끄덕였다. 이어 전도의 말에 대꾸를 했다.

"이위 대인이 있었다고 해도 이렇게 허락할 수밖에 없었을 걸? 외지인이 하루가 다르게 늘어 작년 한 해에만 십일만 명이 들어왔거든. 게다가 이 자리는 남경에서도 제일 노른자 땅이야. 장사꾼들이 눈독을 들이지 않을 리 있겠어? 하루에 거둬들이는 세금만 해도 은자 몇 만 냥이 되니 누이 좋고 매부 좋은 격이지 뭐!"

윤계선이 말을 마치고는 곧바로 사람들을 서화청으로 안내했다. 곧 무창어를 주된 요리로 한 조촐한 주안상이 차려졌다. 화려한 요리로 가득한 진수성찬과는 거리가 멀었으나 모두들 불룩한 배를 쓸어내리면서 만족스러워했다. 무창어탕 국물이 일품이라고 엄지손가락도 치켜들었다. 또 고기를 조금 넣고 볶은 야채 요리도 맛있었다면서 하나같이 입을 모았다. 심지어는 몽고족이라 한 끼도 고기를 먹지 않으면 못 산다고 입버릇처럼 말하던 포정사 도이길까지 이번 끼니만은 정말 맛있게 먹었노라고 만족해했다.

"나무껍질을 벗겨 먹는 한이 있더라도 분수에 맞게 먹어야 속이 편한 법이야."

윤계선이 상을 물리면서 진지한 표정으로 말했다. 이어서 이번 무창행에서 보고 느낀 점과 유통훈으로부터 받은 정기廷寄의 내용을 들려주고 나서 천천히 덧붙였다.

"범 순무는 민정 담당이니 포정사 도이길, 전도와 긴밀히 연락해 장부에 차질이 없도록 하게. 셋이 모여도 결정을 못 내리는 사안은 반드시 니에게 조언을 구하도록 하게."

범시첩을 비롯한 세 사람은 의자에 앉은 채로 상체를 숙였다. 그리고는 이구동성으로 대답했다. 이어 윤계선이 장추명에게 시선을 돌리면서 물었다.

"내가 떠나기 전에 맡겼던 일은 어떻게 됐나? 염탐꾼을 여기저기 박아 거동이 수상한 자들을 적발하고 경내의 숙박시설을 돌면서 호구조사를 하라고 지시했었지? 그리고 오할자에게 쓴 편지는 발송했나? 유통훈 대인에게서는 아직 답신이 없는가?"

장추명이 갑자기 속사포처럼 터져 나오는 윤계선의 질문공세에 순간 당황한 기색을 보였다. 그러나 곧 머릿속을 정리하고 대답했다.

"오할자에게 쓴 편지는 아직 발송하지 못했습니다. 연청 대인의 답장은 도착했습니다. 오할자가 오기 힘들다는 내용 같았습니다. 염상鹽商과 조운漕運 책임자들 사이의 불화가 청방과 홍방의 무리 싸움으로 번져 식량운송에 차질이 생겼다고 합니다. 그래서 오할자를 안휘성으로 파견했다고 합니다. 대신 황천패 등을 이리로 보냈다고 합니다. 우리 이곳도 요즘 들어 외지 장사꾼과 이재민들이 몰리면서 치안이 예전 같지 않습니다."

장추명의 말에 윤계선의 얼굴이 굳어졌다. 어조도 높아졌다.

"내가 지금 뭘 궁금해 하는지 몰라서 그리 주절대는가?"

장추명이 당황했는지 마른 침을 꿀꺽 삼키고는 다시 큰 소리로 대답했다.

"순포청巡捕廳에 명령을 내려서 경내 치안을 강화하고 호구조사에 박차를 가하고 있습니다. 그렇지 않아도 진강鎭江으로 내려갔다가 이제 막올라 왔습니다."

"진강에는 왜?"

윤계선이 여전히 퉁명스럽게 물었다. 장추명이 한숨을 내쉬면서 대답했다.

"부항 대인께서 진강에 사람을 보내 황후마마께 올릴 만수무강 축원선물을 구입했는데 그 자리에서 그만 털리고 말았다고 합니다."

"자네는 대체 뭘 하고 있었어? 자네가 치안담당이라는 걸 잊었나?"

윤계선의 안색이 삽시간에 험악하게 굳어졌다. 그예 그가 탁자를 힘껏 내리치면서 고래고래 고함을 질렀다.

"자네는 나의 대사를 다 망쳐놓았어! 일어나지 못해?"

화기애애하던 분위기는 삽시간에 차갑게 얼어붙었다. 쥐죽은 듯 고요해진 방 안에 연꽃잎에 떨어지는 빗소리만 크게 울려 퍼졌다.

31장
출세의 비결

장대비가 피붓는 기운데 찬바람까지 불어 다쳤다. 그러자 문풍지가 펄럭거리면서 진저리를 쳤다. 창호지 역시 바람결을 따라 볼록해졌다 홀쭉해졌다 반복하면서 아낙의 한숨 같은 애처로운 소리를 토해냈다. 멀리서 수레바퀴가 굴러가는 듯한 천둥소리도 은은히 들려왔다.

윤계선의 안색은 희뿌연 하늘만큼이나 잔뜩 흐려져 있었다. 곧이어 그가 탁자를 그대로 들어 집어던질 것처럼 꼭 붙잡은 채 칼날처럼 모를 세운 두 눈으로 장추명을 무섭게 노려봤다.

"부항 대인은 왜 거론하는 거야? 내가 그랬지, 나는 폐하의 밀지를 받들어 비밀리에 해야 할 일이 있는 사람이라고! 그런데 내 일을 다 망쳐놓고 부항 대인을 걸고넘어지는 건 대체 무슨 심보인가? 내가 범시첩과 도이길에게도 말하지 않고 직접 자네를 찾은 것도 '기밀'에 붙여야 했기 때문이 아닌가! 그런데 뭐라고? 순포청에 맡기고 진강으로 내려갔었다?

오, 이쪽 일은 죽이 되든 밥이 되든 상관없고 오로지 부항 대인에게만 잘 보이면 만사대길이다 이거야? 지금 일지화가 일곱 개 성을 쏘다니면서 사교를 퍼뜨리고 있어. 조정에서 얼마나 많은 인력과 재력을 허비해 가면서 수색망을 좁혀 가고 있는지 알고 있는가? 유통훈 대인이 이 때문에 하룻밤 사이에도 머리카락이 한줌씩 빠져나가는 건 알고 있어? 산서 순무가 그년을 놓쳐 관품이 두 등급이나 강등돼 죽네 사네 하는 것도 모르지 않겠지? 자네는 어찌 그리 생각도 없고 무사태평일 수 있다는 말인가!"

장추명은 두 손을 공손히 모으고 서 있다가 윤계선의 호통이 떨어질 때마다 흠칫흠칫 놀라는 표정을 지었다. 워낙에 놀라서 그런지 몸을 부들부들 떨며 간신히 지탱하고 서 있었다. 급기야 안색이 창백해진 채 엉거주춤 허리를 굽실거리면서 잘못을 뉘우쳤다.

"하관이 본의 아니게 실수를 하고 말았습니다. 하관은 우리 성 전체의 치안을 정돈해야 한다는 일념으로 진강으로 내려갔던 것입니다. 형부에서 몇 번씩 부문部文을 내려 우리 강남의 흉악범죄 발생률이 전국 일위라면서 불명예를 안겨주기에……."

"착오를 범하고 잘못만 빌면 그게 없었던 일로 되나? 늦었어! 순포청 놈들이 무슨 기밀이라는 게 있는 줄 알아? 자기 마누라의 어디를 건드리면 자지러진다는 것까지 다 떠벌리고 다니는 족속들이야! 자네는 일지화에게 보름 동안 도주할 수 있는 충분한 시간을 제공해준 것이나 다름이 없어. 남경에 옛 둥지도 있겠다, 은자도 인맥도 아쉬울 게 없는 자들이니 도망을 가도 열두 번은 더 도망갔을 거야. 금릉의 호적을 위조해도 벌써 위조했을 테고! 장추명, 너는…… 다 된 밥에 코를 빠뜨렸어. 이제 어떻게 할 거야?"

윤계선은 갈수록 치미는 화를 주체할 수 없는 듯했다. 그예 벌떡 일어서더니 호통을 쳤다.

"썩 꺼져! 당장 내 눈 앞에서 사라져. 내일부터 아문에 나올 필요 없어. 문 닫아 걸고 반성하고 있어."

윤계선이 소리를 지르면서 마지막에는 삿대질까지 했다. 너무 흥분했는지 손이 덜덜 떨리고 있었다.

장추명은 깜짝 놀란 듯 재빨리 윤계선을 일별했다. 동시에 범시첩과 도이길도 쓸어봤다. 그러나 그의 간절한 눈빛을 받아주는 사람은 아무도 없었다. 범시첩은 꼬아 올린 다리를 흔들거리면서 손톱에 낀 때를 후벼 파느라 여념이 없었다. 또 도이길은 벽화에 시선을 박고 있었다. 그렇다고 이대로 순순히 쫓겨날 수는 없는 일이었다. 장추명이 잠깐의 망설임 끝에 급기야 용기를 낸 듯 고개를 번쩍 쳐들고 결연한 표정으로 말했다.

"제대 대인, 저를 파면시킬 권한이 있다고 생각하십니까?"

"나는 파면시킨다고 말한 적 없어. 집에 돌아가 반성하고 있으라고 했지!"

"저는 내리 삼 년 동안 이부吏部 고공사考功司로부터 '탁월하다'는 평가를 받은 관리입니다."

윤계선이 인내의 한계에 이른 듯 다시 버럭 고함을 질렀다.

"그래 봤자 미관말직 나부랭이에 불과해. 좋게 말할 때 썩 물러가지 않고 개처럼 끌려 나가겠다는 말인가?"

윤계선이 말을 마치고는 목에 핏대까지 세우면서 문어귀를 향해 다시 버럭 외쳤다.

"여봐라!"

이내 바깥의 복도에서 아역들이 힘찬 대답소리와 함께 뛰어오는 발걸음 소리가 들렸다. 장추명은 급기야 이대로 계속 버텨봤자 더 큰 모욕만 당할 뿐이라고 생각했다. 그러나 마지막까지 순순히 물러가지는 않고 험악하게 일그러진 얼굴을 한 채 윤계선을 매섭게 노려봤다. 이어 이빨 사이로 한마디 내뱉었다.

"힘든데 쉽게 해줘서 눈물 나게 고맙습니다, 제대 대인!"

장추명은 아역들이 미처 손을 대기도 전에 거칠게 문을 열어젖혔다. 이어 밖으로 휭하니 나가버렸다. 도이길이 그제야 입을 열었다.

"제대 대인, 장추명은 사람이 좀 경박스러워서 그렇지 재주도 있고 괜찮은 사람입니다. 평소에 제대 대인 앞에서 실수하지 않으려고 제법 열심히 하는 것 같던데, 처벌이…… 조금 과하신 건 아닙니까?"

"얼마나 고약한 자식인데. 자네는 감싸줄 걸 감싸줘야지!"

범시첩이 윤계선이 반응을 보이기도 전에 도이길의 말을 받았다. 이어 다리를 건들건들 흔들면서 덧붙였다.

"저자식의 속내는 불 보듯 뻔하죠! 원장 공이 양광으로 발령이 난 다음 비게 되는 순무나 총독 자리를 넘본 거겠지. 늙어빠진 나하고 외지에서 전근 온 지 얼마 안 된 자네보다 해마다 '탁월하다'는 호평을 받은 자신이 더 승산이 있다 이런 계산을 했던 거지."

도이길이 범시첩의 말에 대추처럼 붉은 코를 문지르면서 웃음을 터트렸다.

"꿈이 너무 거창한데? 한꺼번에 세 등급이나 건너뛰는 것이 그리 쉬운 줄 아나봐?"

윤계선이 드디어 입을 열었다.

"나는 저자가 내 일에 차질을 빚게 만들었다는 사실이 분하고 괘씸해. 장추명 저놈은 이 궁둥이 저 궁둥이 핥으면서 아부 떠는 데 능하기는 하나 그리 셈에 서투른 아둔한 자는 아니야. 내가 양광으로 가는 것은 전임轉任일 뿐 강등이 아니라는 걸 저자도 잘 알 거야. 혹시라도 상황이 변하면 내가 다시 복귀할 수도 있다는 걸 모르는 자가 아니지."

범시첩이 가벼운 콧소리를 내면서 윤계선의 말에 반론을 제기했다.

"원장 공, 그건 공이 뭘 잘 몰라서 하는 소리요. 어린 사람이 고위직에 머물러 있으면 관가 조무래기들의 추악한 행각을 속속들이 모를 수도 있소. 이미 항간에서는 원장 공에 대해 별의별 요언이 다 나돌고 있지 않소이까. 새삼스러울 것도 없으나 '강남 제국帝國의 황제'라느니, '이부吏部는 윤씨의 이부여서 윤계선이 떡 주무르듯 한다'느니 하는 이런 요언이 난무한 것이 어제오늘의 일이 아니지 않소. 장추명 지자는 폐하께서 '아니 땐 굴뚝에 연기 날까?' 하고 의혹을 품으시기 때문에 원장 공의 날개를 꺾어버리실 거라고 미뤄 짐작한 것이 틀림없소. 물 좋고 경치 좋은 강남에서 이와 비견할 바가 못 되는 양광으로 발령이 났다는 것은 저자들의 잣대로 재단하면 '전임'이 아닌 '강등'에 불과할 테니 말이오. 원장 공의 명령을 어긴 것도 특별한 악의가 있어서가 아닐 거요. '나는 윤계선의 나쁜 무리와 한 패가 아니다', '나는 청백리다.' 아마 이렇게 자신을 과시하려고 한 짓일 거요."

도이길이 범시첩의 말을 듣고 그제야 크게 깨달은 듯 웃었다. 이어 동의한다는 자세를 취했다.

"우리 조모께서 한족들은 간에 붙었다 쓸개에 붙었다 하는 간사하고 교활하기 이를 데 없는 족속들이라고 하셨어요. 한족들과 절대 함께 어울리지 말라면서 귀에 못이 박히도록 가르침을 주셨죠. 과연 그런 것 같네요. 총 들고 싸울 때는 잘 몰랐는데 문관이 돼 조용히 지켜보니 인간들 노는 꼴이 불여우는 저리 가라 할 정도였소! 남을 밟고 올라가는 일에만 대가리를 굴리지 말고 그 절반의 힘을 조정과 사직을 위한 일에 쏟는다면 세상이 훨씬 살기 좋아질 텐데! 호랑이보다 더 무서운 한족들 같으니라고. 에이, 끔찍해!"

도이길이 어깨를 떨면서 퉤! 하고 침을 뱉었다. 그리고는 범시첩을 힐 끗 쳐다보고는 덧붙였다.

"물론 한족이라고 다 몹쓸 인간인 것은 아니겠죠? 쭉정이 속에도 속 이 꽉 찬 알곡은 있는 법이 아닙니까. 범 형은 한족이지만 훌륭한 사람 이니 내가 마음 놓고 얘기했네요."

윤계선이 미간을 찌푸렸다.

"어쩐지 합반룡이 주변정리를 좀 하는 것이 좋겠다면서 아리송한 말 을 하더라고. 그 사람이 누군가로부터 익명의 편지를 받았다는데, 편지 내용이 나를 깎아내리고 눌친을 할아비처럼 떠받드는 언사로 도배돼 있었다고 해. 이제 보니 저놈의 짓이 틀림없어. 거둬준 개가 발뒤꿈치를 문다더니 그 짝이 났군! 여러분도 잘 알겠지만 저놈은 십 년 전 사면초 가의 위기에 내몰려 허우적댈 때 내 도움을 받아 기사회생했어. 그러다 지금은 방면대원方面大員의 자리에까지 오른 것 아닌가. 물에 빠진 놈 건 져줬더니 보따리 내놓으라는 격이 아니고 뭔가! 내가 여태 그놈에게 뭘 그리 잘못했을까?"

범시첩이 심드렁한 표정으로 말했다.

"잘못해서가 아니라 저런 인간은 타고난 성정이 저런 것이니 신경 쓸 것 없소. 오사도 선생이 남경에 계실 때 '관장등룡십이술'官場登龍十二術 (관계에서 출세하는 열두 가지 비법)이라는 것에 대해 나에게 설명해주신 적이 있소. 장추명의 경우는 열두 가지 술수 중 '격산배불'隔山拜佛이라 는 수작에 속하는 것 같소."

윤계선은 그렇지 않아도 벌레 씹은 듯 찝찝한 기분에서 벗어나고 싶 던 차였다. 그랬으니 난생 처음 듣는 말에 호기심이 동했다. 그가 몸을 앞으로 숙인 채 껄껄 웃으면서 입을 열었다.

"그대의 뱃속에는 요상한 물건도 많네! 나로서는 금시초문이야. 어디 한번 그게 뭔지 들어나 보자고!"

범시첩이 피식 웃더니 천천히 대답했다.

"십이술은 크게 두 부류로 나눌 수 있소. 한 쪽은 '치질을 핥아 고쳐주는' 부류이고, 다른 한 쪽은 '불귀수약'不龜手藥을 파는 부류요."

도이길이 바로 의아스럽다는 듯 물었다.

"치질을 핥아 고쳐준다는 말은 엉덩이를 졸졸 따라다니면서 아부를 떤다는 뜻일 테죠? 그런데 무슨 약을 판다는 것은 잘 이해가 안 가는군요."

그러자 전도가 설명을 했다.

"옛날 어떤 사람이 초楚나라 왕에게 '불귀수약'이라는 약을 보내줬다고 합니다. 남방 군사들을 이끌고 엄동설한의 북방 전쟁터에서 싸우려면 동상 방지가 필수라고 하면서 말입니다."

윤계선이 그제야 뭔가 떠오른 듯 손뼉을 치고는 웃음을 터뜨렸다.

"그 얘기는 나도 들은 적이 있어. 그래서 초왕은 그 약을 만들어 보낸 사람에게 수레 다섯 대를 상으로 내렸다지. 나중에 초왕이 치질에 걸렸을 때 누군가 그 치질을 혓바닥으로 핥아 치료해줬는데 초왕은 그 사람에게 수레 백 대를 하사했다지. '진심으로 나를 사랑하지 않고서는 도저히 불가능한 일'이라고 하면서 말이야. 고전《장자》莊子에 나오는 얘기지. 음, 그대는 배 속에 똥만 가득 들어차 있는 줄 알았는데 먹물도 좀 있군. 아무튼 좋았어! 그러면 이제부터 '관장등룡십이술'이라는 것에 대해 하나씩 말해봐. 꽤 재미있을 것 같은데!"

범시첩이 굵은 빗줄기가 쏟아지는 칠흑 같은 창밖을 내다보더니 천천히 말을 이었다.

"이 십이술은 '관장방중비'官場房中秘라고도 하오. 모두 조겁승세造劫乘勢, 수만금산水漫金山, 낭용퇴안浪湧堆岸, 일소경성一笑傾城, 위애만궁危崖彎

弓, 패왕별희霸王別姬, 음퇴역취飲糗亦醉, 격산배불隔山拜佛, 누쇄임청淚灑臨

淸, 타어살가打漁殺家, 석중제유石中擠油, 조궁천랑雕弓天狼 등 열두 가지요.

그중에서 '격산배불'이 가장 무난하게 써먹는 방법이오. 예를 들어 설명

하도록 하겠소. 누가 현재 현령縣令인데 동지同知로 승진하고 싶으면 어

떻게 해야 하겠소? 절대 동지에게 선을 대면 안 되오. 반드시 동지의 바

로 위 상사를 찾아가야 하오. 바리바리 싸들고 가서 동지 자리에 앉혀

달라고 간계를 부려야 한다는 거요. 이 방법은 거의 백발백중이라고 할

수 있소. 동지에서 지부知府로 승진할 때도 지부가 아닌 지부의 상사인

도대道臺의 등을 잘 긁어줘야 하오. 이렇게 한 단계씩 기어오를 때는 자

신의 바로 위 상사의 어깨를 딛고 더 높은 층과 물밑 접촉을 해야 하오.

이는 공공연한 비밀이오. 이 논리에 비춰보면 전에 장추명이 원장 공에

게 잘 보이려고 아부를 떤 것은 한낱 별 볼 일 없는 항주 도대에서 한

개 성의 법사아문 자리를 노렸기 때문이 아니겠소? 지금은 뼈가 굵고

날개가 다 자랐다는 얘기요! 총독과 순무 자리가 탐이 나니 원장 공을

넘어 부항과 눌친이라는 '상사'에게 아부를 떠는 것은 당연지사 아니겠

소. 곰곰이 생각해 보시오, 내 말이 틀렸나!"

　윤계선이 범시첩의 말에 깊이 수긍하는 눈치를 보였다. 장추명이 지금

까지 보여준 작태를 되짚어 생각해보니 충분히 그렇다는 생각이 든 것

이다. 그가 허망한 웃음을 지었다.

　"오사도 선생은 과연 한 시대를 풍미한 인걸임에 틀림없는 것 같군!

천층만층 구만층이라는 사람의 마음을 어찌 그리 잘 헤아리고 세태만

상을 족집게처럼 짚어내는지 탄복하지 않을 수 없어. 그렇다면 '석중제

유'石中擠油는 보나마나 열심히 일해 고공사로부터 '탁월하다'는 평가를

받아 승진하는 사람을 뜻하겠지?"

　윤계선의 질문에 범시첩이 황급히 말을 이었다.

"아니, 아니! 그건 아니오! 그건 항상 상사보다 한 수 위를 본다는 거요. 유능하고 예리한 상사 앞에서는 조금 '덜 떨어진' 인간처럼 굴어 상사가 경계심을 품지 못하도록 한다는 거요. 왜냐하면 잘난 사람은 더 잘난 사람을 부하로 못 받아들이거든. 그러나 적당히 바보처럼 굴면 언제나 그 자리에서 꼬리를 흔드는 누렁이 같은 인상을 줄 수 있소. 그렇게 주인의 믿음을 사면 언젠가는 승진을 하게 되는 거요."

"그렇다면 '음퇴역취'는 뭡니까?"

도이길도 흥미가 농하는지 슬그머니 질문을 던졌다. 윤계선이 이번에는 자신도 알겠다는 듯 앞질러 대답했다.

"그 말은 여자를 이용한 술수라고 할 수 있지. 옛날에 소오노^{蘇五奴}라는 사람이 자색이 뛰어난 마누라를 맞아들였어. 그랬으니 혼례식 날에 사람들이 그에게 술을 잔뜩 먹일 수밖에 없었겠지. 취하게 만든 다음 여자를 희롱하려고 말이야. 그런데 소오노는 주는 술을 다 받아 마셨는데도 전혀 취할 기미가 안 보였다고 해. 사람들이 의아해서 물었더니 그가 이렇게 대답했다는 거야. '여러분이 나에게 은자만 많이 준다면 미음을 마셔도 쉽게 취할 텐데 무엇 때문에 자꾸 술만 권하는 것인가?'라고 말이지."

전도가 윤계선의 말에 부채로 무릎을 치면서 껄껄껄 웃었다.

"이 학생은 스스로 책을 많이 읽었다고 자부해왔습니다. 그런데 오 선생에 비하면 그야말로 부끄럽기 그지없습니다. 오 선생의 가르침을 이십 년만 일찍 받았더라면 지금 윤 총독대인이나 범 순무대인보다 더 높은 자리에 있었을지도 모르는데 말입니다."

좌중의 사람들은 그렇게 한바탕 웃고 떠들어댔다. 얼마 후 윤계선이 시계를 꺼내보았다.

"인간들은 참 복잡하게 사는 것 같군. 참고나 하면 했지 심각하게 받아들일 것은 하나도 없어. 그나저나 운남의 구리를 빨리 실어 와야겠는데……. 전도, 자네는 먼저 두 사람과 함께 우리 주전사鑄錢司를 둘러보도록 하게. 범자範子(돈을 찍는 모형)가 모자라면 더 만들면 되고 한꺼번에 다 주조하기 어려우면 구리를 창고에 보관해두면 돼. 그러니 쓸데없는 걱정은 안 해도 될 걸세. 혹시라도 내가 구리로 구리그릇을 만들어 내다 팔지는 않을까 하는 걱정 말일세."

윤계선이 말을 마치고는 자리에서 일어나 움직일 채비를 했다. 전도가 바로 말했다.

"당연히 믿죠! 그게 어디 단순한 구리입니까? 광산 근로자들의 피와 땀과 생명인 걸요!"

"그러게 걱정 붙들어 매시라고."

윤계선이 말을 마치고는 세 사람을 복도까지 배웅하고 돌아왔다. 이어 아역을 불러 명령을 내렸다.

"남경南京 성문령城門領과 강녕康寧 지부知府, 그리고…… 강남대영江南大營 소속 현무호玄武湖 수사관대水師管帶를 전부 부르게. 두 시간 안으로 도착하라고 하게."

전도는 봉채루에 있는 운운芸芸이 무척이나 보고 싶었다. 그러나 그 때문에 중요한 업무를 그르칠 수는 없었다. 예정대로 이튿날 바로 범시첩을 찾아갔다. 그리고는 운남에서 가져온 구리로 동전을 주조해서 상자에 넣고 밀봉하는 것까지 꼼꼼히 지켜봤다. 동전의 품질과 색상 역시 깐깐하게 검사를 했다. 도이길이 그런 전도를 지켜보면서 웃음 띤 얼굴로 말했다.

"자네는 깐깐하기로 유명한 사람이라더니 과연 명불허전이군. 강녕의 화폐주조 역사는 수백 년이 넘네. 자네에게 품질이나 색상에서 꼬투리를 잡힐 수준은 절대 아니라고."

전도가 도이길의 말에 빙그레 웃었다.

"그러게 보는 곳에서 확인하지 않았소? 가까운 사이일수록 일 관계는 분명히 해야 하오. 그런데 말로만 듣던 강남 번고藩庫의 실체를 이제야 얼추 알 것 같구먼. 뒤편 창고의 상수리나무 상자에 든 것이 전부 원보元寶 아니오? 액수가 어마어마하겠던데? 무슨 돈이 그리 많소?"

"이쪽으로 와보면 알게 될 거야."

도이길은 전도를 끌고 계단을 통해 창고 옥상의 초소로 올라갔다. 이어 손가락으로 멀리 현무호 쪽을 가리켰다.

"저기 보이지? 현무호 호숫가에만 삼백 개가 넘는 방직공장이 있어. 북쪽에는 또 삼천 경頃(1경은 약 100무畝. 1무는 100평. 즉 1경은 1만평임)에 달하는 뽕나무밭이 있네. 이곳에서 짜내는 영주寧綢라는 비단은 황궁에 조금 공납하는 것을 빼고는 전부 해외로 수출된다네. 비단을 팔아 금은을 받아오는 거지. 구라파歐羅巴(유럽을 일컬음)라는 곳에 싣고 가면 비단 한 냥이 황금 한 냥과 맞먹는다고. 돌아올 때는 배가 휘청거릴 정도라네! 저기 저 북쪽 끝을 보면 자욱한 물안개에 가려진 곳 있지? 저기가 바로 그 유명한 금릉 부두야. 저기에 찻잎과 강서의 경덕진景德鎭 도자기를 포장, 운반하는 일로 먹고사는 쿨리苦力(육체노동자)만 자그마치 수만 명이 있다고 하네. 도자기를 가득 싣고 간 배는 돌아올 때 하얀 은자를 절반 넘게 싣고 오지. 들어온 은자는 보관상 편의를 위해 전부 녹여 덩어리째 입고시킨다네. 아까 자네가 본 사람 키를 넘기는 상수리나무 상자에는 전부 금덩이, 은덩이가 들어 있지! 원장 공이 그러는데 같은 중국인의 돈을 버는 건 이불 속에서 방귀 뀌는 격이니 재주라 할 수 없고 외국 코쟁이들의 금원金元, 은원銀元을 쓸어 와야 제격이라고 했어! 요 몇 년 사이에 해관海關 수입이 강희 연간의 열 배도 넘게 늘었다니 대체 얼마나 되는지 짐작도 할 수 없어. 원장 공에게는 돈을 끌어당기는 마력이 있나 봐. 돈 버는 재주가 이만저만이 아니야. 그래서 우리는 원장 공이 이곳을 떠나는 걸 무척 아쉬워한다네!"

전도가 도이길의 말에 자신도 모르게 한숨을 내쉬었다.

"강남은 정말 하늘의 선택을 받은 땅인 것 같소. 전에는 이위 대인이 나름대로 경기 부양책을 펼쳐 강남을 윤택하게 이끌어가더니 지금은 원장 대인이 그 맥을 이어받아 돈이 쫓아오게 만드니 말이오. 땅이 영험해 인걸이 나는지, 인걸이 있어 땅이 영험해졌는지 모르겠소. 나는 강남이 여태까지 진회하秦淮河 기방妓房의 야도세夜度稅로 먹고사는 줄 알았지 뭐요!"

"이위 대인이나 원장 공은 비슷한 점이 많아. 둘 다 천성적으로 뛰어난 사람들이지. 다른 점이라면 원장 공은 진취성이 유난히 뛰어나다는 것이지. 그러나저러나 이위 대인은 참 안 됐어. 엊그제 관보를 보니 병세가 악화돼 유언 상주문을 올렸다던데 아무래도 가망이 없나 봐. 마흔여섯이면 아직 한창 힘쓸 때인데!"

도이길이 착잡한 어조로 말했다.

"그 얘기는 그만 하오."

전도가 도이길의 말이 끝나기 무섭게 말머리를 돌렸다. 자신의 은인이 오늘내일 한다는 말을 듣자 마음이 아픈 모양이었다. 멀리 떨어져 있는 탓에 가볼 수도 없는 자신의 처지가 새삼 서글픈 듯도 했다. 그가 다시 천천히 입을 열었다.

"곧 이시요가 도착할 거요. 먼저 육로로 수레 일천 대 분량을 운송하고 나머지를 수로로 운송해야 하니 마차나 배를 구하는 것도 예삿일은 아닐 거요. 마부들도 서둘러 모집해야 할 거요. 이시요는 성격이 세심하고 급한 사람이라 대충 얼버무리는 것을 제일 싫어하오. 주먹 쥐고 달려

왔는데 이쪽에서 준비가 돼 있지 않으면 즉각 부상에게 보고를 올릴 거요. 그렇게 되면 다 같이 재미없어질 것 아니오? 내가 지내보니 도이길 대인도 잔꾀를 부리지 않는 성실한 사람인 것 같아 노파심에서 주의를 주는 것이오. 내일부터는 이곳의 주전鑄錢 용광로를 쭉 둘러보도록 하겠소. 폐하께 주장을 올려야 하니까."

도이길이 다시 전도를 데리고 계단을 내려가면서 말했다.

"소털같이 많은 날에 뭘 그리 서두르는가. 번갯불에 콩 볶아 먹겠네, 원! 이것도 '등룡십이술'에 속하는 것인가?"

전도가 바로 실소를 터트렸다.

"굳이 '등룡십이술'에 비교하자면 '불귀수약' 쪽이 아닐까 싶소. 있는 치성 없는 치성 다 드리고도 좋은 소리 못 듣는 그런 경우 말이오. 그러나 어쩌겠소. 타고난 팔자가 그런 걸. 초로肖路라는 사람은 내 보기에는 일하는 모양새가 아녀자들처럼 답답하기 그지없더군. 아무리 봐도 큰일을 할 위인은 못 되겠소. 그런데도 원장 공은 무엇에 홀려 그자를 동지同知 자리에 올려놓았는지 모르겠소! 아무튼 날 때부터 복주머니를 차고 난 사람이 다르기는 달라."

도이길이 전도의 말에 피식 웃으면서 대답했다.

"그건 자네가 몰라서 하는 소리야. 초로는 그래 봬도 장 중당이 천거한 사람이라고. 썩어도 준치라고. 비록 일선에서 물러났다고는 하나 사십 년 재상의 위력이 어디 가겠어? 당연히 장 중당의 제자인 원장 공이 고분고분 응할 수밖에! 초로는 이번에 군량을 운송하는 책임도 맡았을 거야. 내가 보기에 초로는 눈에 띄게 난 사람은 아니나 큰 걸 넘보지 않고 분수껏 개울물에서 잘 노는 그런 부류인 것 같아. 사람이 분수를 지킨다는 게 얼마나 어려운 일인 줄 알아? 별 볼 일 없는 것 같아도 아무나 할 수 있는 게 아니라고 생각해. 가만히 지켜보라고, 황소처럼 묵묵히 일한 군공軍功을 인정받지 않는지!"

전도가 알다가도 모르겠다는 듯 고개를 절레절레 저었다. 그리고는 서글픈 웃음을 흘렸다. 이어 고개를 숙이고 한참 걸어가더니 다시 입을 열었다.

"엊그제 막수호를 지나면서 보니 행궁을 정말 웅장하고 멋지게 지어 놨더군. 며칠 후 좀 한가해지면 나를 데리고 가서 한번 구경시켜줄 수 없겠소? 관보를 보니 벌써 준공돼 인수인계 절차에 들어갔다던데. 폐하께서 승덕에서 돌아오시는 대로 어림군에 관방關防을 맡기시면 들어가 보고 싶어도 못 들어갈 테니 말이오."

그러자 도이길이 한숨을 내쉬었다.

"그거야 뭐 안 될 것도 없지. 승덕 얘기가 나오니 내 눈앞에 광활한 과이심科爾沁(커얼친) 대초원이 펼쳐지는 것 같네. 높고 푸른 하늘에는 흰 구름이 두둥실 떠다니고 땅에는 기름진 풀밭이 주단처럼 깔리는 곳이지. 한가로이 어울려 지내는 양떼와 말떼도 있고……. 일 년에 한 번씩 있는 경마, 씨름, 활쏘기 시합은 또 얼마나 재미있는지! 보이는 사람은 너나없이 다 가족처럼 친하지. 건강한 대춧빛 얼굴에 질박한 함박웃음……, 너무 그립고 가고 싶네. 한족을 앞에 두고 한족의 흉을 봐서 미안하기는 하나 참기름 병에서 빠져 나온 듯 교활하고 뺀질거리는 무리 속에서 사느니 말 못하는 짐승들과 눈빛을 주고받으면서 사는 게 더 좋다는 생각이 드네."

다소 귀가 따갑게 들리는 말이었다. 그러나 전도는 개의치 않는다는 듯 하하하 크게 웃음을 터트렸다.

"욕 한번 잘했소! 나도 내 자신의 피를 바꿔버리고 싶을 때가 한두 번이 아니라오. 내 보기에 그대는 무관 시절의 미련을 아직도 버리지 못한 것 같소. 송충이는 솔잎을 먹어야 산다오. 정 총을 메고 나가고 싶으면 부상의 뒤에 줄을 서시오. 지금은 아니나 언젠가 군사를 이끌고 승전고를 울려보는 게 그 분의 오랜 숙원이니 꼭 그리 될 거요. 미리 얼굴 도장을 찍어둬야 때가 되면 부름을 받을 것 아니오."

이런저런 대화를 주고받는 사이 어느덧 전도와 도이길은 창고 앞에 다다랐다. 이어 달리 할 말도 없는 터라 서로 읍을 하면서 작별인사를 나눴다.

때는 정오가 조금 지난 시각이었다. 남경에 달리 만날 만한 지인도 없는 전도는 무료함을 달래기 위해 아문으로 돌아가지 않고 현무호 쪽으로 발걸음을 돌렸다. 곧이어 뱃놀이나 하자는 결심을 굳혔다. 오후에는 별로 할 일도 없었으니 그래도 문제는 없을 터였다.

전도는 술 몇 병과 수박, 포도, 술안주 몇 가지를 사 가지고 배에 올랐다. 이어 뱃사공에게 은자를 몇 푼 던져줬다. 그러자 뱃사공은 신이 나서 콧노래까지 부르면서 노를 젓기 시작했다. 전도의 눈에 비친 호숫가의 버드나무는 어느새 검푸른 옷으로 갈아입고 있었다. 이름 모를 수많은 물고기들이 물속을 유유히 헤엄치는 걸 보고 있노라니 마음이 편안해졌다.

그는 정말 오래간만에 쪽빛 하늘 아래의 푸른 호수 한가운데에서 여유로운 한때를 보냈다. 그러자 지나간 추억들이 머릿속에 하나둘씩 떠오르기 시작했다. 사실 전문경의 휘하에서 막료로 있던 시절도 나쁘지 않았다. 하지만 덕주에서 우연히 간담이 서늘한 살인사건을 목격하고 정신없이 현장을 뜨던 순간부터 늘 마음 한구석이 불편했다. 아직도 그 일은 떠올리기만 해도 등골이 서늘해지는 기분을 느끼지 않을 수 없었다. 그러다 운 좋게 이위의 문생이 됐다. 이어 다시 유통훈의 휘하로 자리를 옮기게 됐다. 어디 그뿐인가. 하룻강아지처럼 세상 무서운 줄 모르던 말단 관리 시절에는 무엄하게도 미복 차림의 건륭황제와 화로를 사

이에 두고 땅콩을 안주 삼아 황주黃酒를 나눠 마신 적도 있지 않았는
가. 죽을죄를 지었다고 전전긍긍하고 있을 때 뜻밖에 건륭은 좋은 얘
기를 나눴다면서 과분할 정도로 성총을 베풀어주었다. 말도 많고 탈도
많은 운남 동광銅鑛으로 발령이 난 것도 무한한 성총의 연장선이었다.

전도는 수면을 바라보면서 감격에 젖었다. 그러다 잔잔한 애수에 빠져
눈물을 훔치고는 했다. 그러다 보니 어느새 옥호춘玉壺春 두 병을 다 비
우고 말았다. 그는 워낙 주량이 형편없는 사람이었다. 그래서인지 취기
가 벌겋게 올랐다. 그는 뱃사공의 부축을 받아 가까스로 언덕으로 올라
섰다. 이어 비틀거리면서 엎어질 듯 앞으로 걸어갔다. 어디선가 찬바람
이 불어와 뒷덜미를 적시고 지나갔다. 그러자 머리가 더욱 어지러웠다.
구역질도 치밀어 올랐다. 급기야 그는 언덕에 엎드린 채 신물이 날 때까
지 토악질을 했다. 다행히 속이 한결 편했다. 그러나 다리는 여전히 천
근, 만근이었다. 그는 얼마 후 호수 물에 머리를 적시고는 겨우 정신을
차렸다. 그러고 보니 주위에 이미 어둠이 짙게 내려 있었다. 그는 비틀비
틀 걸어서 길가로 나가 수레를 부르려고 했다. 하지만 가난한 사람들이
오밀조밀 살아가는 빈민촌에 수레가 있을 리 만무했다. 어쩔 수 없이 노
새라도 빌려 타고 거처로 돌아가야 할 판국이었다.

"어머! 전 나리 아닌가요? 여기는 어쩐 일이세요?"

전도가 어쩔 줄 몰라 헤매고 있을 때 갑자기 등 뒤에서 여자의 호들갑
스런 목소리가 들려왔다. 그는 난데없이 자기를 알은체하는 소리에 반신
반의하면서 고개를 돌렸다. 이어 취기가 몽롱한 눈으로 한참 뜯어봤다.
그제야 상대가 누군지 알 수 있을 것 같았다. 봉채루의 기생어멈이었다.

"어, 어, 조 어멈이네! 그러는 조 어멈은 여기에 어쩐 일인가? 봉채루
는 문을 닫았나 보지?"

화려하게 수놓은 미색 긴 치마를 입은 기생어멈은 끊길 듯 가느다란

개미허리를 꼬면서 전도에게 다가왔다. 이어 간드러진 웃음을 또르르 굴렸다. 그리고는 앙증맞은 턱을 바로 들이댔다.

"이런 곳에서 이렇게 청승을 떠느라 그새 우리 봉채루를 한 번도 안 찾았군요? 애들이 눈이 빠지게 기다렸는데 너무했네요! 철 지난 농담이고요. 실은 나리 말대로 봉채루는 문을 닫았어요. 땅값이 워낙 비싸 가게를 더 늘릴 수도 없었죠. 또 코딱지만 한 곳에서 더 운영해봤자 별 볼일 없을 것 같기도 했고. 저도 나이가 나이니 만큼 평생 기생어멈으로 이름을 날릴 것도 아니고 지금이라도 제대로 된 가게 하나 가지고 떳떳이 살고 싶기도 했고요. 그래서 저쪽에서 직방織坊 하나를 인수해 비단 짜는 일을 하고 있어요. 보아하니 술이 제대로 된 것 같군요, 쯧쯧! 아이고, 이 지푸라기랑 먼지 좀 봐. 어디 넘어지셨어요? 안 되겠어요, 우리 가게에 들어가 하룻밤 쉬어 가시는 게 낫겠어요."

전도는 그렇지 않아도 움직일 기운조차 없던 차였다. 당연히 기다렸다는 듯 바로 내답했다.

"그래, 그러면 아무 곳에서나 대충 자고 가지. 내일 낮에는 볼일이 있어 안 되니 내일 밤에 내가 보러 간다고 운운에게 전해주게."

기생어멈은 운운이라는 이름이 전도의 입에서 터져 나오자 바로 비단 손수건을 꺼내더니 훌쩍거리기 시작했다.

"그 많은 애들을 데리고 있었어도 그 아이처럼 박복한 애는 처음 봤어요. 열두 살에 팔려온 이후 언제 한번 활짝 웃는 걸 못 봤으니 말이에요. 전 나리를 만나 팔자가 피나 했는데 꽃도 제대로 못 피워보고 그렇게 가버릴 줄은……."

"뭐야? 가다니, 운운이가 죽기라도 했다는 말이야?"

전도는 술이 확 깨며 마치 벼락에라도 맞은 듯 얼굴이 잿빛이 된 채 경악을 금치 못했다. 기생어멈을 쏘아보는 눈빛이 마치 칼날 같았다.

"누가 해코지를 한 거지? 내가 속신贖身하라고 준 돈이 있는 걸 알고 어떤 놈이 흑심을 품은 거지? 그렇지? 어서 말해봐!"

전도가 금세라도 기생어멈을 집어삼킬 듯 포악스럽게 입을 열었다. 기생어멈은 난생 처음 보는 전도의 험악한 모습에 잔뜩 겁에 질렸는지 사시나무처럼 떨었다. 이어 슬픔이 가득한 목소리로 대답했다.

"나리, 혹시 이년을 의심하시는 거예요? 아니에요, 그건 절대 아니에요! 이년이 운운을 죽였다면 나리를 보고 삼십육계 줄행랑을 놓아도 열두 번 놓았을 텐데 어찌 반색을 하면서 불렀겠어요? 굳이 누구 때문에 죽었느냐고 물으신다면 대답해 드릴게요. 상처에 소금 뿌리는 격이 될지도 모르나 이년이 보기에는 나리가 장본인인 것 같아요!"

전도가 흠칫 놀라면서 다그쳤다.

"내가 장본인이라니, 그게 대체 무슨 말이야?"

"운운은 난산으로 죽었어요."

"난산이라니?"

전도의 핏발 선 두 눈은 금세라도 튀어나올 것만 같았다. 그가 다시 온몸에 경련을 일으키는가 싶더니 기생어멈을 잡아 흔들면서 물었다.

"누구 애였나?"

"그걸 왜 이년에게 묻죠?"

"고추가 달렸던가?"

"예! 배 속에서 죽어나온 애를 보니 사내아이였어요."

"아! 내 아들, 내 아들이 죽었다니!"

전도는 기생어멈의 말을 듣고 나더니 마치 미친 사람처럼 울부짖기 시작했다. 그리고는 길가의 나무를 부둥켜안고 이마를 찧는가 하면 주먹이 깨지도록 땅을 치면서 오열을 터트렸다. 기생어멈이 따라다니면서 말렸으나 소용이 없었다. 그가 얼마 후 고통으로 일그러진 얼굴에 두 줄기 차가운 눈물을 달고 땅에 주저앉은 채 실성한 사람처럼 중얼거렸다.

"내 아들을 품었었구나, 내 아들을……. 우리 가문은 손이 귀해 사 대에 걸쳐 외아들인데……. 날실처럼 아슬아슬 가냘프게 대가 이어졌는데……. 우리 마누라도 내리 딸만 셋 낳고 아들을 낳다가 난산으로 죽었어. 하늘도 무심하시지. 우리 전씨 가문이 무슨 큰 죄를 얼마나 지었다고 이토록 큰 시련을 주시나이까?"

전도는 목이 갈라졌는지 소리조차 제대로 나오지 않았다. 그러나 눈물은 하염없이 흘러내렸다. 기생어멈이 밑없이 전도의 하소연을 들어주다 위로의 말을 건넸다.

"기왕지사 이렇게 된 걸 땅을 친들 무슨 소용이 있겠어요. 가슴을 찢은들 죽은 사람이 살아 돌아올 수는 없지 않겠어요? 그만 고정하세요. 이곳 자하관紫霞觀에 보허步虛라는 도사가 있어요. 사람의 생사와 운명을 족집게처럼 집어내는데 그렇게 용할 수가 없대요. 귀신을 쫓아내는 재주도 있다고 해요. 요즘 이 부근의 직방에 밤마다 귀신이 출몰한다고 하네요. 처녀귀신들이 한밤중만 되면 어김없이 나타나 시합이라도 하듯 섬뜩한 고양이 울음소리를 내는데 아주 미치겠어요. 그래서 우리 애들은 밤마다 한데 들러붙어 바들바들 떨면서 뜬눈으로 밤을 지새우고는 해요. 안 그래도 이 일 때문에 그 도사를 초청해 왔어요. 이렇게 만난 것도 연분인데, 기왕에 왔으니 도사를 찾아가 점이라도 한번 보세요."

전도는 곧 기생어멈에게 손목을 잡힌 채 어둑어둑한 작은 골목으로 들어섰다. 그때 등롱을 들고 마중 나온 사람이 보였다. 전도가 자세히 살펴보니 원래 봉채루에서 집사로 일하던 사성史成이라는 사람이었다. 사성이 전도를 알아본 듯 반색을 하면서 꾸벅 인사하고는 바로 호들갑을 떨었다.

"와! 보허 저 사람은 인간이야, 귀신이야? 마님이 나가신 지 한참이 됐는데도 안 돌아오시기에 소인이 마중을 나오는데 보허가 뭐라고 하는지 아세요? 마님이 길에서 귀인을 만났으니 곧 같이 들어올 거라고 하지 뭐예요. 아닌 밤중에 무슨 홍두깨냐면서 믿지 않았는데……, 역시! 안 믿으려야 안 믿을 수가 없네요."

사성이 계속 주절대면서 등롱을 든 채 앞장서서 길을 안내했다. 전도는 사성과 기생어멈을 따라 미로처럼 꼬불꼬불한 골목길을 걸어갔다. 길 양 옆으로 즐비하게 늘어선 방직공장들이 보였다. 또 몇 발자국마다 하나씩 희미한 등롱을 내건 대문에는 '왕가네 직방', '채씨네 직방', '하씨네 직방'이라는 간판들이 따닥따닥 붙어 있었다. 집집마다 실을 짜는 소리로 귓전이 어지러울 정도였다. 전도가 놀라움을 금치 못한 채 물었다.

"양의 창자처럼 좁은 길에 무슨 수로 누에고치를 실어오고 직물織物을 밖으로 운반하는가?"

"뒷문 쪽으로 널찍한 길이 있어요. 현무호가 가까우니 배로 실어가고 실어오죠. 무척 편리해요. 이쪽은 일꾼들의 출입 통로예요."

기생어멈의 말에 전도가 다시 물었다.

"어떤 집 문 앞에는 무릎을 꿇은 여자들도 보이던데, 무슨 일인가?"

"대부분 이제 막 들어와 아무것도 모르는 난민들이에요. 시키는 일을 제대로 하지 못해 저렇게 체벌을 받는답니다. 콧구멍만 한 가게라도 속을 들여다보면 얼마나 복잡한지 몰라요. 말도 못해요! 하루 먼저 들어왔다고 텃세를 부려 사람 괴롭히는 것들이 수두룩해요."

전도는 어느덧 운운의 죽음으로 인한 슬픔에서 어느 정도 벗어난 듯했다. 얼굴 표정도 조금씩 펴지고 있었다. 그러나 눈앞에 보이는 또 다른 비참한 광경에 한숨을 감추지 못했다.

"저 사람들은 밤낮없이 저 고생을 해도 평생 비단 한 쪼가리 걸쳐보지도 못하고 죽어가니 세상이 얼마나 불공평한가! 그러면 조 어멈도 일꾼들을 그리 가혹하게 대하는가?"

"세상의 까마귀가 검은 것은 다 마찬가지죠. 주인 입장에서는 가혹하게 하지 않을 수 없어요. 품질이 떨어지고 속도가 늦으면 손해 보는 것은 주인밖에 없잖아요?"

기생어멈이 대수롭지 않다는 표정으로 말을 이었다

"나리처럼 고귀한 분이야 입에 들어오는 고기를 씹어 넘기면 되고 팔만 벌리면 비단옷을 입게 되니 어떻게 저들과 비기겠어요?"

전도는 계속 기생어멈과 도란도란 애기를 주고받으면서 걸어갔다. 얼마 후 앞서 걷던 기생어멈이 다 왔다는 시늉을 했다. 일행은 곧 한 직방 앞에 멈춰 섰다. 오는 길에 봤던 여느 직방들보다 대문이 훨씬 컸다. 대문 앞에는 대여섯 명의 여자들이 무릎을 꿇고 있었다. 그중에는 마흔 살쯤 된 여자도 있었으나 고작 열 두어 살밖에 안 된 어린 애도 보였다. 기생어멈이 성큼 대문 안으로 들어서면서 퉁명스럽게 말을 내던졌다.

"됐어, 그만 일어나 일하러 가. 반장이 물으면 내가 보내줬다고 해!"

기생어멈의 말에 몇몇 여공들이 연신 머리를 조아리면서 고마워했다. 전도는 그녀들을 힐끗 바라보면서 대문 안으로 들어섰다. 뜰이 운동장처럼 넓은 사합원四合院이었다. 기와지붕에 푸른 벽돌로 지어진 집은 매우 고풍스러웠다. 집의 네 면을 에워싼 유랑遊廊에는 여덟 개의 큰 궁등宮燈이 대낮처럼 훤히 불을 밝히고 있었다. 전도가 기생어멈을 따라 걸으면서 말했다.

"저 사람들도 다 감정이 있는 사람인데 너무 혹독하게 대하지는 말게. 한 손에는 채찍을 들고 다른 한 손으로는 당근을 주는 걸 잊지 말아야 한다고. 저들이 주인에 대한 앙갚음을 하기 위해 집단으로 도주하거나 드러누워 파업을 하는 날에는 낭패를 보는 건 주인밖에 없어. 개도 급하면 담을 넘는다고, 나약한 여자도 너무 괴롭히면 돌아버려 살인을 저지르는 수가 있네. 조금 더 부드럽게, 조금 더 인간적으로 대해주면 능률이 쑥쑥 오를 거야. 내 말이 믿어지지 않으면 어디 한번 시험해보라고. 소주蘇州의 한 자수가게에서 벌어진 일이라네. 가게 주인이 평소에 여공들을 엄청 학대했나봐. 그러다 그 사람이 몇 대에 걸친 독자를 얻었는데 한을 품은 여공들이 아이 백일 잔칫날에 갓난애의 고추를 비틀어버렸다고 하지 뭔가. 그 아이는 태어나자마자 태감 후보가 된 거지. 오죽하면 여자가 한을 품으면 오뉴월에도 서리가 내린다고 했겠어."

기생어멈은 심각한 표정으로 연신 고개를 끄덕였다. 말은 하지 않아도 수긍을 하는 눈치였다. 그때 전도가 대청 방석 위에 그린 듯 앉아 있는 도사를 발견했다. 높다랗게 쪽을 진 머리에 뇌양건雷陽巾을 쓰고 검정색 도포를 입은 스무 살 정도 되어 보이는 젊은이였다. 얼굴은 관옥冠玉처럼 희고 맑은 것이 척 보기에도 기품이 흘러 넘쳤다. 머루처럼 새까만 눈에서는 사람의 뼛속까지 꿰뚫어볼 것 같은 예리함이 번뜩이고 있었다.

"고명하신 선장仙長을 뵙게 돼 영광입니다. 도사께서는 생사의 조화를 간파하는 재주가 비상하다고 들었습니다. 이 사람의 사주를 한번 봐주실 수 없겠는지요?"

전도가 정중히 예를 갖춰 인사한 다음 부탁하듯 물었다. 보허가 자리에서 일어나 침착하게 전도를 향해 읍을 한 다음 도포를 들고 점잖게 다시 앉았다. 이어 입을 열었다.

"나리는 누가 봐도 귀상貴相이신데 어찌 빈도더러 빤한 감언이설을 하라는 겁니까? 빈도는 오늘 저녁 특별히 이곳 직방의 악귀를 몰아내 여공들에게 안녕을 찾아주고자 하니 정신이 분산되는 것은 금물입니다. 거사께서 찾아오신 목적이 그러하시다면 내일이 어떻겠습니까?"

기생어멈이 보허의 말에 안 되겠다고 생각한 듯 서둘러 나섰다.

"전 나리는 공무 때문에 몸이 열 개라도 부족한 분이십니다. 모처럼 여기까지 걸음을 하셨는데 헛걸음하게 할 수는 없지 않겠습니까? 악귀들은 도사께서 이렇게 산처럼 버티고 계시기만 해도 감히 범접 못할 것이니 오늘은 전 나리의 소원을 들어주시죠, 도사님."

전도 역시 너털웃음을 지었다.

"자고로 군자는 길흉을 점칠 때 상서로운 점괘보다는 불길한 예언을 더 중시한다고 했습니다. 아무 염려 마시고 점괘에 따라 사실대로 말씀해 주십시오."

"거사의 뜻이 정 그렇다면 실례하겠습니다."

보허가 전도의 간청에 자리에서 일어나더니 촉대를 전도의 앞으로 옮겼다. 이어 전도의 얼굴을 유심히 뜯어보기 시작했다. 그런 다음 손가락을 하나씩 꺾으면서 눈을 감고 염불을 하기 시작했다. 그러다가 한참 후 눈을 떴다.

"거사께서는 심지가 곧고 바르시면서 토성土星이 밝습니다. 조만간 관운이 형통하는 행운이 따를 것입니다. 흰 귀에 검은 얼굴이므로 이름을 천하에 날리겠으나 문운文運은 그리 밝지 않습니다. 그러니 거사께서 이름을 날리시는 것은 문장 덕은 아닐 것입니다. 유시와 술시를 전후해 관귀官鬼가 재물을 만나니 거사께서는 재운이 넘쳐 관운으로 이어질 것입니다. 하지만 아쉽게도 슬하는 끝까지 허전할 것입니다. 공명功名의 운을 보면 천명天命에 대운이 찾아들 것입니다. 앞으로 십 년 동안은 벼슬에 좋은 운이 따를 것입니다. 다만 극품極品 벼슬과는 인연이 없겠습니다. 계단이 있기는 하나 오르기는 힘들 것입니다. 또 재물이 많아도 구리광산을 바라보면서 한숨짓는 형국이 점쳐집니다. 그래도 들어갈 때와 나갈 때를 분명히 알고 지켜야 합니다. 안 되는 일을 억지로 하려고 들지 마십시오. 그렇게 하면 일생동안 강녕을 보장받으실 겁니다."

보허가 말을 마치더니 찻잔을 들어 차를 마셨다. 전도는 잠자코 말이 없었다. 역시 기생어멈이 먼저 떠들어댔다.

"그게 전부입니까? 생각보다는 간단하네요. '계단이 있기는 하나 오르기 힘이 든다'는 말씀은 대체 무슨 뜻인지요? 구리광산을 바라보면서 한숨짓는다니, 그것도 이년의 짧은 식견으로는 통 이해가 안 가네요?"

보허가 조금 화가 난 듯 기생어멈을 쓸어봤다. 눈빛에 위엄이 서려 있었다. 그가 다시 준엄한 어조로 전도를 향해 입을 열었다.

"나를 못 믿겠다는 거요? 그렇다면 내가 거사의 과거사를 말해보지. 거사께서는 팔자에 일월각日月角이 모두 어두워 여섯 살에 어머니를 여의고 열 살에 아버지를 여의셨습니다. 거사의 부모님은 같은 해는 아니나 동월동일同月同日에 돌아가셨습니다. 거사께서는 조실부모한 다음 숙부의 슬하에서 자랐어요. 열아홉 살에 진학進學한 뒤에 비로소 그들이 친부모가 아님을 알게 됩니다. 그래서 한동안 방황도 많이 했습니다. 나중에 벼슬길에 올랐고 그 동안 온갖 파란을 겪었을 것입니다. 일일이 말하지 않겠으나 수액水厄을 당해 물에 빠져 위태로웠던 적이 적어도 세 번 이상입니다. 숙부의 슬하에서 구 년 동안 살면서 나름대로 은덕을 많이 입었으나 숙모가 쌍둥이 친자식을 본 뒤 태도가 돌변했죠. 거사는 결국 숙모의 굴욕적인 언행을 참지 못하고 집에서 쫓겨나다시피 했어요. 그랬기 때문에 십 수 년의 외로운 타향살이에도 불구하고 고향집에 대한 미련이 전혀 없습니다. 그러나 은공을 입었으면 갚는 게 인간으로서의 도리입니다. 앞으로 십 년의 호운이 끝나면 격류용퇴激流勇退해 구 년의 양육 은혜를 갚도록 하세요. 그래야 나머지 반생이 편할 것입니다."

보허는 완전히 전도의 머릿속에 들어갔다 나온 것처럼 말을 하고 있었다. 실제로 한 치의 오차도 없이 딱딱 맞아 떨어졌다. 실로 대단한 능력이 아닐 수 없었다. 전도는 그동안 아무에게도 드러내지 않았던 치부까지 낱낱이 밝혀지자 자신도 모르게 얼굴이 붉어졌다. 그걸 감추기 위해 슬그머니 찻잔을 들어 마시는 척했다.

"참으로 고명하십니다, 도사님! 달리 할 말이 없습니다. 딱 한 가지 가르침만 더 주셨으면 합니다. 아직 슬하에 아들이 없습니다. 어찌하면 아들을 얻을 수 있겠습니까?"

"세상만사에는 모두 천리天理라는 것이 작용합니다. 아들을 둘 수 있는 덕을 쌓았다면 여태껏 아들이 없을 리가 없습니다. 또 아들을 둘 수 없는 일을 저지른 사람이라면 슬하에 아들이 있을 리 만무하죠."

보허가 말을 마치더니 한참 뭔가를 생각했다. 그런 다음 차분하게 말을 이었다.

"원래는 팔자에 아들이 하나쯤 있었습니다. 하지만 거사님은 사람을 너무 많이 죽였어요. 원귀들이 옥문玉門을 막고 있어 태아가 자리를 잡을 수 없습니다. 빈도가 부적을 하나 만들어드릴 테니 집안에 붙이든지 아니면 태운 재를 황주黃酒에 타서 부인에게 마시게 하세요."

보허가 말을 마친 다음 자리에서 일어나 책상 앞으로 다가갔다. 그리고는 주필을 들어 용이 승천하듯, 뱀이 풀숲을 스치고 지나가듯 하는 기괴한 부적 하나를 만들어 전도에게 건넸다. 전도는 그것을 두 손으로 공손히 받아 조심스레 접어 소매 속에 집어넣었다. 이어 다섯 냥짜리 은자를 꺼내놓았다.

"크나큰 가르침을 주신 데 비해 너무 약소해 송구스럽습니다. 외람되나 도사님과 속세의 허물없는 벗이 되었으면 합니다. 반드시 다시 찾아뵙고 많은 가르침을 구하겠습니다."

보허도 물리치지 않고 흔쾌히 은자를 받아 챙겼다. 그리고는 기생어멈을 향해 말했다.

"방금 거사께서 들어오시면서 하신 말씀을 잘 들었습니다. 구구절절 명언이었습니다. 그렇게 하세요. 인애와 자비를 베풀고 잘못된 사람은 한 명도 못 봤습니다. 오늘 저녁에는 법사法事가 없으니 두 사람을 딸려 나를 암자로 데려다 주세요. 마음을 깨끗이 해서 이곳의 악귀를 내몰고 전 나리의 앞길에 나쁜 기운으로 작용하는 것들을 씻어드리도록 하겠습니다."

보허는 말을 마치기 무섭게 바로 자리를 떴다. 전도 역시 기다렸다는 듯 일어나서는 골목 끝까지 그를 바래다줬다. 이어 기생어멈을 따라 방으로 돌아왔다. 시계를 보니 해시가 한참 지난 시각이었다. 기생어멈은 그래도 그에 아랑곳하지 않고 과일과 차를 내오게 한 다음 전도와 마주 앉았다. 이어 보허에 대해 못다 한 얘기를 나눴다. 전도는 운운과 이별한 후의 상황에 대해 상세히 물었다. 기생어멈은 운운이 자나 깨나 전도를 그리워했다고 전해줬다. 이제나 저제나 다시 찾아오기를 학수고대했다고도 말했다. 그 말에 전도는 다시 굵은 눈물을 떨어뜨렸다.

기생어멈은 18년 세월 동안 남자의 시중을 들고 비위를 맞추면서 이골이 난 여자다웠다. 더운 물수건으로 전도의 얼굴을 닦아준다, 과일 껍질을 벗겨 입안에 넣어준다 하면서 갖은 아양을 떨었다. 순간 나이가 들었어도 출산 경험이 없는 탓에 여전히 탱탱하고 풍만한 그녀의 가슴이 전도의 손등을 스쳤다. 전도는 짜릿한 느낌이 전류처럼 자신의 온몸을 관통하는 것을 느꼈다. 그는 당연히 늙은 기생의 그런 정성이 뭘 뜻하는지 모르지 않았다.

"한번 기생은 영원한 기생인가 보네. 벌써 자세가 나오는 걸 보니. 그런데 어쩌지? 나는 오늘 운우지정을 나눌 기분이 아닌데!"

"고남과녀孤男寡女가 따로따로 잔다는 것은 너무 아쉽잖아요?"

기생어멈이 단도직입적으로 말하고는 전도의 주저하는 얼굴을 빤히 쳐다봤다. 이어 궁둥이를 바싹 들이밀었다. 전도는 동글동글하고 탱탱하게 올라붙은 기생어멈의 엉덩이를 밀어낼 자신이 없었다. 잠자리 날개처럼 얇은 치마 사이로 드러난 가느다란 허리도 완전히 사내로 변한 그의 정욕을 부채질하고 있었다. 게다가 술이 한두 잔 들어간 늙은 기생의 얼굴은 발그레하게 달아오른 것이 너무나 고혹적이었다. 욕정으로 불타는 눈동자는 남자를 그대로 빨아들이고도 남을 것 같았다.

"에라, 이 늙은 기생년아! 너, 오늘 임자 만났다!"

전도는 자신도 모르게 중얼거리면서 성난 사자처럼 기생어멈을 덮쳤다. 기생어멈 역시 기다렸다는 듯 그에게 온몸을 내맡겼다.

32장

도관道觀 상청관上淸觀

상청관上淸觀은 진진鎭에서 반 리 정도 떨어진 교외에 있었다. 현무호와
도 2리밖에 떨어져 있지 않았다. 이 도관道觀(도교사원)은 원래 강희 연
간에는 수사水師의 대영에 속했었다. 그러다 대영은 나중에 정해후靖海侯
시랑施琅이 이곳 수사水師들을 전부 이끌고 대만臺灣 수복 전장에 나가면
서 수년 동안 방치된 끝에 흔적도 없이 사라져버렸다. 그러나 사원은 초
라한 모습을 한 채 그대로 남아 있게 됐다.

이곳에서 남쪽으로 조금 더 가면 진내가 마치 시커먼 솥뚜껑처럼 엎
드려 있었다. 또 현무호의 물소리가 바로 코앞에서 들리는 듯 생생하게
바람에 실려 오고는 했다. 특히 남쪽으로 계속 더 가면 육조六朝의 수도
였던 영화와 화려함을 보여주는 석두성石頭城이 있었다. 북쪽으로 가면
양자강揚子江, 즉 장강이 보였다.

보허 도사는 다른 사람이 아니었다. 바로 과거 산서성의 타타봉駝駝

峰에서 표고도인에게 쫓겨난 요진姚秦이었다. 표고에게 쫓겨난 후 그는 홍양교紅陽敎(백련교의 한 분파)를 떠나 전국 17개 성을 뜬구름처럼 흘러 다녔다. 이른바 백산흑수白山黑水에 두루 발자국을 남겼다. 이어 자신의 뜻을 펼칠 만한 풍수 좋은 땅을 찾기 위해 온 세상을 다 쏘다녔다. 그러다 드디어 바로 이곳에 터를 잡게 됐다.

그러나 그 자신도 무엇 때문에 이곳을 천리교天理敎 총당總堂으로 정했는지에 대해서는 딱히 꼬집어 말할 수 없었다. 그럼에도 굳이 이유를 꼽자면 북경과 딱 알맞게 떨어져 있다는 것이 이유가 아닐까 싶었다. 북방은 북경에서 너무 가깝고 양광과 복건은 너무 멀었으니 그렇다고 할 수 있었다.

더구나 이곳은 용호상쟁의 싸움터이기도 했으나 그만큼 인걸들도 많았다. 한마디로 명당이라는 사실이 그의 결정에 크게 작용했다. 물론 이곳에는 엄청난 갑부들도 많았으나 삼시 세끼가 전쟁인 가난한 사람들이 훨씬 더 많았다. 기근만 들었다 하면 사방 몇 개 성의 이재민들이 봇물처럼 밀려들어오고는 했다. 때문에 선교에는 그저 그만인 땅이었다.

요진은 이후 천부적인 재능과 꾸준한 노력으로 몇 년 사이에 《만신규지》萬神圭旨,《기문둔갑》奇門遁甲,《도장》道藏,《황정》黃庭 등의 책들을 모두 독파했다. 자연적으로 그의 도술은 과거 용호산龍虎山을 주름잡았던 가사방을 능가하는 경지에 이르게 됐다. 그는 그러나 겉으로 요란을 떨기보다는 안으로 여물기를 원했다. '평상심'平常心과 '평상인'平常人을 좌우명으로 삼았다. 가난한 사람들을 도와주고 천리교를 전도하면서 제자들을 가르치는 조용한 삶을 산 것이다. 물론 가끔 자신의 도술을 시연하는 경우도 있었다. 그러나 서너 명의 제자들에게만 보여주는 것이 고작이었다. 그럴 때마다 그는 제자들을 혹독하게 훈육했다. 제자들에게 몇 수 배웠다고 해서 백성들 앞에서 깝죽대면서 위화감을 안겨줘서는 절대 안 된다는 엄명도 내렸다.

이처럼 '집안단속'이 엄해서였던지 총독 윤계선에서부터 일반 백성들에 이르기까지 요진의 정체를 아는 사람은 아무도 없었다. 그저 사주팔자를 족집게처럼 잘 맞추고 풍수와 의술에 능할 뿐 아니라 가난한 사람들을 품어주는 훌륭한 도사 정도로만 알고 있을 뿐이었다. 어느 누구도 그가 한때는 백련교의 호법존자護法尊者였고 언젠가는 무섭게 분출할 '용암'과 같은 사람이라는 사실을 눈치채지 못한 것은 당연할 수밖에 없었다.

일지화, 다시 말해 역영은 과거 표고도인과 왕래가 있었다. 때문에 요진이 따로 나와 문호門戶를 세웠다는 소식을 알고 있었다. 그러나 그 이전의 요진은 젖 냄새도 채 가시지 않은 어린 아이에 지나지 않았다. 표고도인의 잔심부름꾼에 불과했다. 그래서 역영은 요진의 얼굴을 잘 기억하지 못했다.

역영은 이번에도 독 안에 든 쥐 신세만 되지 않았어도 구태여 요진을 찾을 이유가 없었다. 그러나 이리저리 쫓기는 신세가 되자 상황은 달라졌다. 궁여지책으로 왕년의 '도우'道友를 만나봐야겠다는 생각을 하게 된 것이다. 중간에 다리를 놓은 사람은 바로 역영과 관계가 밀접했던 기생어멈이었다. 기생어멈은 역영의 지시에 따라 요진, 즉 보허를 찾아 집으로 불러들였다. 그녀는 그 와중에 우연히 전도와도 해후했다.

보허가 도관으로 돌아온 것은 매우 늦은 시각이었다. 제자들은 그때까지도 자지 않고 공부를 하고 있었다. 종소리와 북소리가 둥둥 긴 여운을 남기면서 울려 퍼지는 가운데 방 안에서는 제자와 사손師孫(제자의 제자) 수백 명이 단정하게 앉아 경을 읽고 있었다. 삼청좌상三淸座像 앞에는 수십 명은 족히 되는 신도들이 무릎을 꿇고 있었다. 모두 보허에게 약을 구하러 온 사람들이었다.

보허는 그들의 기대에 부응하듯 삼청상三淸象을 향해 길게 읍을 하고
는 그 옆 선반 위에서 작게 접은 종이봉지를 한 움큼 집어 일일이 나
눠주었다.

"오늘 오신 여러분은 다 복을 지어 인연이 닿은 사람들이네. 마침 어
제 신神께서 약을 내리셨으니 이걸 가져다 복용하시게. 곧 좋아질 거네.
그리고 왕소칠王小七 자네는 내일 저녁 부친을 업고 오게. 내가 직접 봐
드릴 테니."

보허로부터 약을 받아든 좌중의 사람들은 말없이 머리를 조아렸다.
이어 고마움을 표하고는 조용히 물러갔다. 보허가 휘하 도인들에게 지
시를 내렸다.

"각자 방으로 돌아가 정좌하고 기다리게. 오늘 밤에는 삼청신께서 경
액瓊液(진귀하고 맛있는 술)을 하사하신다고 약조하셨으니 각자 쟁반을
받쳐 들고 천로天露를 받을 준비를 하게."

도인들이 물러가자 커다란 삼청전에는 정적만 감돌았다. 보허는 예의
버릇처럼 홀로 부들방석에 앉아 좌선 자세를 취했다. 이어 원신주천元神
周天(원신元神은 도교에서 인간의 영혼이 수련을 거친 경우를 의미. 주천周天은
정신을 한 바퀴 돌린다는 의미. 고도의 정신 수련을 한다는 뜻)을 시도했다.
그리고는 가난하고 병든 사람들이 많으니 약을 많이 내려달라고 마음
으로 간절히 발원했다.

바로 그때 역영 일행 다섯 명이 보전寶殿 안으로 들어오고 있었다. 그
러나 그는 그 사실을 알면서도 짐짓 모른 척 계속 눈을 감고 있었다. 역
영이 한참 후 조용히 입을 열었다.

"보허 도형道兄! 빈도 역영이 계수稽首(머리를 땅에 대고 절을 함) 인사
를 올립니다."

역영의 옆에는 호인중이 자리를 지키고 있었다. 그 역시 도인 차림이

었다. 역영의 인기척에도 보허가 아무런 응답이 없자 그가 한참이나 노려보더니 큰 소리로 말했다.

"보허 도장道長, 이분은 저희 자운관紫雲觀 주지도장住持道長 역영이십니다. 조씨 여인의 소개로 요진 대선사大仙師를 만나러 왔으니 안내해 주시죠."

보허가 그제야 천천히 눈을 떴다. 그리고는 역영의 등 뒤에 서 있는 뇌검 등의 네 자매를 쓸어보더니 한숨을 내쉬듯 말했다.

"나를 방해하지 마시오. 나도 그대들을 성가시게 할 생각은 없으니. 그리고 나는 요진 도사라는 사람을 모르오. 역영이라고 했소? 음……, 그 대명은 익히 들어왔소. 도술이 신과 교감할 수 있을 정도로 뛰어나다고 들었는데, 어찌 아직도 홍진紅塵에서만 뒹굴고 정도正道를 찾아가지 못하는지 모르겠소."

역영은 도관에 들어온 이후부터 줄곧 원신元神을 통해 공력을 모으고 있었다. 보허와 교감을 이루고자 한 것이다. 그러나 번번이 무언가의 교란에 의해 교감이 이뤄지지 않았다. 보허는 교감을 거부하지도, 받아들이지도 않는 반응을 보이고 있었다. 역영은 할 수 없이 보허가 감응을 느끼지 못하는 전진도파全眞道派라고 단정을 지었다.

"전진도는 양생 수련에 근본을 두고 본인의 장생불로長生不老만 추구하니 세인들에게 베푸는 게 뭐가 있소?"

그러자 보허가 고개를 절레절레 저으면서 대답했다.

"나는 전진도파가 아니오. 어떤 도파든 술법에만 의존한다면 자신만의 색깔을 만들 수 없는 법이오. 나는 이 도道, 저 파派의 형식에 구애받지 않는 자연문自然門이오. 물 흐르듯, 구름이 떠가듯 현실에 안주하고 만족하면서 분수에 어긋나는 욕심을 부리지 않는 사람이오. 물은 흐르다 보면 도랑을 만들게 마련이오. 낙숫물이 바위를 뚫듯 하늘의 뜻에

순응해 좋은 인연을 맺고 세상을 제도하는 것이 내 이념이오."

"자연도自然道라고 하셨는데, 금시초문이오."

"자연은 곧 천도天道를 뜻하오."

"그러면 천도는 무엇이오?"

"천도는 곧 수덕水德이오. 대세를 따라 높은 데서 낮은 데로 흐르고 넘지 말아야 하는 선은 절대 넘지 않는 덕을 지닌 물 말이오."

보허가 잠시 말을 끊었다가 다시 천천히 이었다.

"그리고 어떤 측면에서 전도는 또 회덕火德이라고 할 수도 있소. 물은 도랑을 따라서만 흐르오. 또 불은 화로가 넘쳐나지 않도록 감싸주는 역할을 하오. 그러니 물과 불이 서로 어울려 지낼 수 있을 때 진정한 도가 이뤄지지 않겠소?"

보허가 말을 마치기 무섭게 들릴 듯 말 듯 낮은 목소리로 무슨 경 같은 것을 읊기 시작했다.

진정한 경륜과 깨우침은 화려한 말이나 글 속에 있지 않거늘
우주 조화의 오묘함을 깨우치려거든 여러 신선들과 마주 앉으라.
옥향로玉爐에 구름이 자욱하게 피어오르니 금솥金鼎에 상서로운 기운이
넘치누나.
신수神水로 논밭에 부지런히 물을 대면 논두렁에서도 용이 춤추며 날아
오르리.

보허가 다 읊고 나더니 다시 몇 마디를 덧붙였다.

"도형道兄 여러분은 모두 약간의 법술은 가지고 있으나 시운時運을 거슬러 움직이니 좋은 결과를 기대하기 어려울 거요. 간난신고를 겪은들 만화방창萬化方暢한 봄날은 찾아오지 않을 것이오. 이 상태에서는 요진

이 아니라 삼청불三淸佛께서 인간 세상에 내려오신다고 해도 도움을 주지 못하실 것이오. 가망 없는 기대는 버리고 우리 자연문에 귀의하는 것이 어떻겠소? 세심혁면洗心革面의 마음가짐으로 널리 자비를 베풀어 지난날의 죄를 깨끗이 씻어내는 것이 어떨는지?"

역영은 귀는 열어놓았으나 보허의 말은 듣는 둥 마는 둥 했다. 한동안 입을 다물고 있던 그는 갑자기 피식 실소를 흘렸다.

"말발 센 사람이 주먹 센 사람보다는 못하오. 또 주먹 센 사람은 배짱 센 사람보다 못하다고 했소. 말로 기를 꺾으려 들지 마시오. 그대는 법술을 우습게 보는 것 같소. 그러나 법술도 모르는 주제에 어찌 진정한 도사라 할 수 있겠소! 나도 약을 나눠주고 목숨이 경각에 이른 사람을 구해주는 사람이오. 그러나 지금까지 종이에 싸서 손으로 나눠줘 본 적은 없소. 환자를 향한 나의 간절한 발원이 구현九玄(높은 하늘. 구천九天과 같은 말)에 다다르면 환자는 저도 모르게 신명이 내린 약을 받아먹고 병이 낫게 되지……. 흥, 그깟 재에 주사朱砂나 섞어 주는 것이 뭔 약이라고! 저기 저 향대香臺가 보이오? 쇠로 된 저것을 내가 손가락으로 가리켜서 부러뜨릴 테니 잘 보시오. 신도들이라면 기적을 확실히 보여주는 나를 따르겠소, 아니면 허튼소리만 한 바가지 쏟아놓는 그쪽을 따르겠소? 내가 저 나방들에게 염력을 주입하면 곧 이 촛불도 몸으로 짓뭉개서 꺼버릴 수 있을 거요."

보허는 역영의 말을 묵묵히 들었다. 그러다 무겁게 입을 열었다.

"도심道心의 자비로움이 닿지 않는 곳이 어디 있겠소만 평상심이 곧 도심이 아니겠소? 한나라 때의 장각張角, 당나라 때의 황소黃巢, 명나라 때의 서홍유徐鴻儒 등을 막론하고 술수에 목숨을 걸었던 도사들치고 반딧불이와 같은 신세를 면한 사람이 없었소. 술수에만 의지해서는 대업을 이룰 수 없고 대세를 탈 수 없다는 증거요. 그대가 삼청상 앞에서 저주를 내려 향대를 부러뜨리고 술수로 내 제자를 죽인다고 해도 우리는 꿈쩍하지 않을 거요. 아무도 그대를 믿지 않을 테니 말이오."

역영은 보허의 말에 은근히 부아가 치밀었다. 진짜 실력을 보여주지 않고서는 이 콧대 높은 도사가 무릎을 꿇을 것 같지 않았다. 그가 그예 코웃음을 쳤다.

"도형은 과대망상증에 걸린 것이 아니오? 저 향로가 어떻게 맥없이 무너지는지 보여주겠소!"

"무량수불! 그게 그렇게 쉬운 일이 아니오."

역영은 보허의 말이 끝나기 무섭게 흥! 하고 코웃음을 쳤다. 이어 다섯 손가락을 송곳처럼 모았다. 그러더니 공력을 최대치로 끌어올린 다음 먼발치에서 향대를 향해 손을 뻗었다. 순간 향대에서 미세한 파열음이 들려왔다. 그러나 향대는 드르르 떨면서 진저리를 칠 뿐 부러지지도, 넘어지지도 않았다. 전혀 손상을 입지 않은 것 같았다. 그러자 교송이 도저히 못 믿겠다는 듯 다가가더니 향대를 살펴봤다. 이어 역영을 향해 고개를 저었다.

역영의 얼굴에 순간 당황한 기색이 역력했다. 그는 오뢰정법五雷正法을 혹독하게 연마한 사람이었다. 향대가 아니라 한 아름 되는 돌기둥도 순식간에 내려앉게 할 수 있는 능력을 가지고 있었다. 그런데 어찌된 영문인지 조그마한 향대가 꿈쩍도 하지 않는 것이 아닌가.

역영이 이상한 생각이 든 듯 고개를 돌려 보허 쪽으로 시선을 향했다. 보허는 여전히 부들방석에 앉은 채 눈을 감고 있었다. 얼굴에는 공력을 끌어올린 흔적이 전혀 없이 평온하기만 했다. 그저 입술을 실룩거리는 모양만이 평소와는 조금 다를 뿐이었다.《도덕경》道德經을 읽는 것 같았다.

"도가도道可道, 비상도非常道, 명가명名可名, 비상명非常名……."

역영은 공력을 끌어올리는 간단한 일에 단 한 번도 실패해본 적이 없었다. 당연히 보전 안에 있는 고수가 자신의 기를 방해한다는 쪽으로 단정을 지을 수밖에 없었다. 그러나 아무리 둘러봐도 평온한 표정의 보허 외에 다른 사람은 없었다.

"얍! '자연문'이 다 뭐냐? 이래도 요진은 안 나올 테냐?"

역영이 잔뜩 약이 올랐는지 째질 듯 고함을 질렀다. 그러면서 단숨에 날아가 두 손으로 보허를 힘껏 떠밀었다. 삽시간에 보전 안에 광풍이 일었다. 병풍이 이러 저리 넘어가고 신을 모신 휘장 역시 종잇장처럼 날아다녔다. 곧 방 안의 모든 등불이 꺼졌다. 동시에 을씨년스러운 바람이 보전을 쓸어버릴 듯 휘몰아쳤다. 그러나 끄떡도 않고 앉아 있는 보허의 단조로운 독경 소리는 그칠 줄 몰랐다.

"……보려고 해도 보이지 않으니 이를 '이'夷라 하고, 들으려고 해도 들리지 않으니 이를 '희'希라 한다. 또 잡으려고 해도 잡을 수 없으니 이를 '미'微라 하느니라. 이를 일러 모양 없음의 모양, 즉 '공'空이라고 하는 것이요, 이 아무것도 없음의 상태는 아득하고 명한 '황홀'恍惚의 상태라고 묘사할 수 있겠노라……."

높낮이의 변화가 전혀 없는 잠꼬대 같은 보허의 경을 읽는 소리가 다시 들려 왔다. 순간 방금 전까지 당장 보전을 날려버릴 것처럼 기승을 부리던 바람이 점차 미약해졌다. 이어 어느새 온데간데없이 사라지고 말았다. 한꺼번에 꺼져버렸던 촛불들 역시 잠깐 졸았던 사람이 눈 비비면서 일어나 앉듯 저절로 하나둘씩 다시 밝아지기 시작했다. 보허가 그제야 독경을 멈추고 천천히 입을 열었다.

"거사의 법력은 참으로 대단하오. 빈도도 탄복하는 바이오. 하지만 제아무리 고명한 법력도 천리天理를 거슬러 행하면 궁극적으로는 제 얼굴에 침 뱉기가 될 뿐이오. 거사는 이미 삼청三淸을 충분히 노엽게 했으니 권컨대 속히 이곳을 떠나시오!"

호인중이 도저히 화를 못 참겠다는 듯 갑자기 섬뜩한 쇳소리를 내면서 요도腰刀를 뽑아들었다. 그리고는 고함을 질렀다.

"이자는 분명 사이비 도인입니다. 목을 쳐버려야 합니다, 좌주座主!"

호인중이 말을 마치자마자 험악한 표정으로 보허에게 달려들었다.

"까불지 마!"

역영은 뒤늦게나마 상대가 만만치 않다는 사실을 통렬하게 느낀 듯 큰 소리로 호인중을 제시시겼다. 이어 보허에게 다가가 처음에 그랬듯 계수를 했다.

"좋소. 요진을 만나게 해줄 의향이 없으시다면 빈도는 요진과 인연이 없는 걸로 알고 물러가겠소. 가자!"

"잠깐만!"

역영이 더 이상 미련이 없다는 듯 떠나려 하자 보허가 그를 불러 세웠다. 이어 잠시 침묵한 끝에 입을 열었다.

"금릉金陵은 거사에게는 험지險地예요. 고향에도 돌아갈 수 없다면 동쪽으로 내려가시오. 물론 나는 그대들이 우리 자연문으로 귀의해 유종의 미를 거뒀으면 하는 바람이오. 그래도 떠나겠다면 만류하지는 않겠소."

역영은 보허의 충고를 뒤로 하고 결연히 도관을 나섰다. 뇌검을 비롯한 부하들이 그 뒤를 따랐다. 이어 별이 총총한 밤하늘을 바라보면서 조용히 역영의 결정을 기다렸다. 역영이 높고 검푸른 하늘에 오래도록 시선을 박고 있다가 깊은 한숨을 토해냈다.

"오늘에야 비로소 하늘 밖에 하늘이 있다는 말을 실감했어! 보허의 말대로 남경은 우리가 발붙일 만한 곳이 아니야. 무창武昌, 강서江西, 상해上海, 청강淸江, 소주蘇州, 항주杭州에 우리의 향당香堂이 그대로 있으니 이중에서 어디로 가는 것이 좋겠어?"

당하가 평소 생각을 해둔 것이 있는 듯 즉각 대답했다.

"보허 저자는 겉 다르고 속 다른 놈이 분명해요. 그렇게 대단한 법술을 가지고 있으면서 우리에게 평상인이 되라고 권유하는 것을 보면 말입니다. 저자가 우리에게 동쪽으로 가라고 했으니 우리는 서쪽으로 가는 게 바람직할 것 같아요. 무창은 양광兩廣, 섬서陜西, 사천四川, 남경南京과 접해 있어 교통도 편리할 것 같고요."

역영이 당하의 말에 고개를 저었다. 이어 천천히 자신의 생각을 단호하게 밝혔다.

"편리한 교통 덕분에 유사시 사방으로 튀기 쉬운 것은 분명해. 하지만 이 같은 장점이 곧 단점이 될 수 있다는 것도 잊어서는 안 돼. 우리보다 한 수 앞질러가는 사람들이 있다고. 사천 한 곳에만도 우리의 퇴로를 노리는 몇 만 녹영병綠營兵이 죽치고 있어. 내가 보기에 보허는 우리와 뜻은 같지 않으나 적어도 우리의 적은 아닌 것 같아. 지금 우리를 노리는 움직임이 이리도 급박한 상황에서 이대로 도망가 버린다면 영영 날개가 꺾여 매장돼 버리고 말 거야. 이대로 포기하기에는 너무 아쉬워."

한매도 할 말이 많은 듯 입을 열었다.

"어제 응천부應天府의 셋째가 그러는데 유득양劉得洋도 이리로 왔다고 합니다. 지난밤 연입운, 황천패와 더불어 술집에서 날이 새도록 술을 마셨다고 합니다. 연입운이 만취해 교주의 이름을 부르면서 울고불고 난리법석을 떨었나 봐요. 자기는 목에 칼이 들어와도 교주를 해칠 수 없다고 했답니다. 역시 셋째가 전해온 소식인데, 오할자는 양주揚洲로 내려갔다고 해요. 그쪽의 흑도黑道, 청방靑幇, 염방鹽幇, 조방漕幇(순조로운 조운을 보호하는 무리)들에게 조정에 협조할 것을 요구하러 갔나 봐요. 그걸 보면 동쪽에도 발붙이기 힘들 것 같아요. 제 생각이지만 유통훈이 강남에 수사망을 치고 있는 틈을 타 중원中原으로 튀는 것이 어떨까요?"

역영이 한매의 말에 굳은 표정을 한 채 한참이나 생각을 했다. 이어 느릿느릿 입을 열었다.

"어디인들 감시의 눈이 없는 곳이 있겠어? 이제는 세력 확장까지는 언감생심 꿈도 못 꾸겠고 이 한 목숨 건지는 것이 급선무야. 일단 눈앞의 재난부터 피하는 게 상책일 것 같아."

역영이 말을 잠시 멈추고는 어둠 속에서 눈을 번뜩였다. 그러더니 갑자기 그 자리에 선 채 강경한 어조로 말을 이었다.

"보허도 낚싯대를 드리우고 잠자코 월척을 기다리고 있어. 그자가 할 수 있는 일을 우리라고 왜 못하겠어? 날이 밝는 대로 우리는 배를 타고 동쪽으로 내려가는 거야. 그렇다고 전부 다 이곳 남경에서 순순히 철수할 필요는 없겠지. 뇌검과 교송은 여기 남아 있어. 내가 자리를 잡는 대로 연락할 사람을 파견할 테니."

뇌검이 어둠 속에서 희미하게 윤곽이 보이는 호인중을 잠깐 훔쳐봤다. 이어 주저하듯 말했다.

"교주, 여기에 있는 몇몇 향당은 원래 연입운이 장악했던 것들입니다. 이미 변절한 그놈이 언제라도 들이칠 수 있지 않습니까? 우리 둘이서는 막아낼 자신이 없습니다. 오라버니가 남았으면 합니다."

역영이 뇌검의 부탁을 받고는 잠시 망설이다가 이내 결정을 내렸다.

"좋아, 그러면 호형이 남아 뇌검을 도와주도록 하지."

뇌검은 산동에서 호인중의 목숨을 구해준 적이 있었다. 이후 두 사람 사이에는 미묘한 감정이 싹트기 시작했다. 역영 역시 그걸 어렴풋이 느끼고 있었다. 그러다보니 은근히 걱정이 되기도 했다. 그는 한때 남자에 대해 눈을 뜨게 해줬던 연입운이 등을 돌려 자신을 배신한 뒤부터 남녀 사이의 정분에 대해서는 완전히 미련을 버렸다. 그는 뇌검을 걱정하면서 속으로 깊은 한숨을 토했다. 이어 비장한 각오로 당부했다.

"아무래도 지금은 여기 있는 게 나을 거야. 그러나 정말 힘들어지면 억지로 버티지 말고 나를 찾아와. 내가 가는 곳마다 암기暗記를 남겨둘 테니 찾을 수 있을 거야. 생소한 사람과는 왕래를 자제해. 또 가급적 새로운 사람은 받아들이지 않도록 해야 해. 전에 막역했던 사이일지라도 요모조모 뒤를 캐봐야 한다고. 방심은 절대 금물이야. 그렇다고 집안 형제자매들끼리 무분별하게 의심해 칼을 휘두르는 일이 있어서도 안 돼. 이 시기만 무사히 넘기면 재기의 발판이 마련될 거야. 유통훈이 아니라 그 할아비가 온다고 해도 무서울 게 없어. 그 어떤 악질도 약발이 끝날 때가 있기 마련이거든."

이튿날 동이 틀 무렵이었다. 역영 일행 서른 명은 각자 연자기燕子磯 부두에서 배를 빌려 타고 동쪽으로 내려가는 대장정에 올랐다. 남장을 한 뇌검과 호인중 역시 역영 일행을 전송하기 위해 부둣가에 모습을 나타냈다. 그리고는 그들을 실은 배가 뽀얀 물안개 속으로 사라질 때까지 착잡한 표정으로 지켜봤다. 곧이어 호인중이 뇌검과 나란히 부두에서 내려와서는 걸음을 옮기면서 말했다.

"바람이 차가워. 모자를 조금 더 눌러써야겠어. 머리를 자르지 않고 남장을 하면 들키기 십상이야."

뇌검이 호인중의 권유대로 조심스레 모자를 눌러쓰고 잔머리를 모자 안으로 쓸어 넣었다. 이어 가느다란 손가락으로 바람에 춤추는 길 옆 버드나무가지를 쓸면서 호인중을 따라 걸었다. 그리고는 갑자기 엉뚱한 질문을 했다.

"오라버니, 오라버니 생각에는 교주와 보허 두 사람의 말 가운데 어느 쪽의 말이 더 설득력이 있는 것 같아요?"

"글쎄, 꼭 어느 쪽이라고 꼭 집어 말할 수는 없지. 나와 뜻이 다르다

고 무조건 비난할 수는 없잖아? 그리고 나는 그렇게 골치 아픈 생각은
잘 안 해."

"정말?"

"그럼."

"내가 추구하는 것이 대세에 어긋나 살신지화殺身之禍를 입을 수도 있
어요. 그래도 괜찮아요?"

"나는 그런 걸 따지지 않아. 누가 옳고 그른 걸 떠나 나는 의리만 소
중히 여길 뿐이야."

"그러면 오라버니는 교주께서 오라버니에 대해 의리 외에 다른 감정
을 품고 있다고는 생각하지 않아요?"

호인중이 뇌검의 묘한 질문에 당황했는지 고개를 들어 잠시 생각에
잠기는 표정을 지었다.

"글쎄, 그런 생각은 한 번도 해본 적이 없어. 교주가 나를 대접해주는
것만큼 나도 교주를 존경하는 것뿐이야. 우리 어머니는 여자들 일에 호
기심을 가지지 말고 여자를 멀리 하라고 귀 따갑게 가르침을 주셨거든.
지금 생각해 보면 그 말이 진리인 것 같아. 나하고 같이 이 산 저 산 찾
아다녔던 애들이 하나같이 야생화 꺾는 데만 지나치게 열중하더니 결
국 여자의 사타구니에서 인생을 종치고 말았잖아."

뇌검은 호인중의 말을 듣고는 얼굴에 실망하는 기색을 내비쳤다. 그러
나 아주 잠깐이었다. 그 표정은 곧 바람처럼 스쳐 지나갔다. 그녀가 얼
마 후 발끝에 걸린 돌멩이를 힘껏 강물 쪽으로 걷어차더니 한숨을 내
쉬었다.

"일리는 있네요. 하지만 그렇다고 오라버니 어머니가 아들이 평생 홀
아비로 늙어 죽기를 원해서 한 말은 아니었을 거예요. 아, 알겠다! 죽도
록 좋아하는 여자가 있었는데 오라버니를 배신하고 가버렸구나. 그래서

오라버니는 여자 보기를 돌보듯 하게 됐고……. 맞죠?"

"우리 집은 부잣집은 아니었어도 밥은 먹고 살았어. 나중에 전염병이 돌아 뿔뿔이 흩어지고 말았지만. 나에게 여자라면 고종사촌 여동생이 하나 있었지. 심성이 너무 곱고 착한 애였는데 가세가 기울면서 살던 동네를 떠났어. 지금은 어디서 어떻게 살고 있는지도 몰라."

"그 뒤로 쭉 못 봤어요?"

"본 적 있어. 언젠가 고향을 찾았다가 우연히 길에서 마주쳤지. 이미 세 아이의 엄마가 됐더라고. 남편은 죽었다고 했어. 고생을 밥 먹듯 했는지 몸은 비쩍 마르고 얼굴은 누렇게 떠서 내 마음이 무척 아팠던 기억이 나는군."

호인중이 아픈 기억을 회상하는 것이 괴로운 듯 착잡한 표정을 지었다. 뇌검은 수심에 잠긴 호인중을 위로해야겠다고 생각했는지 바로 말머리를 돌렸다.

"우리는 당장 어디서부터 일을 착수해야 하죠? 어떤 행색으로 어디서, 어떻게 터를 잡아야 할까요? 옷차림부터 바꿔야겠어요. 너무 눈에 띄는 것 같아요. 오라버니가 대장이시니 지시하세요."

"내가 무슨 대장이야? 나를 아는 부하가 한 명도 없는데! 나보다는 네가 더 낫지. 이 도사 차림은 내가 봐도 이상해. 마땅히 기거할 도관道觀도 없는 사람들이 도사 복장을 하고 다니면 이상하게 생각할 거 아니야."

"우리에게 돈은 얼마든지 있으니 생약가게를 여는 게 어때요? 그 늙은 기생을 구워삶아 어떻게든 보허를 끌어들여야겠어요. 유사시 방패막이로 삼게 말이에요. 연입운도 배신한 마당에 이곳 향당과 신묘神廟의 옛 무리도 믿을 수 없어요. 낌새가 이상한 자들은 내쫓거나 아예 없애버려 물갈이를 해야겠어요."

"일리가 있기는 하지만 그렇게 하면 교주의 지시를 어기는 게 되잖아."

"지금은 오라버니가 이곳의 교주예요! 장군은 전쟁터에서 군주의 명령을 어겨도 된다고 했어요."

뇌검은 보기보다는 나이가 어렸다. 그럼에도 '시신사자'侍神使者답게 단호하고 결단력이 있었다. 그동안 주변 사람들에게 좀체 보여주지 않던 태도였다. 호인중 역시 그런 그녀의 모습은 처음 보는 터였다. 급기야 놀란 나머지 낯선 사람 쳐다보듯 하면서 물었다.

"나중에 교주가 오해해서 문제를 삼으면 어떻게 하지?"

뇌검이 쓸쓸한 웃음을 지은 채 입을 열었다.

"교주요? 그분은 지금 제 코가 석 자인 사람이에요. 우리가 어떻게든 자리만 잡으면 입이 닳도록 칭찬할 거예요."

호인중은 사람이 순박하고 의리를 목숨처럼 귀중하게 여기는 사람이었다. 그러나 머리는 그다지 명석하지 못한 편이었다. 그가 아무리 머리를 굴려도 더 좋은 생각이 떠오르지 않자 바로 뇌검의 말에 순순히 수긍했다.

"그래, 그렇게 하자. 내가 생약가게 주인을 하면 되겠네. 너는 안주인 노릇을 하면 되겠고!"

뇌검이 호인중의 말에 풋! 하고 웃음을 터트렸다. 그러더니 급기야 배를 끌어안은 채 깔깔 웃기 시작했다. 호인중이 영문을 몰라 의아하다는 어조로 물었다.

"왜 그렇게 웃어? 내가 뭘 잘못 말했어?"

"오라버니가 오늘처럼 어수룩하게 보인 적이 없어서요."

뇌검이 잠시 말을 멈추고는 손가락으로 호인중의 이마를 콕 찍었다. 그리고는 다시 말을 이었다.

"뭘 몰라도 너무 모르는 것 같아요. 생약가게는 아무나 하는 줄 알

앞어요? 무엇보다 사람들이 약성藥性에 대해 물으면 술술 대답할 수 있어야 해요. 약을 들여올 때에도 진품인지 가짜인지 식별할 줄도 알아야 하고요. 그뿐인가요? 장사 수완도 적당히 있어야 하고, 장부 기입도 제대로 해야 하죠. 그런데 오라버니는 칼춤밖에 자신 있는 것이 없다면서요?"

"그러면 나는……, 꿔다놓은 보릿자루가 되는 건가?"

"당연히 아니죠. 생약가게 주인은 저고 오라버니는 제 남편이 되면 되죠."

호인중이 뇌검의 말에 어이가 없다는 듯 너털웃음을 터트렸다. 이어 다시 천천히 걸음을 떼어놓으면서 말했다.

"뇌검, 너는 교주와 함께 있을 때와 지금은 전혀 다른 것 같아. 교주 곁을 떠나니 훨씬 활력이 넘치고 즐거워하는 것 같아."

호인중의 말에 뇌검은 금세 시무룩해져 시선을 돌렸다. 마음이 착잡했다. 그녀는 역영의 수제자였다. 늘 정성을 다해 스승을 모셨다. 역영 역시 그랬다. 제자들에게 결코 인색한 사람이 아니었다. 법문法門의 요지를 전수할 때도 여느 사부들처럼 결정적인 몇 가지를 감추는 법 없이 아는 것을 전부 가르쳐줬다. 단점이라면 네 자매들에 대한 요구가 엄한 어머니가 딸을 교육하듯 가혹하리만치 높다는 사실이었다. 따라서 다정하고 애틋한 정이 부족한 점이 없잖아 있었다.

사실 따지고 보면 나이 차이도 그리 많지 않았다. 그러나 역영은 항상 자매들 위에 군림하려 했다. 매사에 독단적이기도 했다. 잘못을 저지르고도 남에게 책임을 떠넘기는 버릇도 약간 있었다. 뇌검은 그것이 항상 못마땅했다. 불만스러운 정도를 넘었다. 그러나 호인중에게 차마 그런 말은 할 수 없었다. 호인중이 입이 가벼울 뿐만 아니라 비밀이 없는 사람이라는 사실을 잘 알기 때문이었다. 뇌검이 깊이 생각하고 나더니 얼마 후 신중하게 말했다.

"교주를 모시고 있으면 경외감이 앞서서 자유롭지 못하잖아요. 오라
버니하고 있으면 편하니 웃고 까부는 거죠."

전도는 남경에 길어봤자 사나흘 정도만 머물다 갈 예정이었다. 그러
나 시일이 다 되어도 여전히 떠나지 않고 뭉그적거리고 있었다. 기생어
멈과 살을 섞고 나니 헤어지기가 싫어졌던 것이다. 결국 남경에 더 머
물 빌미를 만들기 위해 달리 볼일도 없으면서 주전국鑄錢局을 들락거렸
다. 주전 모형을 만지작거리면서 시간을 보내기도 했다. 나중에는 구리
를 운반해오는 이시요를 만난 다음 가겠노라고 시간을 끌었다. 나중에
는 총독아문에 있으면 윤계선에게 "방해가 된다"면서 아예 짐을 싸들
고 나와 역관으로 옮겼다.

전도는 늦게 배운 도둑질에 시간 가는 줄 모른다는 말처럼 기생어멈
의 노련한 수완에 완전히 혼을 쏙 빼앗겼다. 그야말로 제정신이 아니었
다. 급기야 공무는 뒷전인 채 늙은 기생을 만족시키기 위해 별의별 기상
천외한 방중술房中術에 귀를 기울였다. 정력제 따위도 찾아다녔다.

이날도 둘은 해가 중천에 뜰 때까지 실오라기 하나 걸치지 않은 채 꽈
배기처럼 얽혀 있었다. 질펀한 정사 뒤에 찾아오는 나른한 여유를 즐기
고 있었다. 그러다 하녀가 아침 차를 마시라고 창문 너머로 소리쳐 불러
서야 겨우 옷을 입고 일어났다. 기생어멈은 차를 마실 때도 음담패설을
수박씨 뱉듯 툭툭 내뱉더니 한숨을 폭 내쉬었다.

"아휴! 애를 배면 뭘 해, 아비 없는 자식이라고 설움만 받을 텐데!"

그러자 전도가 기생어멈의 목덜미를 팔로 껴안으면서 위로의 말을 건
넸다.

"걱정하지 마! 내가 밖에다 집을 하나 마련해줄게. 두 집 살림을 할지

언정 모자를 외롭게 만들지는 않을 테니 걱정하지 마."

전도가 애써 기생어멈을 달랠 때였다. 하녀가 2층 방으로 올라와 아뢰었다.

"전 나리, 총독아문에서 막료 한 분이 긴히 전해드릴 서찰이 있다면서 찾아오셨습니다. 지금 밑에서 기다리고 계십니다."

전도는 대답과 함께 곧바로 팔자걸음으로 계단을 내려갔다. 기생어멈은 탁자를 치우라고 지시한 다음 집사 사성을 불러들였다. 이어 헝클어진 머리를 손가락으로 쓸어내리면서 그에게 물었다.

"아교阿膠는 사다 놨어? 애들을 시켜 정성껏 달이라고 해. 내가 먹을 거니까."

"알겠습니다, 마님!"

사성이 공손히 대답했다. 그리고는 이내 낄낄거리면서 한 걸음 다가섰다.

"전에는 몇 번을 지우시더니 이번에는 아이를 가지고 싶으신가 봐요?"

기생어멈이 다소 우울한 표정을 한 채 대답했다.

"그래, 이번에는 낳을 거야. 나도 이제는 나이도 먹을 만큼 먹었어. 사람답게 살아봐야 할 거 아니야. 여느 여염집 아낙처럼 애도 낳고 남편 뒷바라지도 하면서 평범하게 살고 싶어. 그리고 이건 내 뜻대로 할 수 없는 우리 교령敎令이기도 하잖아."

사성이 기생어멈의 말을 듣더니 푸념을 했다.

"우리는 정말 너무 힘들게 사는 것 같아요. 일지화, 청방, 홍방, 상청관 등 하나같이 우리를 개뼈다귀 우려먹듯 이용만 하니 어느 교령敎令에 맞춰 춤을 춰야 할지 모르겠어요."

그 말에 기생어멈이 바로 냉소를 터트렸다.

"가난한 건 비웃어도 몸 파는 건 비웃지 않는다는 말도 못 들었어? 나는 이 바닥에서 별의별 험한 꼴을 다 보면서 뒹굴어온 년이야. 그리 호락호락하지 않다고! 정 성질을 건드리면 아예 직방이고 뭐고 다 집어치우고 산속으로 숨어버리고 말 거야. 명심하라고. 역영 패거리도 좋고 다른 파벌들이 찾아와도 그래. 하마석下馬石이 되어달라고 그러면 무조건 주머니를 털게 만들라고. 돈 없이는 되는 일이 없다고 잡아떼라는 말이야. 은자 몇 만 냥만 더 해먹고 여기를 뜨자!"

그녀가 말을 막 마쳤을 때였다. 계단을 오르는 전도의 발소리가 들려왔다. 기생어멈은 사성에게 물러가라는 뜻으로 손사래를 치고는 자리에서 일어났다. 방금 전까지 얼굴을 덮었던 수심은 어느새 화사한 웃음으로 바뀌어 있었다.

"오셨어요? 무슨 서찰이기에 사람을 쉬지도 못하게 오라 가라 하는 거예요?"

"폐하께서 나를 즉각 어가가 머물러 있는 열하熱河로 술직述職을 오라 하셨어. 부항 대인이 대필代筆한 편지였어."

전도가 말을 마치고는 힘없이 털썩 자리에 주저앉았다. 이상하게도 눈빛이 우울하고 불안했다. 곧 그가 무거운 어조로 천천히 입을 열었다.

"여기 더 이상 죽치고 있을 수가 없게 됐어. 어명을 어기면 어떻게 되는지 알지?"

기생어멈이 고개를 숙이고 있다가 갑자기 어깨를 들썩였다. 이어 손수건으로 눈물을 찍어냈다. 전도가 그런 그녀를 위로하고 나섰다.

"그러지 말라고. 몇 개월만 있으면 또 만날 텐데 뭘 그래. 아니면 모든 걸 다 때려치우고 나를 따라 운남으로 가든가. 아, 이런 수도 있네. 이번에 북경으로 들어가서 장상과 부상에게 나를 남경 도대道臺로 보내달라고 부탁하는 거야. 진짜 그래볼까? 나도 자네를 떠나기 싫어!"

"이년은 팔자가 기구해 전에도 정 주고 마음 주고 몸을 바쳤던 사내한 테 버림을 받은 적이 있어요. 그 사람 역시 벼슬아치였죠. 그때의 상처 가 너무 깊어 다시는 정을 주지 않으리라 혀 깨물고 맹세했건만……. 나 리는 절대 이년을 버리지 말아주세요. 마흔을 바라보는 나이에 이제라 도 인간답게 살고 싶어 당신 씨까지 받은 년이에요……. 흑흑!"

전도는 기생어멈의 눈물 젖은 하소연에 마음이 동한 듯했다. 잠시 뭔 가 생각하더니 곧 큰 결심을 한 듯 입을 열었다.

"여기 일을 다 정리하고 나를 따라갈 준비를 해. 나는 비록 구리광산 을 관리한다고는 하나 구리광산이 내 소유는 아니야. 그쪽은 기대할 것 도 없어. 그러나 내가 막료 시절에 모아둔 은자가 이만 냥 가량 돼. 조금 있다 도이길에게 가서 일만 냥을 융통해야겠어. 그 정도 돈이면 자네가 일을 하지 않아도 충분히 잘 먹고 잘 지낼 수 있을 거야. 그리고 자네와 사성만 나를 따르라고. 나머지는 노자나 몇 푼 쥐어주고 고향으로 돌 려보내게. 이 집을 팔고 남경에 새로 집을 사서 들어가 있어. 내가 북경 에 다녀온 뒤 자네를 고향에 데리고 가겠어. 사당祠堂에 들러 조상을 배 견拜見하고 나면 자네는 곧 명실상부한 우리 전씨 가문의 여자가 되는 거지. 내 주머니에 이천 냥짜리 은표가 있는데 이걸로 평소에 가지고 싶 었던 장신구나 의복을 구입하도록 해. 일 년 녹봉이라고 해봤자 오천 냥 밖에 안 되는 가난뱅이니까 앞으로는 너무 흥청망청해서는 안 되겠어."

기생어멈이 못 이기는 척하면서 은표를 받아서 넣었다. 얼굴에서는 도 저히 참기 어려운 듯한 웃음이 번지고 있었다. 전도는 그 웃음을 뒤로 한 채 서둘러 직방공장을 나섰다.

전도는 우선 총독아문으로 달려가 윤계선의 전량 담당 막료를 만났 다. 이어 번사藩司아문을 찾았다. 그러나 도이길은 뜻밖에도 난색을 표 했다. 큰 액수도 아니었기에 자신이 입만 열면 두 말 없이 꺼내줄 줄 알았으나 그게 아니었던 것이다. 도이길이 심각한 표정으로 한숨만 쉬더니 조용히 입을 열었다.

"우리 사이에 일만 냥이 아니라 더 내놓으라고 해도 못 내놓을 처지는 아니지. 그러나 그쪽이나 나나 따로 은자를 숨겨 놓고 사는 처지는 아니지 않은가? 요즘은 공금 유용도 불가능해. 단속이 심해져서 관리들이 은자 한 푼이라도 빌리려면 범시첩范時捷의 손을 거쳐야 하지. 원장공이 그렇게 하라고 수령手令을 내렸다네. 본인부터 무섭게 이를 준수하고 있으니 밑에서 꼼짝이나 하겠어?"

전도가 히죽 웃음을 흘렸다.

"범시첩이라고 했소? 거기는 내가 만나보겠소."

도이길이 다시 입을 열었다.

"세상에 둘도 없는 구두쇠 범시첩을 몰라서 그러는가? 원장 공이 믿고 맡길 수 있는 유일한 구두쇠라면 말 다했지. 그 사람에게는 돈이 들어가는 구멍만 있고 나오는 구멍은 없어. 그 나이에 매일 속 빈 강정처럼 희희낙락하고 다니는 걸 보면 사람이 맺힌 데 없어 보이지만 일에 있어서만은 빈틈이 없는 사람이라고. 순천부 부윤 시절에는 선제까지 설득시켰던 배짱 좋은 사나이가 아닌가! 그래서 옛 이친왕(윤상)도 툭하면 자린고비라고 놀리면서도 얼마나 아꼈다고. 괜히 찾아가 마음 다치지 않았으면 좋겠어. 지난번 고항 국구國舅가 북경에서 보낸 돈이 곧 도착할 거라면서 우선 삼천 냥만 빌려달라고 한 적이 있었어. 범시첩이 뭐라고 면박을 줬는지 알아? '곧 도착하는 거면 며칠 참았다 그걸 찾아서 쓰는 게 낫지, 백성들의 뼈 속에서 짜낸 기름으로 고 국구의 풍류 빚을 갚아줘야 합니까?'라고 했다고. 공손히 격식을 갖추면서 무안을 주는 바람에 고항은 얼굴이 화롯불이 돼 본전도 못 건졌다고 하지 않나! 그런데, 도대체 일만 냥씩이나 어디에다 쓰려고? 범시첩이 들으면 거품부터 물게 생겼구먼."

전도가 얼굴을 붉히면서 잠시 머뭇거리더니 슬쩍 둘러댔다.

"아, 친척이 연관捐官(관직을 돈으로 사는 것)을 하려나 본데 돈이 좀 필요하다고 해서 그러는 거요. 전에 나에게 도움을 많이 줬던 사람이라 거절하기도 힘들고."

전도는 너무나도 뻔한 거짓말을 했다. 그러다 문득 묘안이 떠오른 듯 무릎을 치면서 눈빛을 반짝였다.

"아, 이렇게 하면 되겠네. 이 눈치 저 눈치 봐가면서 공금을 꾸느니 내가 덕승전장德承錢莊(전장錢莊은 일종의 사채업체)에 말해볼 테니 그대가 보증을 서주는 것이 어떻겠소?"

도이길이 바로 대답했다.

"그거야 뭐 안 될 것도 없지. 다만, 나도 언제 이임할지 모르는 사람이니 그렇게 하려면 빨리 서둘러야겠어. 내정內廷에서 들리는 소문에 의하면 부상께서 나를 악종기岳鍾麒 장군의 부장副將으로 내보낼 생각을 하고 계신가 봐."

"그래, 그래! 내가 빠른 시일 내에 갚도록 하겠소."

전도가 일어섰다. 이어 탁자 위의 찻잔을 들어 단숨에 비우고 입을 쓱 닦으면서 말했다.

"도 대인, 오늘 다시 보니 그대는 어디 가서 손해보고 살 사람은 아닌 것 같소. 몽고족들은 단순해서 속마음을 숨길 줄 모른다는 말도 옛말인 것 같소!"

도이길이 전도의 농담을 듣고는 빙그레 웃었다. 이어 일어나서 전도를 배웅했다. 전도는 번사아문의 의문儀門을 나선 다음 윤계선을 만나고 가야 하나 말아야 하나 잠시 망설였다.

바로 그때였다. 4인 관교官轎 하나가 어느 골목에서 빠져 나왔는지 불쑥 나타났다. 그러더니 돌사자 옆에 멈춰 섰다. 이어 관교 속에서 공작 보복을 입은 관리가 상체를 숙이면서 나왔다. 남색 유리 정자를 단 사내는 얼굴이 하얗고 코밑에 팔자수염을 기르고 있었다. 어딘가 눈에 익은 인상이었다. 가까이 다가오는 걸음걸이는 바람에 날려갈 것처럼 가볍고도 빨랐다. 순간 상대를 알아본 전도의 두 눈이 번쩍 빛났다. 그는 반가운 나머지 외마디 소리를 질렀다.

"어이, 이시요!"

이시요가 그제야 소리 나는 쪽으로 시선을 돌렸다. 전도를 발견한 그 역시 반색을 하면서 성큼 다가섰다.

"아니, 전 형! 아직 남경에 있었나? 관보를 봤어. 북경으로 술직을 간다면서? 더 좋은 곳으로 발령을 내려나보지?"

전도가 바로 고개를 저었다.

"더 좋은 곳이라니! 좋아봤자 거기서 거기지 뭐. 그런 얘기는 없었어. 폐하를 알현하고 나는 다시 운남으로 돌아갈 거야."

이시요가 전도의 말을 듣고는 빙긋 웃음을 지었다. 이어 호탕한 이조로 말했다.

"더 좋은 곳으로 발령이 난다면 그런 줄 알고 있으라고. 내가 믿을만한 소식통이라는 걸 잊었어? 자네는 곧 형부의 시랑으로 발령이 날 거야. 유통훈 대인과 한솥밥을 먹게 됐다고."

"형부라고? 전에는 누가 호부라고 하는 것 같던데?"

전도가 고개를 갸웃거리면서 반문했다. 눈도 휘둥그렇게 떴다. 이시요가 그런 그에게 다시 말했다.

"형부는 법사아문이야. 신분을 따지면 겉만 번지르르한 '재신'財神 부서보다 훨씬 낫지 않겠어?"

전도는 이시요의 말에 나직이 한숨을 내쉴 뿐 더는 말하지 않았다.

이시요의 말도 일리가 없지 않은 탓이었다. 형부는 실력과 권위의 상징이라고 할 수 있었다. 실속 없는 호부보다 나은 것은 누구나 다 아는 바였다. 그러나 그는 줄곧 구리광산에서 구리를 캐고 인부들을 관리하는 일만 해온 사람이었다. 그런 사람이 갑자기 형부니 호부니 하는 다른 부서로 이동한다는 것은 아무래도 이상했다. 그는 내심 그다지 내키지 않았다. 전도가 어두운 표정을 구태여 감추지 않은 채 길게 한숨을 내뱉었다.

"왜 갑자기 나를 형부로 불러들인다는 거지? 이해가 안 가는데?"

이시요가 뭘 그렇게 고민하느냐는 표정을 한 채 전도를 바라봤다. 그리고는 대수롭지 않게 말했다.

"이런 것이 바로 천심불측天心不測이라는 거 아니겠어? 폐하의 마음을 우리 같은 신하들이 어떻게 알겠냐고! 이번에 폐하를 알현하는 자리에서 폐하께서 그러셨어. 성조 때부터 정무를 익히기 시작해 세종을 보필하고 지금 친히 천하를 다스리시면서 수많은 신하들을 겪어봤다고 말이야. 그중에는 빛 좋은 개살구인 무리들도 심심찮게 보이고 마땅한 후계자가 없어 향리로 돌아가지 못하고 늙어 죽을 때까지 조정에 얽매인 황소처럼 우직한 신하도 있다고 하셨어. 또 군주가 천방백계로 크게 키우고자 고심했던 신하들이 착오를 범해 매몰된다든지 병들어 죽는다든지 해서 마음을 아프게 한 경우도 있었다고 하셨고. 군주라면 인사를 포함해 모든 것을 떡 주무르듯 마음대로 할 수 있을 것 같으나 사실은 그렇지 않아. 폐하께서도 어쩔 수 없는 억지 선택을 할 때도 많았다고 하셨어. 그런 맥락에서 보면 자네를 형부로 발령 낸 것도 최선이 아닌 차선책이 아닌가 싶어."

전도는 이시요의 말을 듣는 둥 마는 둥 했다. 속으로는 완전히 딴 궁리를 하고 있었다. 사실 지금은 누가 무슨 말을 해도 하나도 그의 머릿속에 들어오지 않았다. 그에게는 기생어멈과의 약속을 지키는 것이 무엇보다 시급했다. 그는 순간 이시요라면 우유부단한 도이길과는 달리 흔쾌히 자신의 부탁을 들어줄지도 모른다는 생각을 했다. 이어 요행을 바라면서 도이길에게 했던 말을 다시 되풀이한 다음 몇 마디를 덧붙였다.

"……내가 떠나면 그 자리는 자네가 메울 것이 분명하니 하는 말인데 이번에 가져온 돈에서 일만 오천 관貫만 먼저 융통할 수 없을까? 내가 고맙게 쓰고 조만간 메워 넣을 테니. 자네가 도와준다면 나는 이쪽의 신세를 지지 않고 앞으로 눈치 볼 일도 없을 텐데……."

전도가 간절한 눈빛으로 이시요를 바라봤다. 과연 이시요는 두 번 생각할 여지도 없다는 듯 호쾌하게 대답했다.

"나는 또 얼마를 얘기한다고! 기방을 통째로 사들이겠다면 몰라도 그깟 일만 오천 관 가지고 뭘 그리 골머리를 앓아? 차용증이나 하나 적어주고 가. 아직 돈은 선적한 그대로 있어. 내가 몇 글자 적어줄 테니 가지고 가면 틀림없을 거야!"

전도는 이시요의 말을 듣더니 다소 어리둥절한 표정을 지었다. 일말의 기대는 했으나 너무 쉽게 승낙의 말을 듣고 나니 이상했던 것이다. 이시요가 그런 전도의 손을 덥석 잡아끌더니 총독아문의 경비실로 들어갔다. 이어 바로 지필을 얻어 글을 적어줬다.

전도는 점심도 거른 채 황급히 부두로 돈을 가지러 달려갔다. 그리고는 돈을 전장錢莊으로 싣고 가서 은자로 교환했다. 원래 공시가로는 건륭전 2000문文 당 은자 1냥이었다. 그러나 시중가는 달랐다. 전장에서는 건륭전 1200문에 은자 1냥씩 교환해주고 있었다. 그랬으니 1만5000관을 전부 환전했을 때는 기생어멈에게 약속한 은자 1만 냥 외에도 3000관이나 더 남았다.

전도는 갑자기 부자가 된 기분에 덩실덩실 춤이라고 추고 싶은 심정이었다. 그러나 다른 한편으로는 아쉬운 생각도 들었다. 동정사銅政司에서 일하는 사람들이 하나같이 먼 길을 마다하지 않고 외운外運 자리를 맡으려고 신경전을 벌이는 이유를 이제야 알 것 같았던 것이다. 한번 왔다 가면 이렇게 어마어마한 차액이 생기니 침을 흘리지 않을 수 있겠는가. 그는 진작 머리를 굴리지 못한 자신이 원망스럽고 안타까웠다. 급기야 땅이 꺼지도록 길게 한숨을 내쉬었다. 그리고는 윤계선을 찾아가 작별인사를 고했다. 이어 윤계선이 마련한 푸짐한 주안상을 마다하지 않고 취할 때까지 술을 마셨다. 그가 다시 기생어멈을 찾았을 때는 완전히 한밤중이었다.

33장
피서산장으로 향하는 건륭의 위용

만리장성 일대의 대륙 이북은 천리 길에 푸른 기운이 여전히 싱그러운 강남과는 확연히 달랐다. 그야말로 가을 기운이 완연했다. 어느새 낙엽이 떨어지면서 바람 끝도 차가워지려 하고 있었다. 심지어 쓸쓸한 기분까지 자아내고 있었다. 건륭은 6월 19일 관음탄신일이 지난 다음 북경을 떠나 봉천奉天으로 향했다. 승덕承德에 도착했을 때는 이미 8월 금추金秋였다.

전도는 북경에 3일 동안 머물면서 우선 장정옥을 만났다. 이어 호부의 사이직에게 동정사銅政司의 업무보고를 올렸다. 그리고는 즉각 수행원을 거느리고 건륭의 어가가 머물고 있는 피서산장으로 출발했다.

전도가 피서산장에 도착한 그날 건륭의 법가法駕도 때마침 당도했다. 봉천 장군은 미리 와서 고북구古北口 대영의 장군, 열하熱河 제독, 객라심객라沁 좌기左旗 녹영綠營 도통都統, 동몽고의 여러 왕공들, 북경 각 아문에서 파견한 관리들과 함께 어가를 영접할 준비를 했다. 영가迎駕 행사는 당연히 예부의 우명당尤明堂이 주관했다. 어가는 이곳에서 진시 정각에 성城 안으로 들어가기로 예정돼 있었다.

청나라 황제의 의장儀仗은 원래 크게 대가大駕, 법가法駕, 난가鑾駕와 기가騎駕 등 네 가지로 나뉘어 있었다. 제사를 지내거나 조회에 임할 때는 법가, 명절에 출입할 때는 난가, 평소에는 기가가 움직이는 것이 관례였다. 대가는 존천경조尊天敬祖라고 해서 가장 신성한 장소에 나갈 때 움직이는 것이었다. 그만큼 준비도 치밀하고 성대하기 이를 데 없었다. 따라서 건륭은 봉천에 올 때는 대가로 왔다가 승덕에 당도해 몽고 왕들을 접견할 때는 법가로 바꿨다. 왕공 접견이 일종의 '조회'에 해당한다고 생각했기 때문인 듯 했다.

전도는 우명당에게 말로만 들어왔을 뿐 아직 대가나 법가가 움직이는 장면을 한 번도 보지 못했다. 가슴이 설레고 잔뜩 기대가 되었다. 그는 덕화문德華門 안에서도 어가御街와 가장 가까운 곳을 찾아 다른 관리들과 함께 기다리며 잠시라도 한눈을 팔세라 두 눈을 부릅뜨고 현장을 지켜봤다.

드디어 진시 2각二刻이 됐다. 덕화문 밖에서 웅장한 대포소리가 쿵쿵쿵 대지를 뒤흔들면서 아홉 번 울렸다. 그에 화답하듯 음악소리도 크게 울려 퍼졌다. 창음각暢音閣 공봉供奉들의 노랫소리 역시 웅장하고 긴 여운을 남기면서 울려 퍼지기 시작했다.

대청조大淸朝에 경운景運이 융성하니
까치가 실과實果를 물어오고 신령이 모습을 드러내네.
용龍이 비등飛騰하는 곳에 융의戎衣를 입은 구름이 따르니
우레 같은 성송찬가聖頌讚歌에 송산松山이 흔들리고 행산杏山이 뿌리째 뽑

히네.

하늘이 열려 장백운長白雲이 보이고 땅이 개열開裂해 얼음이 풀리니

산하山河가 일통一統하는 큰 울림에 만국萬國에서 공품貢品이 줄을 잇고,

인수연풍人壽年豐하니 연꽃이 무성하고

고개 숙인 벼들이 한들거리는 바람에 금빛으로 물결치네.

천지를 울리는 노랫소리와 종경鐘磬(종과 경쇠)의 청아한 화음은 켜켜이 쌓인 몸 안의 때를 씻어주는 듯했다. 주위의 구경꾼들은 상쾌한 음률의 울림에 머릿속마저 시원해지는 것 같았다. 그 음악소리와 함께 덕화문 안에서 여덟 쌍의 코끼리가 등에 향정香鼎과 보병寶甁을 실은 채 차례로 무릎을 꿇은 채 엎드렸다. 이어 64명의 선도先導 태감이 수석태감 왕례王禮의 인솔 아래 두 손에 불진拂塵을 받쳐 들고 천천히 입장했다. 덕화문 안에 운집한 문무백관과 큰길에 콩나물시루처럼 몰려 있던 사람들은 즉각 물 뿌린 듯 조용해졌다.

전도는 문무백관들을 따라 무릎을 꿇었다. 그러다 슬며시 고개를 들어 황제의 의장행렬을 쳐다봤다. 그리고는 눈길을 뗄 줄을 몰랐다. 얼마 후 드디어 의장 행렬이 서서히 모습을 드러냈다. 가장 먼저 등장한 것은 취화개翠華蓋와 자지개紫芝蓋를 필두로 한 54개의 의장 양산이었다. 구룡곡병개九龍曲柄蓋, 직병개直柄蓋, 청홍조백황青紅皂白黃의 알록달록한 오색 화훼개花卉蓋까지 보였다. 그 모습은 눈이 부실 정도로 현란했다. 그 뒤를 이어서는 72개의 보선寶扇, 네 쌍의 수자선壽字扇, 여덟 쌍의 쌍룡선雙龍扇과 단룡선單龍扇, 그리고 봉황무늬를 수놓은 부채들이 표표히 바람에 나부끼면서 등장했다. 부채 행렬이 지나자 이번에는 장수長壽, 자운紫雲, 예하預霞, 우보羽葆 등 금빛 구슬을 단 네 가지 팔면八面 깃발이 사람들의 시선을 사로잡았다. 하얀 햇살이 은가루처럼 쏟아지고

형형색색의 깃발들이 땅 위를 화려하게 수놓은 모습은 사람들의 넋을 빼앗기에 충분했다.

그때 태감 복례卜禮가 자주색 안내 깃발을 머리 위로 치켜든 채 성문으로 들어섰다. 그 뒤로 용두龍頭가 새겨진 나무판을 받쳐 든 선도先導와 표범의 꼬리로 장식한 창槍을 꼬나든 친병들이 보무당당하게 모습을 드러냈다. 샛노란 색깔의 나무판에는 교효표절敎孝表節, 명형필교明刑弼敎, 행경시혜行慶施惠, 포공회원襃功懷遠, 진무振武, 납언納言, 진선進善 등 신하된 도리를 가르치는 단어들이 적혀 있었다.

너무나도 화려한 의장행렬이 꼬리에 꼬리를 물고 지나가던 바로 그때였다. 조용하던 장내가 갑자기 술렁거리기 시작했다. 이어 여기저기에서 감탄사가 연이어 쏟아졌다. 전도는 눈길을 돌려 바라봤다. 곧 그의 눈에 여덟 개의 깃발을 꽂은 거대한 수레가 등장하고 있었다. 깃대 굵기는 사발 둘레만 한 것이 마치 기둥 같았다. 그랬으니 여덟 명이나 되는 우람한 병사들이 받침대처럼 깃발을 껴안아야 했다. 그 뒤로 봉황鳳凰, 상란翔鸞, 공작孔雀, 선학仙鶴, 황괄黃鴰, 적오赤烏, 백계白鷄, 화충華蟲, 천마天馬, 적웅赤熊, 황웅黃熊, 채사彩獅, 천록天鹿, 기린麒麟, 각서角瑞 등등 상서로움과 용맹스러움을 대변하는 짐승들을 정교하게 수놓은 80개의 깃발들이 보였다. 너 나 할 것 없이 형언하기 쉽지 않은 화려한 존영尊榮을 과시하면서 따르고 있었다.

얼마 후에는 창음각 공봉들이 악거樂車에 올라 의장행렬에 가담했다. 때로는 시냇물 흐르듯 잔잔하게, 때로는 천지를 떨리게 하듯 격렬하게 연주하는 음악소리는 사람들을 열광하도록 하기에 충분했다. 전도는 그 소리에 귀가 얼얼하고 눈앞이 몽롱해졌다. 그러나 지금까지는 시작에 불과했다. 그 뒤로도 사신四神이니 오악기五嶽旗니 오성이십팔숙기五星二十八宿旗니 하는 등등의 오색찬란한 깃발행렬이 한참 동안이나 더 쏟아져 나왔다. 그 다음에 장내가 또다시 술렁거리기 시작했다. 이번에야말로 진짜 어장御仗 행렬이 나타난 것이다. 그 행렬은 우선 여덟 개의 깃발이 앞에서 안내를 하고 있었다. 이어 취화기翠華旗와 오색 깃발이 그 뒤를 따랐다. 거의 동시에 두 개의 출경입필기出警入蹕旗를 받쳐 든 시위 네 사람과 지팡이를 받쳐 든 시위 두 사람도 등장했다. 그 뒤로 시위 색륜의 인솔 아래 금오金吾(의금부에 해당) 표지를 손에 받쳐 든 시위 120명이 위풍당당하게 모습을 드러냈다. 또 그 뒤로는 금월金鉞, 와과臥瓜, 입과立瓜, 동각銅角, 금로金爐, 향합香盒, 목분沐盆, 타우唾盂 등 잡다한 집기를 받쳐 든 태감 120명이 만면에 희색을 띤 채 천천히 걸음을 옮겼다. 그리고 드디어 주인공 건륭의 법가승여法駕乘輿가 36명의 태감에 의해 높이 들린 채 모습을 드러냈다. 5품 무관 복장으로 통일한 180명의 시위들은 그 아홉 마리의 금룡金龍이 새겨진 승여乘輿와 황후의 봉거鳳車를 물샐틈없이 에워싸고 호위하고 있었다.

건륭의 이기 뒤로는 올망졸망한 작은 가마들이 어미 치맛자락을 붙잡은 어린애처럼 딸려오고 있었다. 문이 굳게 닫히고 사창紗窓에 휘장이 무겁게 드리워져 있는 것을 볼 때 비빈들을 태운 가마행렬이 틀림없었다.

전도는 너무나 오랫동안 무릎을 꿇고 있는 바람에 사지에 감각이 없어질 지경이었다. 그러나 두 눈은 승여에서 잠시도 떨어질 줄 몰랐다. 건륭을 태운 승여는 사방이 난간으로 둘러싸인 월대月臺를 방불케 했다. 네 개의 비룡飛龍 무늬가 새겨진 기둥에는 황금색 차양이 천막처럼 둘러쳐져 있었다. 그 승여의 네 귀퉁이에서는 네 명의 태감이 노란 깃발을 들고 따르고 있었다.

저 안에 있는 건륭은 도대체 어떤 모습을 하고 있을까? 전도는 승여의 내부 풍경이 못내 궁금했다. 그가 그렇게 생각할 때였다. 그의 두 눈이 순간 햇빛을 받은 유리처럼 반짝 빛났다. 눈앞에 부항이 나타난 것이다. 노란 마고자를 입고 노란 절월節鉞(손도끼)을 손에 든 채 노란 표마驃馬를 타고 혜성처럼 나타난 부항은 여느 때보다도 풍채가 늠름했다. 그제야 사람들은 이 법가 대열의 총지휘자가 다름 아닌 부항이라는 사실을 알게 됐다.

부항이 말 위에서 나지막하게 뭐라고 몇 마디 명령을 내렸다. 그러자 호위 태감들이 조심스럽게 승여를 덮은 노란 휘장을 벗기기 시작했다.

순간 반룡盤龍을 조각한 수미좌에 그린 듯 앉아 있던 한 사람이 모습을 드러냈다. 먹물처럼 새까만 두 눈동자, 관옥冠玉처럼 말쑥한 얼굴에 은은한 미소를 짓고 있는 그 사람은 바로 대청의 무상지존無上至尊 건륭황제였다. 그는 머리에는 황금색 고니 털로 만든 동주관東珠冠을 쓰고 있었다. 또 어깨에는 금룡金龍이 수놓인 외투를 두른 채 두 손을 자연스레 무릎에 얹고 있었다. 그리고는 근엄하기는 해도 부드러운 표정으로 아래를 굽어보고 있었다.

"건륭황제 만세, 만만세!"

장내에서는 눈이 빠지게 기다리던 군주가 위용을 드러내자 천지를 울리는 듯한 환호성이 터져 나왔다. 군신群臣과 백성들은 한마음 한뜻으로 목이 터지는 줄도 모르고 함성을 질러댔다. 동시에 폭죽이 귀가 따갑도록 연이어 터졌다. 매캐한 연기가 주변에 흩날렸다. 사람들은 그 연기 때문에 숨쉬기조차 힘들었으나 울고 웃으면서 황제의 용안을 계속 우러러봤다. 건륭도 자신을 향해 팔을 흔들고 열광하는 인파를 보면서 시종일관 미소로 화답했다. 가끔씩 손을 저어 보이기도 했다.

전도는 대국의 황제다운 건륭의 위용을 바라보면서 처음 군기처에 들어가 우연히 그를 만났던 일을 떠올렸다. 당시 그는 화롯불을 앞에 둔 채 건륭과 권커니 잣거니 하면서 땅콩 안주에 황주를 비운 바 있었다.

당연히 상대가 황제라는 사실을 전혀 몰랐다. 다시 생각해도 소름이 끼치는 기억이었다……. 전도는 자신도 모르게 오싹해 져 몸을 떨었다. 이어 열화와 같은 함성 속에서 환하게 미소 짓는 건륭을 다시 우러러봤다.

겉으로 보이는 건륭의 모습은 무척 의연하고 늠름했다. 그러나 그의 마음속에서는 그런 겉모습과는 다른 만감이 교차하고 있었다. 그는 등극 이후 마음고생을 많이 했다. 그 때문에 두 차례나 천하의 전량을 면제해주는 과감한 조치를 취한 바 있었다. 또 이재민 구제에도 적극 나섰다. 그야말로 한시도 방심하지 않고 전력투구해 왔다. 근신勤愼, 애민愛民의 귀감으로 우뚝 서려는 노력을 잠시도 쉬지 않았다. 그렇게 노력에 노력을 거듭한 결과는 나쁘지 않았다. 지금 백성들의 환호성으로 나타나고 있다고 해도 좋았다. 그는 그렇게 생각하자 가슴이 뿌듯해졌다. 급기야는 자신이 백성들의 마음속에서만큼은 선제先帝를 능가하는 위치에 올라 있다는 확신도 하게 됐다.

'백성들은 정직하고 선량해. 그들은 자신들을 아끼고 사랑하는 군주를 추앙하고 우러러 받들어. 백성들의 입장에서는 몇 년 동안 이어신 풍작과 세금 감면 정책으로 윤택한 생활을 영위하게 됐으니 은혜로운 어버이 군주를 울고 웃으면서 환대할 수밖에 없겠지.'

건륭이 그렇게 생각하고 있는 순간에도 천지를 뒤집어 놓을 듯한 백성들의 함성은 그칠 줄 몰랐다. 건륭의 감격은 이제 거의 턱까지 차올랐다고 해도 좋았다. 그렇게 건륭과 백성들은 한참 동안 깊은 교감을 나눴다.

얼마 후 '대청국만만년'大淸國萬萬年이라는 함성이 파도같이 밀려왔다. 건륭의 감격은 극에 달했다. 그는 결국 더 참을 수 없었던지 자리에서 벌떡 일어났다. 그리고는 붉게 상기된 얼굴로 머리를 조아리는 백성들을 향해 팔을 흔들면서 답례를 보냈다. 그렇게 하기를 얼마나 했을까, 의

장행렬은 어느덧 피서산장 정문 밖에 당도했다. 그제야 함성소리는 옅어지기 시작했다. 흥분에 젖어 있던 건륭의 가슴 역시 차츰 안정을 되찾았다.

건륭을 태운 승여는 계속 앞으로 나아갔다. 미리 도착한 동몽고의 왕들이 돌사자 옆에 무릎을 꿇고 기다리는 모습이 그의 눈에 들어왔다. 그러자 그가 태감에게 명령을 내렸다.

"승여를 세워라. 짐은 내려서 좀 걸어야겠다."

건륭의 조서를 작성하는 문비文秘 담당 기윤은 이때 산장 입구에 서 있었다. 그러다 승여가 내려앉는 모습을 보고는 부랴부랴 달려가 대례를 올렸다.

"여러 왕들, 먼 길을 오느라 수고 많았네."

건륭이 기윤을 향해 손사래를 치고는 희색이 만면한 얼굴을 한 몽고의 왕들에게 다가갔다. 이어 차분한 어조로 덧붙였다.

"그만 일어들 나게. 내일 연파치상재煙波致爽齋에서 짐이 연회를 베풀어 여러분의 노고를 치하하고자 하니 그때 또 보지! 오늘은 달리 봐야 할 정무가 있으니 물러들 가게!"

왕들이 건륭의 말에 공손히 머리를 조아렸다. 건륭이 그런 왕들을 쓸어보더니 갑자기 얼굴에 의아한 표정을 떠올렸다.

"사람 수가 맞지 않는데? 예부에서 올려온 명단에는 승덕에 도착한 왕이 열 한 명이라고 했는데?"

줄곧 어가를 수행한 부항이 건륭의 물음에 즉시 기윤을 바라봤다. 기윤이 황급히 앞으로 나와 무릎을 꿇고 아뢰었다.

"폐하, 서몽고의 대길台吉 왕 네 명이 더 있사옵니다. 대길차릉台吉車凌, 차릉오파십車凌烏巴什, 차릉맹극車凌孟克과 아목이살납阿穆尔撒纳이옵니다."

기윤이 이름을 아뢰고 나더니 다시 목소리를 낮춰 귀엣말처럼 덧붙였다.

"준갈이 부部에 내분이 생겼다고 하옵니다. 이 네 개 부는 무자비한 살육을 피해 폐하께 귀순을 하러 왔다고 하옵니다……."

건륭이 손짓으로 기윤의 말을 자르고는 바로 큰 소리로 명령을 내렸다.

"새로 온 대길 왕들은 이쪽으로 나와 보라고 하게."

우명당이 큰 소리로 어지를 전했다. 통역관이 곧 뭐라고 알아듣지 못할 몽고어로 발했다. 그제야 왕공들 틈에서 행색이 상대적으로 초라해 보이는 네 사람이 무릎걸음으로 나와서는 건륭의 발밑에 무릎을 꿇었다. 그리고는 저마다 자신의 이름을 말하면서 문후를 올렸다.

"신 대길차릉, 차릉오파십, 차릉맹극, 아목이살납이 천조天朝의 보거다칸博格達汗(몽고어로 황제라는 뜻) 건륭황제께 문후를 여쭙사옵니다!"

통역관은 당연히 몽고어를 통역하려고 했다. 그러나 건륭은 바로 필요 없다는 손짓을 해 보였다. 이어 네 사람을 유심히 지켜봤다. 그 눈빛에는 측은지심이 가득했다. 대길차릉은 50세쯤 되어 보였다. 또 차릉오파십과 차릉맹극은 스무 살을 갓 넘긴 젊은이였다. 아목이살납은 대략 마흔 살 정도 되어 보였다. 모두 몽고인 특유의 짧고 단단한 체구에 맹수를 닮은 부리부리한 두 눈을 가진 것이 인상적이었다.

건륭은 그들을 오랫동안 훑어봤다. 그러더니 그의 입에서 유창한 몽고어가 흘러나왔다.

"천조의 보거다칸을 만나기 위해 만 리 길을 오느라 대단히 수고했네. 그쪽 집안이 어수선하다니 온 김에 승덕에서 머물고 싶을 때까지 머물게. 짐이 이곳에 각자의 왕궁을 하나씩 지어줄 테니 마음 편히 있으면서 앞으로의 진로를 신중히 고민해보기 바라네."

맨 앞자리의 대길차릉이 건륭의 말이 끝나자 바로 머리를 조아렸다.

이어 조심스러운 어조로 아뢰었다.

"폐하! 저희는 어쩔 수 없이 정든 가원家園과 목장을 포기하고 도주했사옵니다. 죽어도 이 못난 놈을 따르겠다는 가족 같은 신민臣民들을 차마 저버릴 수 없어 전부다 데리고 왔사옵니다."

"뭐라고?"

건륭이 흠칫 놀라는 눈치를 보였다. 그러더니 고개를 홱 틀어 부항을 바라봤다. 눈빛에 노기가 서려 있었다. 당황한 부항이 황급히 아뢰었다.

"이 일은 소인도 금시초문이옵니다. 신이 미리 알았더라면 지금까지 폐하를 수행하면서 이 같은 대사를 상주해 올리지 않았을 리가 있겠사옵니까!"

건륭이 부항의 말에 일리가 있다고 생각했다. 그는 목소리를 조금 누그러뜨리면서 다시 물었다.

"다 데리고 왔다고 했나? 자네들이야말로 현왕賢王이네. 그래 인원은 모두 얼마나 되는가? 지금 어디에 있는가?"

"총 삼천일백칠십칠 가구로 일만 육천칠백이십일 명이옵니다."

대길차릉은 몇 마디도 채 하지 못하고 울먹였다. 그러다 한참 후에 다시 말을 이었다.

"고비사막에서부터 일 년하고도 사 개월 동안을 걸어왔사옵니다. 길에서 갈증과 허기를 못 이겨 죽은 사람이 이천 명도 넘사옵니다. 천신만고 끝에 작년 십일월 이십오일 오리아소대烏里雅蘇臺에 도착해 겨우 자리를 잡았사옵니다. 심신을 추슬러 북경으로 들어가려던 참에 폐하께서 봉천, 열하로 순유 중이시라는 소문을 듣고 다시 방향을 틀어 이리로 오게 됐사옵니다. 그 동안의 간난신고는 이루 말로 다 할 수가 없사옵니다."

대길차릉이 갑자기 땅에 납작 엎드리더니 온몸을 심하게 떨었다. 경런을 일으킨 것 같았다. 그러자 옆자리에 꿇어 엎드린 차릉맹극이 북받치는 감정을 주체하지 못한 듯 쉰 목소리로 애처롭게 울기 시작했다. 그 바람에 좌중의 다른 사람들까지 목 놓아 통곡하고 말았다. 장내는 줄지에 무척이나 어수선해졌다. 순간 건륭의 얼굴에 먹구름이 짙게 깔렸다.

'이렇게 큰 사달이 나는 동안 오리아소대 주둔군 장수들은 지금까지 주장도 올리지 않고 뭘 했다는 말인가?'

건륭은 그렇게 생각하지 않을 수 없었다. 그러나 곧 생각을 달리 했다.

'서역西域을 책임지는 평군왕平郡王 복팽福彭은 매사에 조신한 사람이야. 지금은 관절염 때문에 군중을 떠나 장가구張家口로 나와 있는 상태이고. 그렇다고는 해도 서역 각 대영에 주둔하고 있는 장군과 제독들이 그에게 보고를 올리지 않았을 리 만무해. 복팽 역시 보고를 받았다면 군기처에 보고하지 않았을 리가 없지. 그렇다면 혹시 군기처에서 사안을 가볍게 판단해 주장을 올리지 않은 것은 아닐까? 아니면 장정옥과 악이태가 그들 선에서 처리해버리고 보고를 올리지 않은 것은 아닐까? 그렇다면 장정옥과 악이태는 언제부터 이렇게 독단적으로 일처리를 해 왔던 건가?'

건륭은 갈수록 생각이 깊어지자 순간적으로 몹시 기분이 나빠지는 것을 어쩌지 못했다. 하지만 천천히 마음을 추스르고는 부항에게 물었다.

"오리아소대 장군은 누구인가?"

"악종기의 큰아들 악골岳汨이었사오나 얼마 전 병으로 죽고 지금은 비어 있사옵니다."

부항은 조석으로 건륭을 가까이에서 섬겨온 그야말로 측근 중의 측근이었다. 건륭의 눈빛과 억양의 변화만 보고도 의중을 어느 정도 예측할 수 있는 사람이기도 했다. 당연히 건륭이 내색은 하지 않지만 심기가 대단히 불편하다는 사실을 짐작할 수 있었다.

'언제 터질지 모르는 폭탄은 가급적 건드리지 않는 것이 상책이야.'

부항은 그렇게 생각을 하고는 고개를 더 낮췄다. 이어 눈을 내리 깔면서 조심스럽게 덧붙였다.

"지금 오리아소대의 군무를 책임지고 있는 사람은 정변좌부장군定邊左副將軍 성곤찰포成袞扎布이옵니다."

"성곤찰포가 오리아소대에 도착한 자네들을 돌봐줬는가? 구체적으로 뭘 어떻게 해주던가?"

건륭이 대길차릉을 향해 몽고어로 물었다. 대길차릉이 지체 없이 즉각 대답했다.

"성곤찰포 군문께서는 대단히 측은해하시면서 여러모로 도움을 주었사옵니다. 소 오백 마리, 양 이만 마리 그리고 식량도 사천삼백 석이나 제공해주었사옵니다."

건륭이 대길차릉의 말을 듣고는 윗니로 아랫입술을 지그시 눌렀다. 이어 한참 생각해보더니 흡족한 표정을 한 채 고개를 끄덕였다.

"그 정도면 당장에는 별 어려움이 없겠으나 길게는 못 가겠지. 몽고족들이 초원과 목장을 잃었다는 것은 곧 구름이 하늘을 잃은 격이네. 그래서는 안 되지! 기윤, 자네는 지금 즉시 물러가 조서 초안을 작성하게. 차릉의 세 부락을 하나로 묶어 '두이백특새음제아합도맹'杜爾伯特賽音濟雅哈圖盟이라는 기맹旗盟을 출범시키라고 말이네. 그리고는 대길차릉을 맹장盟長, 차릉오파십과 차릉맹극을 부맹장으로 하고 오리아소대의 반경 팔백 리 이내의 초원을 이들의 목장으로 떼어주도록 하게! 초안을 작성한 뒤 짐의 어람을 거쳐 장정옥과 악이태에게 발송하게."

건륭이 잠시 말을 멈추고는 뭔가 생각을 했다. 이어 다시 입을 열었다.

"자네들은 승덕에 왕궁이 없으니 잠시 사이관四夷館의 접대를 받게 될 거네. 행궁의 방을 내줄 테니 거기 머물도록 하게. 모든 접대는 여러 동몽고 왕들에 비해 결코 뒤지지 않게 할 것이네. 동몽고 왕들의 모자에 동주東珠가 박혀 있으니 여러분에게도 동주를 하사하겠네. 부항, 내무부에 어지를 보내 이 네 사람에게 일인당 동주 열 개씩을 상으로 내리도록 하게!"

사실 네 명의 서몽고 왕들은 과거 청나라 조정에 죄를 지은 과거사가 있었다. 책릉아랍포탄을 따라 객이객몽고 부락을 침략한 적이 있었던 것이다. 그 때문에 궁여지책으로 건륭에게 귀순하면서도 두렵고 불안한 마음을 가지고 있었다. 그런데 건륭은 과거사를 묻지도 따지지도 않고 오히려 융숭하게 환대하는 것이 아닌가. 네 사람은 미안하고 황감한 마음에 어찌할 바를 몰라 했다. 동시에 저마다 감격의 눈물을 흘리면서 죽어라 머리를 조아리며 고마움을 표했다.

건륭은 대길차릉 일행을 일별하고는 다시 눈길을 내몽고 왕들을 인솔해 승덕까지 온 파이심 친왕 박이제길특 가성博爾濟吉特 佳誠에게 돌렸다. 이어 엉거주춤 허리를 굽히고 맨 앞에 서 있는 그를 손짓으로 불렀다. 그리고 분부를 내렸다.

"저 사람들이 빈손으로 쫓겨나 오리아소대에 정착하기로 했다는데, 알다시피 그쪽은 수초水草의 질이 자네들의 땅보다 못하지 않은가? 기후도 춥고 건조한 데다 황사까지 심하니 어렵사리 정착을 했다 해도 당분간 생활을 하기가 힘들 거네. 피는 물보다 진한 법이네. 사료는 조정에서 지원할 테니 나머지는 잘 사는 자네들이 알아서 하게. 못 사는 아우들을 좀 도와주도록 하라는 말이네! 물론 짐이 노파심에서 하는 말인 줄은 알겠지? 자네처럼 정이 많은 사람이 미리 도와줄 방도를 생각하지 않았을 리 만무하니까 말일세. 그래, 어떻게 도와주는 게 바람직할 것 같은가?"

가성이 건륭의 말이 떨어지기 무섭게 공손하게 대답했다.

"아뢰옵니다, 폐하! 실은 어젯밤에 벌써 만나 대책을 강구했사옵니다. 동몽고, 서몽고, 막남막북漢南漢北의 몽고는 따지고 보면 모두 한 집 식구이옵니다. 최선을 다해 도와주는 것은 마땅한 도리이옵니다. 신은 먼저 저들에게 종마種馬 이백 필, 어미 양 오백 마리와 우피 천오백 장을 제공해주겠사옵니다. 그밖에 모자라는 부분은 차차 도와주도록 하겠사옵니다. 적재적소의 도움을 주겠사옵니다. 신은 어제 이미 각 소속 기旗에 공문을 보냈사옵니다. 주노평민主奴平民을 막론하고 오리아소대 형제들의 목장을 빼앗거나 괴롭히는 자는 결코 용서하지 않겠노라고 말이옵니다. 폐하의 성심을 잘 헤아려 앞으로 열심히 돕고 보살피겠사옵니다."

건륭이 가성의 말에 흡족한 표정을 한 채 고개를 끄덕였다. 이어 여러 가지 분부를 더 내리고 행궁으로 향했다.

기윤은 조서의 초안을 작성하기 위해 역관으로 돌아왔으나 큰 고민에 빠졌다. 서몽고의 강역疆域과 그들의 정치 분쟁에 익숙하지 않았기 때문이었다. 결국 그는 혹시라도 조서에 착오를 빚을까 우려해 특별히 사이관 당관堂官과 예부의 우명당에게 도움을 요청했다. 그리고는 그렇게 작성한 조서 초안을 들고 다시 행궁 밖에 설치해 놓은 임시 공문결재처로 찾아갔다. 이어 그곳에서 부항을 만나 최종 검토를 받고서야 비로소 패찰을 건네 건륭을 뵙기를 청했다.

얼마나 기다렸을까, 기윤에게 연훈산관延薰山館으로 들라는 명령이 떨어졌다. 기윤은 기다란 산맥처럼 100리나 넘게 이어진 행궁에 발을 들여놓았다. 기세 좋게 들어가기는 했으나 사실 그로서는 그게 초행길이었다. 얼마 후 태감의 뒤를 따라 의문儀門을 지나자 정원 가득 울창한 검푸른 소나무 숲이 보였다. 일부 소나무의 키가 하늘을 찌르고 굵기가 어른의 한 아름이나 되는 숲이었다. 그야말로 장구한 세월의 무게가 느껴지는 곳이었다. 그 통로의 한가운데에는 굵직한 기둥이 세 개나 박힌 정전正殿이 있었다. 또 정문 위에는 이금泥金(금박)으로 글자를 쓴 검은 편액이 걸려 있었다. 주먹만 한 안진경체顔眞卿體(당나라 서예가 안진경의 서체) 글자 네 개는 사람들의 발걸음을 절로 멈추게 만들 정도로 위엄이 있었다.

만학송풍萬壑松風

만 개의 골짜기에 펼쳐진 소나무 숲이라는 뜻이었다. 척 봐도 강희황제의 필체라는 것을 알 수 있었다. 그러나 양측의 영련楹聯은 비어 있었다. 기윤은 눈치 빠른 그답게 건륭이 즉석에서 자신에게 영련을 짓도록 시험을 낼지도 모른다는 생각을 했다. 순간 머릿속으로 적당한 구절을 떠올렸다.

기윤은 걸어가면서 다시 한 번 현판 주위를 힐끗 쳐다봤다. 그제야 과거에 붙어 있었을 법한 오래된 영련이 모두 뜯겨나가고 흔적만 남아 있다는 사실을 알게 됐다. 아무려나 정전의 한쪽에는 커다란 인공 호수가 있었다. 또 호숫가 팔각정에는 난간에 기댄 채 낚시를 할 수 있는 자리도 마련되어 있었다. 그는 저 멀리 동쪽으로 시선을 돌렸다. 구름에 둘러싸인 산이 몽롱한 모습을 드러내고 있었다. 산등성이는 어느새 추색秋色을 머금은 듯 오색영롱한 색깔을 띠고 있었다. 그는 다시 서쪽을 바라봤다. 그리 커 보이지 않는 기와집 몇 채가 있었다. 황자들의 서재로 사용될 건물이라는 얘기를 들은 기억이 났다. 그는 조금 더 서쪽으로 시선을 던졌다. 순간 가슴이 확 트이는 드넓은 인공호수가 다시 눈에 들어왔다. 면적이 족히 사오십 무畝는 될 것 같았다.

태감을 따라 조금 더 가자 커다란 청석靑石을 조각해 만든 서양의 아치 형태의 돌문이 나타났다. 세운 지 얼마 안 된 것 같았다. 문 앞에는 십여 명의 젊은 시위들이 지키고 서 있었다. 기윤은 직감적으로 건륭 가까이에 왔다는 사실을 느꼈다. 정문에 들어서자 커다란 차양이 다시 눈에 띄었다. 그 차양 아래에는 어탑御榻 하나가 놓여 있었다. 건륭이 신하들을 접견할 때 앉는 자리일 터였다. 그 자리에 앉으면 가까이에서는 호수와 산이 어우러져 만들어내는 아름다운 경치를 감상할 수 있을 것 같았다. 또 고개를 들면 하늘과 맞닿은 기암괴석들과 소나무 숲을 바라볼 수 있어 가슴이 탁 트일 듯했다. 어디 그뿐인가. 여름에 앉아 시원한 호수바람을 맞으면서 낚싯대를 드리운다면 더위가 저절로 사라질 것 같았다.

폐하는 복을 누릴 줄 아시는 분이구나……. 기윤은 그렇게 생각하면서 태감을 따라 서쪽으로 꺾어 들었다. 그러자 눈앞에 연훈산관이 모습을 드러냈다. 역시 붉은 칠로 새로 단장을 한 산뜻한 건물이었다. 그는 호기심을 이기지 못하고 전후좌우로 유심히 건물을 살펴봤다. 흡사 불당佛堂 같았다. 그러나 불당은 아니었다. 우선 산관의 앞 수십 보 밖에는 연극무대가 있었다. 정전과 연극무대 사이에는 이름을 알 수 없는 기기묘묘한 꽃들과 온갖 나무들이 이루 헤아릴 수 없이 무성했다. 그야말로 세외도원世外桃園이 따로 없었다. 고즈넉하면서도 아름다운 풍경이었다. 기윤이 완전히 풍광에 매료돼 넋을 잃은 채 이리저리 두리번거릴 때였다. 갑자기 건륭의 목소리가 들려왔다.

"네 이놈, 기윤! 길 잃은 개처럼 어디를 자꾸 두리번거려? 어리벙벙한 모습이 어디 대국의 대신 같은가?"

"너무 멋진 풍광에 잠시 넋을 잃었사옵니다. 폐하!"

기윤은 대답과 함께 종종걸음으로 황급히 안으로 들어갔다. 곧 동난각에 이르렀다. 힐끗 보니 부항이 한쪽에 서 있었다. 기윤은 서둘러 건륭에게 문후를 올리고는 아뢰었다.

"풍광이 참으로 수려하옵니다. 아무리 봐도 질릴 것 같지 않사옵니다. 폐하의 어지 없이는 발도 들여놓을 수 없는 금원禁苑에 들어와 보니 여기저기 볼거리에 침 삼킬 새도 없었사옵니다."

건륭이 기윤의 말을 듣고는 일어나라는 손짓을 했다. 기윤은 자동적으로 무릎을 털고 일어났다. 이어 부항을 향해 고개를 끄덕이고는 그것으로 인사를 대신했다.

건륭의 책상 위에는 기다란 권축卷軸이 놓여 있었다. 그러나 위에만 점선들이 그어져 있을 뿐 착색着色이 없는 것이 그림 같지는 않았다. 건륭이 한 손으로 그 권축을 잡고 미소를 지은 채 기윤을 바라보면서 입을 열었다.

"들어오면서 봤겠지만 행궁을 새롭게 단장했다네. 짐도 아직 다 못 봤으니 같이 나가서 한 바퀴 둘러보는 것이 어떻겠나?"

부항과 기윤은 건륭의 제안에 이게 웬 횡재냐면서 기쁨을 감추지 못했다. 곧 부항이 얼굴 가득 웃음을 지으면서 아뢰었다.

"저는 이제까지 여러 번 드나들었어도 번번이 새로운 느낌이 드는 행궁이옵니다."

건륭이 권축을 손가락으로 퉁기면서 미소를 지었다.

"사실 행궁을 손보고 원명원圓明園을 건설하는 것은 예전 같았으면 엄두도 못 냈을 테지. 요즘은 조정에 여유가 있으니 성조와 세종께서 못 이루고 가신 숙원을 풀어드리려고 하네."

건륭이 말을 마치고는 뿌듯한 표정을 지었다. 할아버지와 아버지가 못한 일을 자신이 해냈다는 것에 대한 감개가 무량한 모양이었다.

부항은 가타부타 의사 표시를 하지 않은 채 조용히 건륭을 따라나섰다. 사실 그는 처음부터 북경과 열하에 대형 원림園林을 건설하는 것에 대해 크게 찬성하지 않았다. 아무리 재정이 넉넉하다고는 하나 그렇게 하는 것은 지나친 사치라고 생각한 탓이었다. 그러나 건륭에게 이견을 내놓기도 뭐해 아직까지 그 문제에 대해서는 입장 표현을 하지 않은 터였다.

기윤은 그런 부항의 속내를 아는지 모르는지 마냥 즐거워했다. 건륭의 뒤를 부지런히 쫓아가면서 들뜬 목소리로 입을 열었다.

"구중궁궐에서 천하를 굽어보시면서 극성시대를 이끌어 오신 폐하께서는 구이만방九夷萬方의 조배朝拜를 받으시는 영명한 천자이시니 대국 황제로서의 체존體尊을 지키셔야 하옵니다. 새로 건축이 될 거대한 원명원은 천조天朝의 얼굴 역할을 하면서 대청의 풍모를 온 천하에 과시하게 될 것이옵니다!"

건륭이 기윤의 아부 비슷한 찬사를 듣는 둥 마는 둥 하더니 의문 옆에 섰다. 이어 부채 끝으로 동쪽을 가리켰다.

"들어오면서 정문에 걸려 있는 '만학송풍'이라는 편액을 봤을 테지? 양측의 영련이 비어 있지 않던가? 머리가 기름칠이라도 한 것처럼 잘 돌아가는 기윤 자네가 어디 한번 어울리는 영련을 말해보게."

기윤은 기다렸다는 듯 바로 미리 준비해뒀던 두 구절을 입에 올렸다.

구름은 뭇 산봉우리를 휘감고,
샘물은 만물의 소리에 화답한다.

건륭이 미소를 머금은 채 고개를 끄덕였다. 이어 석봉石峰을 가리키면서 물었다.

"저 가산假山도 아직 이름이 없네. 뭐라고 부르면 운치 있고 좋을까?"

기윤이 석봉을 자세히 살펴보고 나서 대답했다.

"이 산은 화개華蓋 같기도 하고, 영지靈芝 같기도 하옵니다. 신의 수준 낮은 안목으로 이름을 짓자면 '채화'彩華나 '취지'翠芝라고 하는 것이 어떨까 하옵니다. 그런데 어느 쪽이 성의聖意에 가까울지는 잘 모르겠사옵니다."

"짐은 '취지'가 무난할 것 같네."

건륭이 간단하게 말을 마치고는 다시 멀리 불당을 가리켰다. 이어 지시하듯 말했다.

"황후가 무척 좋아하는 불당이야. 저기에도 아직 영련이 없다네. 다시 한 번 머리를 굴려보게나."

"예, 폐하!"

기윤이 즉각 무성한 아름드리나무들에 둘러싸인 불당을 바라보면서 노래하듯 읊었다.

  자고로 산천은 북극이 으뜸이고,
  천연 풍광은 서호에 견줄 만하네!

건륭은 기윤이 입을 다물기도 전에 다시 불당 건너편의 다른 건물을 가리켰다. 이어 기대감이 물씬 묻어나는 어조로 물었다.

"저쪽에는 어떤 시구가 합당할 것 같은가?"

이번에도 기윤은 기다렸다는 듯 대답했다.

  그림 속의 노를 타고 하늘에 오른 듯
  돛을 걸려고 보니 거울이로구나.

"내친김에 편액의 이름까지 말해보게!"

건륭이 흡족한 표정을 한 채 기윤에게 명령을 내렸다. 기윤이 역시나 자신 있게 대답했다.

"운범월방雲帆月舫(구름 같은 돛을 올린 달 같은 배)이 좋겠사옵니다."

"훌륭하네!"

건륭이 박수까지 치면서 크게 기윤을 칭찬했다. 바로 그때였다. 동쪽에서 우명당이 빠른 걸음으로 다가왔다. 건륭이 예를 갖추려는 우명당을 제지했다.

"늙다리가 엉금엉금 대례를 올리기를 기다렸다가는 차가 식어도 열두 번은 더 식겠어. 예를 면해줄 테니 모처럼 느끼는 짐의 청흥淸興이나 깨지 말게."

"예, 폐하."

우명당은 뭔가 할 말이 있는 듯했다. 그러나 도로 꿀꺽 삼키고 한쪽으로 물러났다.

때는 미시未時가 끝나가는 무렵이었다. 서쪽으로 기우는 석양이 가을 산과 호수를 붉게 물들일 그런 시간이었다. 과연 호수 주변은 눈을 두는 곳마다 단풍으로 물든 황홀한 빛깔로 눈이 즐거웠다. 또 귀가 닿는 곳마다 가을이 지나가는 소리가 물소리와 바람소리를 따라 마음까지 파고들었다……. 기윤은 구색을 절묘하게 갖춘 '무릉도원' 앞에서 감탄을 연발할 수밖에 없었다.

"신은 명색이 책을 다섯 수레 읽은 사람이나 이 아름다운 경관 앞에서는 적절히 표현할 단어가 메말라버리는 것 같은 느낌이옵니다."

건륭은 기윤의 말에 그저 웃기만 했다. 이어 천천히 계단을 내려와 의문 밖까지 나왔다. 한참 후 건륭이 그제야 우명당에게 물었다.

"우명당, 무슨 긴히 아뢸 말이라도 있는가?"

“예……, 아니옵니다.”

우명당은 아름다운 경치를 눈앞에 두고도 전혀 감흥이 없는 듯 무겁게 입을 열었다.

“폐하께서 청흥을 깨지 말라고 하시니 감히 입을 뗄 수가 없사옵니다.”

그러자 건륭이 부채 끝으로 무표정한 우명당을 가리키면서 부항과 기윤을 향해 웃었다. 그리고는 농담조의 말을 입에 올렸다.

“이 사람 좀 보게, 왕년에는 세종과 열셋째마마(이친왕 윤상)를 펄쩍 뛰게 만들더니 이번에는 짐에게 딴죽을 거는 건가? 자네, 그리고 손가감과 사이직이 올린 주장은 다 읽어봤네. 이 행궁을 대대적으로 수선하고 증축하는 것은 성조 때부터의 숙원이었네. 여유가 있을 때 과감히 판을 벌이지 않으면 미루고 또 미루게 돼. 그렇게 해서 다음 세대로 넘어가면 어떻게 되겠나? 그럴까 봐 과감히 착수했는데 뭐가 그리 눈꼴이 시어서 그리는가?”

우명당은 드디어 자신의 의사를 피력할 때가 됐다고 생각하는 듯했다. 입술을 지그시 깨물더니 바로 조심스레 아뢰었다.

“왕년에 성조께서 이곳 피서산장을 수선하시려고 하자 세종께서 간권하시기를 ‘피서산장은 청량세계淸凉世界이나 백성들은 열하熱河 속에서 허우적대고 있사옵니다’라고 하셨사옵니다. 이는 그때 당시 항간에서 떠돈 노랫말이기는 하나 백성들의 적나라한 현실을 반영한 것이었사옵니다. 성조께서는 세종의 그 한마디에 크게 뉘우치시고 생각을 바꾸셨사옵니다. 그때도 결코 물질적인 여유가 뒷받침되지 않아서 포기한 것은 아니옵니다. 신의 소견으로는 지금도 때가 아닌 것은 여전하다고 사료되옵니다. 적어도 행궁 수선이나 원명원 건설을 시급히 추진해야 할 시기는 아니라는 것이옵니다. 여유가 있으면 대, 소금천의 전사戰事를 지원하고, 삼시 세 끼가 버거운 이재민들을 돌봐야 하옵니다. 군부君父라면 도탄 속에서 허덕이는 백성들을 정상적인 삶의 궤도로 끌어올린 연후에 비로소 유락遊樂을 논해야 하옵니다. 오로지 이를 따르는 군주야말로 진정한 요순지군堯舜之君이라 하겠사옵니다."

우명당은 무표정한 얼굴을 한 채 눈 하나 깜짝하지 않고 마음속의 말을 다 쏟아냈다. 그러자 그때까지 건륭의 얼굴에 올라와 있던 웃음기는 순식간에 사라져버렸다. 건륭이 다소 기분 나쁜 어조로 반박했다.

"자네 말대로라면 짐은 천하 중생의 사활 따위는 염두에 두지 않는 폭군이라는 말인가? 오로지 자신의 쾌락만 추구하는, 그래서 요순지군과 거리가 십만 팔천 리인 부덕한 군주라는 말인가?"

우명당이 건륭의 힐책에 일단 상체를 깊이 숙였다. 그러나 말투는 추호의 꺾임도 없이 꼿꼿했다.

"폐하께서는 명군明君이시옵니다. 사책史冊에 기록된 당종唐宗(당나라 현종), 송조宋祖(송나라 태조)를 비롯해 대청의 성조는 백 년에 한 번 있을까 말까 한 영재英才이시고 명군이시옵니다. 이는 온 천하가 주지하는 바이옵니다. 하오나 이분들도 언제 한 번 스스로를 요순지군이라 자부하신 적이 없사옵니다. 하오니 폐하께서 요순지군을 운운하시는 것은 어딘가 모르게 귀에 거슬리옵니다."

우명당의 말 한마디로 분위기는 급속도로 경색됐다. 군주와 신하 사이의 대화를 더 이상 이어나갈 수 없을 정도라고 해도 좋았다. 건륭은 짙은 눈썹을 모로 세운 채 어느새 무릎을 꿇은 우명당의 뒷덜미를 매섭게 쏘아봤다. 옆에 서 있던 부항은 그런 건륭의 서슬 푸른 시선에 오금이 저렸다. 우명당의 별명은 '고무 방망이'였다. 고무처럼 끊어지지 않고 끈질기게 타격을 가한다는 의미였다. 부항은 눈을 질끈 감고 군신 사이의 그 팽팽한 긴장을 완화시키려고 몇 마디 끼어들려고 했다. 그러나 이

내 포기하고 말았다. 어느새 건륭의 거친 숨소리가 점차 가라앉고 얼굴의 노기도 조금씩 풀리는 것을 봤기 때문이었다. 아니나 다를까, 건륭이 평온한 말투로 입을 열었다.

"군주 앞에서 무례를 범했으나 누가 뭐래도 환갑을 넘긴 삼조三朝 원로대신이라는 점을 인정하지 않을 수 없네. 다만 피서산장이 어쩌고저쩌고, 백성이 어쩌고저쩌고 하는 것은 성조 때의 일에 국한된 것이 아닌가. 오늘과 같은 성세盛世 시대에 그런 말을 꺼냈다는 것 자체가 군주의 성의를 공격한 것이네. 아무래도 그런 혐의를 지울 수는 없다고 생각하네. 승덕에는 현재 오만 백성이 살고 있네. 말해보게, 어느 집이 열하에 빠져 허덕이는지! 짐이 두 눈으로 똑똑히 보러가겠네."

"신의 표현이 지나쳤을 수도 있사옵니다. 하오나 신은 거짓말은 하지 않았사옵니다."

"뭐라고?"

"어가가 당도한다는 어지가 내리자마자 승덕은 '대소탕'에 돌입했사옵니다. 굵은 대나무 몽둥이로 떠돌이 유민流民, 무호적無戶籍 걸인, 화연化緣 도인道人, 이재민들을 모조리 인정사정없이 쓸어냈사옵니다. 하오니 승덕에서 도탄에 빠진 백성들이 눈에 뜨일 리 있겠사옵니까? 성 안에는 허리둘레가 장독대 같은 갑부들만 살고 있으니 말이옵니다. 그들 입장에서야 거지들은 멀리멀리 쫓겨났으니 한산한 승덕이 '청량세계'일 수밖에 없겠죠!"

우명당이 참담한 표정을 지은 채 자신의 생각을 굽히지 않았다. 건륭의 말에 대놓고 대꾸하는 것과 다름이 없었다. 그래서일까, 그의 말은 한마디, 한마디가 건륭의 숨통을 턱턱 막히게 만들고 있었다. 아니나 다를까, 겨우 평정심을 유지했던 건륭의 얼굴에 서서히 다시 노기가 서리기 시작했다. 급기야 관자놀이가 푸들거렸다. 이어 입에서 천둥 같은 일갈이 터져 나왔다.

"오냐오냐하고 봐주면 머리 위로 기어오른다더니, 지금 이게 군부의 면전에서 하는 소리인가? 적당히 봐줄 때 꼬리를 내리는 것이 신하된 도리 아닌가? 자네 팔뚝이 아무리 굵어도 장정옥에 비견하겠나? 자네가 읽은 책에서는 이처럼 군부의 앞에서 결례를 범하라고 가르치던가? 오늘의 천하대치天下大治는 인정하면서 짐에게 요순지군이 못 된다고 공언하는 심사는 대체 뭔가?"

우명당은 건륭의 불같은 질타에 일단 침묵을 지켰다. 그러나 분위기는 아무래도 위태위태했다. 톡 건드리면 그대로 폭발할 것 같았다. 결국 우명당은 노기충천한 건륭의 얼굴을 애써 외면한 채 할 말을 끝까지 다 토해냈다.

"요순은 천하위공天下爲公을 지향했던 사람들이옵니다. 폐하께서는 춘추가 정성鼎盛(혈기왕성하다는 의미)하신 이 시기에 불철주야 근정하신 선제의 위업을 계승하셔야 마땅하옵니다. 대대적인 토목공사는 선제의 숙원이 아니옵니다! 원명원에는 벌써 은자 일천만 냥이 들어갔사옵니다. 그럼에도 불구하고 아직 구색을 제대로 갖추지 못한 실정이옵니다. 피서산장도 새롭게 단장하는 데 칠백만 냥이 들었사옵니다. 그럼에도 아직도 미흡한 점이 많아 국고에 거듭 손을 내밀고 있다고 하옵니다. 인간의 욕심이 끝이 있사옵니까! 조정의 살림은 아무리 퍼다 써도 표시가 나지 않는 강물이 아니옵니다."

분위기는 일촉즉발의 긴장감으로 가득했다. 기윤으로서도 자리가 불편해질 수밖에 없었다. 더구나 그는 원명원 건설과 피서산장 수선 정책을 적극적으로 지지했던 장본인이 아닌가. 또 이 두 곳으로 흘러든 돈은 모두 그의 손을 거친 것이었다. 더 이상 침묵을 지킬 수 없게 된 그가 곤혹스러운 얼굴을 한 채 입을 열었다.

"말을 좀 가려서 해야겠습니다. 폐하께서 혼자만 즐기시려고 어마어마한 재력을 투입하신 것은 아니지 않습니까! 피서산장은 추렵秋獵에 꼭 필요한 행궁입니다. 또 폐하께서 내몽고와 외몽고의 왕공들을 접견하시는 장소이기도 합니다. 천하제일대국 황제의 행궁이 변두리의 어느 몽고 왕 행궁보다 초라하다면 그게 말이 될 법한 소리입니까? 북경에 만들고자 하는 원명원도 마찬가지예요. 만국이 우러러 모시는 천조天朝의 천자께서 유원무이柔遠撫夷(먼 곳의 백성들까지 화목하게 해 따르게 함)의 대정大政을 펼치실 곳이에요. 곧 우리 대청의 얼굴이죠. 일취월장하는 천조의 면모를 우러르기 위해 멀리 바다 건너에서 이것저것 싸들고 달려오는 자들이 갈수록 구름처럼 늘어나는데 궁상을 떨 데가 따로 있지 다 해어진 옷을 입고 손님을 맞으라는 말입니까? 그리고 앞으로 원명원이 구색을 완전히 갖추고 나면 태후마마께서 그리로 옮겨가실 거예요. 충과 효를 중요하게 여기는 우리의 전통을 늘 솔선수범하시는 폐하이시고 보면 이는 당연지사 아니겠어요?"

기윤이 조목조목 반론을 제기하면서 우명당의 말에 반격을 가했다. 우명당도 지지 않았다. 다시 발끈하고 나섰다.

"말을 가려서 해야 할 정도로 망발을 하지는 않았어요. 이 자리에서 정중히 요청하겠어요. 우리 둘이서 전국의 각 성省을 돌아봐도 좋아요. 기민饑民의 수가 오만 명을 넘기지 않는 성이 있다면 내가 알아서 기군죄를 요청할 거요. 구중궁궐의 군기처에 들어앉아 밑에서 올린 주장이나 읽고 있으니 세상천지가 어디나 남경여직男耕女織의 이상사회인 줄 아나본데 냉수 마시고 정신 차리세요! 폐하! 기윤 저 사람은 군주에게 아부해 폐하의 판단을 흐리게 하는 교활한 아첨꾼이옵니다."

"교활하다니? 대세를 역행해 모난 돌을 자처하는 자네야말로 교활하네! 더 이상 자네하고 입씨름하고 싶지 않으니 그만 물러가게. 물러가서 처벌이나 기다리게."

건륭은 결국 터지는 분통을 참지 못했다. 궁전이 쩌렁쩌렁 울리도록
일갈을 퍼부었다. 우명당은 인사를 올리고 나서 바로 뒷걸음쳐 물러나
갔다. 이어 후줄근한 모습을 한 채 멀어져갔다. 그 앙상한 뒷모습이 마
치 한순간에 10년은 더 늙어버린 듯했다.

부항은 건륭의 기색을 슬쩍 훔쳐봤다. 건륭은 창문 너머에 눈길을 두
고 있었다. 다행히 얼굴은 험하지 않고 부드러워 보였다. 건륭이 곧 깊
은 한숨을 토해냈다.

"손가감도 그렇고 사이직도 그렇고 어찌 다들 나이가 들수록 저리 겁
이 없고 목청만 높아지는지, 원! 끝내 짐의 청흥을 진흙탕으로 만들어
놓고 가는 걸 좀 보게. 그만 돌아가지. 좋던 기분이 싹 달아나버리고 말
았네."

기윤이 나섰다.

"소인을 교활한 아첨꾼이라고 비난한 것은 잘못됐다고 생각하옵니다.
하오나 신은 우명당의 담력과 용기에 감복해마지 않사옵니다. 자고로
묘당廟堂에 저리 목청껏 떠드는 신하가 없으면 강산은 장수할 수 없다
고 했사옵니다."

부항은 건륭이 우명당을 어떻게 처벌할지 몰라 손에 은근히 땀을 쥐
고 있던 차였다. 그러다 우명당에게 미운 정이 만만찮게 들어있는 듯한
건륭의 말을 듣고는 적이 안도했다. 그리고는 심란한 발길을 궁전으로
옮기는 건륭을 옆에서 부축하면서 아뢰었다.

"기윤의 말에서 대신의 기품이 느껴지옵니다. 신의 소견으로는 손가
감과 사이직이 같은 부류이옵고, 우명당과 범시첩은 또 다른 부류 같사
옵니다. 손가감과 사이직은 말이 고프면 때와 장소를 가리지 않고 직접
쏘아대는 부류이옵고, 우명당과 범시첩은 대세를 봐 가면서 반드시 꼬

집어야 할 때 나서는 유형이라고 사료되옵니다. 폐하께서는 당장은 심기가 불편하겠사오나 저들처럼 죽음을 불사하고 직간하는 신하들이 있다는 것은 종묘와 사직에도 약이 되는 일이옵니다. 처벌을 면해주시는 것이 어떻겠사옵니까?"

건륭이 부항의 제안에 히죽 웃었다.

"자네는 어찌 처벌을 그리 두려워하는가! 하는 말은 고깝고 밉살스럽더라도 사람 자체는 미워할 수 없다네. 저 사람은 호부 당관으로 이십 년이나 몸담고 있으면서 집구석은 막대기를 휘둘러도 걸리는 것이 없어. 또 부리는 사람이 고작 셋밖에 안 된다고 하네. 요즘 보기 드문 청백리라고 할 수 있지. 요즘 들어서는 가뭄에 콩 나듯 하는 청백리의 모범이거늘 짐이 어찌 '처벌'할 수 있겠는가? 기윤, 자네가 악의 없는 맞대응을 한 것 같던데 결자해지라고 우명당의 기분을 풀어주는 차원에서 자네가 가서 짐의 어지를 전하게. 우명당의 관품을 한 등급 높여주고 녹봉을 두 배로 올려준다고 말이네!"

34장

몰락해가는 기인旗人들과 무능한 황족들

건륭은 말은 그렇게 했으나 기분좋게 올라오던 흥이 싹 사라졌다. 얼굴에도 그런 기색이 역력했다. 곧이어 그가 말없이 연훈산관으로 걸음을 옮겼다. 이어 방 안에 들어와서 창문을 마주 한 채 멍하니 서 있기만 했다. 부항과 기윤은 물러가라는 건륭의 말이 없었으므로 감히 자리를 뜨지 못했다. 그저 조각상처럼 한쪽에 나란히 선 채 건륭의 눈치만 힐끗힐끗 살폈다.

"연극에 등장하는 황제들 같았으면 얼마나 좋을까? 상주문이 올라와 있으면 읽어보고 별다른 일이 없으면 퇴조退朝하는 황제 말이야. 또 상을 내리고 싶은 사람에게는 마음대로 상을 내리고, 돈을 쓰고 싶을 때는 이 눈치 저 눈치 안 보고 마음대로 돈을 꺼내 쓸 수 있는 그런 황제도 좋겠지."

오랜 침묵 끝에 긴 한숨과 함께 토해낸 건륭의 말은 다소 의외였다. 그도 그런 생각을 한 듯 곧 가볍게 실소를 터트리면서 말을 이었다.

"물론 연극대로만 한다면 모든 것을 망국으로 이끄는 혼군이 되고 말 겠지. 성조께서 짐에게 여러 번 하셨던 말씀이라네. 한 나라의 일인자이 면서도 중대한 결정을 앞두고는 신하들의 의사를 묻지 않을 수 없는 군 주의 고뇌를 반영한 말씀이시지. 그때 당시에는 그 말에 얼마나 깊은 뜻 이 있는 줄 몰랐다네. 지금 돌이켜보니 꿈만 같군."

건륭이 여전히 시선을 창밖에 둔 채 허옇게 마른 입술을 적셨다. 그리 고는 다시 한참 동안 입을 닫았다. 얼마 후 그가 두 손으로 원명원 설계 도면을 조심스레 말아 부항에게 건넸다.

"호부에 가져다주고 짐의 어지를 함께 전하게. 원래 계획에서 재정 지 원을 반쯤 줄이라고 말일세. 우명당에게 걸렸으니 별수 없지. 후유! 살 아생전에 원명원이 완성되는 걸 보고 싶었는데 말이야. 이렇게 되면 언 제 완성될는지 기약할 수 없을 것 같군……."

건륭이 씁쓸한 미소를 지은 채 뒷말을 잇지 않았다. 부항이 건륭의 말 을 듣고 뭔가 골똘히 생각하더니 조심스레 나섰다.

"신의 어리석은 생각으로는 원명원을 새로 건축할 필요가 없을 것 같 습니다. 그저 현재의 원명원圓明園, 창춘원暢春園, 서원西苑, 서해자西海子를 하나로 묶어 원명원이라 명명하는 것이 좋을 것 같사옵니다. 규모도 그 만하면 작지 않고 재정지출도 대폭 절감하는 효과를 거둘 수 있을 것 같사옵니다. 군데군데 서양 경물景物들을 배치하고 우리 문물을 적당히 새롭게 단장해 쌍벽을 이루게 하면 볼거리가 배가될 것이옵니다. 이것 도 몇 년에 걸쳐 해마다 조금씩 추진해 나간다면 재정부담도 크지 않고 백성들에게 위화감도 조성하지 않을 것이옵니다."

건륭이 부항의 조심스런 제안에 두 눈을 번쩍이더니 바로 무릎을 쳤 다.

"참으로 훌륭한 발상이네. 부항, 자네 의사대로 추진해 보세. 사실 주위 잡음에 신경 쓰지 않고 막무가내로 밀어붙이면 안 될 것도 없어. 그러나 거국적인 공사를 앞두고 여러 신하들의 의사를 무시할 수는 없지. 자네, 눌친보다 일곱 살 연하지? 올해 서른 살, 이립而立의 나이로군. 역시 젊은 사람답게 번뜩이는 생각이 돋보이는군!"

기윤이 건륭의 말이 끝나기 무섭게 잽싸게 끼어들었다.

"폐하께서 이립이라고 하시니 신은 전에 들었던 한 가지 우스운 얘기가 생각나옵니다. 윤계선이 언젠가 남위南闈 시험 때 '삼십이립'三十而立이라는 제목의 시험을 출제했다고 하옵니다. 그때 어떤 고루한 시골 훈장이 답안지에 '옛사람들은 체질이 얼마나 허약했으면 서른 살을 먹어서야 겨우 일어설 수 있었을까'라고 적었다 하옵니다. 윤계선이 하도 기가 막혀 그 훈장을 불러 그렇게 쓴 연유를 물었다고 하옵니다. 그런데 훈장은 성인聖人의 말에 그릇된 점이 있을까봐 그렇게 따져 묻느냐면서 오히려 적반하장으로 윤계선을 몰아붙였다고 하옵니다. 그러자 윤계선이 '당신의 말에 따르면 지천명知天命인 쉰 살에는 세상만사를 점쟁이처럼 예측하고, 이순耳順의 나이라는 예순 살에야 귀가 뻥 뚫릴 것이니 예순 살 전에는 모두들 귀머거리 신세를 면치 못했겠네?'라고 말했다고 하옵니다."

건륭이 기윤의 말이 채 끝나기도 전에 껄껄 웃음을 터트렸다.

"본조本朝에도 그런 명물이 있다니 참으로 재미있군!《소림》笑林(후한 때 한단순邯鄲淳이 지은 재미있는 얘기를 담은 책)에 집어넣어도 손색이 없겠는데? 지난번 기윤이 당아의 아들 백일잔치에 가서 기가 막힌 시를 써줬다면서? 짐은 그때 얘기를 듣고 배꼽을 잡았지 뭔가!"

건륭이 즐겁다는 듯 웃음을 터트렸다. 어느덧 우울하고 불쾌하던 분위기는 가뭇없이 사라지고 있었다. 부항 역시 좋은 분위기를 이어갈 요량으로 둘의 대화에 끼어들었다.

"신도 그 시를 읽고 당아와 정말 많이 웃었사옵니다. 마누라 청찬을 하는 사람은 팔불출이라고 하지만 신의 처 당아는 눈치도 빠르고 영리한 아녀자이옵니다. 당아가 아니고 초로俏路의 마누라 같은 얼간이었더라면 제법 볼만했을 것이옵니다."

건륭이 부항의 말에 고개를 갸웃거리면서 물었다.

"초로라니? 초로가 누구지?"

"전에 군기처의 잡역雜役으로 잠깐 있다가 나중에 현령이 된 자이옵니다. 유강 살인 사건 때 증인으로 나왔던 자이온데 기억에 없으시옵니까?"

부항이 즉각 대답했다. 이어 웃음 띤 얼굴로 말을 이었다.

"초로가 현령으로 얼마간 있다가 운 좋게 하남성河南省 정주鄭州의 주판州判으로 발령이 났을 때의 일화라고 하옵니다. 새로운 부임지에서 동료들과의 친목을 다지고 싶었으나 직접 나서기는 뭐해서 아마 마누라를 시켜 지주知州 부인, 전사典史 부인과 장리長吏 부인을 집에 초대했나 봅니다. 음식이 올라오자 초로 마누라가 세 명의 부인들에게 성씨를 물었다고 하옵니다. 그러자 장리 부인이 '나는 성이 오伍(숫자 오五와 발음이 같음)씨요' 라고 대답했다고 합니다. 그에 전사 부인이 '나는 육陸(숫자 육六과 발음이 같음)씨요'라고 대답하더랍니다. 설마설마했는데 이번에는 지주 부인이 '나는 척戚(숫자 칠七과 발음이 같음)씨요'라고 결정타를 안겼다고 하옵니다. 초로 마누라가 그 말에 화가 났는지 바로 술 주전자를 상 위에 내던지면서 벌컥 화를 냈답니다. '나는 항렬이 넷째라 소사小四라고 불리는데 뭐 오씨, 육씨, 척씨라고? 그러면 이제 다음에 오는 사람은 팔八씨겠네? 다 나를 이겨먹으려고 없는 성을 갖다 붙인 걸 누가 모를까봐!'라고 말하면서요. 그리고는 손님들을 내팽개쳐두고 혼자 어디론가 가버렸다고 하옵니다."

건륭이 입안에 넣었던 찻물까지 뿜어가면서 웃었다. 기윤 역시 상체를 비틀면서 웃더니 눈물을 찔끔거렸다. 이어 다그쳐 물었다.

"그래서요?"

"뻔할 뻔자지 뭐! 나름 근엄하게 앉아 있던 사람들이 뿔뿔이 돌아가고 말았지. 그렇게 해서 초로는 졸지에 체면이 바닥에 떨어지고 그 마누라는 '멍청한 여편네'라는 딱지가 붙었지."

부항이 기윤의 물음에 짧게 대답했다. 그리고는 다시 빙그레 웃으면서 말을 이었다.

"그런데 바보에게도 운은 따르는지 초로는 그 뒤로 관운이 활짝 트여 남경 동지同知로 승진 발령이 났습니다. 그래서 또다시 집에 손님을 초대하게 됐다고 하옵니다. 먼젓번에 마누라 때문에 경을 치른 초로는 이번에는 직접 나서서 강남 얼사 부인, 남경 도대 부인, 그리고 남경 성문령城門領 부인들을 정중히 모셨다 하옵니다. 잡역일지라도 군기처에서 함께 일했던 안면이 있어 여인네들이 많이 초대에 응해줬다고 하옵니다. 연회석은 크게 두 개를 마련했죠. 그리고는 옛 성황묘에서 최고로 꼽히는 주방장을 불러 나름대로 진수성찬을 차렸다 하옵니다. 들러리들이 다 도착한 다음에 주객主客들도 하나둘씩 느지막이 나타나기 시작했죠. 먼저 당도한 도대 부인이 두 번째 자리에 앉고 그 뒤에 온 성문령 부인은 세 번째 자리에 앉았다고 하옵니다. 남정네들의 관직 등급에 따라 여인네들도 신분이 정해지는 것이 아니옵니까. 주객 셋 가운데 남정네가 가장 고위직에 있는 여인이 상석을 차지하게 될 것임은 삼척동자도 다 아는 일이라 사람들은 잠자코 얼사 부인이 등장하기만 기다리고 있었다 하옵니다. 그래서 스무 쌍도 넘는 눈길이 화청花廳 입구만 뚫어지게 바라보면서 얼사 장추명의 마누라가 들어서기만 학수고대했다 하옵니다."

부항이 말을 잠깐 멈추고는 침을 삼켰다. 그리고는 천천히 다시 말을 이었다.

"그러던 와중에 누군가 '얼사 부인께서 당도하셨다'라면서 소리를 쳤답니다. 장내의 여인들은 일제히 자리에서 일어나 환한 미소를 지은 채 영접할 준비를 했다고 하옵니다. 잠시 후 장추명의 마누라가 한 무리의 가인家人들에게 둘러싸여 화청에 모습을 드러냈다 하옵니다. 턱을 살짝 쳐들고 거만한 표정을 지은 채 뭇 여인네의 아부가 담긴 인사말을 듣는 둥 마는 둥 하던 그 여자는 세 번째 좌석에 앉아 있는 성문령 부인을 보는 순간 안색이 확 바뀌었다고 하옵니다. 이어 자리를 뜨지도 못하고 머뭇거리더니 두 눈을 모로 세워 초로의 '멍청한 마누라'를 힘껏 째려봤다고 하옵니다. 안 그래도 남들이 다 서 있는 마당에 혼자서만 자리에서 일어나지 않고 있는 성문령 부인이 눈꼴사나웠던 초로의 마누라는 성문령 부인을 향해 대뜸 욕사발을 안겼답니다. '얼사 부인께서 당도하셨는데 그리 무례하게 앉아서 맞다니요? 그 정도 분위기 파악도 못하는 사람이 이런 자리에는 왜 와 가지고 말썽을 일으키는 거요?'라고 말입니다. 그러나 성문령 부인은 피식 실소만 터트릴 뿐 가타부타 말이 없었다 하옵니다."

눈치 빠른 건륭이 어느새 다음 얘기를 짐작한 모양이었다.

"성문령의 마누라가 팔기八旗 소속이었나 보지! 장추명의 마누라는 노비였고."

부항이 건륭의 말에 바로 찬사를 터뜨렸다.

"역시 폐하께서는 추리력이 대단하시옵니다. 이 성문령 부인은 당아의 친척 여동생이었사옵니다. 장추명의 부인은 그 집의 포의노包衣奴 출신이었고요. 남정네의 신분은 한 등급 높으나 본인은 남의 노비 출신이니 그보다 더 난감한 자리가 어디 있었겠사옵니까. 어찌해야 할지 몰라 잠시 서성거리던 장추명의 부인은 급기야 허겁지겁 고명복誥命服을 벗어 던지고 성문령 부인 앞으로 주춤주춤 걸어가더니 발밑에 쓰러지듯 엎드려 '이년이 마님께 문후를 올리옵니다'라고 큰절을 올렸다고 하옵니다. 장내가 술렁거리고 사람들이 기겁을 했을 것은 두말하면 잔소리였겠죠. 아마 장추명의 마누라는 평소에 대인관계가 원만하지 않았나 보옵니다. 당아의 여동생은 머리를 조아리면서 눈물을 쏟는 장추명의 마누라를 거들떠보지도 않은 채 유유자적 식사를 즐기고 집으로 돌아갔다고 하옵니다. 그 사건이 있은 후 초로네 부부는 퍼주고도 따귀 맞는 격으로 집중 비난의 대상이 됐죠. 급기야는 극심한 불이익을 당했다고 하지 뭡니까. 장추명의 눈 밖에 난 초로는 승진 기회를 세 번이나 놓쳤고 아직도 전전긍긍하고 있다 하옵니다."

건륭은 부항의 얘기를 들으면서 착잡한 표정을 감추지 못했다. 그러더니 천천히 입을 열었다.

"현실적으로 그런 난리법석은 충분히 있을 법하지. 당아의 여동생이라는 사람이 너무 했다는 느낌도 들지만 뭐 현행 법규에 저촉되지 않고 가문의 법이 그러하니 달리 대책이 없지. 대청의 역사가 길어지면서 그 옛날의 공신귀척功臣貴戚들 중에도 가세가 기울어 형편없이 된 사람이 많네. 초상집 상여꾼이 된 사람도 있고 부둣가에서 잡역으로 하루살이 인생을 사는 사람도 없지 않지. 심지어 가마꾼으로 전락한 사람도 있다지? 그네들 몸에 귀한 피가 흐르고 있다는 사실이 전혀 믿어지지 않을 정도라네. 그러니 저보다 근본이 없다고 생각해 왔던 아랫것들이 오히려 관운이 형통해 어느 날 갑자기 화려한 가마나 말에 올라 거리를 휩쓸고 다니는 광경을 지켜보는 속인들 편하겠나? 지난번 공부 상서 고극기高克己가 와서 눈물로 하소연을 하더군. 수레에 앉아 정양문正陽門을 지나던 중 등짐 가득 밀 자루를 메고 가는 옛 주인집 둘째도련님

34장 | 몰락해가는 기인들과 무능한 황족들 175

과 딱 마주쳤다나. 그런데 전에는 도련님이었어도 지금은 한낱 막일꾼에 불과한 자가 글쎄 그 많은 사람들 앞에서 '고얀 놈이 감히 주인 앞에서 거들먹거리느냐'고 소리소리 지르면서 굴욕을 주더라지 뭔가! 결국 고극기가 대신 밀 자루를 메고 그자는 수레에 앉아 갔다지 뭐야. 조상 대대로 내려온 가법이 엄연하니 어쩔 수 없다손 치더라도 이런 경우는 너무 했지. 사실 짐은 갈수록 무능해지는 기인旗人들이 신물이 나도록 밉네. 성조 때부터 놀고먹는 데 이골이 난 자들이지만 미운 놈 떡 하나 더 준다고 조정에서 생계를 보살펴 주니 점점 더 한심한 꼴이 되는 것이 아닌가. 땅을 주면 농사짓기 싫다고 죄다 팔아먹고, 굶어죽지 말라고 황량皇糧을 주면 흥청망청 탕진해버리지. 이제는 남의 피만 빨아먹고 사는 기생충이 다 됐어!"

건륭이 말을 마치고는 가만히 한숨을 내쉬었다. 그 소리가 유난히 크게 들렸다. 부항은 건륭의 무거운 한숨이 뜻하는 바를 미뤄 짐작할 수 있었다. 강희 46년부터 조정에서는 기무旗務 정돈의 깃발을 내건 바 있었다. 그러나 그 조치는 번번이 정쟁政爭에 악용돼 불순세력들을 실찌우는 데만 일조했을 뿐이었다. 반면 기무는 갈수록 엉망이 됐다. 원래의 취지는 완전히 변질되고 말았다. 부항이 건륭의 깊은 성려聖慮를 짐작한 듯 위로의 말을 했다.

"심려를 거두시옵소서, 폐하! 물을 많이 넣어 쑨 죽이 밥이 되기 어려운 것처럼 일시에 획기적인 변혁을 기대하기는 어렵사옵니다. 신도 딱히 좋은 대책이 떠오르지 않사옵니다."

"선대의 공로만 우려먹고 거기에 기생하는 무골충無骨蟲 같은 만주족들을 보면 가증스럽기 그지없네. 그렇다고 확 물갈이를 해버릴 수도 없고……. 짐도 역시 만주족이니 이를 어찌하면 좋은가?"

건륭이 망연자실한 표정을 지은 채 대책이 없다는 듯 두 손을 펴 보였다. 이어 덧붙였다.

"지난번 태후마마께 문후 올리러 갔더니 짐의 열여섯째숙부인 장친왕莊親王과 열넷째숙부가 한발 앞서 와 있더군. 사전에 무슨 얘기가 오간 듯 태후마마께서 짐을 보자마자 기다렸다는 듯 말씀하셨네. 많은 황족들이 할 일이 없어 입에 거미줄을 치게 생겼다고 말일세. 자네들도 알다시피 태후마마께서는 동정심이 많고 성격이 급하신 편이야. 누가 우는 소리를 하면 곧장 주먹 쥐고 짐에게 달려오시는 분이라네. 조정의 재정이 여의치 않을 때는 당신이 조금 더 허리띠를 졸라맬지언정 기인과 황족들의 누추한 꼴은 못 보신다고 하시네. 지난번에도 어찌나 닦달을 하시는지 할 수 없이 기인들의 월례를 은자 오전씩 올려주기로 했지 않은가!"

군신 간에 가볍게 시작된 대화는 어느새 정무를 논하는 자리가 돼버렸다. 급기야 기윤도 심각한 표정을 짓고 있는 부항을 훔쳐보면서 입을 뗐다.

"태후마마의 인덕은 온 천하가 주지하는 바이옵니다. 황족들 중에서도 진짜로 궁색한 사람은 적정한 선에서 도움을 줘야 한다고 생각되옵니다. 그러나 이는 어디까지나 천가天家의 가정家政이기에 조정의 국정國政과는 별개의 차원에서 논의돼야 한다고 사료되옵니다. 신은 기무에 대해서는 문외한이오나 기인들은 돈이 부족해서가 아니라 여태 온실 속에서 모자란 것 없이 살아오면서 버릇이 잘못 든 것 같사옵니다. 이런 사람들에게는 물질적인 도움이 도리어 해가 될 것이옵니다. 생업에 종사하도록 도와주고 더 나아가서 자력갱생하도록 유도해야 할 것 같사옵니다."

부항이 기윤의 말을 듣더니 순간적으로 무슨 생각이 떠오른 듯 황급히 아뢰었다.

"그들에게 일일이 일자리를 얻어주는 것은 불가능하옵니다. 머리에 든 게 없으니 문직에는 오를 수 없고 신체가 허약해 아무 일도 못하는 주제에 어지간한 일은 하찮은 인간들이나 하는 짓이라면서 코웃음을 치니 실로 골칫거리가 아닐 수 없사옵니다. 다행히 대, 소금천에 전사가 한창이오니 기인들 중에서 알맹이들을 걸러 그리로 보내는 것이 어떨까 하옵니다."

건륭이 한참 생각을 하더니 고개를 저었다.

"글쎄……? 밉다고 하면 업어달라고 하는 자들이네. 콧대는 또 얼마나 높다고! 누가 그런 자들을 훈련시켜 사람답게 만들 수 있겠나?"

부항이 바로 대답했다.

"그렇기는 하옵니다만 폐하께서 마음을 굳히시고 든든한 방패막이가 되어주신다면 신에게 방책이 있사옵니다."

"짐이 방패막이가 되어주는 것은 문제가 아니지. 그래 자네에게 어떤 좋은 생각이 있나?"

건륭이 방책이 있다는 부항의 말에 미간의 주름을 활짝 폈다. 이어 부채를 쥔 손을 크게 흔들면서 자신에 찬 음성으로 말했다.

"삼번의 난을 평정할 때 성조께서는 유장儒將 주배공周培公을 투입시켜 찰합이察哈爾, 니포이尼布爾 왕자의 반란을 평정했네. 그런데 그때 당시 북경에서 빈둥거리던 기인들이 뜻밖에 큰 힘을 썼다네. 물론 지금의 기인들은 부패하기가 옛날 기인들과 비교도 안 될 정도지. 그러니 누가 오늘날의 주배공이 돼주겠나?"

건륭이 갑자기 언성을 높이기 시작했다. 동시에 준엄한 어조로 말을 이었다.

"정말 그게 가능하다면 기인들을 단련시킬 전사는 얼마든지 있네! 대, 소금천은 시작일 뿐이네. 짐은 기필코 준갈이準噶爾(준가르)와 서장西

藏의 오랑캐들도 귀부歸附시켜 넓고 평화로운 만리강역萬里疆域을 개척할 것이네. 전쟁터에서 기인들의 백병百病을 치유할 수만 있다면 짐은 채찍으로 몰아서라도 내보내겠네."

"기인들의 각성 여부는 나라의 운명에도 큰 영향을 미치게 될 것이옵니다. 폐하께서 기인들의 심신을 단련시키기로 성심을 굳히셨다면 신은 한마디 더 진언을 드리고자 하옵니다. 절대 변심하셔서는 아니 되옵니다. 성심이 여차해서 주춤하신다면 애당초 시작을 하지 않느니만 못하옵니다."

"짐은 절대 변심하지 않을 것이네! 물론 이 일을 추진하려면 만만치 않은 어려움이 따르겠지. 그러나 마음 단단히 먹고 밀고 나간다면 성사시키지 못할 것도 없지."

건륭이 눈빛을 보석처럼 반짝였다. 이어 부채를 던져놓고 자리에서 일어나 방 안을 거닐면서 천천히 말을 이었다.

"전쟁터에서 만주족들의 잃어버린 위망을 되찾아올 수만 있다면 짐은 열조열종列祖列宗들과 자손대대에 부끄러움 없는 군주로 남게 될 것이네. 부항, 짐은 자네의 마음을 알겠네. 짐을 위해 제 이의 주배공이 되고자 하는 마음 말이네. 하지만 자네는 더 큰 중임을 맡아야 해. 그 생각은 가상하나 미련 없이 접게. 대신 짐에게 이 중임을 선뜻 짊어질 만한 인재를 천거해주게."

부항은 고개를 끄덕이더니 전혀 주저하지 않고 즉각 아뢰었다.

"이시요에게 맡기는 것이 어떻겠사옵니까? 이미 흑사산 전투를 통해 군무처리 능력을 검증받은 사람이옵니다. 이번에 금천 전사가 좌절을 당했다고는 하오나 대군大軍의 원기가 크게 다치지 않은 데는 이시요와 초로의 공로를 무시할 수 없다고 사료되옵니다."

건륭이 부항의 말에 되물었다.

"초로라면 아까 마누라 때문에 곤욕을 치렀다던 그 사람 말인가?"

기윤이 부항 대신 대답했다.

"어수룩한 면이 있어 가끔 우스갯감으로 구설수에 오르내리고는 하옵니다만 인간성은 괜찮은 자이옵니다. 맡은 바 일을 빈틈없이 처리하고 자질구레한 부분에 의외로 섬세해 실수가 적사옵니다. 좋은 관리라고 해도 과언이 아니옵니다."

건륭이 예상과는 달리 고개를 저었다.

"이시요는 한족이라 오히려 부작용이 우려되네. 콧대 높은 기인들이 한족의 지휘에 따르겠나? 어디 말발이나 먹히겠냐고? 판을 뒤집어엎지 않으면 다행이지."

부항이 건륭의 말에 수긍한다는 듯 고개를 숙였다. 이어 잠시 생각하더니 다시 아뢰었다

"그러면 아계는 어떻겠사옵니까? 전에 섬주 감옥의 죄수들이 폭동을 일으켰을 때 고작 스무 명을 데리고 호랑이 굴로 들어가 인질을 무사히 구출한 용감무쌍한 사나이이옵니다. 경복이 대금천에서 대패했을 때 유독 그가 이끄는 삼천 명의 노약병들만 전원이 생존해 돌아오지 않았사옵니까? 그의 지혜와 용맹은 타의 추종을 불허한다고 평가하고 싶사옵니다."

"짐도 적임자로 아계를 꼽고 있었네. 아계를 보내는 것이 좋겠네!"

건륭이 부항의 제안을 듣자마자 바로 결정을 내렸다. 그제야 홀가분한 표정을 지으면서 방 안을 이리저리 거닐다 다시 입을 열었다.

"이시요도 사람은 좋지. 짐이 친히 선발한 진사가 아닌가! 흠이라면 번갯불에 콩 볶아먹을 것처럼 성격이 지나치게 조급한 것이지. 하지만 허물이 없는 사람이 어디 있겠나! 재목은 재목이니 일단 감숙성 포정사로 보내보지. 그곳은 크고 작은 일이 많아 여러모로 사람의 자질을 검

증하기에 안성맞춤이네. 조금 더 지켜보면서 키우자고. 전도도 마찬가지네. 나중에는 어차피 재무 쪽을 맡길 테지만 일단 형부의 법사法司로 보내 근신勤慎을 배우도록 해야겠네. 그 사람은 운남의 동정사 일을 아주 잘 해냈어. 짐이 보기에는 외유내강형의 인물이야."

부항과 기윤은 건륭의 말에 적지 않은 감동을 받은 것 같았다. 관리들 개개인을 깊이 이해하고 관심을 기울이는 그의 모습에서 성군의 모습을 엿보았기 때문이었다. 기윤이 깊은 감동을 받았는지 떨리는 어조로 입을 열었다.

"폐하께서 인재를 적재적소에 부리시고 재목에 걸맞은 가르침을 주시니 소인은 크게 감명을 받았사옵니다."

건륭은 기윤의 말에 즉각 반응을 보이지 않았다. 그저 가볍게 웃을 뿐이었다. 그가 입을 연 것은 약간의 침묵이 흐른 다음이었다.

"아직 최종결정이 난 것은 아니나 일단 이렇게 방향을 정하지. 북경에 있는 왕공대신과 군기대신들에게 공문을 보내 다시 한 번 논의를 거친 다음 결과를 짐에게 아뢰도록 하게. 당장은 두 가지 일을 잘 처리해야겠네. 첫째는 몽고의 여러 왕들을 정성껏 대접해 가족적인 분위기를 느끼게 해줘야 하는 것이네. 동몽고 왕들을 열정적으로 대하는 것은 말할 것도 없고 피난 나온 네 명의 서몽고 왕들에게도 정성을 기울여야겠네. 하루에 한 번씩 연회를 베풀도록 하게. 짐이 친림親臨할 것이네. 둘째는 추렵秋獵의 의미를 항시 명심해야 한다는 것이야. 뜻깊고 성공적인 화합과 도약의 자리, 군신이 함께 어울리는 축제로 이끌어야 하네. 과이심 왕이 나달모那達慕(나다무. 몽고 지역의 전통 운동회)를 주최한다고 하니 경마, 씨름 등 호한好漢을 배출하는 종목들이 제법 볼만할 거네. 유심히 지켜보다가 몽고 용사 몇 명을 시위후보로 점찍어두게. 부항, 자네는 군기대신이자 영시위대신領侍衛大臣이니 어련히 알아서 잘하겠나! 짐은 자네를 믿네."

부항은 건륭이 한마디씩 할 때마다 연신 상체를 숙여 공손히 대답을 했다. 이어 건륭의 말이 떨어지자마자 조심스레 여쭈었다.

"전도가 열하 행궁에 도착해 있사옵니다. 지금 패찰을 건네도 괜찮겠사옵니까?"

건륭이 잠시 뭔가를 생각하더니 입을 열었다.

"내일은 연회가 두 번 있을 예정이니 안 되겠네. 모레는 황후를 대동해 이 일대를 구경시켜줘야 하니 곤란하고. 글피는 괜찮으니 그때 뵙기를 청하라고 하게. 자네가 먼저 만나보든가. 기윤, 자네는 비록 군기처의 장경章京이라고는 하나 관위官位는 고작 어느 부의 부랑部郎에 불과하지 않은가! 하지만 황후가 자네를 무척이나 아끼고 있다네. 금명간 자네를 예부 시랑으로 승진시킨다는 은지恩旨가 내려질 것이네. 그렇기는 해도 짐은 자네를 여전히 군기처에 남겨둘까 하네. 전에 고사기라는 대신은 하루에 무려 일곱 등급이나 승진했다네. 그러나 그렇게 승승장구하다가 좋은 말년을 보내지 못했지. 노파심에서 하는 말인네. 자네도 높이 올라갈수록 마음가짐을 단단히 하고 부하들 앞에서 권위 있게 처신해야 한다는 것을 명심하게. 장난기 많고 재미있는 것은 좋으나 그것이 지나치면 사람이 경박하고 가벼워 보이기 마련이네. 오늘 우명당과 설전을 벌이고 끝마무리를 제대로 하는 걸 보니 대신의 풍모가 엿보이더군. 잘해보게. 《사고전서》를 편수하는 일도 만만치 않을 테니 짬을 내서 그쪽에도 신경을 써야겠네. 아직 본격적으로 착수하지 않은 것 같던데 짐이 늘 염두에 두고 있다는 것을 잊지 말게. 지난번에도 잠깐 언급했지만 짐은 곧 박학홍유과博學鴻儒科 시험을 치를 예정이야. 그 일도 자네가 맡아야겠네. 짐의 뜻을 알겠는가?"

"예……, 폐하!"

기윤이 갑자기 말을 더듬었다. 자신의 진가를 알아주고 힘껏 밀어주는 황제의 진심을 듣고 감격에 목이 메는 듯했다. 곧 그의 눈에서 뜨거운 눈물이 주체할 수 없이 흘러나왔다. 그가 가늘게 떨리는 목소리로 대답했다.

"신은 토끼꼬리만 한 지식으로 거들먹거린 탓에 폐하를 비롯한 많은 사람에게 오만불손하다는 낙인이 찍힌 사람이옵니다. 그러나 요즘은 성군聖君을 가까이에서 섬기면서 성학聖學의 심오함에 경탄을 금치 못했사옵니다. 불순한 학술로 거드름을 피웠던 스스로를 깊이 반성하게 됐사옵니다. 오늘의 성훈聖訓을 가슴 깊이 아로새기고 항시 살얼음판을 걷는 마음가짐으로 매사에 조심하겠사옵니다."

건륭이 기윤의 말에 크게 소리 내어 웃었다.

"잘못을 알고 진심으로 반성할 수 있는 자네는 좋은 신하가 되기에 손색이 없네. 하지만 그 성정을 일부러 죽일 필요는 없네. 짐은 자네가 현 상태에서 조금만 더 안으로 여물었으면 해서 하는 말이지 결코 지나치게 소심한 겁쟁이가 되라는 말은 아니었네. 짐은 우울하고 답답할 때 자네같이 재롱을 떨어주는 신하가 필요하네."

건륭이 말을 마치고는 손사래를 치면서 몇 마디 덧붙였다.

"이제 그만 물러가게. 부항, 자네는 몽고 왕들과 다른 신하들이 상납한 공품 명단을 두고 가게. 내일 다시 패찰을 건네도록 하게."

"예, 폐하!"

부항과 기윤 두 사람이 공손히 예를 갖춰 인사를 하면서 대답했다. 동시에 부항은 소매 속에서 종이 한 장을 꺼내 건륭에게 받쳐 올렸다. 이어 몸을 구부정하게 숙인 채 뒷걸음쳐서는 연훈산관에서 물러났다.

건륭은 주위를 물리치고 난 다음 시계를 봤다. 신시申時 말경이었다.

그는 습관적으로 이리저리 몸을 움직여 뻐근한 근육을 풀면서 연훈산 관을 나섰다. 정전 뒷문으로 나와 조벽照壁을 빙 돌아서 발길을 옮겼다. 그러자 곧 불당의 화원이 눈앞에 나타났다. 연못과 가산假山이 가운데에 있는 화원이었다. 그 사이로 졸졸 흐르는 시냇물은 마치 띠처럼 방사房舍와 복도 등을 하얗게 두르고 있었다. 붉은 난간으로 에워싸인 건물들이 모두 커다란 통유리로 된 것도 무척이나 이색적이었다. 특히 유리 안쪽에 매미날개처럼 걸려 있는 얇은 사장紗帳은 신비스러운 분위기까지 자아냈다. 그곳은 건륭의 어가를 따라 온 후궁들이 머물러 있는 곳이었다.

우선 동쪽 별채에는 돈비惇妃 왕汪씨가 기거하고 있었다. '정운유심'靜雲幽深이라는 편액이 걸려 있는 정전正殿은 당연히 황후의 거처였다. 또 열 몇 칸 정도 되는 서쪽 별채에는 귀비 나랍씨와 고가씨가 있었다. 그 두 사람은 평소에도 법석대는 걸 좋아했다. 북경에 있을 때는 궁중에 수많은 새를 비롯해 고양이, 개와 같은 동물들을 기르고는 했다. 그러나 승덕으로 온 뒤에는 그렇게 하지를 못했다. 조용한 것을 즐기는 황후와 가까이 있으니 동물을 키울 수가 없었던 것이다.

그 시각 황후를 제외한 셋은 고가씨의 방에서 지패놀이를 하면서 시간을 때우고 있었다. 셋 중에 유독 왕씨 혼자만 뭐가 그리 우스운지 깔깔대면서 배꼽을 잡고 있었다. 그러다 태감 왕례를 앞세우고 나타난 건륭을 가장 먼저 발견하고는 후닥닥 자리에서 일어났다. 이어 황급히 옷 매무새를 단정히 하면서 소리치듯 목소리를 높였다.

"폐하께서 납시었네요. 어서 지패를 치우세요!"

나랍씨와 고가씨 역시 황급히 지패를 내던지고 옷매무새를 다듬었다. 그리고는 온돌에서 내려섰다. 셋은 마치 약속이나 한 듯 애교가 철철 넘치는 목소리로 문후를 올렸다.

"강녕하시옵니까, 폐하!"

"다들 일어나게!"

건륭이 얼굴 가득 미소를 머금은 채 고개를 끄덕였다. 그리고는 부채 끝으로 지패를 가리키면서 물었다.

"보아하니 또 지패로 점괘를 봤던 게로군. 황후에게는 문후를 올렸나? 왕씨, 자네는 주방 일을 책임졌으니 말해보게. 황후는 오늘 저녁에 뭘 드셨는가? 많이 드셨는가?"

왕씨가 바닥에서 일어나서는 다시 몸을 두 번 낮춰 예를 갖췄다.

"황후마마께서는 오늘 유난히 즐거워하시면서 춘권春卷(중국식 만두) 두 개에 쌀죽 한 그릇을 다 비우셨다고 하옵니다. 노비의 음식 솜씨를 치하하시면서 반찬도 양껏 드셨다고 하옵니다. 선膳을 물리시고는 글공부를 시험해보겠다면서 황자들을 부르셨사옵니다. 지금 들리는 저 소리는 마마께서 황자들에게 국어(만주어)를 지도하는 소리이옵니다."

건륭은 왕씨의 말을 듣고서야 비로소 귀를 기울였다. 과연 동난각에서 낭랑하게 글 읽는 소리가 어렴풋이 들려오고 있었다. 그가 흡족한 미소를 지은 채 안으로 발걸음을 떼어놓으면서 왕씨에게 말했다.

"황후는 주방장 정이가 만든 음식이 입에 맞는다고 하던데, 자네는 정이에게서 뭐 배운 게 없는가?"

왕씨가 얌전히 낮은 목소리로 대답했다.

"폐하께서는 신선이나 다름이 없으시옵니다. 정이가 소인에게만 나물 무치는 비법을 전수해 주었사옵니다. 나물을 무칠 때 삭힌 두부와 다른 한 가지를 넣으면 맛이 기가 막히게 되옵니다."

왕씨가 눈웃음을 살살 치면서 건륭의 호기심을 자극했다. 건륭은 과연 그 비법이 무엇인지가 궁금해진 듯 걸음을 멈추고는 물었다.

"뭔데 그리 말을 아끼나? 짐에게만 살짝 아뢰어보게."

왕씨가 건륭의 재촉에 손을 나팔모양으로 모으고는 그의 귀에 대고 몇 마디 소곤거렸다. 당연히 옆에 서 있던 나랍씨와 고가씨는 입을 비쭉거렸다. 왕씨에게 마뜩찮은 시선도 보냈다.

그 사이 황후가 인기척을 듣고 난각까지 나왔다. 동시에 장황자 영황永璜을 비롯해 셋째황자 영장永璋, 넷째황자 영성永城이 온돌 앞에 무릎을 꿇었다. 황후의 차남次男인 영종永琮(부찰씨의 장남인 둘째황자 영련永璉은 아홉 살 때 사망)은 덩치가 산만 하고 가슴이 수박처럼 튀어나온 유모의 품에 안긴 채 모습을 보였다. 그를 보살피는 유모는 황후가 특히 귀여워하는 영종을 품에 안았을 때는 황제의 면전일지라도 무릎을 꿇지 않아도 된다는 특지를 받은 사람다웠다. 그래서 그녀는 황자들 옆에 득의양양하게 서 있었다.

내니睞妮는 건륭이 나타나자 눈치 빠르게 그가 자리에 앉기 무섭게 더운 물수건을 받쳐 올렸다. 그리고는 찻잔을 청옥靑玉으로 만든 책상 위에 조심스레 올려놓았다. 건륭이 가까이에서 유심히 내니를 뜯어보더니 말했다.

"자세히 보니 내낭睞娘이라 부를 법도 하네. 두 눈이 크고 맑아 정신이 번쩍 드는 걸? 전족은 풀었나? 걷는 데는 문제없고?"

"아뢰옵니다, 폐하! 처음 며칠은 걸음걸이가 오히려 불편했사옵니다. 하오나 지금은 황후마마의 분부대로 전족을 풀기를 참으로 잘했다는 생각이 드옵니다."

내니가 건륭의 칭찬에 얼굴을 붉히면서 몸을 한껏 낮춘 채 기어 들어가는 목소리로 대답했다. 이어 장막 뒤로 가더니 진주알 크기의 빨간 대추를 가져다 잔속에 조심스레 떨어뜨렸다. 이어 아뢰었다.

"대추는 자양안신滋養安神 효과가 있다고 들었사옵니다. 황후마마께서는 폐하께서 밤늦게까지 상주문을 어람하느라 늘 숙면을 취하지 못하신다면서 염려하시옵니다. 이걸 좀 드셔보시옵소서."

내니는 얼굴이 사과처럼 발그레한 것이 아직 아이의 티를 벗어나지 못하고 있었다. 건륭이 그런 어린 아이의 입에서 어른처럼 야무진 말이 흘러나오는 것이 무척 대견스러운 모양이었다.

"어린 것이 심지가 참으로 곧고 깊구나. 될성부른 나무는 떡잎부터 알아본다더니 주인을 섬기는 정성이 이토록 갸륵하니 대단히 흐뭇하구나. 다들 들었겠지? 괜찮은 아이인 것 같네. 철은 들었다만 아직 어린 아이니 밤을 새게 하지 말고 잘 보살펴주게. 아이가 영특하고 남보다 황후의 사랑을 더 받는다고 시기하거나 괴롭혀서는 아니 되겠네."

"누가 감히 괴롭히겠사옵니까! 어젯밤에는 밤늦도록 그 작은 손으로 소인의 허리를 주무르더니 지쳤는지 소인의 품에 엎드린 채 잠들어버리고 말았지 뭡니까? 몸을 구부리고 쌔근거리며 자는 모습이 꼭 새끼고양이 같았사옵니다. 업어 가도 모를 것처럼 자다가도 인기척만 들리면 벌떡 일어나 앉는 영리한 아이옵니다."

내낭 얘기를 입에 올리는 황후는 무척이나 들뜬 표정이었다. 건륭 역시 그녀의 그런 모습을 보고는 대단히 만족스런 미소를 머금었다. 건륭은 그렇게 자못 화기애애한 분위기 속에서 한참 담소를 나누다 황자들에게 시선을 돌렸다.

"짐이 요즘 여력이 없어 너희들의 공부를 직접 챙기지 못했다. 스승인 장조가 늙어 너희들이 종학으로 옮겨와 글공부를 한다고 들었다. 듣자니 영장은 요즘 청의靑衣(젊은 여자 역할을 하는 남자배우) 배역에 관심을 보이고 영성은 동추銅錘(경극의 배역 중 하나. 발성에 중점을 둠) 연기를 배우고 있다던데 사실이냐? 참 잘하는 짓이다. 배우라는 것은 안 배우고 허튼 곳에 정력을 퍼붓다니! 짐은 너희들 나이 때 하루에 네 시간씩 무예를 익혀 웬만한 시위들도 거뜬히 쓰러뜨릴 정도로 높은 실력을 쌓았었지. 그밖에 책 읽고 글을 쓰는 데만 여덟 시간 넘게 공을 들였어. 그러니 어디 놀 시간이 있었겠어? 열심히 하거라, 짐이 시위들을 불러 많은 사람들 앞에서 창피를 주기 전에!"

황후가 황자들에 대한 건륭의 힐책이 안쓰러웠던지 황급히 나섰다.

"영장, 영성 두 황자는 태감을 따라 제때에 종학에 나오고 배움에도 게을리 하지 않는 것이 참으로 대견스럽사옵니다. 《사서》도 제법 잘 외우옵니다. 청의에 관심이 있다는 아이는 열여섯째숙부의 셋째이옵니다. 또 동추 연기를 배운다는 아이는 다섯째숙부의 넷째이옵니다. 아랫것들이 '셋째', '넷째'라고 한 것을 폐하께서 잘못 들으셨나 보옵니다. 용생구종龍生九種이라고 종학에도 별의별 무리들이 다 있사옵니다. 그렇지 않아도 북경으로 돌아간 뒤 삼복三服 이내의 가까운 종친 자제들은 훌륭한 스승을 모셔 육경궁에서 따로 글공부를 하게 해주십사 폐하께 주청 올리려던 참이었사옵니다."

건륭이 알겠노라고 짧게 대답하고는 황자들에게 물었다.

"국어 공부를 열심히 하는 것 같던데 짐이 실력을 시험해보겠다. 영장 네가 먼저 말해 보거라. 포달布達이 무슨 뜻이냐?"

"아뢰옵니다, 아바마마! 포달은 밥이라는 뜻이옵니다."

"황궁은 국어로 뭐라고 하지?"

"악이다鄂爾多라고 하옵니다."

"교활한 사람은?"

"사극산沙克珊이옵니다."

"아낀다는 뜻은?"

"과십㞿什이라 하옵니다."

"보리는?"

"……"

"기장은?"

"······."

"포布, 즉 베는 국어로 어찌 읽느냐?"

건륭의 낯빛이 질문이 이어질수록 빠르게 변하기 시작했다. 급기야 건륭이 등 뒤의 찻잔을 집어 들었다. 그 사이 황급히 고개를 맞대고 속닥대던 두 황자가 건륭의 무서운 눈빛에 흠칫하면서 떨어져 앉았다. 곧이어 영장이 겁에 질린 표정으로 머뭇거리면서 입을 열었다.

"아······ 아바마마! 베는 '칠'漆이옵니다!"

건륭이 싸늘한 표정으로 냉소를 터트렸다.

"흠, 세상에 둘도 없는 난형난제難兄難弟로군! 스무 개를 물었나, 백 개를 물었나? 그것도 몰라서 숙덕대면서 부정을 저질러? 영성이 너는 영장을 가르치는 걸 보니 한 수 위라는 뜻인데, 그러면 이번에는 네가 대답해 보거라."

영성이 당황한 듯 이내 울상을 지었다.

"잘못했사옵니다, 아바마마! 용서해 주시옵소서."

"진주는?"

"니초혁尼楚赫이라 하옵니다."

"흑진주는?"

"두頭라고 하옵니다."

"이번엔 반대로 묻겠다. 찰라察喇는 무슨 뜻이지?"

"술 주전자이옵니다."

"아륵금阿勒錦은?"

"아륵금······ 아륵금, 뭐지? 아륵금······."

영성이 뒤통수를 긁적이면서 기억을 더듬는 자세를 보였다. 그러면서 오만상을 찌푸린 채 연신 '아륵금'을 중얼거렸다. 그러더니 비로소 기억이 떠오른 듯 두 눈을 반짝이면서 자신 있게 대답했다.

"아! 연어이옵니다."

건륭이 큰일을 치르고 난 듯 씩씩대면서 거친 숨을 몰아쉬는 영성을 보고는 피식 웃었다. 그리고는 다시 물었다.

"액삼額森, 액삼은 무슨 뜻이야?"

영성이 뜨악한 표정을 지은 채 귀비들 쪽을 바라봤다. 이어 잠시 망설이더니 자신 없는 표정으로 대답했다.

"고기를 담는 그릇……이옵니다."

"이것들이 공부를 어디로 한 거야!"

건륭이 급기야 버럭 고함을 내질렀다. 주먹으로 힘껏 책상도 내리쳤다. 그러자 책상 위의 비취반지가 두 조각이 나면서 저만치 나가떨어졌다.

"이런 어처구니없는 놈들을 봤나! 연어니 고기 담는 그릇이니 입안에 쑤셔 넣는 것은 잘 알면서 나머지는 어찌 다 틀릴 수 있다는 말이야?"

"아바마마……."

영장과 영성 두 아들은 사색이 된 채 죽어라 머리를 조아렸다. 더 이상 입을 열 생각은 아예 하지도 못하고 있었다.

"짐이 여태 물었던 단어들 중에서 맞는 것은 두 개밖에 없었어. 그래도 공부를 했다고 우길 거야? 썩 물러가! 썩!"

건륭이 궁이 떠나갈 듯 큰 소리로 영장과 영성 두 아들을 힐책했다. 그 고함소리에 유모의 품에 안겨 곤히 잠들었던 영종이 깼는지 "으앙!" 하고 울음을 터뜨렸다. 두 황자는 순간 이게 웬 떡이냐 하는 표정을 지었다. 이어 소란한 틈을 타 밖으로 뺑소니를 쳐버렸다.

유모가 다시 영종을 다독거려 재웠다. 영종은 언제 그랬냐는 듯 다시 곤히 잠들었다. 그제야 좌중은 조용해졌다. 그러자 황후가 그때까지도 화를 삭이지 못해 연신 부채질을 하는 건륭에게 조심스레 다가가 부드럽게 위로의 말을 건넸다.

"그만 고정하시옵소서, 폐하! 화기가 성하면 건강을 다칠 염려가 있사옵니다. 아이들이 잘못을 뉘우쳤으니 조금만 더 지켜보시죠. 요즘 국어를 할 줄 아는 만주족이 몇이나 되옵니까? 국어 하면 악이태온데, 그의 세 아들도 대신이라는 뜻도 몰라 엊그제 한바탕 곤욕을 치른 모양이옵니다. 두 귀비의 체면도 있고 하니 그만 화를 푸시지요, 폐하."

건륭은 황후의 거듭되는 위로에 겨우 분을 가라앉혔다. 그러나 여전히 깊은 한숨을 토해내는 것은 어쩌지 못했다.

"후유! 짐이 괜히 이러겠나. 저들의 앞날을 생각하다보니 이리 노심초사하는 게 아닌가? 다들 복에 겨워 앞날을 생각 못하고 있으니 한심하기 짝이 없군! 짐이 성조를 따라 공부하러 다닐 때는 여섯 살밖에 안 된 어린 아이였네. 그러나 닦달하는 이가 없어도 사경四更(새벽 1~3시)이면 어김없이 일어나 국어, 몽고어, 조선어에 일본어까지 입이 닳도록 외우고 또 외웠지. 어디 그뿐인가? 외국어처럼 알아듣기 힘든 민남어閩南語(복건성 남부 지방의 중국어), 광동어廣東語까지 죄다 섭렵했어. 그날 분량을 익히지 못하면 아침밥도 안 먹었었지. 그런데 지금의 황자들은 개싸움, 닭싸움에만 정신이 팔려 저 나이가 되도록 기본 중의 기본인 국어조차 못 익혔으니 실로 개탄스러운 일이 아닐 수 없네. 쥐구멍 찾을 것 없네. 앞으로가 더 중요하니 지금부터라도 자식들 관리 좀 잘하게."

건륭이 말을 마치더니 유모의 품에 머리를 틀어박은 채 젖을 먹고 있는 영종을 가리키면서 다시 말을 이었다.

"저 아이도 마찬가지로 엄하게 키워야 하네. 전명前明처럼 주지육림에 빠져 허우적대는 무지렁이 같은 황자들을 양산해서는 절대 안 되네. 우리 대청은 그런 황자들을 절대 용납할 수 없네. 영장과 영성도 자질은 괜찮은 아이들이니 어른들이 조금 더 신경을 써야겠네. 옥도 갈고 닦지 않으면 물건이 되지 않는 법이네. 저 아이들이 현왕賢王이 되어야 장래에 이 아이를 잘 보필하지 않겠나! 일 년 내에 만주어를 다 떼고 그걸로 책론策論을 써 올릴 수 있도록 가르치게. 그렇지 못할 때는 패륵貝勒 자리조차 넘볼 수 없을 거라고 단단히 일러두게!"

좌중의 귀비들은 황후 앞에서 두 아들을 사정없이 몰아붙이는 건륭에게 고까운 마음이 들었다. 그러나 전혀 내색하지 않은 채 공손하게 몸을 낮추면서 대답했다.

"폐하의 훈육은 지당하시옵니다. 황자들이 큰 인물이 되기를 소망하시는 폐하의 깊은 뜻을 잘 알겠사옵니다. 소인들은 폐하의 훈육을 명심해 황자들을 올바른 길로 인도하겠사옵니다. 황자들이 장래에 태자마마를 훌륭히 보필하는 태평정국왕太平定國王이 될 수 있도록 달리는 말에 더욱 채찍을 가하는 식으로 교육을 하겠사옵니다."

건륭의 얼굴에 그제야 서서히 화색이 돌기 시작했다. 그때를 놓칠세라 황후가 입을 열었다.

"폐하께서는 승덕에 당도하신 뒤 아직 황자들을 정식으로 접견하시지 않으셨사옵니다. 황자들이 크게 야단맞고 마음을 다치지 않았을지 염려스럽사옵니다. 폐하께서는 신하들을 대하실 때는 선제에 비해 훨씬 참을성이 있어 보이시는데 정작 당신의 귀한 혈육들에게는 지나치게 엄하신 것 같사옵니다. 곤히 잠든 막내까지 경기를 들게 하시고……."

"이것도 조상 대대로 대물림 받은 가법이라네. 내리 사랑이라는 말도 있지 않은가. 성조께서는 손자인 짐을 무릎에 앉히고 애지중지 하셨으나 듣자니 아들인 선제는 한 번도 품어 안으신 적이 없다고 하셨네. 선제께서도 짐에게는 엄하셨어도 영련이나 다른 황손들은 끔찍이 위하셨지. 짐도 나중에 황손이 생기면 여간 귀여워하지 않을 것 같아. 아! 좋은 걸 보여줄 게 있었는데 길길이 날뛰느라 깜빡했군!"

건륭은 어느새 얼굴에 웃음을 머금고 있었다. 그제야 뭔가 생각난 듯 소매 속에서 종이 한 장을 꺼내 펼쳤다.

"동서양 각국이 사절단을 파견해 공납한 물품 목록이네. 몽고 왕들이 가져온 물건도 있네. 황후가 보고 가지고 싶은 물건이 있으면 표시해두게. 나머지는 상으로 내리거나 입고入庫시킬 테니까. 일단 입고된 후에는 다시 꺼내기가 번거롭고 괜한 오해를 살 소지도 있으니 먼저 고르라는 거야."

부찰씨는 건륭에게서 건네받은 종이를 받아 대충 훑어봤다. 외국에서 바친 공물 목록이 좁쌀 같은 글씨로 빽빽하게 적혀 있었다.

큰 산호구슬 730개, 큰 거울 200개, 호박琥珀 240개, 광폭廣幅 비단 150필, 중폭中幅 비단 1000필, 금실로 짠 융단 40장, 조우단鳥羽緞 40필, 녹왜단綠倭緞 100필, 꽃무늬 비단 50필, 꽃무늬 흰 천 2900필, 채색직포采色織布 150필, 자명종 15개, 유리등 30개, 촛대 10개, 정향丁香 30지게, 빙편氷片 320근, 육두구肉豆蔲 40단지, 금칠한 상자 10개, 장미화유薔薇花油·단향유檀香油·계화유桂花油 각 10단지, 포도주 20통, 상아 10개, 도금한 마총馬銃 20자루, 패도佩刀 200자루, 금을 박은 양날 검 20자루, 작은 마총 27자루……

부찰씨는 더욱 빠르게 목록을 훑어봤다. 족히 수천 가지는 넘을 물건들이 나라 이름과 국왕 이름 밑에 나열돼 있었다. 순간 나랍씨와 고가씨도 목록의 내용이 못내 궁금했는지 종이를 뚫어지게 바라보고 있었다. 황후가 그 모습을 보고는 빙그레 웃으면서 종이를 두 사람에게 건네줬다. 이어 건륭을 향해 말했다.

"딱히 욕심나는 물건은 없사옵니다. 폐하께서 야간에 주장을 많이 읽으시니 소인은 촛대 몇 개와 궁녀들에게 상으로 내릴 비단이나 대여섯

필 있으면 족하겠사옵니다. 왕씨는 아직 젊어 알록달록 화려한 걸 좋아할 것이오니 많이 골라두는 게 좋겠사옵니다."

세 명의 비빈은 눈에 쌍심지를 돋운 채 종이를 들여다봤다. 황후보다 열배는 더 자세히 훑어보는 것 같았다. 솔직히 그들에게는 병기만 빼고 욕심나지 않는 것이 없었다. 그러나 아무도 감히 먼저 어느 것을 달라고 말을 하지 못하고 있었다. 물욕이 없는 황후와 비교되는 것이 싫었던 모양이었다.

그 사이 영종이 잠에서 깨어 진주처럼 새까만 두 눈을 반짝이면서 아버지 건륭을 바라봤다. 건륭은 아들과 눈길이 마주치자 자상한 미소를 지은 채 유모에게 아이를 안고 가까이 오라고 손짓했다. 그러나 여전히 받아 안지는 않았다. 그저 손가락으로 아들의 볼을 쓸어내리면서 물을 뿐이었다.

"아가야, 말을 배웠어? 아바마마라고 불러봐!"

어린 영종은 신기하게도 눈을 깜빡이면서 건륭에게서 오래도록 시선을 거두지 않았다. 혀를 쫑긋 내밀고는 건륭을 향해 방긋방긋 웃어 보기도 했다. 그리고는 조그마한 입에서 드디어 놀라운 한마디가 튀어나왔다.

"아바마마 만세!"

"하, 고것 참! 벌써 군신의 예도 갖출 줄 아네. 형들보다 백배 낫군."

아들의 재롱에 건륭의 얼굴에는 웃음꽃이 만개했다. 건륭이 너무 웃어 실눈이 된 얼굴을 한 채 말했다.

"짐이 왜도倭刀 하나를 상으로 내리겠다. 유모에게는 무늬 없는 비단 한 필과 꽃무늬 비단 열 필을 하사하겠네. 덩치가 있어서 비단옷을 입으면 유난히 눈에 띌 거네."

좌중의 비빈 세 명은 건륭이 유모까지 챙겨주는 것을 보자 더 이상 눈치 볼 것 없다는 듯 종이를 밀고 당겼다. 이어 물 만난 고기처럼 백옥 화장대를 비롯해 금실 비단과 단향목 대야 받침대 따위의 값비싼 물건들을 경쟁적으로 선택했다. 나랍씨는 특히 심했다. 두 아들의 몫까지 챙기느라 대놓고 욕심을 부렸다. 금으로 만든 대야, 한백옥漢白玉으로 만든 향로, 옥으로 만든 꽃병을 선택해놓고도 왕씨가 고른 백옥 화장대에까지 눈독을 들였다. 급기야 고가씨가 옆에서 보다 못해 가볍게 핀잔을 주었다.

"왕씨는 물건을 별로 고르지도 않았는데 나랍씨가 좀 양보하지 그래? 나에게 비취로 만든 화장대가 있으니 필요하면 와서 가져가게."

나랍씨가 얼굴을 붉히면서 변명을 했다.

"저는 아들이 둘씩이나 있잖아요. 아들들하고 셋이서 나누면 얼마 안 돼요."

그러자 왕씨가 나지막이 중얼거렸다.

"그러면 저도 아들 몫까지 챙겨야 겠네요?"

고가씨는 지위로만 따지면 나랍씨의 위였다. 그러나 아들이 없었다. 딸만 하나 있을 뿐이었다. 그 때문에 평소에 도무지 기를 펴지 못했다. 급기야 그녀가 이 마당에서까지 아들을 내세우는 나랍씨가 꼴 보기 싫었는지 입을 비죽거렸다.

"왕씨, 자네가 좀 양보하게. 오늘만 날인 것처럼 탐욕을 부리는 사람들하고는 상대할 필요도 없어."

나랍씨가 고가씨의 말에 발끈했다

"무슨 말씀을 그렇게 하세요? 제가 무슨 탐욕을 부렸다고 그래요?"

좌중의 비빈 세 사람의 언성은 시간이 갈수록 높아졌다. 결국 옆에서 지켜보던 황후가 나설 수밖에 없었다. 황제의 면전에서 비빈의 체통에 먹칠을 하는 줄도 모르고 철없는 행동을 보이고 있었으니 그럴 만도 했다. 그녀가 애써 부드러운 표정을 한 채 말했다.

"물건은 아무리 좋아도 신외지물身外之物이네. 탐하는 마음이 너무 성하면 남을 욕되게 하고 자신을 해치게 되니 적당히 하게. 어느 안전인지 그새 잊지는 않았겠지?"

황후는 아랫사람의 그릇된 언행을 차분하고 부드럽게 타이르고 있었다. 건륭이 그런 황후를 흡족하게 바라보더니 천천히 고개를 끄덕였다.

35장

꼬마 자객

전도가 건륭을 배알해야 하는 날은 이미 엿새째나 밀려 있었다. 그러다 이레째 되는 날 오후가 됐다. 전도가 갑갑한 마음에 안절부절못하고 있을 때였다. 부항의 집사 왕씨가 갑자기 역관으로 헐레벌떡 달려오더니 고했다.

"부상께서 전 대인께 즉각 패찰을 건네고 연파치상재 앞에 대령하고 있으라고 하셨습니다."

전도는 바쁜 와중에도 왕씨에게 차를 대접하려고 했다. 아랫사람이기는 했으나 손님에 대한 예의를 잃지 않으려 한 것이다. 그러나 왕씨는 시계를 꺼내보면서 정중히 사양을 했다.

"유시酉時까지 가서 보고 올려야 합니다. 저희 집은 가법이 군대처럼 엄합니다. 시간을 어겼다가는 가차 없이 멀리 흑룡강으로 삼 년 동안이나 유배를 보내버린답니다."

왕씨는 말을 마치자마자 숨 돌릴 새도 없이 말을 타고 흙먼지를 뽀얗게 일구면서 달려갔다. 전도는 말로만 듣던 부항의 가법에 적지 않게 놀랐다. 그러나 행여 지체할세라 더 이상 생각하지 않고 서둘러 조복으로 갈아입은 다음 의관을 정제했다. 이어 수레를 타고 산장으로 향했다.

전도는 산장에 도착하는 즉시 패찰을 건네고 태감의 안내를 받으면서 연파치상재로 발걸음을 재촉했다. 그러나 태감은 정전과 몇 백 보 떨어진 곳에 있는 중문重門에 이르러서 걸음을 멈췄다. 이어 그곳을 지키고 있는 건청문乾淸門 시위들에게 전도의 이름을 말했다. 그런 다음 대문 안 통로를 가리켰다.

"소인은 여기서 더 이상 들어갈 수 없습니다. 이 길로 쭉 가면 기둥이 다섯 개인 대전이 보입니다. 거기가 바로 연파치상재입니다."

전도가 정전에 다다르니 대여섯 명의 관리들이 커다란 오구烏桕나무 아래에서 접견 차례를 기다리고 있었다. 그 속에는 악선과 장유공도 있었다. 진도가 반갑게 다가가서 공수를 했다.

"두 분께서도 오셨는가? 폐하께서는 안에 계시는가?"

악선과 장유공은 둘 다 말수가 적고 내성적이었다. 그나마 장유공은 말단 관리 시절에 전도와 왕래가 잦았던 터라 반색을 하면서 다가왔다. 그러나 악선은 그저 조용히 웃기만 할 뿐이었다. 역시 장유공이 먼저 입을 열었다.

"폐하께서는 저쪽 편전에서 차릉車凌 부部의 몇몇 왕들과 연회석에 함께 자리하고 계시네. 황의 라마黃衣喇嘛와 홍의 라마紅衣喇嘛도 함께 있는 걸로 알고 있어. 부상이 나오면 연회가 끝났다고 볼 수 있겠지."

전도는 장유공의 말이 끝나자마자 주변을 두리번거렸다. 사람은 적지 않았으나 죄다 낯선 얼굴들뿐이었다. 별 수 없이 장유공과 서로 한마디씩 주거니 받거니 하면서 시간을 때워야 했다. 그가 다시 입을 열었다.

"폐하께서 네 명의 서몽고 왕들을 이렇게 후하게 대접하실 줄은 생각 지도 못했네. 일주일 사이에 대연大宴을 여덟 번이나 베푸셨다니 놀랍지 않아? 자고로 어느 신왕臣王이 이와 같은 특별한 대접을 받아봤겠어!"

장유공이 즉각 맞장구를 쳤다.

"그러게 말이야! 여러 왕들도 황송해서 제정신이 아니라고 하더라고. 어제는 기윤에게 황금 삼백 냥을 내놓으면서 그들의 황공함을 대변하 는 아름다운 성송聖頌 문장을 써달라고 부탁을 했다지 뭐야. 기윤이 밤 을 새워 기가 막히게 써줬나 보더라고."

전도가 고개를 끄덕였다. 순간 그의 얼굴에 긴장한 표정이 감돌았다. 편전 시위와 태감들이 우르르 몰려나와 돌계단 밑에 줄을 서는 모습이 보였던 것이다.

"폐하께서 내려오시려나 보네."

아니나 다를까, 가장 먼저 부항이 걸어 나오고 있었다. 이어 그 뒤로 우명당, 유통훈, 기윤이 우르르 달려 나와 부항의 아랫자리에 줄을 섰 다. 거의 동시에 동주東珠 왕관을 쓴 네 명의 서몽고 왕들도 허리를 굽히 고 뒷걸음질로 물러나왔다. 전도가 다시 나직이 말했다.

"술을 적지 않게 마셨을 텐데 저렇게 뒷걸음치다 행여 계단에서 넘어 지면 어떡하지?"

"이런 자리에서 무슨 술을 그리 마셨겠어! 은전이니 만큼 체면과 존 영尊榮을 먹는 자리 아닌가. 모르기는 하지만 우리보다 더 배를 곯았을 거야."

악선이 전도의 말에 혀로 입술을 축이면서 반론을 제기했다. 그러나 더 이상 말을 잇지 못하고 바로 입을 다물었다. 과이심 왕의 부축을 받 으면서 나오는 건륭을 봤던 것이다. 서몽고의 네 왕은 황급히 무릎을 꿇 은 채 다시 사은을 표했다. 이어 두 손을 맞잡아 머리 위에 올리면서 그만 걸음을 멈춰주실 것을 건륭에게 간청했다. 건륭이 흐드러진 국화꽃처럼 얼굴에 웃음을 피웠다.

"며칠 동안 여러분도 고단했을 거네. 하지만 북경으로 가서 태후마마를 알현하고 싶어 하는 여러분의 마음이 그토록 간절하니 짐도 굳이 만류하지 않겠네. 태후마마께서는 법석대는 자리를 좋아하시니 가무에 능하고 마두금馬頭琴을 잘 타는 풍각쟁이들을 데리고 가서 즐거움을 선사해 드리고 오게. 예물은 마음이 중요하니 무리하지 말게. 우명당이 안내할 것이네. 자제들을 북경으로 보내 글공부를 시키고 싶다면 그것도 윤허할 테니 어려운 점이 있으면 저 사람에게 말해 해결하도록 하게. 이번 나달모 대회에 함께 할 수 없어 그게 좀 유감이기는 하나 내년을 기약하세!"

네 명의 왕들은 통역관으로부터 건륭의 말을 전해 듣고는 다시 머리를 조아렸다. 이어 알아듣지도 못할 몽고어를 한 수레나 쏟아놓고 나서야 조심스레 물러갔다. 과이심 친왕 역시 예를 갖추고 물러갔다.

건륭은 그들의 뒷모습을 한참이나 물끄러미 바라봤다. 그러고 나서 편전으로 돌아가지 않고 연파치상재를 향해 발걸음을 옮겼다. 그러자 궁전 입구에 서 있던 신하들이 일제히 무릎을 꿇었다. 건륭의 발소리가 뚜벅뚜벅 멀어져갔다. 그때 기윤이 나와 큰 소리로 어지를 전했다.

"열하 도통, 객라심 좌기 도통, 객라심 우기 도통, 장가구張家口 대영장군과 부장은 안으로 들고 악선, 장유공, 전도 등은 나를 따라 별채로 오시오."

전도는 기윤의 말을 듣고서야 비로소 얼굴을 알 듯 말 듯한 사람들이 전부 무장들이라는 사실을 알 수 있었다. 그러나 더 이상 그에 관심을 가질 상황이 아니었다. 서둘러 기윤을 따라 정전의 서쪽 별채로 향했다.

기윤은 세 사람을 나무걸상으로 안내했다. 그리고 본인은 아래 좌석에 앉았다.

"이곳은 무장들이 들어간 곳과 달라서 접대할 차나 간식이 없으니 이해해주게. 각자 업무에 관한 일은 이 자리에서 간단히 보고를 올리고 조금 있다 폐하를 알현한 자리에서는 육부에서 처리하기 어려웠던 일만 아뢰기를 바라네."

원래 흉허물 없는 친구 사이라고 해도 좋을 악선과 장유공, 전도 등 세 사람은 서로를 번갈아 봤다. 셋 중에서 관직이 가장 높은 사람은 누가 뭐래도 악선이었다. 악이태의 5촌 조카인 그는 늑민과 마찬가지로 은음恩蔭을 입어 관직이 이미 지부知府에 올라 있었다. 게다가 연관捐官이 아닌 시험에 당당히 합격한 진사 출신이었다. 하공河工의 총책도 맡고 있었다. 실권을 따지면 순무보다도 조금 더 높다고 해도 좋았다. 그런 사람이 군기처의 새내기 장경에게 업무보고를 올리려고 하니 내키지 않는 것은 당연한 일일 터였다. 그러나 그는 애써 불편한 심기를 감추면서 물었다.

"부상과 연청은 들어오지 않고 우리끼리만 하는 건가?"

"그분들은 달리 급한 용무가 있어 이 자리에 참석하실 수 없네."

척하면 삼천리를 꿰뚫어 보는 기윤은 이미 악선의 마음을 알 수 있었다. 하지만 대수롭지 않다는 듯 덧붙였다.

"부상께서는 추렵 준비에 바쁘시고 연청 대인은 올해 추결秋決 명단에 대해 폐하께 주청을 올리고 있어. 그런 연유로 폐하께서 이 사람을 시켜 여러분의 보고를 듣게 하신 거지."

악선이 천천히 고개를 끄덕였다. 이어 잠시 침묵하더니 무겁게 입을 열었다.

"나는 하공을 전담한 사람이니 그에 대해 얘기하겠네. 안휘성에서 산동성으로 이어지는 곳의 운하에 진흙이 쌓여 강바닥이 많이 올라왔어.

그 중 백여 리쯤 되는 구간은 정도가 좀 심해 만 근 이상 적재한 배는 뜰 수 없다고 하더라고. 만 근이 넘으면 사람을 사서 끌어야 한다고 해. 인부 한 사람당 하루에 공임을 이 전씩 준다고 해도 건기에 인건비로만 은자 십수만 냥이 지불되는 실정이야. 북경의 쌀값이 뛴 것도 바로 이 때문이지. 황하와 운하運河가 만나는 청강구淸江口도 하상河床(하천의 바닥)이 해마다 높아져 인력으로 퍼내고 있어. 다행히 전에 근보靳輔와 진황陳潢 두 분이 심혈을 기울여 일궈놓은 학전涸田(수년 동안 물에 잠긴 채 임자가 없던 땅)이 몇 십만 경頃 정도 있어 필요할 때마다 조금씩 팔아 부족한 자금을 막고는 했지. 그러나 그것도 이제는 백만 무 정도밖에 남지 않았어. 한 무당 관가官價로 은자 다섯 냥씩 받고 판다고 해도 칠백만 냥밖에 안 돼. 이년 뒤부터는 한 해에 세은歲銀(세금을 의미함)을 이백사십만 냥씩 더 징수해야 수입과 지출이 가까스로 균형을 맞출 수 있지. 그때 가서 말하는 것보다 미리 말해두면 조정에서 계획을 세울 때 도움이 될 것 같아 어렵게 입을 뗐네."

악선은 누가 깐깐한 사람이 아니라고 할까봐 각 지역의 조운 상황까지 숨 돌릴 새도 없이 한 시간이 넘도록 상세하게 설명했다. 이어 다시 덧붙였다.

"지금은 옹翁씨를 비롯해 전錢씨, 반潘씨 등 세 갈래의 청방青幇 세력이 조정에 잘 협조해주는 덕분에 식량이 도둑과 기민饑民들에게 강탈당하는 현상은 거의 없어. 그러나 이들 청방은 조운이 통과하는 각 지역의 부두에 나름대로 사람들을 심어두기에 비용이 만만찮게 들어가. 방금 말한 것 외에도 청방들의 활동경비까지 해결하려면 적어도 해마다 은자 오백만 냥을 지원받아야 해. 지금 사백오십만 냥씩 지원받고 있으니 이제 오십만 냥을 추가로 더 받아야 한다는 얘기지. 폐하의 어지가 없으면 호부에서 하공에 제공해줄 리가 만무하다고."

기윤이 한참 묵묵히 생각하더니 악선을 향해 말했다.

"호부에서 해마다 사백오십만 냥씩 내려 보내고 해관海關에서도 직접 건너가는 돈이 있지 않나. 그리고 땅을 매각한 돈도 있으니 현재 수입 상황을 잘 정리해서 폐하께 조목조목 말씀드리기 바라네. 내가 알기로는 하공의 연간 지출이 칠백오십만 냥 정도라고 하던데, 지출내역도 상세히 보고 올리는 게 좋겠어. 오십만 냥 추가 지원 사항에 대해서는 내가 왈가왈부할 바가 못 돼. 내 주머니에서 나가는 돈이 아니니 말이야. 노파심에서 하는 말인데 폐하께서는 요즘 하공의 지출이 과다하다고 지적하셨어. 그러니 돈이 더 필요하다면 그 동안의 내역서를 첨부해 잘 설득해야 할 거야. 학전 판매 가격도 그래. 요즘 내가 경황이 없어 미리 알려주지 못했는데 한 무에 다섯 냥이면 거저 주는 거나 다름없어. 서리胥吏들은 손가락 하나 까닥하지 않고 앉아서 되넘기기만 해도 스무 배의 폭리를 취할 수 있지. 중간다리를 몇 번 더 걸치면 최종 가격은 한 무에 일백칠십 냥, 심지어 금싸라기 땅은 칠백 냥까지 간다고 해. 다섯 냥은 근보, 진황 대인이 과거에 정해놓은 가격이야. 지금 현실에 맞지 않는 가격이지. 이 사실이 폐하의 귀에 전해지면 자네가 꾸중을 들을 게 아닌가? 돈은 아랫것들이 벌고 욕은 자네가 먹는 상황이 초래될 수 있다는 말이네. 그러니 땅값 문제에 대해서는 일부러 폐하께 말씀드릴 필요가 없겠어. 폐하의 심기를 불편하게 만들 수 있으니 말이야."

"고맙네, 이렇게 신경을 써 줘서."

악선은 처음에는 다소 불편한 기색을 보였으나 기윤의 관심 어린 조언을 다 듣고 나자 크게 감명을 받은 눈치였다. 이어 자리에서 일어나 기윤의 호의에 사의를 표했다.

"경기京畿 지역의 몇몇 지류支流가 골치를 썩여 해마다 그쪽에만 박혀 있다 보니 하공에도 이런저런 폐정이 많다는 것을 미처 짚어내지 못했어. 정말 우매하기 그지없네."

"우매하다니? 아무도 그대를 우매하다고 하지 않네!"

기윤이 연신 두 손을 흔들었다.

"경기 지역의 그 몇 갈래 지류가 어디 웬만한 골칫거리인가? 상류에서부터 생긴 문제 때문에 아래로 내려가면서 툭하면 홍수가 터지고 제방이 무너지는 등 말썽을 일으킨 세월이 이백 년을 넘었다고 하지 않은가. 전에는 이 때문에 전염병도 창궐했는데 그대와 제오륜第五倫 아우가 부임한 뒤부터는 북경성과 북경 교외 백성들이 발 펀히 뻗고 잠을 자게 됐다고 폐하께서도 누누이 치하하셨는걸!"

기윤이 말을 마치더니 문어귀로 걸어가 밖을 내다봤다. 접견이 끝났는지 무장들이 계단을 내려오고 부항이 어딘가를 향해 손짓하는 모습이 보였다. 기윤이 악선과 장유공에게 말했다.

"악공과 장공 두 사람은 지금 건너가시면 되겠네."

어느새 날이 어두워지고 있었다. 기윤은 꼬마 태감에게 등불을 밝히라고 분부하고는 전도와 마주앉았다.

기윤과 전도는 사실 오랜 지인知人이었다. 북위北闈 시험 준비를 하는 동안 함께 술잔을 기울이면서 시도 읊고 문장도 논하고는 했었다. 그러다 시험이 끝나고 관직에 오르면서부터는 자주 만날 기회가 없었다. 하나는 북경에 남고 하나는 외지로 나가게 되었기 때문이었다. 그러니 참으로 오랜만의 해후라고 할 수 있었다. 그 사이 기윤은 예전보다 훨씬 기품이 넘치고 일거수일투족에 여유가 묻어났다. 전도가 그런 기윤을 한참 뜯어보더니 말했다.

"예전에 자네가 연회 자리에서 폐하와의 대시對詩로 이름을 날리고 황후마마의 병을 치료해 동네방네 회자될 때도 가까운 사이여서 그런지 그것이 그리 대단한 것인 줄을 몰랐네. 그런데 오늘 보니 뱃속에 치

국경륜治國經綸의 지혜가 가득 찬 것이 참 대단해보이는군. 다른 것보다 악선 저 친구의 콧대를 꺾어놓았다는 것부터 예사 재주가 아니야. 속도 더 깊어진 것 같고 말이지. 아무튼 나 같은 사람은 더 이상 상대가 안 될 것 같아."

기윤은 전도의 호들갑에도 그저 조용히 웃기만 했다. 이유는 있었다. 얼마 전 그는 윤계선으로부터 서한을 받은 바 있었다. 그래서 전도가 남경에서 저지른 불미스러운 행각에 대해 어느 정도 알고 있었다. 당연히 과거의 우정을 생각한다면 몇 마디 따끔한 충고를 해줘야 했다. 그것이 벗으로서의 도리일 것 같았기 때문이었다. 그러나 차마 입이 떨어지지 않았다. 말도 많고 탈도 많던 운남 구리광산을 정상궤도에 올려놓고 동전 생산량과 유통량을 대폭 늘려 조야에 이름을 떨친 사람에게 싫은 소리를 할 수는 없었던 것이다. 기윤이 입가에 맴돌던 말을 삼켜버리고 다른 얘기를 꺼냈다.

"내가 뭘! 자네에 비하면 아직 걸음마를 걷는 어린애에 불과한 걸! 운남 동정銅政에 관해서는 우리끼리 더 논할 필요가 없을 것 같아. 이미 올려 보낸 주장을 읽어 충분히 알고 있으니 말이야. 방금 하공 업무를 책임진 악선과 자리를 같이 하게 한 것은 나름대로 그럴만한 이유가 있기 때문이었어. 전도, 자네는 곧 호부 시랑으로 발령이 날 것이야. 그러니 하공의 지출현황에 대해 알아두면 앞으로 참고가 될 것 같아서 그랬던 거야."

전도가 기윤의 말에 흠칫 놀랐다.

"호부라니? 나는 형부로 알고 있었는데?"

"처음에는 형부라고 했지. 발령표發令票까지 작성해 놓은 상태에서 폐하께서 생각을 바꾸신 것 같아. 호부의 번잡한 업무를 처리하려면 자네처럼 깐깐하고 노련한 인재가 필요하다고 하셨어. 호부에는 만주족 상서와 한족 상서가 각각 한 사람씩 있었어. 그중 정건훈丁建勳은 반 년 동안 병석에 누워 있다가 죽었다네. 다른 한 사람은 강희황제 때의 명장 도리침의 친척아우인 도사덕圖思德인데, 무장 출신이라 셈에 둔하고 일을 잘 못한다고 해. 그러니 자네는 비록 시랑 신분으로 들어가더라도 대부분의 업무를 혼자서 봐야 할 거야. 일인다역을 할 수 있다는 점도 폐하께서 자네를 유난히 중시하시는 이유 중의 하나라네."

기윤이 전도의 인사가 변경된 것과 관련한 전후 사정을 상세하게 설명했다. 상당한 칭찬이었다. 전도는 기윤의 칭찬에 기쁨을 감추지 못했다. 생각 같아서는 박수를 치면서 깡총깡총 뛰고 싶었다. 그러나 가벼운 느낌을 줘서는 안 된다는 생각에 박수를 치려던 손을 그대로 모아 쥐면서 겸손한 자세를 취했다.

"별 볼 일 없던 말단 관리가 어느 날 갑자기 폐하의 넘치는 성은에 힘입어 중요한 지방의 사관司官으로 출세한 것만 해도 더 이상 바랄 나위 없는 복이었어. 형부로 발령 날 것 같다는 얘기가 나왔을 때는 솔직히 잘할 수 있을까 하는 걱정 때문에 가슴이 조마조마했었지. 그런데 폐하께서 재삼 고려 끝에 호부로 보내주신다니 폐하의 이 같은 지우지은知遇之恩에 어찌 보답해야 할지 모르겠네! 오로지 자만과 아집과 불손을 버리고 겸손과 소신과 열정으로 진력하는 것만이 폐하의 성은에 조금이라도 보답하는 길이 아닐까 하네. 나는 말주변이 없어서 폐하를 알현한 자리에서 이런 심경을 미처 표현 못할 것 같아. 그러니 나중에 자네가 수고스럽더라도 나를 대신해 말씀을 드려주면 고맙겠네."

기윤으로서도 전도의 이런 진지한 모습은 전혀 예상 밖이었다. 과거 전도의 성격으로 보면 주위를 의식하지 않고 박수 치면서 흥분했어야 마땅했다. 그런데 전도는 의외로 차분하고 겸손하게 얘기를 하고 있으니 기윤이 깜짝 놀랄 정도였다. 전도는 그동안 어찌 보면 오히려 악선이

나 장유공보다 더 노련해진 것 같기도 했다. 기윤이 그런 생각을 하면서 만면에 웃음을 머금었다.

"그런 일이라면 걱정하지 않아도 될 것 같네. 내가 어련히 알아서 잘 말씀드리지 않을까봐?"

기윤이 잠시 말을 마치고는 다시 문어귀로 다가갔다. 이어 밖을 내다보면서 말했다.

"접견이 거의 끝난 것 같아. 우리도 가까이 가서 기다리자고."

기윤과 전도 두 사람은 함께 편전을 나섰다. 편전의 처마를 따라 동쪽으로 걸어 나가자 대전의 입구가 나왔다. 두 사람은 순간 격선隔扇(병풍처럼 접을 수 있게 유리를 끼워 만든 칸막이) 앞에서 엉거주춤 멈춰 섰다. 짐작대로 안에서 건륭의 말소리가 들려왔던 것이다. 접견이 거의 끝난 것 같았다.

"돌아가서 각자 맡은 바 업무에 전념하도록 하게. 장유공, 자네에게는 달리 분부할 게 없네. 남위南闈 시험이 끝나면 남경의 학정學政으로 부임하게. 나중에 따로 은지恩旨가 내려질 것이네. 악선, 자네에게는 당부할 말이 많았으나 자네가 알아서 다 말하니 짐은 한시름 덜었네. 하공에 들어가는 돈이 강희 연간에는 이백오십만 냥이면 충분했는데, 지금은 팔백만 냥으로도 모자란다고 하니 하무河務에 뭔가 적폐積弊가 많다는 얘기네. 전도와 마찬가지로 선참후주先斬後奏 권한을 줄 테니 비리를 저지르는 자들은 가차 없이 처단하게. 왕어양王漁洋이라는 사람이 쓴《황종전》况鐘傳을 읽어보게. 마음속으로 깨닫는 바가 적지 않을 거네. 모르기는 해도 전도는 그 책을 읽었을 거네."

대전의 안에서 악선과 장유공의 대답 소리와 함께 머리를 조아리는 소리가 들려왔다. 기윤은 그제야 자신의 이름을 말하면서 전도를 데리고 궁전 안으로 들어갔다. 건륭은 이상하게도 두 사람이 대례를 마친 뒤에도 일어나라는 말을 하지 않았다. 한참 침묵이 흐른 뒤 다시 건륭의 말소리가 들렸다.

"연청, 짐이 갑자기 마음이 바뀌었네. 이 세 명의 죄수들은 일단 올해 추결 명단에서 제외시키게. 짐이 시간을 내서 서류를 자세히 검토해 봐야겠네."

기윤과 전도는 그제야 휘장으로 가려진 저쪽 구석에 유통훈이 있었다는 사실을 알 수 있었다. 아니나 다를까, 곧이어 유통훈의 굵고 쉰 목소리가 들려왔다.

"이 세 죄수에 대해서는 신도 석연치 않은 점이 있었사옵니다. 하오나 이들을 빼면 올해 추결에 처해지는 죄수가 이백십일 명으로 왕년에 비해 턱없이 적사옵니다. 너무 적으니 오히려 이상한 느낌이 드옵니다."

건륭이 유통훈의 말에 크게 웃었다.

"사형수가 줄어들면 좋은 일이지 이상하다니 그게 무슨 말인가? 자네많이 힘들어 보이는군. 나중에 다시 패찰을 건네도록 하고 오늘은 그만물러가게. 부항, 거기 있는가? 두 태감을 시켜 연청을 부축하도록 하게."

건륭은 유통훈이 물러간 뒤에야 비로소 기윤과 전도를 향해 고개를돌렸다.

"일어나게."

전도는 건륭의 짧은 말이 끝나자마자 감각을 잃어 얼얼해진 무릎을조심스레 세워 일어서면서 아뢰었다.

"법가가 이곳 승덕에 들어선 그날 가까이에서 용안을 우러러 뵈었사옵니다. 지금은 폐하의 어용御容이 그때보다 다소 수척해 보이시어 가슴이 아프옵니다. 멀리 운남 동광에 몸담고 있으면서도 시시각각 폐하의용안을 그려보지 않은 적이 없사옵니다. 멀리 있어 매사에 주청을 올리지 못하고 스스로 처리하다보니 자칫 신의 우매한 결단 때문에 폐하의 대사에 차질이 생기지 않을까 항상 전전긍긍했사옵니다. 밤마다 벽에 비친 그림자와 벗하면서 외로이 백촉白燭을 밝히고 있노라면 주군主君에 대한 사념思念이 북받쳐 눈물을 주체할 수 없었사옵니다. 오늘 이렇게 주군을 대면하오니 이 기꺼운 환희를 어찌 형언해야 할지 모르겠사옵니다."

전도가 자신의 말에 스스로 감동했는지 장황한 말을 마치고는 눈물을 흘렸다. 이어 손등으로 눈물을 닦아냈다. 건륭이 그 모습을 보더니 그다지 밉지 않다는 표정을 지었다.

"사내가 눈물이 그리 헤퍼서야 되겠나? 짐도 밖에 나가 고생하는 경들을 가끔씩 떠올린다네. 아직 경력이 부족한 자네를 육부에 안배하는 일도 많이 망설였었네. 인사배치를 할 때도 다수로부터 인정을 받지 못하면 물의를 빚기 십상이니 말이네. 그런데 마침 형부 시랑 자리가 빈데 이어 호부에서도 인원이 부족하다고 하기에 자네를 우선순위에 올려놓았지. 자네는 동정을 본때 있게 바로잡은 공신임은 틀림없으나 사람을 너무 많이 죽였네. 물론 읍참마속泣斬馬謖의 심정이었을 테지만 알게모르게 백성들의 원성도 많이 쌓였을 테지. 때문에 그곳은 자네가 오래 머무를 곳이 못 된다는 얘기네."

전도는 자신을 생각해주는 건륭의 말에 코끝이 찡해지는 기분을 느꼈다. 일국의 황제가 한낱 말단 관리에 불과한 자신의 앞날을 그토록 세심하게 신경 써서 배려해주니 고맙고 황송했던 것이다. 그의 두 눈에는 순식간에 또다시 뜨거운 눈물이 가득 차올랐다. 곧이어 손등 위로 뚝뚝 떨어졌다. 그 모습을 지켜보던 건륭이 피식 실소를 터트렸다.

"오늘은 대체 무슨 날이기에 다들 이리 울보가 됐지?"

"신은 감격과 자괴감을 금할 수 없사옵니다. 폐하의 성은이 이토록 높고 크시거늘 신은 보답은커녕 용서받지 못할 착오를 범하고 말았사옵니다. 조정 관리의 체통에 먹칠을 하는 졸렬한 행각을 저질렀사옵니다. 생각할수록 창피하고 스스로가 미워 어디론가 사라져버리고 싶은 심정이옵니다."

전도가 눈물을 닦았다. 그리고는 용기를 내서 남경에서 있었던 일들을 털어놓았다. 늙은 기생의 치마폭에 묻혀 정신없이 헤매면서 본업에 태만했던 일을 비롯해 풍류 빚 때문에 공금을 차용한 일들까지 가감 없이 실토했다. 건륭이 화가 난 기색도 없이 한숨을 내쉬었다.

"그렇지 않아도 벌써 밀수문이 올라왔네. 착오를 범하기는 쉬워도 잘못을 통렬히 뉘우치고 치부를 솔직히 드러내기는 어려운 일이네. 경의 솔직한 고백에 짐은 그저 놀라울 따름이네. 여색을 탐하는 것은 인간의 본성이네. 성인도 예외가 아니라고 했네. 《자견남자》子見南子라는 책을 보면 공자도 미색을 앞에 두고 고민했다고 하네. 물론 공자도 만인의 칭송을 받는 성인이기에 앞서 오곡잡량五穀雜糧을 먹는 오욕칠정五慾七情을 가진 인간이니 그럴 수밖에 없었겠지. 자네가 미리 고백을 했으니 짐은 더 이상 추궁하지 않겠네. 풍류에 미쳐 다니다 보면 풍류 빚을 지는 것은 당연한 일이지. 자네가 빚을 갚기 위해 궁상을 떨면서 이 사람 저 사람을 찾아가 비굴하게 손을 내민 것도 다 알고 있네. 그러나 짐은 그 빚을 갚아줄 수 없네. 부항을 찾아가 도와달라고 정중하게 부탁을 드려보게. 이럴 때 벗들의 진심도 알아볼 겸 말이네."

그때 마침 밖에서 부항이 들어왔다. 건륭의 말을 들은 것이 분명했다. 아니나 다를까, 그가 웃으면서 말했다.

"성덕이 깊으신 폐하의 말씀이 계셨으니 내가 이번만은 도와주겠네. 하지만 유사한 일은 두 번 다시 없어야겠어. 어제 폐하께서 잠깐 언급하시기에 내가 그랬어. 짚신도 짝이 있다더니 조롱박처럼 생긴 전도의 얼굴에 빠진 여자도 있느냐고. 또 어떤 여자인지 무척 궁금하다고도 말했지. 아무튼 돈이 나오는 동정사銅政司를 주무르는 사람이 화대花代가 없어 돈을 꾸러 다녔다는 사실은 가히 감동적이었네. 이제 나라살림을 맡아 하는 호부로 발령이 났으니 돈을 돌보듯 하는 그 마음가짐을 그대로 간직하면서 잘해보기 바라네. 그렇지 않고 그 비상한 머리를 엉뚱한 곳으로 굴렸다가는 내가 제일 먼저 탄핵안을 올릴 거야. 지난번처럼 유통훈을 대면하는 아찔함을 맛보고 싶다면 마음대로 해보든가."

좌중의 사람들은 부항의 농담 섞인 진담에 모두 크게 웃었다. 이후로도 건륭의 간곡한 당부는 오랫동안 이어졌다. 전도는 황감하고 창피한 마음에 내내 고개를 푹 숙이고 있었다. 세 사람이 문후를 올리고 물러갔을 때는 이미 날이 저물어 뜰에 달빛이 내려앉고 나뭇잎이 바람에 살랑거리는 밤이었다. 하루 종일 앉아 있었던 건륭은 사지가 뻐근하고 나른했다. 근골이 튼튼하고 체격이 건장하다고 해도 과로에는 장사가 없었다. 그는 승여乘輿를 부르지 않고 궁전을 나섰다. 이어 연훈산관으로 통하는 꽃길을 산책하듯 거닐었다. 시위들은 멀리서 건륭의 꽁무니를 졸졸 따르기만 했다.

때는 팔월도 다 지나가는 가을의 문턱이었다. 피서산장은 이미 하늘이 높아지고 있었다. 품안으로 파고드는 바람 끝이 제법 차가웠다. 풀과 나무로 우거진 한적한 꽃길에는 그런 바람을 뚫고 교교한 달빛이 내려앉고 있었다. 그 모습이 마치 한줌의 은가루를 뿌려놓은 듯했다. 또 더덕, 도라지, 산단山丹(하늘나리), 백합百合 등의 약재와 백양나무 사이사이에 흐드러지게 핀 들국화 등은 폐부를 씻어낼 듯 맑고 산뜻한 향기를 풍겼다. 종일 정무에 짓눌려 있던 건륭은 그제야 피곤이 약간 가시는 것 같았다. 순간 밤안개를 머금고 열하 쪽에서 불어온 습기를 머금은 바람이 더운 얼굴을 스치면서 상쾌한 기분을 선사했다.

호젓한 달밤에 꽃길을 홀로 거니노라면 상념이 부유하기 마련이다.

건륭은 순간 문득 눌친을 떠올렸다. 지금쯤 사천성 성도成都에서 대오를 정돈하고 군사들을 훈련시키느라 여념이 없을 터였다. 물론 올 가을과 겨울에는 공격 예정이 없었다. 그렇다고 완전히 시름을 놓을 상황도 아니었다.

'그곳은 가을이 되어도 모기를 비롯한 각종 독충과 학질이 창궐한다지? 혹시 행군에 어려움을 겪지는 않을까? 남경에서 보내주기로 한 군비는 군중에 무사히 도착했을까?'

건륭은 그렇게 생각을 하사 가슴이 더욱 갑갑해지는 기분을 느꼈다. 하마터면 '윤계선은 할 수 있어! 실수 없이 잘해낼 거야!'라는 마음속 말을 밖으로 소리 내어 외칠 뻔했다. 순간 그는 멋쩍은 듯 고개를 들어 달을 바라봤다. 피식 쓴웃음도 지었다. 그러나 한 가닥 웃음은 곧 연기처럼 흩어졌다. 이치吏治를 떠올리자 머리가 다시 지끈거리기 시작했던 것이다.

건륭은 이어서 섬서성 포정사 상관청上官淸과 관련한 얘기를 머리에 떠올렸다. 상관청이 호광湖廣으로 전임하게 되자 수만 명의 백성들이 큰길로 나와 덩실덩실 춤을 췄다는 얘기였다. 백성들은 심지어 역로驛路에서 그가 타고 간 말의 발자국 흔적을 찾아 삽으로 깊이 파헤쳤다고 했다. 얼마나 신물이 났으면, 얼마나 뼈에 사무치게 미웠으면 그랬을까? 이 사건은 한때 온 천하를 떠들썩하게 진동시켰다.

그러나 은밀히 뒤를 캐고 형부로 불러 조사를 해도 유통훈조차 상관청의 부정부패와 횡령의 흔적을 찾아내지는 못했다. 도대체 어찌된 일일까? 관가에서 은밀히 통용되는 갖가지 수작을 아는 대로 위아래로 다 훑어도 딱히 이거다 싶은 실마리를 잡을 수가 없었다. 사실 아무리 백성들이 단체로 궐기한다고 해도 확실한 증거 없이 사람을 처벌할 수는 없는 노릇이었다. 참으로 코가 막히고 귀가 막힐 정도로 답답한 일이 아닐 수 없었다. 백성들은 거짓말을 하지 않는 법이었다. 관리의 소매 속이 깨끗하지 못하면 백성들은 들고일어나기 마련이었다. 위에서 못살게 굴면 밑에서 폭발하는 것은 당연지사였다.

순간 건륭의 뇌리에 산동에서 직접 목격했던 기민饑民들의 폭동 장면이 떠올랐다. 그때 당시에는 그다지 무서운 줄을 몰랐으나 나중에 생각해보면 참으로 살벌했던 광경이었다. 그 후로 몇 번씩이나 악몽에서 소스라쳐 깰 정도였다.

산동의 폭동에서부터 시작한 건륭의 생각은 이리저리 가지를 치기 시작했다. 나중에는 불현듯 역영易瑛의 모습까지 떠올랐다. 그토록 젊고 고운 여인이 과연 조정에 대적해 모반을 일삼는 일지화라는 말인가? 그때 당시에 일지화일지도 모른다는 의혹을 조금이라도 품었다면 산동으로 도주하도록 방치하지 않았을 텐데……. 그 여인이 일지화가 틀림없다면 다 잡은 고기를 놓친 아쉬움을 어찌할까.

"멈추시옵소서, 폐하! 앞에 연못이 있사옵니다."

시위 색륜의 쇳소리가 갑자기 울려 퍼진 것은 그가 그렇게 계속 생각을 굴리고 있을 때였다. 색륜은 다급히 뒤쫓아 와서는 엉겁결에 건륭의 팔을 잡았다. 건륭은 그제야 화들짝 놀라면서 깊은 사색에서 헤어났다. 과연 바로 앞에 시커먼 연못이 있었다. 열하의 온천을 끌어다 만든 연못이었다. 연못에서는 뜨거운 열기가 모락모락 올라와 달빛 어린 검은 수면에 김처럼 서리고 있었다. 건륭은 속으로 놀란 가슴을 쓸어내리면서 겉으로는 대수롭지 않은 얼굴로 말했다.

"짐이 여기 풍덩 빠졌더라면 오늘이 색륜 자네의 제삿날이 됐겠군. 지금 보니 꽤나 운치가 있는 연못이네."

건륭이 말을 마치더니 즉석에서 시를 지어 읊었다.

갈대에 바람이 묻어오니 푸르른 연못은 고기비늘 같은데,
물안개에 달빛이 내리니 요지瑤池의 연무煙霧인 듯 아련하구나.

　한 손을 등 뒤에 대고 다른 한 손으로 연못을 어루만지듯 쓸면서 시
를 읊는 건륭의 모습은 누가 봐도 멋스러웠다. 색륜도 그렇게 생각한
듯 검붉은 얼굴에 하얀 이빨을 드러낸 채 어린애처럼 웃음을 머금었다.
　"너무 멋진 시이옵니다, 폐하! 정말 멋진 시이옵니다."
　색륜은 강희황제 때의 시위였던 색륜랍희索倫拉希의 아들로 오리아소
대 군중에 오랫동안 몸담은 사람이었다. 전쟁터에서는 날아오는 화살을
몸으로 막을 정도로 용감무쌍한 용사였으나 누군가의 비위를 맞추고
아부를 떠는 데는 영 재주가 없었다. 건륭은 그러나 늘 있는 듯 없는 듯
묵묵히 제자리를 지키는 우직하고 늠름한 색륜을 무척 아끼고 있었다.
언변이 없어 어린애처럼 발을 동동 구르면서 좋다는 말만 연발하는 색
륜을 보고 건륭이 웃는 얼굴로 말했다.
　"그렇다면 기억해뒀다가 내일 기윤에게 들려줘 보게. 출저는 얘기하지
말고. 어떻게 평가하는지 보게."
　건륭이 더 할 말이 있는 듯 다시 입을 열려고 할 때였다. 갑자기 멀리
서 한밤의 고요를 깨는 태감들의 고함소리가 들려왔다. 쫓고 쫓기는 추
격전이 벌어진 듯 사람 그림자가 빠르게 어른거렸다. 어렴풋한 달빛을
빌어 보니 누군가 이쪽으로 달려오고 있는 것 같았다.
　"자객이옵니다!"
　색륜이 말을 마치기 무섭게 대뜸 경계태세를 취했다. 건륭은 색륜의
호위를 받으면서 연못 동쪽의 넓은 풀밭 쪽으로 달려갔다. 먼발치에서
뒤따르던 시위들이 삽시간에 우르르 몰려와서는 건륭의 주위에 철통같
은 장벽을 쳤다. 색륜은 비수 같은 눈빛으로 주위를 살펴봤다. 이어 어

두컴컴한 관목림을 가리키면서 외쳤다.

"저 안에 들어갔어! 독 안에 든 쥐야, 때려잡아!"

시위들이 대답과 함께 쏜살같이 달려갔다. 건륭은 자객이라는 말에 처음에는 화들짝 놀랐다. 가슴도 두근거렸다. 그러나 달리 위험한 기척이 없자 웃음을 터트렸다.

"보아하니 별일도 아닌 것 같군. 자네의 고함소리에 더 놀라지 않았는가! 설마 이런 곳에 자객이……."

그러나 건륭의 입은 말을 채 끝맺기도 전에 딱 벌어지고 말았다. 시위들이 산토끼처럼 버둥대는 사람을 주먹으로 때리고 발로 걷어차면서 끌고 왔던 것이다. 그들이 물샐틈없이 빙 둘러선 가운데 보릿자루처럼 후줄근하게 내동댕이쳐진 사람은 놀랍게도 나이가 열댓 살 가량 된 소년이었다. 달빛을 빌어서 유심히 뜯어보니 다 해어진 솜옷을 입고 새끼로 허리를 질끈 동여맨 몽고 꼬마였다. 얼굴은 타박상을 입어 울긋불긋했고, 마구 뒤엉킨 머리카락은 진흙이 들러붙어 사방으로 뻗어 있었다. 아이는 선한 눈매와는 어울리지 않게 얼굴에 독기가 잔뜩 서려 있었다. 건륭이 아이에게 한 걸음 다가가 몽고어로 물었다.

"몽고 사람이지? 어느 기旗 소속이냐?"

"……."

"이름을 말해줄 수 없을까?"

"……."

"품안이 불룩한데 뭐가 들었어?"

"……."

아이는 끝까지 대답을 거부했다. 건륭의 안색은 서서히 굳어졌다.

"뒤져!"

"예!"

건륭이 명령을 내리자 시위 객파아喀巴兒가 대답과 함께 아이에게 다가갔다. 이어 다짜고짜 그의 몽고포蒙古袍(몽고 복장의 옷)를 쫙 찢어버렸다. 아이의 품안에서 곧 꾀죄죄한 누런 보자기가 굴러 떨어졌다. 객파아는 기다렸다는 듯 보자기를 펼쳤다. 건륭의 두 눈이 순간 휘둥그레졌다. 그 속에는 말린 쇠고기를 비롯해 절인 돈육, 절인 양고기, 절인 사슴고기 등 각종 고기와 빵 부스러기가 잔뜩 들어 있었던 것이다. 건륭은 의아쩍은 눈길로 보자기와 땟국이 줄줄 흐르는 아이를 번갈아 바라봤다. 이어 어처구니없다는 듯 웃었다.

"이게 다 네가 훔친 거야? 배가 고파서?"

몽고 꼬마는 여전히 대답이 없었다.

"에잇, 벙어리잖아!"

객파아가 아이의 엉덩이를 걷어차면서 실망스런 표정을 지었다. 아이는 맥없이 나가떨어졌다. 이어 밤이슬이 차가운 풀밭에 누운 채 그대로 멍하니 달만 쳐다볼 뿐 일어날 생각조차 하지 않았다. 건륭이 몽고어로 부드럽게 물었다.

"내가 맞춰보지! 너는 누구네 집의 종이었구나. 이런 걸 훔쳐 주인에게 쫓겨났고. 몽고족들은 못 먹어도 도둑질은 안 하는데……."

"저는 도둑이 아니에요!"

건륭의 말이 채 끝나기도 전이었다. 아이가 발악하듯 고함을 지르면서 벌떡 몸을 일으켰다. 그러나 곧 시위들에 의해 다시 짓눌리고 말았다. 아이는 알아듣지도 못할 몽고어로 입에 거품까지 물면서 떠들어댔다. 건륭의 말에 반항하는 것 같았다. 그러자 화가 머리끝까지 치민 객파아가 급기야 욕을 마구 퍼부었다.

"이 거지같은 새끼가 어느 면전이라고 까불어? 뒈지고 싶어? 이분은 네놈의 왕보다 백배는 더 존귀하신 보거다칸이시다! 제대로 대답하지 못해? 죽고 싶어?"

'보거다칸'이라는 네 글자만 알아들은 듯한 아이가 갑자기 "으앙!" 하고 울음을 터트렸다. 목청이 찢어져라 울면서 건륭을 바라보는 그의 눈빛에는 처연함이 가득했다.

"손을 풀어주게."

건륭이 시위들에게 명령을 내렸다. 그리고는 직접 허리를 굽혀 아이의 손을 잡아 일으켜 앉혔다. 아이는 얼굴이 토실토실했다. 또 머리가 크고 둥글둥글한 것이 무척 귀엽게 생겼다. 뚱보라고도 할 수 있었다. 아이는 곧 때가 잔뜩 낀 발가락을 거리낌 없이 드러내놓은 채 건륭과 마주했다. 순한 양처럼 큰 눈을 깜박이면서 건륭을 바라보기도 했다. 몽고인 특유의 순박함이 그대로 묻어나는 모습이었다. 건륭은 객파아가 손에 작은 비수를 들고 있는 것을 보고는 몽고 꼬마의 것으로 짐작했다. 그는 그것을 넘겨받아 아이에게 건네줬다. 이어 다른 시위에게 명했다.

"자네 장화를 벗어서 이 아이에게 신기도록 하게."

아이는 고분고분한 태도로 주는 대로 비수를 받아 차고 장화를 신었다. 건륭이 그 모습을 보고는 뭔가 짐작이 가는 듯 고개를 끄덕이더니 한숨을 쉬면서 시위들에게 말했다.

"몽고 노예 맞네! 짐의 기억이 틀림없다면 이 아이의 이름은 파특아^{巴特兒}일 거네. 이 아이의 조부는 팔기영^{八旗營}의 장군이었지. 그러나 무예 시합 도중에 실수로 객라심 왕의 생질을 말에서 떨어뜨려 죽이는 바람에 평민으로 전락했다네. 엎친 데 덮친 격으로 좌기^{左旗} 기주^{旗主}가 친왕에게 공납하려던 진귀한 물건까지 깨뜨리는 바람에 완전히 노예로 내몰리고 말았지. 몇 십 년 전에 있었던 일이네. 짐작컨대 이 아이의 조모가 임종을 앞두고 고기가 먹고 싶다고 했나 보지. 그래서 효심이 지극한 꼬마 파특아는 목숨을 걸고 고기를 찾아 나섰을 테고……."

건륭이 감개에 젖은 채 추억을 더듬더니 다시 명령을 내렸다.

"아이를 풀어주게. 태감 왕인에게 데리고 가서 먹을 만한 걸 여러 가지 챙겨 보내주도록 하게. 옷도 깨끗한 것으로 갈아입히고!"

건륭이 파특아를 보내주기에 앞서 유창한 몽고어로 말했다.

"가서 조모의 병 수발을 잘 들거라. 내가 너희 왕에게 말해 노예적奴隷籍에서 풀어주도록 하겠다. 체격이 좋아 보이는데, 무예를 잘 연마해뒀다가 나중에 짐을 위해 뛰어주도록 하라. 짐의 신변에는 몽고 호한好漢들이 많아!"

파특아는 연신 고개를 주억거리면서 건륭의 말을 들었다. 이어 고꾸라지듯 건륭의 발치에 엎드린 채 울먹거렸다. 그리고는 몇 마디를 더 한다음 일어나 시위를 따라갔다.

"자식, 예의도 없이! 머리도 조아리지 않고 그냥 가버리네."

색륜이 혼잣말처럼 중얼거렸다. 건륭이 웃음 띤 얼굴로 말했다.

"저 나이에 저 정도면 최대한 예의를 갖췄다고 봐야지. 예라는 것은 마음속에서 우러나 스스로 행할 수 있을 때 값진 것이네. 짐은 저 아이가 욕심나네. 마지막에 남긴 한마디가 무슨 뜻인지 자네들은 못 알아들었지? 천리만리 떨어진 곳에서 방목을 하더라도 짐이 손짓만 하면 무조건 달려오겠노라고 맹세를 하고 갔네!"

건륭의 말에 시위들은 누구나 할 것 없이 말없이 고개를 푹 떨어뜨렸다.

나달모 대회는 초원에서 으뜸으로 꼽는 성대한 집회였다. 전에는 해마다 홍성紅城(몽고의 수도. 울란바토르)에서 치러졌다. 그런데 올해는 건륭이 대회에 직접 왕림하게 됐다. 과이심 대초원의 몽고족들에게는 무한한 영광이 아닐 수 없었다. 때문에 과이심 왕은 특명을 내려 대회장소를 객라심 왕부王府에서 서쪽으로 80리 떨어진 후두구猴頭溝 근처로 옮기게 했다. 이곳에서 서쪽으로 가면 1000리나 이어지는 목란 수렵장이 있었다. 또 북쪽에는 끝없는 대초원이 펼쳐져 있었다. 남쪽도 예사롭지 않았다. 연산燕山의 줄기가 완만하게 이어져 있었다. 역로가 그 산등성이를 뱀처럼 꼬불꼬불 감으면서 뻗어 있는 곳이었다. 그 사이를 두 갈래의 강이 차분히 흘러 수려한 풍광을 만들었다. 교통 역시 편리해 역대로부터 왕부의 전용 사냥터로 사용되고는 했다. 초원에서는 왕의 명령이면 곧 성지聖旨였다. 쾌마로 각 기영旗營과 부락 유목민들에게 소식을 전하자 순식간에 사방에서 사람들이 몰려들었다.

승덕에서 목란까지, 다시 후두구까지는 400리나 되는 길이었다. 건륭과 수행원, 대신, 시위들은 쾌마를 타고 꼬박 하루를 달려 목란에 도착했다. 이어 하룻밤을 묵고 다시 후두구에 도착했을 때는 이튿날 진시辰時 무렵이었다. 미리 와서 기다리고 있던 과이심 왕은 동몽고의 찰합이察哈爾(차하르) 왕, 북몽고의 오도이溫都爾 칸, 찰뢰특札賚特 왕, 모툭특土默特 왕, 파림巴林 왕, 객라심喀喇沁(카라친) 왕 등의 여러 왕들과 함께 30리 밖까지 영접을 나왔다. 이어 열린 청연請筵, 헌주獻酒 등의 환영행사는 모두 우피牛皮 장막 안에서 거행됐다. 이외에도 대회에 친히 왕림한 황제를 맞이해 열린 수많은 환영절차는 자세히 설명하기조차 어려울 만큼 많았다.

이튿날은 대망의 나달모 대회가 열리는 날이었다. 건륭은 숙면을 취하고 눈을 떴다. 이어 창밖이 훤히 밝은 것을 보고는 벌떡 일어나 앉았다. 그리고는 당직 태감인 왕례를 나무랐다.

"자네들은 갈수록 정성이 부실해지는 것 같네. 진작 깨웠어야지. 해가 세 발이나 떠 있지 않은가."

왕례가 황급히 아뢰었다.

"이곳은 날이 일찍 밝는다고 하옵니다. 소인도 시계가 잘못된 줄 알고 여러 사람과 맞춰봤사옵니다. 이제 겨우 일각一刻이 모자란 인시寅時이옵니다."

왕례는 말을 마치고는 서둘러 건륭의 의복 시중을 들었다. 이날 건륭은 두 겹으로 된 자줏빛 비단 장포長袍에 각사면刻絲棉으로 만들고 금룡金龍을 수놓은 푸른색 마고자를 받쳐 입었다. 이어 서조瑞兆를 기원하는 외투를 둘렀다. 또 허리에는 금띠를 매고 목에는 송석松石 조주朝珠를 걸었다. 백소 틸로 만든 관모冠帽까지 가볍게 쓰자 대충 의관을 갖추는 것은 마무리됐다. 건륭이 의관을 정제하고는 태감 왕례의 얼굴을 쳐다봤다. 그러더니 종기 비슷한 게 얼굴에 몇 개 나 있는 것을 보고 웃음을 터트렸다.

"자네는 거울도 안 보는가? 꼴이 그게 뭔가!"

왕례가 장난기가 다분한 표정을 지은 채 대답했다.

"이곳은 흠잡을 데 없이 다 좋은데 모기가 너무 우악스러워 괴롭사옵니다. 어젯밤에는 태감들이 모기를 잡느라 한숨도 못 잤사옵니다. 기윤 공도 왼쪽 뺨에 한 방 물려 벌겋게 부었사옵니다."

호랑이도 제 말 하면 온다고, 그때 마침 부항과 기윤이 들어섰다. 건륭이 대례를 면하라는 손시늉을 했다.

"여기 모기들은 낯을 가리나 보네? 반반한 얼굴은 부담스러운지 안 달려들고 부담 없는 기윤이나 쥐가 파먹은 호박 같은 왕례에게만 달려드는 걸 보니!"

기윤이 건륭의 농담에 히죽 웃으면서 아뢰었다.

"폐하의 존안尊顔에만 들러붙지 않는다면 신은 더덕바위가 돼도 괜찮사옵니다."

부항도 한마디를 입에 올렸다.

"신은 악종기가 보낸 훈향熏香을 조금 챙겨 왔사옵니다. 올 때는 그것도 짐이 되는 것 같더니 당분간 요긴하게 쓰일 것 같아 다행이옵니다."

부항이 잠시 말을 멈춘 다음 다시 덧붙였다.

"몇몇 몽고 왕들이 날이 밝기 전부터 어가를 기다리고 있사옵니다. 아침 수라를 드시고 슬슬 움직이셔야 할 것 같사옵니다."

건륭이 부항의 권유에 말없이 고개를 끄덕였다. 그리고는 아침 수라에 포도주까지 한 잔 곁들였다. 그런 다음 거울 앞에서 옷매무새를 비춰보더니 흡족한 표정을 지으며 그리 길지 않은 턱수염을 쓸어내렸다.

"가지!"

그러자 부항이 황급히 한발 앞서 밖으로 나와서 큰 소리로 외쳤다.

"어가御駕가 나가신다!"

부항의 짧은 말이 끝나기 무섭게 장막 밖에서 음악소리가 크게 울려 퍼졌다. 그 요란한 음악소리에 맞춰 호각소리도 긴 여운을 끌면서 멀리 울려 퍼졌다. 동시에 "어가 출동이시오! 초원의 용맹한 독수리들아, 우리의 보거다칸을 영접할 준비를 하라!"는 함성이 한 입 건너씩 저 멀리 전해졌다.

건륭은 음악소리를 들으면서 천천히 장막 밖으로 걸어 나왔다. 그러다 잠시 주춤했다. 손을 내밀면 닿을 것처럼 가까운 곳에 완전무장한 몽고 무사들이 수천 명도 넘게 엄숙하게 진영을 이루고 있는 광경이 보였던 것이다. 진영 앞에서는 몽고 왕들이 일제히 무릎을 꿇은 채 이제 막 천막 밖으로 나선 건륭을 향해 머리를 조아리고 있었다. 건륭이 다소 의외라는 듯 얼떨떨한 표정을 짓더니 곧 위엄을 회복하고는 몽고 왕들과 무사들을 향해 화답의 손짓을 보냈다.

곧이어 색륜이 옥으로 된 말안장과 금으로 만든 디딤판을 장착한 청총마靑驄馬를 끌고 왔다. 건륭은 태감 왕례가 엎드리자 기다렸다는 듯 그의 등을 밟고 천천히 말에 올라탔다. 이어 흐뭇한 미소를 지으면서 옆에 있는 기윤에게 명령했다.

"가서 몽고 왕들에게 어지를 전하게. 빈틈없는 환대에 짐이 대단히 만족스러워한다고 말일세."

"예, 폐하!"

기윤이 빠른 걸음으로 몽고 왕들에게 다가가 어지를 전달했다. 이어 천지를 찢을 듯 요란한 대포소리가 세 번 울렸다. 동시에 웃통을 드러낸 320명의 몽고무사 들이 80개의 용두龍頭 깃발을 번쩍 든 채 황제의 검열 수레에 올려놓았다. 그 검열 수레는 여덟 필의 준마가 끌기로 돼 있었다.

음악소리는 지칠 줄 모르고 웅장하게 울려 퍼졌다. 의장행렬은 초원의 거센 바람에 힘차게 팔랑대는 용두 깃발을 앞세우고 서서히 서쪽의 대회장을 향해 출발했다. 과이심 왕이 건륭의 왼쪽, 부항과 기윤은 건륭의 등 뒤에서 호위했다. 여섯 명의 내, 외 몽고 왕들은 그 뒤를 바짝 따랐다.

나달모 대회장은 그리 멀지 않은 곳에 있었던 터라 건륭 일행은 금방 도착했다. 순간 멀고 가까운 곳에서 부름을 받고 달려온 수만 명의 유목민들이 저 멀리서 다가오는 용기龍旗를 발견하고는 일제히 무릎을 꿇었다. 그리고는 떠나갈 듯한 함성으로 건륭을 영접했다.

"건륭황제 만세, 만세, 만만세!"

그렇지 않아도 포도주를 마신 탓에 약간 상기된 건륭의 얼굴은 기쁨과 감동 때문인 듯 유목민들의 얼굴처럼 검붉게 달아올랐다. 곧이어 건륭이 두 팔을 한껏 벌려 아래위로 가볍게 박자를 맞추듯 흔들면서 큰소리로 외쳤다.

"여러분은 이 광대무변한 초원의 영웅이다! 짐은 여러분의 환대에 심심한 사의를 표한다!"

"만세!"를 외치는 함성은 넘실대는 파도처럼 그칠 줄 몰랐다. 그때 부항의 눈짓을 받은 태감 왕인이 채찍을 힘껏 세 번 휘둘렀다. 미리 언질을 받은 유목민들은 채찍소리가 들리자 순식간에 조용해졌다. 건륭은 월대月臺가 가까워지자 왕례의 등을 하마석 삼아 말에서 내렸다. 월대 위에 차례로 진열된 각양각색의 차양 화개華蓋가 보였다. 건륭이 과이심 왕을 향해 흡족한 표정을 지었다.

"참으로 주도면밀하게 준비했군. 구경거리가 될 만한 게 있으면 다 꺼내와 보게. 짐은 오늘 대단히 기분이 좋네."

"폐하께 선보일 종목은 경마競馬, 투마套馬(올가미로 말의 목을 훑쳐 잡는 경기), 사격, 씨름, 투수鬪獸, 가무歌舞…… 등등이 있사옵니다."

과이심 왕이 가보家寶를 세듯 손가락을 꼽으며 덧붙였다.

"그 전에 잠깐만 안좌安坐해주시옵소서, 폐하! 먼저 용기龍旗를 향한 제기祭旗 의식이 있겠사옵니다."

"오, 제기 의식도 준비했나? 소나 양 둘 중 어떤 걸 잡기로 했나?"

"평소엔 소나 양을 잡지만 나달모 대회 때는 죄수를 제물로 삼고는 하옵니다."

건륭은 표정 하나 변하지 않은 채 대수롭지 않게 말하는 과이심 왕의 모습에 등골이 서늘해지는 기분을 느꼈다. 마침 죄수 한 명이 달리 항명하는 몸짓도 없이 순순히 끌려나오고 있었다. 그 뒤로는 망나니가 따르고 있었다. 시위 객파아는 어쩐지 죄수가 눈에 익었다. 죄수를 유심히 지켜보더니 다급히 어좌로 다가갔다. 이어 건륭에게 귀엣말로 아뢰었다.

"폐하! 과이심 왕이 제물로 삼는다는 저 죄수는 바로 몽고 소년 파특아이옵니다."

36장
몽고 소년의 보은

건륭은 큰 충격을 받은 나머지 눈꺼풀에 경련이 일었다. 파특아라니? 그 어린애가 불과 며칠 사이에 도대체 무슨 큰 죄를 어떻게 지었나는 말인가? 건륭은 객파아의 말을 듣고 고개를 돌려 끌려오고 있는 죄수를 자세히 바라봤다. '설마 그럴 리가……'라는 마음에 믿기지가 않았던 것이다. 그러나 가까이 다가온 죄수는 틀림없는 파특아였다. 어느 태감의 옷을 빌려 입은 듯 남색 두루마기를 걸친 그는 짐짝처럼 끌려와서는 내동댕이쳐졌다. 그리고는 모든 것을 포기했는지 맥없이 쓰러진 채 일어나려고 하지도 않았다. 그저 멍하니 하늘을 바라보고 있었다. 어린아이답지 않게 모든 것을 하늘에 맡긴다는 초연함이 느껴졌다. 건륭이 잠시 생각에 잠겨 있다가 미소를 지으면서 몸을 옆으로 돌렸다. 이어 몽고어로 과이심 왕에게 물었다.

"자네가 부리는 종인가?"

"그렇사옵니다, 폐하."

"해마다 나달모 대회 때는 사람을 제물로 삼는 것이 관례인가?"

"예, 그러하옵니다."

과이심 왕이 아무렇지 않은 듯 대답했다.

이때 장내에서는 각 기旗에서 뽑아 내보낸 100여 필의 준마들이 입장하고 있었다. 가슴에 붉은 띠를 비스듬히 걸친 기사騎士들이 마치 싸움닭처럼 투지가 넘치는 모습을 한 채 말을 끌고 씩씩하게 걸어왔다. 순간 사람들은 남녀노소 할 것 없이 자리에서 깡충깡충 뛰면서 열광적인 환호를 보냈다. 장내는 떠나갈 듯한 함성의 도가니에 빠져들었다.

과이심 왕 역시 마찬가지였다. 말 위의 호걸답게 말들이 한 필, 한 필씩 눈앞을 스칠 때마다 엉덩이를 들썩거리면서 박수갈채를 보내는 등 흥분을 감추지 못했다. 마치 옆자리에 있는 건륭의 존재는 잠시 망각한 듯했다.

말들의 행진이 중간쯤 이어질 때였다. 솜처럼 하얀 몸에 잿빛 갈기를 휘날리는 말 한 필이 등장했다. 순간 "와!" 하는 함성이 터져 나왔다. 과이심 왕은 흥분을 참지 못하고 건륭의 팔을 덥석 잡았다. 이어 손가락으로 백마를 가리키면서 떠들어댔다.

"정말 멋지지 않나! 저기 좀 봐, 세상에! 저게 두 살이나 됐을까?"

과이심 왕은 말을 하다 말고 뭔가 이상한 느낌이 든 모양이었다. 그는 지금 자신이 잡고 있는 손과 팔이 누구 것이었던가 생각하며 시선을 천천히 얼굴로 옮겼다. 그러다 건륭을 발견한 그는 돌연 화들짝 놀라면서 자리에서 튕기듯 일어나 건륭의 발치에 털썩 무릎을 꿇었다. 이어 죽어라 머리를 조아린 채 황공해 어찌할 바를 몰라 했다.

"폐하, 죽을죄를 지었사옵니다. 너무 흥분하다보니 그만……."

"죽을죄까지 운운할 건 없네. 그럴 수도 있지. 자네는 몽고의 영웅이 아닌가!"

건륭이 웃음 띤 얼굴로 말하고는 이어 물었다.

"죄수가 많아봤자 열댓 살밖에 안 돼 보이네?"

과이심 왕이 대수롭지 않은 말투로 대답했다.

"잘 모르겠사옵니다. 아마 그 정도일 것이옵니다. 폐하께서 궁금하시면 소인이 부하를 불러 알아보도록 하겠사옵니다."

과이심 왕의 말이 끝나자 건륭은 의자등받이에 깊숙하게 몸을 기댔다. 그리고는 햇빛에 눈이 부신 듯 미간을 좁힌 채 눈을 내리깔았다.

"즐거운 대화합의 자리에서 사람을 죽이는 것은 어쩐지 어울리지 않는 것 같네. 자네들이야 적응이 되어 눈 하나 깜짝하지 않겠지만 짐은 기분이 별로네. 물론 어디까지나 자네의 가무家務에 속하는 것이니 짐이 뭐라고 할 수는 없네. 다만 짐이 한 가지 청이 있는데 들어줄 수 있겠나?"

과이심 왕이 상체를 깊숙이 숙이면서 대답했다.

"보거다칸께서는 만물의 주인이시옵니다. 마치 저 하늘의 태양처럼 신성한 존재이옵니다. 신은 보거다칸의 어지를 어기는 일이 없을 것이옵니다."

건륭이 흡족한 표정으로 그의 어깨를 두드렸다. 이어 부드러운 어조로 말했다.

"앉게. 앉아서 짐의 얘기를 들어보게. 황후가 몇 년 동안 큰 병에 시달리다가 올해 천만다행으로 좋은 의원을 만나 병이 완쾌됐다네. 황후의 소원이 사형수 한 사람의 목숨을 구해주는 것이라기에 짐이 흔쾌히 들어줬네. 짐도 황후의 뜻을 받아들여 같은 소망을 발원했었네. 사실 이 아름다운 초원에 피비린내를 풍긴다는 것이 끔찍하네. 그러니 짐의 소망도 이룰 겸 저 아이를 죽이지 말았으면 하네. 짐이 정교하고 앙증맞은 호박琥珀 하나를 상으로 내릴 테니 저 아이의 목숨과 바꾸는 게 어떻겠나?"

"역시 보거다칸께서는 인자하신 분이옵니다. 보거다칸의 흉금은 이 무변無邊한 초원보다 더 넓고 크옵니다."

과이심 왕은 지리적으로 북경과 가까이에 있었다. 당연히 천자를 알현하는 횟수가 다른 왕들보다 빈번했다. 그런 만큼 눈치가 빠르고 계산에 능했다. 그는 두 말 없이 왕부의 집사를 불러 몇 마디 귀엣말을 했다.

집사는 건륭에게 다가와 공손히 절을 했다. 이어 몽고족 특유의 씩씩한 자세로 대회장 한가운데로 성큼성큼 걸어 나가더니 큰 소리로 좌중에 선포했다.

"지고지상인 건륭대황제의 어지를 높이 받들어 죄노罪奴 파특아를 특별히 사면한다!"

대회장은 삽시간에 만민의 환호로 들끓었다. 그들 중에는 너무나 기뻐 덩실덩실 춤을 추는 이들도 있었다. 또 모자와 채찍을 높이 던지면서 소리를 지르는 사람도 있었다. 아무려나 성주聖主의 영명함을 칭송하는 환호성은 한동안 그칠 줄 몰랐다. 잠시 후 전통적인 몽고포蒙古袍를 곱게 차려입은 가녀들이 한 줄로 서서 입장했다. 이어 음악에 맞춰 노래를 부르기 시작했다.

천상의 운작雲雀은 왜 노래를 부를까?
지상의 뭇꽃들은 왜 피어날까?
저 독수리는 왜 저리 높이 날까?
아! 이 모든 생명은
우리의 영명한 보거다칸이 계시기에 살아 있는 것!
보거다칸은 초원의 영원한 태양이어라.

건륭은 노랫소리에 도취된 듯 눈을 지그시 감았다. 그리고는 고개를 끄덕이면서 박자를 맞췄다. 그 사이 과이심 왕부의 집사는 죽음의 위기를 넘긴 파특아를 건륭에게 데려왔다. 건륭은 꿀물처럼 달콤한 찬가가 끝나자 천천히 눈을 떴다. 그러자 월대 가까이에 서 있는 파특아가 눈에 들어왔다. 건륭이 환한 미소를 지어보였다.

"또 만났군."

"또 만났사옵니다, 폐하!"

그 사이 제법 늠름해진 파특아가 건륭에게 공손히 인사를 하고 나서 덧붙였다.

"저 사람들이 까닭 없이 소인을……."

그러자 건륭이 재빨리 손사래를 치면서 파특아의 입을 막았다.

"이유를 불문하고 사면됐으니 너는 이제 자유인이야. 어디든 가고 싶은 곳으로 가도록 해라."

파특아가 고개를 들어 건륭을 똑바로 바라보고는 씩씩하게 대답했다.

"소인은 이제 보거다칸의 노예이옵니다. 이놈은 영원히 보거다칸을 가까이에서 섬길 것이옵니다!"

건륭은 그런 파특아가 기특한 듯 그를 그윽한 눈빛으로 오래도록 응시하더니 물었다.

"자네 조모는 어떻게 하고?"

파특아가 건륭의 질문에 한숨을 내쉬면서 대답했다.

"가셨사옵니다. 영원히 이승을 떠나셨사옵니다. 보거다칸께서 하사하신 음식을 드시고 웃으면서 천국으로 날아가셨사옵니다."

파특아가 입술을 비죽이면서 애써 눈물을 참았다. 건륭은 그런 파특아를 보고 자신도 모르게 눈시울이 붉어졌다. 이어 부항에게 지시를 내렸다.

"이 애는 잠시 자네가 데리고 있게. 아직 어리니 너무 구속하지는 말게."

그 사이 대회장 내에서는 투마套馬 경기가 시작됐다. 1000여 필의 망아지들은 임시로 자신들을 가둬두었던 마구간의 문이 열리자 일제히 뛰쳐나왔다. 이렇게 해서 검정, 빨강, 노랑, 백색, 밤색, 청색 등 각양각색의 고삐 없는 망아지들은 뭉게구름처럼 엎치락뒤치락 하면서 월대 앞의 공터로 질주했다. 마치 홍수처럼 모든 것을 닥치는 대로 집어 삼킬 것 같은 기세였다. 순간 빙 둘러서서 구경하던 사람들은 모두 다급히 뒷걸음질을 쳤다.

곧이어 손에 동그란 고삐를 거머쥔 기사들이 말을 타고 등장했다. 마음에 드는 망아지를 쫓아 달리는 그들의 몸짓은 바람처럼 가볍고 날쌨다. 허공에 반쯤 뜬 독수리가 그럴까 싶었다. 필사적으로 도망가는 망아지들과 그것들을 정복하려는 기사들 사이에 쫓고 쫓기는 아슬아슬한 추격전이 시작됐다. 구경꾼들은 긴장감에 모두 손에 땀을 쥐었다. 과이심 왕은 원래 술을 한 방울도 입에 대지 않는 사람이었다. 그런데 마치 한 양동이는 마신 것처럼 얼굴이 벌겋게 달아올라 있었다. 그의 시선은 청마靑馬를 탄 한 기사를 바짝 뒤쫓고 있었다. 그가 콧구멍을 벌름거리면서 한참 구경을 하는가 싶더니 더 이상 참지 못하겠다는 듯 자리에서 벌떡 일어났다. 이어 손나팔을 한 채 소리를 질렀다.

"탁파격托巴格! 저 흑마黑馬를 잡게! 바짝 쫓아! 더! 더! 반드시 그 놈을 잡아야 해!"

탁파격이라고 불린 기사는 알겠노라고 손짓을 하면서 고삐를 힘껏 낚아챘다. 그러자 그가 탄 말이 히히힝 요란한 소리를 지르면서 땅을 박차더니 단숨에 공중으로 날아올랐다. 네 발을 매의 발톱처럼 치켜세운 채 족히 200보는 넘을 거리를 날아가 월대의 반대편에 착지했다. 놀란 사람들이 아우성을 치면서 뒷걸음질을 쳤다. 그러자 다른 말들도 일제히 용을 쓰면서 길길이 날뛰었다. 풀과 먼지가 뿌옇게 뒤엉켜 앞이 보이지 않을 정도였다. 들판은 천군만마가 뒤엉켜 싸우는 전쟁터를 방불케 했다.

건륭은 망원경을 들어 인마人馬가 한 덩어리가 되어 부딪히는 현장을 지켜봤다. 그러다 과이심 왕이 소리소리 지르며 응원하는 청마 쪽으로 시선을 돌렸다. 이어 때로는 심각한 표정으로 때로는 미소를 지으면서 망원경의 각도를 이리저리 맞추더니 씩 웃었다. 그리고는 망원경을 그에게 건네줬다.

"자네의 용사가 기대를 저버리지 않았군. 귀여운 검정 망아지를 옭아맸네. 이걸로 보게."

"황감하옵니다, 폐하! 황감하옵니다!"

과이심 왕은 연신 고마움을 표하면서 기다렸다는 듯 망원경을 받아들었다. 한쪽 눈을 감고 방향을 조절하면서 들여다보기도 했다. 곧 입이 귀에 걸리도록 기뻐하며 흡족한 웃음을 지었다.

"폐하, 청마를 탄 저 기사는 소인이 가장 아끼는 일등 영웅 탁파격이옵니다. 역시 기대를 저버리지 않았사옵니다."

그 사이 탁파격은 투마에 성공한 흑마黑馬를 끌고 건륭 쪽으로 다가오고 있었다. 아마도 건륭과 과이심 왕의 앞에서 일등 영웅다운 모습을 자랑하고 싶었던 모양이었다. 이어서 그는 자신이 타고 있던 청마에서 올가미에 걸린 흑마로 옮겨 타려고 거듭 시도했으나 번번이 실패하고 말았다. 흑마가 고집스레 몸을 뒤틀면서 피하는 바람에 체면을 구겼던 것이다.

대회장의 수많은 사람들의 숨죽인 시선이 모두 탁파격에게 집중됐다. 그로서는 이제 빼도 박도 못하고 반드시 성공해야만 했다. 얼마 후 그가 뭐라고 중얼거리면서 욕설을 퍼부었다. 이어 말을 풀어줄 듯 올가미를 느슨히 풀더니 순간적으로 고삐를 홱 낚아챘다. 아니나 다를까, 방심하고 고분고분 따라오던 흑마는 중심을 잃고 그만 비틀거렸다. 탁파격은 그 틈을 놓칠세라 바로 날렵하게 몸을 날려 훌쩍 흑마에 올라탔다.

"와와!"

대회장은 순식간에 떠나갈 듯한 박수갈채로 뒤덮였다. 탁파격은 허리를 쭉 펴며 의기양양하게 장내를 둘러보았다. 그러나, 그가 미처 미소를 짓기도 전에 흑마는 귀가 찢어질 듯한 괴성을 지르며 머리를 비틀었다. 동시에 뒷발을 올려 차는 등 자기 등에 올라타고 앉은 사람을 떨어뜨리려 광기를 부리기 시작했다. 갈기를 빳빳이 세우고 무서운 기세로 뒷걸음치다가 다시 갑자기 모조리 부숴버릴 기세로 앞으로 돌진했다. 탁파격은 흑마가 그렇게 두어 번 반복하자 허공에서 위태롭게 왔다갔다하더니 그만 맥없이 바닥으로 떨어지고 말았다

쿵!

탁파격은 엉덩방아를 찧으며 바닥에 대자로 쓰러져버렸다. 그리고는 기절한 듯 잠시 눈을 뜨지 못했다. 그제야 흑마는 광기를 거두고 누워 있는 탁파격에게 다가갔다. 코를 킁킁거리면서 쓰러져 있는 탁파격을 들여다보기도 했다. 이어 마치 약 올리듯 꼬리를 살랑살랑 흔들어댔다. 일등 영웅의 체면이 형편없이 망가지는 순간이었다. 순간 탁파격이 흑마를 매섭게 노려보면서 몸을 벌떡 일으켰다. 그러나 어딘가 크게 부상을 당했는지 다시 맥없이 주저앉고 말았다. 그 모습을 본 건륭이 말했다.

"저토록 똑똑하고 날렵한 놈을 여기까지 끌고 온 것만 해도 대단하네. 과연 몽고 호한의 기질이 돋보였네. 부상을 당한 것 같으니 그만 하지."

건륭이 과이심 왕을 향해 다시 고개를 돌렸다.

"원숭이도 나무에서 떨어지는 수가 있다는데 무리하지 않게 잘 위로해주게."

과이심 왕은 건륭의 당부대로 탁파격에게 몇 마디 위안의 말을 건넸다. 이어 왕부 시위들에게 그를 부축하게 했다. 건륭이 절룩거리며 저만치 멀어져 가는 탁파격의 뒷모습을 보면서 말했다.

"몸통이 검고 네 발이 버선을 신은 것처럼 하얀 저놈은 이름도 독특해 천리설지탄千里雪地炭이라고 하지. 중원에서는 매우 유명하다네. 웬만한 사람은 길들일 엄두를 못 내지. 말도 궁합이 맞는 기사가 따로 있다고 들었네."

과이심 왕이 건륭의 말뜻을 알아차린 듯 월대를 향해 꼬리를 흔드는 흑마를 가리켰다. 동시에 주위를 둘러보더니 물었다.

"누가 보거다칸의 면전에서 이 야생마를 길들여볼 텐가?"

"저요!"

과이심 왕의 말이 채 떨어지기도 전이었다. 마치 기다렸다는 듯이 우렁차게 대답하는 사람이 있었다. 그러더니 가슴을 쑥 내민 채 성큼 앞으로 나섰다. 다름 아닌 파특아였다. 그는 좌중의 사람들이 미처 자기쪽으로 눈길을 돌리기도 전에 이미 흑마의 갈기를 움켜잡은 채 등에 올라타고 있었다.

무방비 상태에서 갑자기 갈기를 잡힌 흑마는 잠시 주춤했다. 그러나역시 금세 길길이 날뛰기 시작했다. 제자리에서 뱅글뱅글 돌기도 하고 뒷발질도 했다. 이어 뒷발을 걷어차며 엉덩이를 아래위로 흔들었다. 그바람에 파특아는 고삐를 놓친 채 허공에 붕 떠버리고 말았다. 그러나 그가 내려앉기를 기다릴 흑마가 아니었다. 잽싸게 몸을 피하면서 말 등에 착지하려는 파특아를 사정없이 바닥에 처박아버렸다. 구경꾼들은 모두손에 식은땀을 쥐었다. 자칫 잘못하면 땅에 내팽개쳐져 말발굽에 짓밟힐 수도 있는 위기일발의 순간이었다. 그러나 파특아는 어느새 퉁기듯일어나더니 물위로 솟구치는 잉어처럼 날렵하게 다시 흑마에 올라탔다.

극도로 신경질적이 된 흑마는 파특아를 떨쳐내려고 이악스럽게 발악을 했다. 그러나 파특아는 이를 악문 채 꼭 움켜잡은 갈기를 놓지 않았다. 말 등에 찰거머리처럼 몸을 밀착시키면서 자신의 얼굴을 갈기에 파묻었다. 흑마가 정복당하지 않으려고 안간힘을 쓸수록 파특아가 움켜잡은 고삐 역시 악착스레 조여들어갔다.

잠시 후 흑마는 기진맥진했는지 아니면 나름의 전술을 꾀하는지 광기가 조금 수그러든 것 같았다. 파특아는 때를 놓치지 않고 갈기를 쓸어주면서 몸통을 어루만져줬다. 놀랍게도 흑마는 턱을 내밀고 고개를 치켜든 채 가만히 서 있었다. 파특아의 손길을 음미하는 것 같았다. 파특아는 조금 더 과감하게 팔로 흑마의 목을 껴안았다. 히히히힝! 흑마가 즐거운 비명 같은 소리를 내지르면서 파특아를 태우고 바람을 가르며 앞으로 내달리기 시작했다. 건륭을 비롯한 몽고의 왕들과 시위들은 파특아가 흑마와 하나가 됐다는 사실을 알 수 있었다. 대회장의 사람들은 그제야 저마다 땀을 쥔 손에서 힘이 풀렸다. 자기도 모르게 안도의 한숨도 흘러나왔다.

흑마는 파죽지세로 질주하면서 정복자에게 쾌감을 안겨주고 있었다. 그러다 어린 파특아를 위하듯 속도를 줄이기 시작했다. 한참 제정신이 아니던 파특아는 그제야 주변을 둘러볼 수 있었다. 초원의 풀들이 어느새 누렇게 말라가고 있는 광경이 눈에 들어왔다. 듬성듬성 피어 있는 이름 모를 야생화들 역시 보였다. 점점이 흩어져 한가로이 노니는 소, 양, 말떼들은 평화롭기 그지없었다.

파특아는 자신이 달려온 쪽으로 시선을 돌렸다. 너무 멀리 왔는지 월대와 사람들이 까마득한 점으로 보이고 있었다. 그는 흑마의 방향을 돌렸다. 사람들은 그러자 흑마와 하나가 돼 월대를 향해 달려오는 파특아를 향해 우레와 같은 환호를 보냈다. 건륭 가까이 온 파특아는 흑마의 등에서 내렸다. 흑마는 이제 고삐를 잡아끌지 않아도 되었다. 졸래졸래 파특아의 뒤만 얌전히 따라갔다. 파특아가 흑마를 건륭의 앞에 데려와 큰절을 올렸다.

"보거다칸, 이 망아지는 하루에 천리를 달릴 수 있는 건마健馬이옵니다. 이제 이 망아지는 보거다칸을 위해 열심히 뛸 것이옵니다!"

"네가 이런 재주꾼인 줄 미처 몰랐구나. 마술馬術에 능하니 짐의 마동馬童이 되도록 하라."

건륭이 얼굴 가득 웃음을 머금었다. 이어 망원경이 신기한 듯 이리저리 뜯어보는 과이심 왕에게 말했다.

"마음에 들면 가지게. 짐이 상으로 내릴 테니!"

과이심 왕은 뜻밖에 횡재를 했다고 생각한 듯 황송한 표정을 한 채 자리에서 벌떡 일어나 머리를 조아려 감사의 뜻을 표했다.

이튿날 오전 건륭은 수행원들을 데리고 목란의 어영御營으로 돌아왔다. 부항은 기다렸다는 듯 2만여 명의 녹영綠營 대군을 풀어 사방 100리 추렵장秋獵場을 물샐틈없이 에워쌌다. 추렵장 안에는 이번 사냥대회를 위해 특별히 멀리서 보내온 호랑이, 표범, 사자, 늑대, 토끼, 사슴, 멧돼지 등 수많은 야생동물들이 갇혀 있었던 만큼 철저한 대비가 필요했다.

부항은 또 만에 하나 야수가 어영을 습격하는 불상사라도 생길 것을 우려해 몇 날 며칠 밤잠을 설치면서 안전대책도 세웠다. 우선 어영 정전正殿 주위에 몇 걸음마다 하나씩 초소를 세워 사냥터의 동향을 면밀히 살피도록 했다. 또 고북구古北口 진영鎭營에서 화총대火銃隊도 특별히 불러들였다. 그리고는 화총을 지닌 50명의 시위들이 가까이에서 건륭을 호위하도록 했다. 부항은 이 정도면 건륭이 만족하리라 믿어 의심치 않았다

그러나 추렵장에 들어선 건륭의 표정은 처음부터 심상치 않았다. 여기저기 둘러볼수록 안색은 더욱 굳어져갔다. 정전에 들어왔을 때는 얼굴에 화가 난 기색이 역력했다. 부항과 기윤은 도대체 어디가 잘못됐는지 몰라 안절부절못했다. 안전사고에 대비해 추호도 방심해서는 안 된다고 나름대로 만반의 준비를 다했건만 도대체 뭐가 건륭의 심기를 건드렸을까? 두 사람은 상주문에만 시선을 두고 있는 건륭을 훔쳐보면서 초조함을 감추지 못했다. 입술이 바짝바짝 마르고 입에서 단내마저 났으나 뭐가 문제냐고 물어볼 수도 없는 노릇이었다.

피를 말리는 침묵이 그렇게 한 시간도 넘게 이어졌다. 건륭이 그제야 손에 들었던 상주문을 내려놓으면서 차갑게 내뱉었다.

"부항, 자네가 말해보게. 우리는 이곳에 뭘 하러 왔는가?"

"추렵을 나온 것으로 알고 있사옵니다. 밖에 녹영병들을 쫙 깔아놓았사옵니다. 신들은 어젯밤에 아뢴 대로 만반의 준비를 했사옵니다. 그래도 혹시 폐하께서 보시기에 미흡한 점이 있으시다면……."

부항이 마른침을 꿀꺽 삼키면서 조심스럽게 대답했다. 건륭은 부항의 말을 들으며 들었던 붓을 다시 내려놓았다.

"준비가 너무 철저한 것이 문제야! 이처럼 빽빽하게 병력을 배치해놓으면 어떤 야수가 칼 맞으려고 기어 나오겠나?"

부항과 기윤은 그제야 건륭의 심기가 불편한 이유를 알 것 같았다. 부항이 먼저 안도의 한숨을 몰래 내쉬면서 아뢰었다.

"신은 어가를 호위해 승덕으로 내려오기 전에 장정옥과 악이태 두 군기대신으로부터 거듭 당부를 받았사옵니다. 만사 제쳐두고 첫째도 안전, 둘째도 안전, 폐하의 안전만을 거듭 강조하셨사옵니다. 이 정전은 사면에 궁장宮牆도 없고 휑하니 뚫려 있사옵니다. 만에 하나 맹수가 습격하기라도 하면 큰일이 아닐 수 없사옵니다. 신들의 몸이 가루가 되

는 건 괜찮으나 폐하의 신변이 위험해지는 것은 있어서는 안 되는 일이
옵니다."

건륭이 즉각 반박했다.

"아직도 말귀를 못 알아듣는군! 우리는 맹수들과 싸워 이기려고 온
거야. 안전만 염두에 두고 맹수들끼리의 싸움을 구경하러 온 것이 아
니라는 말일세. 다칠까봐 그리 전전긍긍할 거라면 자네는 북경으로 돌
아가게!"

건륭이 다시 언성을 높이자 기윤이 조심스레 입을 열었다.

"망극하옵니다, 폐하! 대단한 불경이오나 신은 폐하의 말씀에 공감할
수 없사옵니다. 안전이 보장되지 않는 상황에서는 사냥에 무모하게 나
설 수 없사옵니다. 폐하께서는 일전에 추렵은 연병練兵의 다른 형식이지
결코 오락이 아니라고 온 천하에 명조明詔를 내리셨사옵니다. 연병 시에
도 적들의 기습을 방어하는 것은 마땅한 일이 아니겠사옵니까?"

건륭은 그러나 지지 않았다. 바로 짜증을 내면서 기윤의 말을 싹둑
잘랐다.

"군소리 말고 병사들을 전부 철수시키게! 말로 해서 자네들을 이길
사람이 어디 있겠나? 세상사는 '도리'道理로 몇 근 몇 냥이라고 정확히
가를 수 있는 것이 아니네. 어영 주위 반경 일 리 안에는 당직 시위들과
화총 열 자루만 남겨놓게."

건륭은 막무가내였다. 부항은 어쩔 수 없이 색륜을 불러 어지를 전했
다. 이어 파특아를 불러 그리 유창하지 않은 몽고어로 더듬거리면서 명
령을 내렸다.

"중요한 임무를 맡길 테니 한눈팔지 말고 폐하의 뒤를 바짝 쫓아다
녀! 말 두 필을 끌고 다니다가 만에 하나 위험한 사태에 봉착하면……,
폐하를 호위해 피신하는 거야. 알았지?"

파특아는 자신 있는 표정으로 고개를 끄덕였다. 부항은 이 사람, 저 사람에게 지시를 하고 난 다음 서둘러 정전으로 들어섰다. 그때 건륭의 말소리가 들려왔다.

"역사책을 편찬하는 것은 후세에 오늘을 제대로 알리기 위함이 아니겠나? 어떤 서적들은 내용을 과감하게 첨삭해야 하네. 그리고 남겨둘 가치가 있는 서적만 잘 보관하게. 가치가 없는 것들은 쓸데없이 자리만 차지하지 않게 없애버리게. 짐은 자네가 서적이라면 작품의 우열과 무관하게 모두《사고전서》에 편입시킬까 염려되네. 취사, 여과 과정도 필요한데 말이야. 취사선택을 거치지 않은 서적은 역사를 제대로 기록하지 못한 잡동사니에 불과하네. 명심하게,《사고전서》에 편입되는 서적은 반드시 엄격한 검열을 거친 정품精品이어야 하네.《사고전서》를 편찬하는 목적이 세속世俗에 경종을 울리고 인심을 바로 세우기 위한 것이 아닌가. 이것저것 아무렇게나 짜깁기를 하자면 시골 서당의 훈장도 얼마든지 할 수 있는 일이네. 그렇다면 굳이 기윤 자네를 불러 닭 잡는 데 청룡도를 쓸 필요가 있겠나?"

건륭은《사고전서》편찬 작업과 관련해 기윤에게 가르침과 지시를 내리고 있었다. 부항은 본인과는 무관한 일이나 그래도 예를 올린 후 한쪽으로 물러나 관심 있게 귀를 기울였다. 기윤이 대답했다.

"폐하의 훈육을 명심하겠사옵니다. 사실 역조역대歷朝歷代로부터 전해 내려온 사적史籍은 참으로 많사옵니다. 하오나 대부분이 그 당시 기득권층의 입장을 대변한 것이옵니다. 또 당시 실정에 입각해 백성들을 교화하기 위한 수단으로 사용된 것이기에 지금 시각에서 보면 왜곡도 대단히 많은 게 사실이옵니다."

건륭이 부채 끝에 달린 백옥白玉 장식물을 만지작거리면서 말을 받았다.

"그렇지! 도서를 널리 수집하라는 어지를 내렸으니 북경으로 돌아가자마자 착수하게. 그리고 명심해야 할 것이 또 있네. 우리 만주족은 여진족女眞族의 후예로 '숙신'肅愼(지금의 만주滿洲와 연해주沿海州 지방에 살던 원시 퉁구스 겨레에 딸린 민족)족이네. 애신각라愛新覺羅라고도 하지. 여기에서 '각라'覺羅는 한어漢語로 풀이하면 '금'金자에 해당하네. 전대前代의 사서들에는 우리 조상을 비방하는 내용이 적지 않네. 이번에 전부 바로잡도록 하게. 더 거슬러 올라가면 개 '견'犬 부수部首를 넣은 당치도 않은 글자로 우리 선조들을 모독한 부분도 있는데, 그것도 가능하면 고쳐놓게."

"그건……."

기윤은 잠시 망설였다. 예전 조대에서는 이방인을 '이적'夷狄(오랑캐를 일컬음)이라고 했다. 또 사서에도 그렇게 기록돼 있었다. 수천 년 동안 소털처럼 많은 책에 기록된 그 글자들을 어떻게 전부 '고친다'는 말인가? 생각만 해도 머리가 아픈 어마어마한 일이 아닐 수 없었다. 게다가 건륭이 이런 요구를 제기한 자체도 역사를 자기 입맛에 맞게 가공하려는 역대 제왕들과 다를 바가 없지 않은가. 기윤은 성질대로라면 한바탕 설전을 벌여서라도 건륭을 설득하고 싶었다. 그러나 이내 포기했다. 설득할 수도, 설득당할 리도 없다고 생각한 탓이었다. 그가 혀로 입술을 축이면서 한참 망설이다가 결국 난색을 표했다.

"폐하, 이 일은 입이 쩍 벌어질 정도로 큰 작업이옵니다. 신은 죽는 날까지 전력을 다 해도 완성할 자신이 없사옵니다."

건륭이 기윤의 처지를 이해한다는 듯 말했다.

"우공愚公은 산을 옮겼네. 누구는 또 쇠방망이를 갈아 바늘을 만들었다고 하네. 걱정하지 말게! 북경으로 돌아가자마자 박학홍유과 시험을 준비할 테니. 학문이 해박한 홍유鴻儒를 선발해내면 자네 휘하에 두고 부리고 싶은 대로 부리게. 흔쾌히 돈줄을 자처하는 부항도 있겠다, 뭐가 걱정인가. 짐이 어제서문御製序文까지 써주는데 천고제일서千古第一書를 만들어내지 못할 까닭이 어디 있겠나!"

건륭이 의기양양한 표정으로 '천고제일서'에 대한 강한 집념과 자신감을 피력했다. 기윤은 연신 마른침만 꿀꺽꿀꺽 삼킬 뿐 그런 건륭의 말에 감히 토를 달지 못했다. 그때 조용히 듣고만 있던 부항이 바싹바싹 타 들어가는 기윤의 속내를 아는지 모르는지 주책없이 끼어들었다.

"천년에 한 번 할까 말까한 방대한 작업에 신도 한몫 끼워주신다니 실로 북받치는 감회를 어찌해야 할지 모르겠사옵니다. 현령 덕에 나팔 부는 형국이 될지라도 신에게는 무한한 영광이 아닐 수 없사옵니다."

건륭이 관모冠帽를 벗어들었다. 그리고는 한 치의 흐트러짐도 없이 올올이 빗어 내린 머리를 손으로 쓸어내렸다.

"일단 무력으로 대, 소금천은 물론이고 청해青海, 서장西藏까지 정복해 서역西域의 영토를 새로 개척하는 것이 급선무네! 아울러 문치文治도 병행해야지. 박학홍유과 시험을 실시하고《사고전서》도 편찬하고 말이야. 석가와 공자를 모셔 역사를 새롭게 써야 하네. 짐은 반드시 문무文武 쌍두마차를 잘 이끌어갈 것이네!"

건륭이 주먹을 불끈 쥐면서 웅심을 토로하고 있을 때였다. 갑자기 밖이 소란스러워졌다. 우왕좌왕하는 어지러운 발소리와 함께 색륜의 다급한 고함소리가 들려왔다.

"그놈의 눈은 가죽이 모자라 찢어놨어? 수레 안에 있는 분은 유통훈 대인이시잖아! 객파아, 어서 애들을 데리고 쫓아가지 않고 뭘 해!"

"예! 그런데, 와…… 저게 아주 집채네, 집채!"

밖의 상황으로 미루어 뭔가 아주 다급한 일이 벌어진 것 같긴 한데 도대체 무슨 일인지 알 수가 없었다. 건륭을 비롯한 세 사람이 잠시 멍하니 있을 때였다. 얼굴빛이 사색이 된 태감 왕례가 급히 들어오다가 문턱에 걸려 넘어지는 바람에 네 발로 기면서 들어왔다. 그리고는 흠칫 놀라는 건륭에게 다가와서는 손짓발짓을 해가며 더듬더듬 아뢰었다.

"폐…… 폐하! 이렇게 크고 살찐 놈이……, 삼백 근도 넘을 놈이……, 사람처럼 걸어오고 있사옵니다."

건륭도 불안하고 다급한 마음이 드는 듯 버럭 고함을 질렀다.

"대체 뭐가 어쨌다는 거야?"

왕례가 건륭의 벽력 같은 고함소리에 찬물을 뒤집어쓴 듯 제정신을 차리고는 대답했다.

"불곰……, 불곰 한 마리가 술을 저장한 움막 안으로 들어갔사옵니다."

부항이 왕례의 말이 떨어지기 무섭게 자리에서 벌떡 일어났다. 동시에 벽에 걸린 패도佩刀를 찾느라 급급한 건륭을 향해 단호하게 말했다.

"폐하, 이는 신의 소관이옵니다. 성려聖慮를 끼쳐드리지 않게 처리하고 오겠사옵니다. 효람, 폐하께서 밖으로 나가시지 못하게 잘 지키고 있게. 내가 나가 볼 테니!"

부항은 문짝이 떨어져나가도록 힘껏 밀어젖히고 밖으로 뛰쳐나갔다. 동시에 문 앞을 지키고 서 있는 시위의 손에서 요도腰刀를 낚아채듯 빼앗아 들고 앞으로 달려갔다. 그가 몇 발자국 앞으로 나서자 과연 정전 서남쪽 나무 울타리 앞에 체구가 굉장한 늙은 수컷 곰 한 마리가 우뚝 버티고 서 있는 모습이 보였다. 마치 산 한쪽이 뚝 떨어져 굴러온 듯 덩치가 장난이 아니었다. 곰은 이미 술 창고로 들어갔다 나왔는지 앞발에 술항아리를 끼고 있었다. 객파아와 두 명의 시위가 먼저 접근을 시도했다. 그러나 가까이 가기도 전에 곰이 대충 휘두른 발길에 쓸려 셋 다 한꺼번에 저만치 나가떨어지고 말았다. 색륜이 정전 모퉁이에서 큰 소리로 시위들을 지휘했다.

"자네 다섯은 연청 대인의 수레를 지켜야 하니 이쪽으로 오지 마. 저기 열 명은 이쪽 돌난간으로 와. 여기에서 찔러 죽여야겠어. 저게 술을 처먹었어! 정전 안으로 쳐들어가지 못하도록 잘 지켜."

색륜이 고함을 지르는 사이에 유통훈은 이미 수레에서 내려섰다. 요도를 움켜쥐고 달려오던 부항은 그 순간에도 농담을 잊지 않았다.

"연청, 수레 안에 가만히 앉아 있지 왜 내렸나? 우리가 저놈 하나 당해내지 못할까봐? 어서 정전 안으로 들어가 있게."

유통훈의 낯빛은 여유 만만한 부항과는 정반대로 무섭게 굳어져 있었다. 그는 부항의 말에 정색을 하고 대꾸했다.

"지금 이 마당에 웃음이 나오십니까? 어찌 이런 일이 있을 수 있습니까? 저에게 된통 당하고 싶습니까?"

부항은 더는 말을 하지 않았다. 그저 유통훈을 안으로 끌고 가라는 손짓만 했다. 그러자 시위들이 달려들어 막무가내로 유통훈을 안쪽으로 떠밀었다. 그때 "쾅!"하고 문이 열리는 소리와 함께 건륭이 뛰쳐나왔다. 그 뒤로 기윤이 난감한 표정을 감추지 못한 채 쫓아 나왔다. 동시에 전각 뒤쪽에서 옷을 대충 걸친 파특아가 맨발로 달려 나왔다. 밤에 당직을 서기 위해 낮잠을 청하던 와중에 때 아닌 소동이 벌어지자 허둥지둥 달려 나온 것이었다.

이 급박한 순간, 시위들은 역시 고도의 훈련을 받은 사람들답게 일사불란한 모습을 보였다. 우선 모두 집합해 여러 겹으로 건륭을 둘러쌌다. 큰 위험은 없어 보였다. 또 일부 시위들은 화총을 손에 든 채 늙은 곰을 조준하고 건륭의 명령만 기다렸다. 건륭이 곰 가죽을 원할지도 모르므로 부득이한 경우가 아니고서는 함부로 총을 쏠 수 없었던 것이다.

그런데 정작 이 모든 소란의 장본인인 곰은 아무 생각이 없어 보였다.

아닌 밤중의 홍두깨처럼 나타나 수많은 사람들을 잔뜩 놀라게 하고는 여유 있게 입안에 뭔가를 넣고 질겅질겅 씹고 있었다. 입을 우물거리면서 이빨 사이에 끼인 찌꺼기를 뱉어내기도 했다.

그러기를 한참 후, 곰은 뒤늦게나마 이상한 낌새를 눈치챘는지 경계 태세를 취했다. 화총 열 자루가 자신을 조준하고 사방이 시위들과 나무 울타리에 의해 빽빽하게 막혀 있다는 사실도 깨달은 듯했다. 녀석이 곧 커다란 머리를 이리저리 돌리면서 뭔가 생각을 하더니 갑자기 술항아리를 치켜들었다. 그리고는 굵기가 어른의 팔뚝만 한 나무난간을 힘껏 내리쳤다. 설마 했던 난간은 맥없이 툭 부러졌다. 곰은 그 틈을 타 육중한 몸을 날렵하게 움직이면서 순식간에 저만치 도망가 버리고 말았다.

"쫓아! 웅담과 웅피熊皮 둘 다 챙겨야 해!"

건륭이 크게 고함을 질렀다.

"예, 폐하!"

시위들이 대답과 함께 우르르 곰을 향해 쫓아갔다. 건륭 역시 주위의 간곡한 만류를 뿌리친 채 장검을 들고 시위들의 뒤를 따라 달려갔다. 건륭을 보면서 착잡한 표정을 짓던 유통훈도 황급히 뒤를 따랐다. 그러나 나이가 나이니 만큼 젊은 시위들을 쫓아가기에는 무리였다. 급기야 뒤에 오던 기윤과 함께 거친 숨을 몰아쉬면서 천천히 따라갔다.

곰의 뒤를 정신없이 쫓아간 일행 앞에 깊은 골짜기가 나타났다. 부항이 걸음을 멈추라고 명령을 내렸다.

"여기는 옹구욕甕口峪이라는 골짜기야. 저놈은 이제 오도 가도 못하게 됐어. 폐하께서 웅담과 웅피를 둘 다 원하시니 총과 활을 사용해서는 안 돼! 주먹으로 때리든 발로 차든 아무튼 산 채로 잡아야 하는데, 무슨 뾰족한 수가 없겠는가?"

객파아가 숨이 턱에 차는지 인상을 잔뜩 찌푸리면서 대답했다.

"웅담을 얻는 것은 그리 쉬운 일이 아닙니다. 먼저 곰을 한껏 약 올려서 담낭膽囊이 최대한 커지게 만들어야 합니다. 그런 다음 재빨리 배를 갈라 꺼내야 하거든요. 늦거나 빨라도 좋은 웅담은 얻기 힘듭니다."

객파아의 말에 사람들은 더욱 난감해졌다. 자신들이 한꺼번에 우르르 덮치면 곰이 약이 오르기 전에 놀라 도망가거나 죽을 것이 분명했기 때문이었다. 결국 곰을 화나게 하려면 딱 한 사람만 필요한 상황이었다. 그러나 맨손으로 곰과 격투를 벌여 곰가죽까지 손상 없이 취한다는 것은 결코 만만한 일이 아니었다. 부항이 한참 고심하더니 입을 열었다.

"폐하께서 웅담을 원하시는 건 황후마마의 신열身熱을 물리치기 위함일 거야. 곰가죽과 웅담 둘 중 하나를 택하라면 웅담이 더 중요하지 않겠는가? 저기 폐하께서 오시네. 몇 사람은 여기 골짜기 입구를 지키고 나머지는 한꺼번에 덮치는 걸로 하게. 최악의 경우에는 때려죽여도 어쩔 수 없어. 놓치는 것보다는 낫잖아. 어서 움직여!"

시위들은 부항의 지시대로 골짜기를 향해 달려갔다. 그중 아직 채 스무 살도 되지 않은 어린 시위 두 명이 누가 봐도 눈에 띄게 적극적이었다. 공을 세울 욕심에 맨 앞에서 달리고 있었다. 둘이 골짜기의 모퉁이를 막 꺾어들자 아니나 다를까, 그곳에 쭈그리고 앉아 있는 곰이 보였다. 녀석은 처음과는 달리 금방이라도 집어삼킬 듯 시뻘건 두 눈을 부릅뜨고 있었다. 입을 있는 대로 크게 벌리며 괴성을 지르고 있었다. 곰의 송곳처럼 날카로운 이빨 사이에는 시뻘건 고기 찌꺼기가 끼어 있었다. 맨 앞에서 달리던 두 시위는 정작 곰을 맞닥뜨리자 용감하던 기세가 푹 꺾였다. 큰 덩치를 일으켜 세우고 달려들 태세를 취하는 곰을 보자 기겁한 나머지 쇳소리를 지르며 뒷걸음질을 쳤다.

"부상, 이건 방금 전의 그 곰이 아닙니다."

"게 섰거라! 못난 것들 같으니라고! 화령花翎을 벗어놓고 썩 물러가!"

건륭이 어느새 따라 왔는지 두 시위에게 무섭게 일갈을 했다. 둘은 곰한테 놀란 가슴이 진정되기도 전에 들려온 건륭의 호령에 그만 목석처럼 굳어지고 말았다. 그 순간 크게 놀란 곰이 소리를 지른 건륭을 향해 미친 듯이 달려들었다.

마른하늘의 날벼락이 이런 경우를 말하는 것일까! 부항은 삽시간에 머릿속이 하얘지는 기분을 느꼈다. 그야말로 위기일발의 순간이었다. 그때 "이얍!" 하는 기합소리와 함께 파특아가 저만치에서 몸을 솟구쳐 허공으로 날아올랐다. 그리고는 두 발을 모아 늙은 곰의 갈비뼈를 공격했다. 얼떨결에 일격을 당한 곰은 앞다리를 빳빳하게 치켜 올리면서 방향을 바꿔 파특아에게로 덤벼들었다. 그러나 파특아는 날렵하고 침착했다. 몸으로 깔아뭉갤 듯 집채처럼 덮쳐오는 곰의 배를 손으로 쓱 쓸더니 용케도 공격을 피했다.

사람들은 모두 손에 땀을 쥐었다. 곰이 잔뜩 약이 올라 더 심하게 날뛸 것이 분명했던 것이다. 그런데 이게 웬일인가! 파특아에게 덤벼들어야 할 늙은 곰은 눈꺼풀을 스르르 내리깔면서 비틀거리기 시작했다. 급기야 뾰족한 턱을 쳐들고 고통스런 신음을 토해내더니 비 맞은 흙더미가 무너지듯 쿵! 하고 넘어졌다. 이어 네 발을 버둥거리면서 헉헉 하고 마지막 숨을 몰아쉬었다. 건륭을 비롯한 사람들은 그런 곰의 최후를 눈으로 보면서도 도무지 믿어지지 않았다. 동시에 다들 파특아를 향해 시선을 돌렸다. 놀랍게도 득의양양하게 웃고 있는 그의 손에는 건륭이 하사한 왜도가 들려 있었다. 참으로 대견하기 이를 데 없었다. 그러나 건륭은 기쁜 표정을 드러내지 않고 화령을 빼앗겨 울상이 된 두 시위를 불렀다.

"이름이 뭔가?"

"진소조陳紹祖와 격륭格隆이옵니다, 폐하."

"아까 골짜기에서 뭘 봤기에 혼비백산해서 도망친 건가?"

진소조가 울먹거리면서 먼저 대답했다.

"곰이 미친 것처럼 덤볐사옵니다. 소인들은 아무 준비도 못한 상태에서……"

이어 격룽도 아뢰었다.

"소인도 너무 갑자기 벌어진 일이라 뭐가 뭔지 잘 모르겠사옵니다. 사발만큼 굵은 뱀이 곰의 뒤를 쫓는 것처럼 보였사옵니다. 모두 다 소인들의 잘못이옵니다. 소인들을 벌해주시옵소서, 폐하."

"짐이 맞춰보겠네. 격룽은 강희황제 때의 장군 파해巴海의 손자, 진소조는 음……, 진세관陳世倌의 손자일 테지."

두 어린 시위는 건륭의 말에 깜짝 놀랐는지 연신 머리를 조아리며 그렇다고 대답했다.

"신들이 못나서 조상의 얼굴에 먹칠을 하고 조상의 이름을 더럽혔사옵니다."

건륭이 울먹이는 두 시위를 격려했다.

"일어나라! 너무 자책할 필요는 없어. 역사에 기록된 대단한 장군들도 알고 보면 자네들처럼 올챙이 시절이 있었다고. 짐이 알기로 흑룡강 장군 장옥상張玉祥도 시위 시절에 같은 이유로 성조께 화령을 박탈당한 적이 있네. 나중에 더욱 분발해 되찾아오기는 했지만. 이번 일을 교훈삼아 거듭나기를 바라네."

두 시위는 수없이 머리를 조아리고 물러갔다. 그때 객파아가 피가 뚝뚝 떨어지는 웅담을 들고 다가왔다. 건륭은 웅담과 파특아를 번갈아 보면서 흡족한 미소를 지었다. 기윤이 웅담을 받아 종이에 정갈하게 싼 다음 파특아의 말안장 주머니에 밀어 넣었다. 건륭이 환하게 웃으면서 부항을 향해 입을 열었다.

"오늘 한바탕 난리를 겪었어도 짐으로서는 수확이 이만저만이 아니네. 늙은 곰 한 마리가 짐으로 하여금 많은 것을 느끼게 해줬거든. 어떤가? 짐의 말대로 중군 호위들을 다 물리쳤으니 위험천만했어도 나름대로 의미 있는 하루를 보낸 것이 아닌가? 짐과 기윤은 말을 타고 갈 테니 자네는 걸어오게. 벌이라고 하기에는 너무 가벼운가? 하하!"

건륭이 말을 마치고는 고삐를 달라는 뜻으로 파특아에게 손을 내밀었다. 그러자 파특아가 고개를 저었다.

"폐하! 이 말은 아직 얼미간 더 길들인 후에야 폐하께서 직접 타실 수 있사옵니다. 오늘은 전에 타시던 청마가 더 안전할 것 같사옵니다."

파특아는 건륭을 호위한 지 얼마 되지 않았다. 또 말도 썩 잘 통하지 않았다. 그러나 건륭의 신분이 초원의 왕들과는 비교가 안 될 정도로 고귀하다는 사실을 알게 된 듯했다. 건륭이 자신의 권유대로 빙그레 웃으면서 청마에 올라타려고 하자 어느새 건륭의 발밑에 동그마니 엎드렸다. 건륭은 그런 파특아를 내려다보면서 잠시 망설였다. 그러나 곧 그의 작은 등을 딛고 말 위에 올라탔다.

"등뼈가 부러지면 어쩌려고 그러는가. 여태 태감의 등만 밟아오다 다른 등을 밟으니 색다르기는 하다만! 정말 용감한 꼬마야. 짐은 자네를 삼등 시위로 임명하겠네!"

파특아가 무슨 말인지 모르겠다는 듯 두 눈만 깜박거렸다. 그때 객파아가 그의 뒤통수를 살짝 때렸다.

"자식, 일거에 하늘로 올라가게 된 줄도 모르고!"

파특아는 좌중의 사람들이 하나같이 자신에게 호의를 보이자 비로소 대충 영문을 알아차린 듯했다. 그새 유심히 봐뒀던 대로 무릎을 꿇은 채 머리를 조아렸다.

"자, 가자고!"

건륭이 채찍을 날렸다. 그가 탄 청마는 기다렸다는 듯 쏜살같이 내달리기 시작했다. 기윤 역시 건륭을 따라 말에 힘을 줬다. 그러나 그는 말을 탄 경험이 많지 않았기에 잔뜩 긴장한 채 엉거주춤 달릴 수밖에 없었다. 등골이 땀으로 흥건하게 젖었다. 얼마 후 건륭이 조금 속도를 늦춰 기윤과 나란히 가면서 물었다.

"효람, 말을 탄 기분이 어떤가?"

"너무 빨라서 정신이 없사옵니다."

"그럴수록 긴장을 풀어야 하네. 허리도 쭉 펴고."

"예, 폐하. 그래도 천천히 달리는 게 좋을 듯하옵니다."

기윤의 말에 건륭이 즉각 입을 열었다.

"기마의 백미는 파죽지세로 달리는 데 있다네. 느린 걸 원하면 노새를 타고 말지. 신마神馬에 엎드려 날듯이 달리니 천지의 거대함에 속진俗塵의 만물이 보이지를 않네! 이것이 진정한 기사들이 입버릇처럼 하는 말이지."

기윤은 건륭의 말을 음미하면서 조금씩 속도를 내기 시작했다. 얼마 안 지나 과연 그 역시 속도의 묘미를 느끼는 듯했다. 그때 갑자기 건륭이 채찍을 들어 왼편을 가리켰다.

"저기 황양黃羊의 무리들을 좀 보게. 우리가 오니 숲속으로 도망가는군!"

기윤은 아직은 빠른 속도에 익숙해지지 않아 옆을 쳐다 볼 경황이 없었다. 반면 건륭은 어느새 말안장에 달린 주머니에서 화살과 활을 꺼내 들고는 쏠 자세를 취했다. 곧 황양 한 마리를 향해 정조준 한 다음 시위를 당겼다. 쌩, 바람을 가르면서 날아간 화살은 어린 황양의 엉덩이에 날아가 그대로 콕 꽂혔다. 어린 양은 땅에 털썩 주저앉더니 다시 일어나 메~ 하고 애처롭게 울면서 어미 양의 꽁무니를 쫓아갔다. 건륭이 내친김에 황양이 숨어들어간 숲속으로 쫓아가려고 했다. 그러자 당황한 기윤이 말에 채찍을 가해 바싹 뒤쫓으면서 말렸다.

"폐하, 그건…… 아니 되옵니다. 숲속에 들어가시는 건 위험하옵니다. 맹수가 숨어 있을지도 모르옵니다."

건륭이 울상이 된 기윤을 밉지 않게 흘겨보면서 내뱉었다.

"겁쟁이 같으니라고!"

건륭은 그렇게 한마디를 던지고 달리는 말에 힘껏 채찍을 가했다. 기윤도 어쩔 수 없이 황급히 뒤따라갔다. 그리 크지 않은 숲속에는 잡초가 무성하고 여기저기 웅덩이가 있었다. 몇 갈래의 꼬불꼬불한 시냇물은 숲을 가로지르면서 흘러가고 있었다.

기윤은 워낙 말 다루는 솜씨가 서투른 탓에 장애물을 날렵하게 통과하며 달려가는 건륭을 쫓아갈 수가 없었다. 숨이 턱에 차도록 겨우겨우 낭떠러지 밑에 다다르자 한동안 시야에서 사라졌던 건륭이 보였다. 멀지 않은 곳에 있는 황양 두 마리도 눈에 띄었다.

"폐하! 저기 두 마리가 있사옵니다!"

기윤이 마치 신대륙이라도 발견한 듯 크게 소리쳤다. 그 소리에 건륭이 대뜸 채찍을 날리면서 앞으로 달려 나갔다. 그러나 황양과 얼마 떨어지지 않은 곳에 이르자 어찌 된 영문인지 갑자기 고삐를 홱 잡아당겼다. 순간 속도를 내던 말이 주춤거리며 급히 제자리에 멈추었다. 그 때문에 건륭은 그만 말 위에서 굴러 떨어져 물이 반쯤 고여 있는 웅덩이에 빠지고 말았다.

기윤은 기절할 듯 놀라 정신없이 달려갔다. 다행히 건륭은 크게 다친 곳은 없었다. 기윤이 다가갔을 때는 웅덩이에서 일어서고 있었다. 그러나 흙탕물에 떨어져 뒹굴다보니 꼴이 말이 아니었다. 기윤은 안도의 숨을 크게 내쉬고는 머릿속을 빠르게 굴렸다.

'폐하께서는 온통 진흙투성이인데 나만 멀쩡한 모습으로 나타난다면 어떻게 되겠는가? 폐하의 체통에 손상이 갈 것이 아닌가. 이 상태로 사람들을 만나서는 안 된다!'

기윤은 그렇게 생각하고는 결심을 한 듯 이를 악물었다. 이어 "아이고!" 하는 비명을 지르면서 말에서 굴러 떨어졌다. 엉덩이뼈에 심한 통증이 밀려왔으나 몸에는 흙이 얼마 묻지 않았다. 그는 이 정도로는 안 되겠다 싶었는지 내친김에 데굴데굴 굴러 언덕 밑의 개울물로 풍덩 굴러 떨어졌다. 일부러 비명을 질러 심각한 상황도 연출했다. 두 손으로는 진흙을 얼굴과 몸에 마구 발라댔다. 그리고는 엉금엉금 기어서 언덕 위로 올라왔다. 신하 앞에서 체면을 구겨 기분이 언짢았던 건륭은 온몸이 진흙투성이에다 다리까지 절룩대면서 나타난 기윤을 보더니 어린애 같은 웃음을 터트렸다.

그날 저녁 기윤은 어지를 받들어 연훈산관을 찾았다. 건륭은 유통훈과 우명당을 접견하고 있었다. 궁전 안으로 들어서자 건륭의 말소리가 들려왔다.

"경들의 금석양언金石良言을 받아들여 내일부터는 안전에 신경을 쓰도록 하겠네. 조서 몇 부를 작성하고자 기윤을 불렀으니 경들은 내일 먼저 북경으로 돌아가게. 자네들은 기윤이 작성한 조서를 장정옥에게 가져다주게. 그걸 노란 함에 넣어 긴급서찰 편으로 눌친, 윤계선과 악종기에게 발송하라고 하게. 연청, 자네는 북경에서 며칠 쉬었다가 남경으로 출발하게. 떠나기 전에 짐에게 상주문을 올리는 걸 잊지 말고. 도착하면 무사하다는 소식을 전해주게. 됐네, 이제 그만 물러가게!"

건륭은 두 사람을 궁전 밖까지 배웅했다. 보기 드물게 특별한 배려가 아닐 수 없었다. 그가 두 대신을 바래다주고 다시 궁전 안으로 들어온 다음 마치 장난꾸러기 아이처럼 혀를 내밀었다.

"드디어 두 늙다리 잔소리꾼을 등 떠밀어 보냈어! 황제를 말에서 떨어지게 만들었다고 자네까지 물고 늘어지려는 걸 겨우 어르고 달래서 보냈지 뭔가!"

기윤이 건륭의 말에 소매를 걷어 올리고 먹을 갈면서 조용히 여쭈었다.

"폐하, 그런데 그때 갑자기 왜 말고삐를 당기셨사옵니까? 신은 너무 놀라서 그대로 주저앉을 뻔했사옵니다."

기윤의 말에 건륭은 빨갛게 타오르는 촛불을 바라보면서 한참 동안 침묵을 지켰다. 그러더니 느릿느릿 대답했다.

"어미 양이 피를 흘리는 새끼의 몸을 핥아주는 것을 보고 갑자기 가여운 마음이 들었네."

37장
조설근의 사직

유통훈은 북경으로 돌아온 다음날 아침 일찍 가마를 불러 길을 떠났다. 수석군기대신인 장정옥과 악이태를 만나기로 한 것이다. 그는 우선 악이태의 집으로 향했다. 안타깝게도 악이태는 병이 고황膏肓에 들어 일어나 앉기도 힘든 상태였다. 꼼짝없이 침대에 누운 채 건륭이 하사한 산삼을 받아들고는 하염없이 눈물만 흘릴 뿐이었다. 그리고는 베갯머리에서 힘없이 머리를 조아렸다.

"이제는 늙고 병들어 아무짝에도 쓸모가 없어. 그런데도 폐하의 은총은 변함이 없으시니 이를 어찌 보답해야할지……. 연청 공, 자네가 내 대신 주청을 올려주게. 나의 두 아들을 금천에 있는 눌친의 휘하로 보내 미력이나마 힘을 보탤 수 있도록 윤허해 주십사 주청을 올려주면 고맙겠네. 그리고 연청 공, 이 말을 좀 들어주게. 요즘 사람들은 나와 형신(장정옥)이 수십 년 동안 머리를 맞대고 함께 일한 것이 사실상 동상이 몽이었다고 수군대고 있어. 문생들끼리 서로 소 닭 보듯 하면서 지내는 것도 또 다른 결당結黨의 형태가 아닌가 우려하는 목소리도 많아. 이미 무덤에 발을 절반은 들여놓은 내가 오늘 거짓 없이 자세히 해명하겠네. 나와 형신은 성격상 맞지 않는 구석이 많아서 정견政見이 상이했던 것은 사실이야. 하지만 그 때문에 둘이 문 닫아걸고 왕래하지 않은 것은 아니야. 선제께서는 대신들이 각자 모름지기 덕을 쌓고 본연의 임무에 충실할 것을 강조하셨어. 뒷문으로 사적인 왕래를 하는 것은 소인배들이나하는 비열한 짓이라고 꼬집으셨지. 그래서 왕래하지 않았는데……, 밑에 문생들이 워낙 많다 보니 자기네들끼리 우리 두 사람 사이를 넘겨짚고서로 미워하면서 말도 안 되는 소문이 퍼진 것 같아."

악이태는 말을 마치고나서도 노인들이 으레 그렇듯이 했던 얘기를 거듭 반복했다. 거의 두 시간 동안이나 그 자신과 장정옥의 관계에 대해장황하게 해명을 늘어놓았던 것이다. 심지어 수십 년 동안 벌어졌던 크고 작은 사건들과 그 전후사정 및 인과 관계까지 마구 헤집어 놓았다. 듣는 사람이 머리가 터질 정도였다. 유통훈은 괴로웠으나 달리 방법이없었다. 그러다 악이태가 물을 마시는 틈을 타 겨우 자리에서 일어나면서 위로의 말을 건넸다.

"밖에서 나도는 소문에 너무 민감하게 반응할 필요는 없습니다. 몸부터 추스르십시오. 그러면 마음에도 여유가 생겨 출처가 불분명한 헛소문을 걸러낼 수 있게 될 것입니다. 전 병부에 가봐야 하니 그만 일어나겠습니다."

유통훈은 천천히 인사를 올리고는 물러났다. 악이태도 굳이 만류하지 않았다. 그러나 병부로 간다던 유통훈은 악이태의 집에서 나오자마자 가마를 돌려 서화문에 있는 장정옥의 집으로 향했다. 문지기는 유통훈을 보자 안으로 들어가 알리지 않고 직접 서화원에 있는 자지서옥으로 안내했다. 유통훈이 장정옥의 문생인 데다 건륭의 성총을 한 몸에 받는 중신이라 평소에도 장정옥의 집을 제집처럼 드나들었기 때문이었다.

"어, 연청! 자네 돌아왔구먼?"

장정옥이 온돌에 누워 있다 반쯤 몸을 일으켜 유통훈의 인사를 받았다. 이어 애써 일어나 앉더니 건륭이 하사한 산삼을 정중히 받아 집사에게 넘겨줬다. 먼저 악이태의 처소를 찾았었다는 유통훈의 말에 장정옥은 희미한 웃음을 지었다.

"마음이 좁아 애들처럼 잘 토라지는 사람이지. 먼저 들르기를 잘했네. 음……잘했어."

이어진 장정옥의 이야기도 악이태와 별로 다르지 않았다. 수십 년에 걸쳐 이어진 악이태와의 불협화음에 관한 것이었다. 그러나 장정옥의 기억력이나 말주변은 악이태에 비해 월등하게 뛰어났다. 연갱요와 서부 용병用兵, 운남의 개토귀류改土歸流에서 상, 하첨대 전투에 이르기까지 정무, 군무, 재정, 인사상의 잘잘못을 정확히 짚어낸 다음 재발 방지 대책을 촉구하는 게 들을 만한 말이 꽤 있었다. 유통훈은 공손한 자세로 귀를 기울이면서 단 한마디도 끼어들지 않았다.

장정옥의 얘기는 진시에서 시작해 정오까지 이어졌다. 그는 식사 시간이 되자 유통훈을 붙잡고 밥까지 먹였다. 밥상을 물리고 나서도 그의 담흥은 지칠 줄 몰랐다. 듣는 사람이 아쉽다 싶을 때 말문을 닫는 것이 가장 좋다는 사실을 잘 아는 장정옥도 역시 나이는 속이지 못했다. 말이 끝날 줄을 모르고 축축 늘어지고 있었다. 유통훈 역시 허리를 펴고 엉덩이를 들었다 놓으면서 자세를 고쳐 앉는 빈도가 잦아질 수밖에 없었다. 그러던 중 드디어 장정옥이 마무리를 하려는 듯 긴 한숨을 내뱉었다.

"파도는 항상 뒤에서 밀려와 덮치는 법이네. 우리 세대는 다 가고 이제는 자네들이 폐하를 위해 진력할 때가 온 것 같네. 벼슬은 현역일 때만 의미가 있는 것이네. 마치 해가 뜨면 사방에서 모여들어 판을 벌였다가 날이 어둑어둑해지면 짐 싸들고 돌아가기에 급급한 장터처럼 말이네. 자네가 처음 내 문하에 들어왔을 때만 해도 내가 언제 이리 지루할 정도로 사람을 붙들어 놓고 별 의미도 없는 장광설을 늘어놓던가? 요즘은 그야말로 사람이 그립네."

장정옥이 말을 마치고는 스르르 눈을 감았다. 마치 추억을 더듬는 듯했다. 눈기에는 희뿌연 눈물도 맺혔다. 한참 후 그가 다시 입을 열었다.

"할 일이 태산 같을 텐데, 그만 가보게, 연청!"

유통훈은 작별인사를 고하자마자 도망치듯 밖으로 나왔다. 한편으로는 문지방이 한산하고 말년이 쓸쓸한 스승이 가엾기도 했으나 다른 한편으로는 장광설에서 놓여난 것이 대사면을 받은 것처럼 마음이 홀가분했다. 그러다 가마에 앉아 가만히 생각하자 문안 인사차 들른 두 집에서 거의 하루 종일 시간을 허비했다는 것에 은근히 속이 상했다.

유통훈이 달리는 가마꾼을 재촉하면서 집에 당도했을 때는 가인家人들이 대문에 등롱을 내거는 저녁나절이었다. 물론 가인이라고 해봐야 고작 몇 명뿐이었다. 그래도 이제나저제나 하고 기다림에 지쳐 있던 환갑 넘긴 늙은 집사는 기척을 듣자마자 반갑게 달려 나왔다.

"많은 사람들이 왔었습니다. 기다리다 간 사람도 많습니다. 지금은 오할자, 황천패 두 분과 그분들이 데려온 제자들이 저녁을 드시면서 기다리고 있는 중입니다. 밖에서 드시는 음식이 부실할까봐 소인이 우육탕牛肉湯을 따로 끓여 놓으라고 주방에 말했습니다. 한 그릇 드시고 올라가시죠."

유통훈은 주저리주저리 말이 많은 집사를 뒤로 하고 큰 걸음으로 계단에 올라섰다.

"알았네, 알았어! 그러면 한 그릇 올려 보내게."

오할자, 황천패와 둘의 제자들은 유통훈의 말소리를 들은 듯 서둘러 문밖으로 마중을 나왔다. 그런데 유통훈이 그들과 인사를 나누기도 전에 갑자기 문지기가 다시 몇 사람을 데리고 뜰로 들어섰다. 불빛을 빌어보니 아계를 비롯해 돈민, 돈성과 고항이었다. 유통훈은 이처럼 안팎으로 손님이 몰릴 때를 대비해 나름대로의 원칙을 하나 세워놓은 것이 있었다. 그것은 밖에 있는 손님을 먼저 접견하는 것이었다. 그가 황급히 다시 계단을 내려서면서 오할자에게 양해를 구했다.

"저분들은 잠깐이면 되니 먼저 내려가 보고 올게. 곧 올 테니 기다리던 김에 미안하지만 조금만 더 기다려주게."

유통훈이 부랴부랴 계단을 내려와서는 고항 등을 동쪽 서재로 안내했다. 이어 자리에 앉자 집사가 우육탕 한 그릇을 들고 왔다. 그가 김이 풀풀 나는 뜨거운 국물을 받아들고 말했다.

"채신머리없다고 욕하지 마오. 나는 아직 저녁 전이거든! 고항 대인은 산해관 쪽에서 오는 길인 것 같군. 아계는 북경에 도착한 지 며칠이나 됐는가?"

"나는 덕주德州에서 오는 길이오. 아계 대인 등은 산해관山海關에서 왔소. 덕주 오교吳橋 부근의 운하에 진흙이 쌓여 교통이 정체돼 있소. 식량을 실은 선박과 소금 선박들이 서로 길을 내주지 않는 바람에 분쟁이 생겨 그걸 처리하러 내려갔었소. 오할자도 함께 다녀왔소."

고항이 뜨거운 국물을 후후 불어가며 허겁지겁 저녁을 먹고 있는 유통훈을 보면서 말했다. 이어 특유의 장난기 어린 웃음을 지은 채 허리춤에 달려 있는 주머니를 풀어놓았다.

"덕주 마가馬家에서 만든 월병月餠인데 맛이 천하일품이오. 길에서 요기하느라 몇 개 샀는데, 연청 대인은 먹을 복도 많은가 보오."

고항이 말을 마치고는 종이 포장을 뜯어 유통훈 앞으로 밀어놓았다. 크기가 나한전羅漢錢(강희 연간에 만든 동전)만 한 월병은 노르스름한 것이 무척 먹음직스러워 보였다. 유통훈이 손가락으로 집어 맛있게 씹어 넘기면서 웃음 머금은 어조로 말했다.

"맛이 참 특이하고 좋소! 내가 월병을 좋아하는 건 또 어찌 알았소?"

고항이 유통훈의 말에 득의양양한 얼굴로 웃었다. 그제야 말할 기회를 얻은 아계가 입을 열었다.

"소생은 이제 막 북경에 돌아왔습니다. 승덕에 어가를 알현하러 갔었으나 별로 요긴한 업무가 없기에 다시 돌아온 겁니다."

아계의 말이 끝나고 나서 의례적인 담소가 한참이나 오갔다. 그런 다음 유통훈은 고항이 찾아온 이유를 속으로 점치면서 말했다.

"식량 선박이든 소금 선박이든 조운에 차질이 빚어지면 식량과 소금을 기다리는 경기京畿 지역에 만만찮은 피해가 생기게 마련이오. 염려 붙들어 매시오, 포정사 대인! 또다시 그런 일이 생기면 내가 오할자에게 곤장을 안기는 한이 있더라도 제대로 처리하게 할 테니."

고항이 유통훈의 말을 받았다.

"그게 아니라…… 오할자는 왜 그리 무례한지 모르겠소. 청방靑幇 한 무리를 이끌고 덕주 염무국鹽務局으로 쳐들어가서는 두 시간도 넘게 소동을 피워댔다지 뭐요? 겁에 질린 염무국 관리는 소피를 보러 가는 척하고 뒷문으로 도망가 버렸다오. 그걸 내가 겨우 찾아내 좋은 말로 양해를 구하고 협조를 부탁하고 왔지 뭐요. 내가 누구 흉을 보려고 온 게 아니라 사실이 그렇다는 얘기요. 설사 내가 뭘 잘못해서 그들을 노엽게 한 점이 있더라도 그러면 안 되는 거 아니오?"

유통훈이 말을 받았다.

"그대는 자신이 국구國舅라는 사실을 잊었소? 내가 아무리 세상 무서운 것 없이 칼을 휘둘러댄다고 해도 감히 국구 어르신까지 욕되게 할 수야 없지 않소. 어떻게 귀비마마를 안중에 두지 않을 수 있겠소?"

고항이 흥! 하고 콧방귀를 뀌었다.

"우리 누나 말이오? 명색이 귀비이지 폐하의 면전에서는 끽소리도 못 하는 걸! 황자를 생산하지 못했으니 당연히 기가 죽을 수밖에. 같은 귀비라도 나랍씨를 보오. 얼마나 배짱이 좋은가. 그러게 국구도 국구 나름이라니까."

그러자 아계가 대화에 끼어들었다.

"내가 보기에는 골치 아픈 공무公務는 저 멀리 제쳐 두고 풍류만 원 없이 즐기는 것 같던데요? 그래도 불만이 있나 보죠?"

고항이 변명을 했다.

"어허, 두 눈으로 직접 보지 못한 이상 허튼소리 말게. 어떤 놈이 씹어 댔는지 모르겠으나 풍류는 무슨! 둘이 눈이 맞아 잠깐 좋아하다 헤어진 적은 있어도 계집을 함부로 건드린 적은 없어. 그리고 나는 이래봬도 여태까지 국고에 손을 댄 적은 한 번도 없어. 요즘은 탐관오리들이 줄어들었다고 관보마다 대서특필하는데 바보나 그 말을 믿겠지. 시간이 있으면 동네 전장錢莊을 한번 들여다보라고. 금, 은이 산더미처럼 쌓여 있어! 왜 그런 줄 아는가? 벼슬아치들이 어마어마한 액수의 은표를 들고 와 밤중에 금이나 은으로 바꿔가기 때문이라고 해. 이제는 뇌물을 상납할 때도 표 나게 보따리 싸들고 다니는 사람이 없어. 뇌물이 이처럼 음성적으로 건네지니 누구인들 알겠는가. 아계, 한 수 가르쳐줄게. 자네도…… 날이 춥지 않아도 외투 안주머니에 은표 한 장 넣어가지고 윤계선의 집으로 가라고. 얘기 도중에 뒷간에 가는 척하고 외투를 '깜빡한 채' 나오는 거야. 그러면 다음 인사人事 때 틀림없이 관직이 껑충 뛰어오를 걸?"

아계가 연신 두 손을 흔들었다.

"사람을 어찌 보고 그런 말을 하는 겁니까? 나는 그런 사람이 아니에요. 원장 공도 그런 사람이 아니고! 대인이야말로 이 월병 속에 진주나 보석을 넣어 부상께 갖다 바치지 그래요. 그러면 상서나 구경九卿 자리는 떼어 놓은 당상일 텐데요!"

그러자 아계가 그랬듯 고항도 황급히 두 손을 내저었다.

"그건 늑대를 방 안에 끌어들이는 것과 다를 바 없는 일이야. 누가 그런 미친 짓을 하겠어! 나도 부상도 그런 사람이 아니야."

"아세, 내 듣자허니 자네는 호를 '가목'佳木으로 고쳤다면서? 눌친 공이 사천으로 간지도 한참 됐는데 그곳 형세가 어떤지 궁금하군. 장광사 대인은 여전한가?"

유통훈이 아계를 향해 씩 웃어 보이더니 이내 정색하면서 물었다. 드디어 좌중 모든 이들의 공통 관심사가 거론된 것이다. 사람들은 즉각 입을 다물고 아계의 대답에 귀를 쫑긋 세웠다.

사실 서부전선의 상황은 아수라장이 따로 없었다. 눌친과 장광사가 둘 다 사천에 있는 것은 사실이었다. 하지만 눌친은 성도成都에 있었고, 장광사는 '병'을 핑계로 중경重慶에 머무르고 있었다. 한마디로 남로군과 중로군이 귀주貴州의 성城에 틀어박힌 채 군량미만 축내고 있는 상황이었다. 그럼에도 둘은 문필이 좋은 막료들을 시켜 '꼭 이길 수 있는 묘책'이라면서 번갈아가며 서찰을 보내왔다. 가뜩이나 자신의 뚜렷한 주견이 없는 눌친은 오히려 전략에 혼선을 빚을 수밖에 없었다. 그 결과 성도에서 군사 회의를 세 차례나 소집했으나 세 번 다 별다른 소득 없이 끝나버리고 말았다.

눌친은 솔직히 자신의 위망威望으로는 부하들의 기강을 바로잡고 군기를 쇄신할 자신이 없었다. 하지만 그렇다고 장광사에게 아쉬운 소리를 하기도 싫었다. 그래서 장광사에게 군중으로 돌아와 '요양'하라는 뜻을 피력한 편지를 보냈다. 동시에 자신이 건륭에게 올렸던 전략전술에 관한 주장과 이를 높이 평가한 건륭의 주비를 부장副將 이상의 부하들에게 발송했다. 이어 인편으로 장광사에게 자신의 입장을 재차 전했다. 함께 손잡고 군사를 이끌어가기를 끝까지 거부한다면 자신은 주청을 올려 철수하겠노라고 으름장을 놓은 것이다.

그제야 장광사는 어쩔 수 없이 코가 꿴 송아지처럼 군중軍中으로 돌아왔다. 이처럼 지휘관들이 합심하지 못했으니 병사들의 군기는 갈수록 산만해지고 군령도 무기력해질 수밖에 없었다. 이러한 사태의 심각성은 각 지역의 관찰도觀察道, 감찰어사監察御史부터 사천성 안찰사按察使에 이르는 거의 모든 관리들이 감지하고 있었다. 결국 그들은 북경 도찰원都察院에 고소장을 올렸다. 고소장은 빗발치듯 부항에게 전달되었다. 그러나 부항은 감히 뜯어볼 엄두도 못 내고 그것들을 그대로 눌친에게 전해줬다. 눌친이 여전히 군기대신을 겸하고 있을 뿐 아니라 직위도 부항보다 높은 탓이었다.

그러나 자나 깨나 군심軍心을 안정시키는 데만 신경이 곤두서 있던 눌친은 그들의 목소리를 무시해버렸다. 그러나 눌친의 군심 안정책 역시 효과가 미진했다. 각 군의 발호와 전횡은 악화일로로 치달을 수밖에 없었다.

청병淸兵이 이처럼 모래알처럼 단결하지 못하고 흩어질 때 사라분은 서서히 예기銳氣를 회복해가고 있었다. 소금천을 수복한 데 이어 운남, 귀주에서 식량을 사들여 언제 닥칠지 모를 전쟁에 대비했다. 찻잎과 식염食鹽도 충분히 비축해뒀다. 그리고는 패배한 청병들에게서 화총火銃 스무 자루까지 사들였다. 흙탕물에 빠진 채 방치돼 있던 청병의 대포 두 문 역시 깨끗이 수리해 놓았다. 그 사이 쌍방 간에 교전은 한 번도 없었다. 그러나 형세는 이미 불 보듯 뻔했다. 다만 그 모든 것이 군사기밀인지라 아계는 건륭과 부항 외에는 그 누구에게도 말할 수 없었다. 오랫동안 깊은 생각에 잠겨 있던 아계가 천천히 입을 열었다.

"지금 장광사 군문은 모든 걸 눌친 중당의 지시에 따르고 있습니다. 또 전군은 일사불란하게 움직이고 있는 걸로 알고 있습니다. 그러나 서부 내륙은 겨울에는 도저히 행군이 불가능합니다. 남쪽 협금산夾金山(지아진산. 사천성에 있으며, '동방의 알프스'라 불리는 해발 4000미터가 넘는 산이다) 정상은 유월부터 눈발이 날리고 시월에는 입산이 금지됩니다. 그러니 군량미를 남로군과 중로군에 운반하는 일은 하늘의 별따기보다 어렵습니다. 그래서 폐하께서는 조금 더 기다렸다가 내년 여름에 공격을 개시하도록 윤허하셨다고 들었습니다. 그 밖의 승패에 대해서는 진인사 대천명이라 나도 감히 단언할 수 없습니다."

아계가 잠시 뜸을 들였다가 덧붙였다.

"장 군문도 이제는 늙었어요. 몸이 아니라 마음이 늙었다는 말이에요. 사실 나이를 따지면 악 군문보다도 두 살이나 어린데 말이죠. 요즘은 말이나 단어도 얼마나 꺼려하는지 모릅니다. 그의 앞에서는 '패'敗자를 '승'勝이라고 읽어야 합니다. 또 '안'安은 '방'放으로, '말'馬은 '큰 나귀'라고 해야 합니다. 그렇지 않으면 가차 없이 채찍세례를 안긴다고 합니다."

아계가 말을 마치고 잠시 생각하더니 엉거주춤 일어섰다. 그리고는 내친김이라는 듯 다시 입을 열었다.

"위에 또 연청 대인을 기다리는 손님들이 있는 것 같습니다. 오늘은 이만하고 다음을 기약하는 게 좋겠네요."

좌중의 사람들은 모두 자리에서 일어났다. 유통훈도 굳이 만류하지 않았다. 오히려 기다렸다는 듯 여러 사람들을 처마 밑까지 바래다주고 바로 오할자 등이 기다리고 있는 위층으로 올라갔다.

고항은 밖에 나와 말 위에 올라탄 다음 등롱 불빛을 빌어 시계를 들여다봤다. 이어 주위의 사람들에게 말했다.

"날이 일찍 어두워지네. 한여름 같았으면 아직 해가 중천에 떠 있을 텐데……. 나는 또 가볼 데가 있어서 여기서 그만 헤어져야겠어. 살펴 가고 내일 또 보지!"

고항은 말을 마치자마자 이내 저만치 어스름 속으로 사라졌다. 남아 있던 세 사람 중 아계가 말했다.

"전부터 나보고 한턱내라고 하지 않았는가? 우리 오늘 다 같이 더 높이 올라가자는 뜻에서 전문前門(지금의 천안문天安門 앞의 지명)에 있는 고승주가高昇酒家로 가서 한잔 할까? 전도, 장유공, 늑민 등도 북경에 있었으면 좋았을 텐데."

돈성이 즉각 냉소를 터트렸다.

"그것들이 없어서 우리가 술을 못 마시겠는가? 우리 인생에 뭐 그리 도움이 되는 것들이라고. 그러지 말고 설근의 집이 여기서 멀지 않으니 고기와 술이나 좀 받아 가지고 그리로 가지!"

돈성의 제안에 둘은 좋아라 하고 흔쾌히 응했다.

고항은 유통훈의 집을 나서자마자 말을 달려 부항의 부저府邸로 향했다. 점심때 집을 나서면서 챙겨 가지고 나온 부항에게 줄 추석선물을 늦게나마 전달하기 위해서였다. 선물은 다른 것이 아니었다. 북경에 주재하고 있는 조선 사신 김성주金成柱가 보내준 귀한 고려산삼 한 근이었다. 게다가 악준岳濬이 부항에게 보내는 편지도 있었다. 이 정도면 당아를 보러 가는 이유로 충분할 터였다.

당아는 고항에게 있어 그립고도 무서운 존재였다. 볼 때마다 은근히 수작을 부려봤지만 따스한 눈길 한 번 주지 않는 여자였다. 말 그대로 가시 돋친 장미였다. 그러나 살짝 비틀면 육즙이 배어나올 것처럼 풍만

하고 탄력 있는 몸매나 나이를 거꾸로 먹는 것 같은 화사한 얼굴은 고항의 혼을 쏙 빼놓기에 충분했다. 그 때문에 그는 가끔 그녀가 막강한 권력을 행사하는 재상의 마누라이자 황후의 올케라는 사실도 깜빡깜빡 잊은 채 냉가슴을 앓고는 했다. 그로서는 그녀의 흘겨보는 눈동자, 무시하는 코웃음도 마냥 매력적으로 보일 수밖에 없었다. 한 번만 품어 봤으면 원도 한도 없을 것도 같았다. 고항은 그래서 지방으로 출타하지 않고 북경에 있을 때면 무슨 핑계를 대서라도 며칠에 한 번씩은 부항의 집을 방문하고는 했다. 그림의 떡이라고 구경밖에 할 수 없다고 해도 마음이 자꾸만 그쪽으로 달려가니 어쩔 도리가 없었다.

고항은 부항의 집으로 가는 길 내내 그렇게 당아를 생각하느라 머릿속이 꽉 찼다. 그랬으니 부항의 부저에 눈 깜짝할 새에 당도한 것은 너무나 당연했다. 그러나 이문(二門) 안에는 남자 그림자가 전혀 보이지 않았다. 어린 집사 왕씨를 비롯한 남자 하인들 대부분이 부항을 따라 승덕으로 간 때문인 듯했다. 그럼에도 이미 누군가 들어가 알렸는지 잠시 후 늙은 집사 왕씨가 달려 나왔다.

"우리 재상 어르신께 드리는 편지를 전하러 오셨다니 마님께서 안으로 모시라고 합니다."

고항은 좋으면서도 불안한 마음으로 조심스레 안뜰로 들어갔다. 이어 창문에 비친 당아의 그림자를 넋을 잃고 바라보면서 창가로 다가갔다.

"형수님, 안에 계세요?"

고항은 안에서 대답이 나오기도 전에 주렴을 걷고 쓱 들어갔다. 몇몇 나이든 아낙들이 온돌마루 옆에 줄지어 서서 당아가 수놓는 모습을 지켜보고 있었다. 당아의 몸종들은 고항이 오고 가면서 이것저것 찔러줬기 때문인지 유난히 곰살맞게 굴었다. 방석이 깔린 의자를 가져온다, 차를 가져온다, 더운 물수건을 건넨다 하면서 반가이 맞았다.

'고 국구는 갈수록 신수가 훤해지네. 콧수염도 어쩌면 저리 멋있게 길렀을까!'

당아는 고항이 탁자 위에 내려놓은 편지와 보자기를 힐끗 쳐다보고는 엉뚱한 생각을 했다. 그러면서도 수를 놓는 손은 멈추지 않은 채 피식 웃으면서 주위에 지시를 내렸다.

"채훼야, 편지를 잘 보관하거라. 그런데 저 보자기는 뭔가요?"

고항은 당아의 말이 떨어지기 무섭게 보자기를 들고 그녀에게 다가갔다. 이어 자신을 쳐다보지도 않는 그녀의 시선을 끌어보려는 듯 흔들었다.

"최상급 고려 산삼입니다. 형님과 형수님께서 몸보신을 좀 하시라고 특별히 조선 사절단에 부탁해 얻어왔다는 거 아닙니까! 작은 것은 이십 비엽批葉(1비엽은 1년의 삼령蔘齡을 뜻함. 즉 20년이 넘는 산삼이다), 큰 것은 칠십 비엽짜리라고 합니다. 대단하죠? 형수님, 저 좀 보시죠. 고려산삼을 먹었더니 갈수록 잘 생겨지지 않습니까?"

고항이 턱을 바싹 들이밀면서 배시시 웃었다. 이어 다시 입을 열었다.

"오늘은 제가 봐도 그럴싸해 보입니다. 형수님을 뵈러 간다고 생각하니 가슴이 설레서 밤잠을 다 설쳤습니다. 그래도 기분 탓인지 얼굴이 보들보들해진 것 같습니다. 여기 한번 만져보세요. 아기 피부 같지 않나요?"

고항의 말에는 장난기가 다분했다. 방 안에 있던 여인과 몸종들이 모두 입을 감싸 쥐고 키득거릴 정도였다.

"그래! 정말 반질반질하군!"

순간 당아가 사람들 앞에서 무안을 줄 요량으로 가까이에 다가온 고항의 뺨을 확 꼬집어 비틀었다.

"아야야야!"

고항이 비명을 지르더니 시뻘건 볼을 감싸 쥐고 뒷걸음쳤다. 그러자 당아가 쾌감에 젖은 눈으로 곱게 흘기면서 비꼬았다.

"남자라는 동물은 정말 겉만 보고는 모른다니까! 밖에 나가면 기침소리도 크게 내면서 근엄하기만 할 우리 고 어른께서 남의 아녀자한테 피부가 좋다고 만져보라는 위인인 줄 누가 상상이나 할 수 있을까? 비단옷만 입으면 뭘 해? 속에는 오물이 꽉 차 있는 걸! 어이구! 남정네들은 알다가도 모를 족속들이야!"

고항은 당아의 힐책을 듣고도 태연했다. 당아는 그런 고항을 보면서 고개를 절레절레 흔들면서 주위의 여인들에게 그만 물러들 가라고 분부를 내렸다. 이어 정색을 한 채 말했다.

"악준의 마누라는 잘 지내던가요? 보고 싶은데! 지난번 인편에 정성껏 수놓은 자수품을 보냈더라고요. 나도 뭘 좀 선물해야지 하고 생각만 하다가 깜빡했지 뭐예요."

고항이 즉각 대답했다.

"형수님, 오늘은 일찍 잠자리에 드셔야겠는데요? 수면이 부족해서 그런가, 언행이 좀 과격하시네요. 제가 남의 마누라가 잘 지내는지 그것까지 어떻게 알겠어요? 관아에서 만나 편지를 부탁받았지 그 집 안방에 들어가 본 것은 아니잖아요."

당아가 입을 비죽거린 채 다시 약을 올렸다.

"그거야 모르죠. 요즘은 뒷문으로 들어가 검은 거래를 하는 것이 유행이니. 특히 고 어른 같은 사람은 기회만 있다 하면 개구멍엔들 안 들어가겠어요?"

고항은 당아가 비아냥대는 말은 귀에 들어오지도 않았다. 황홀하도록 아름다운 그녀의 얼굴만 넋 놓고 바라보느라 그의 헤벌린 입에서는 자기도 모르게 침이 흘러내렸다. 어느새 눈동자마저 풀려 있었다.

"형수님은 갈수록 뭇 사내들의 혼을 빼놓게 미색이 좋아지십니다. 우리 마누라가 형수님의 반만 돼도 저는 매일 품어주고 물고 빨아 세수까지 시켜줄 텐데요!"

당아가 고항의 칭찬이 싫지 않은 듯 까르르 웃음을 터트렸다.

"미색은 무슨, 내일 모레면 꼬부랑 할머니가 될 텐데!"

당아가 말을 마치고는 고개를 살포시 숙였다. 이어 귀밑머리를 넘기면서 모처럼 눈웃음을 살살 쳤다. 고항은 그것을 유혹의 몸짓이라 여겼는지 그예 참지 못하고 자리에서 일어났다. 그러더니 눈치를 힐끔힐끔 보면서 당아 가까이에 있는 촛불 앞으로 다가갔다. 동시에 멋쩍게 촛대를 매만지고 나서 당아가 팔을 올려놓고 있는 탁자를 쓸어내리면서 쯧쯧 혀를 찼다.

"주인을 닮아 요것도 참 앙증맞네요. 볼수록 만져보고 싶은 마음이 드니……. 며칠 뒤 열하로 떠나는데 형님한테 편지 보낼 건 없어요? 형님하고 너무 오래 떨어져 있어서 그런가 가까이에서 보니 이마에 오돌도돌 뭐가 났네요."

"너무 늦었어요. 볼일 다 봤으면 그만 가 봐요."

당아가 갈수록 손발 둘 곳을 모르고 스멀스멀 다가오는 고항을 더 이상 봐줄 수 없다는 듯 벌떡 일어났다. 그리고는 아쉬움이 다소 묻어나는 어조로 덧붙였다.

"애가 잠들었는지 모르겠네. 요즘 통 잠을 안 자고 보채더니……."

당아는 혼잣말 같은 말을 하고는 고항에게 살펴가라는 말 한마디 없이 안방으로 들어가 버렸다. 순간 고항은 다 잡은 고기를 놓친 아쉬움 때문인지 뺨을 꼬집힌 굴욕 때문인지 실망과 원망이 섞인 눈빛을 뗄 줄을 몰랐다. 그러다 한참 후 여전히 흔들리는 안방의 주렴을 힘껏 노려보고는 터벅터벅 부항의 집을 나섰다.

그 시각 서완西苑 밖 남촌南村에 있는 조설근의 집에서는 홍촉紅燭을 대낮같이 환하게 밝혀놓은 채 술판이 한창 무르익고 있었다. 왁자지껄하게 떠드는 소리, 웃음소리와 더불어 분위기도 한껏 고조되고 있었다. 아계는 그런 자리가 너무 좋았다. 더구나 요즘은 북경에 머물러 있는 하루하루가 고역이었으니 더욱 그랬다. 아계를 향한 성총이 나날이 깊어가는 것을 눈치챈 조정의 아첨꾼들이 매일이다시피 찾아와 사탕발림소리를 하면서 그를 괴롭혀댔던 것이다. 그는 가능하면 그런 구역질나는 인간들을 피하고 싶었다. 그랬으니 좋은 사람들과 편하게 마주 앉아 푹 삶은 고기를 안주 삼아 권커니 잣거니 마시는 술자리가 너무나도 좋을 수밖에 없었다. 그는 좌중의 사람들이 궁금해 하는 서남 지역의 경치와 풍속에 대해 자세히 들려주고는 한숨을 내쉬었다.

"전쟁만 아니라면 경관도 아름답고 보물도 많은 곳이라네. 설근, 자네가 봤으면 매일 시 쓰는 재미에 빠져서 다시는 돌아오려고 하지 않았을 거야."

아계의 말에 조설근 대신 유소림이 입을 열었다.

"지난번에 북경에 왔다는 소문을 들었었네. 그런데 우리를 찾아오지 않으니 높은 가지에 매달린 사람은 별수 없구나 하고 서운한 생각이 잠깐 들었었지. 그런데 오늘 보니 역시 우리와 마음을 나눈 벗이야!"

아계가 말을 받았다.

"솔직히 관직이 올라가느냐 내려가느냐에 대해서는 신경 쓸 여유가 없어. 매일 칼을 들고 설치다 보면 사람 머리가 전부 호박처럼 보일 때도 있지. 그리고 내가 무슨 높은 가지에 매달렸다고 그러시는가. 한 치 앞도 가늠할 수 없는 험지險地에서 뒹구는 신세인데! 나는 솔직히 그대들과 땅콩 한 접시에 술 한 잔을 나누는 이 자리가 늘 그리운 사람이야."

아계는 바로 한숨과 함께 술잔을 비웠다. 유소림이 다시 입을 열었다.

"방금 얘기한 것 중에는 사라분의 마누라가 싸움판에서 용맹하기가 남자 뺨을 친다고 했는데, 설근도 엊그제 《홍루몽》에 여장군 임사낭林四娘을 등장시켰지 뭐야. 남자 주인공 가보옥賈寶玉이 달밤에 난간에 기대 피를 토할 것 같은 심정으로 의롭게 죽어간 미모의 여장군을 찬송贊頌하는데, 정말 처연하고 비통하기 이를 데 없었어. 내가 한번 읊어볼 테니 들어보라고!"

유소림의 말에 방 안은 삽시간에 물 뿌린 듯 조용해졌다. 이윽고 그의 읊조리는 소리가 나지막하게 흘러나왔다.

......

피비린내 나는 바람에 들판의 곡식은 허리가 꺾이고,
석양 아래 깃발 스러진 군막은 휑하니 비어 있구나.
청산이 적적하고 강물이 차가울 때
항왕恒王은 전장에서 전사했다네.
백골은 빗물에 씻기고 잡초는 피에 물드니
달빛 시린 모래밭에 시체가 서럽구나.
뭇 장수들이 저만 살겠다고 몸을 사리니
청주성青州城에 곧 피바람이 몰아치겠구나.
분연히 일어난 충의로운 영웅은 뜻밖에도 규각閨閣의 미녀이니
항왕의 총애를 받던 여자여라.
항왕이 가장 사랑하던 여자가 누구인고 하니,
목숨을 초개처럼 버린 임사낭이어라.
그녀가 미녀들을 인솔하니
연지분 칠한 궁녀들 전쟁터로 달려가누나.
수놓은 말안장에 피맺힌 눈물 한 방울,

철갑 소리도 들리지 않는 차가운 밤만 깊어가노라.

전쟁터에서 승패는 원래 가늠할 수 없는 법,

죽은 항왕에게 보답하기 위해 죽음을 불사하고 사지에 뛰어드네.

적들의 창궐한 기세 당해낼 수 없으니

가녀린 꽃들 전장에서 비참하게 생을 마감하네.

......

영원한 여장군 우리의 임사낭을 내 목청껏 노래하니

가슴속 가득한 이 비애를 어찌할까.

유소림의 음창吟唱은 처연하게 끝났다. 좌중의 분위기는 한껏 숙연해졌다. 조설근이 그 모습을 보고는 웃음을 머금었다.

"아직 제목을 짓지 못했네. 몇 개 생각했었는데 다 마음에 들지 않더군. 누가 화룡점정의 제목을 하나 지어보라고."

"그냥 〈홍분장군사〉紅粉將軍詞가 좋겠는데!"

아계가 깊은 생각 없이 즉흥적으로 말했다.

"너무 싱거워, 안 돼!"

유소림이 즉각 고개를 저었다. 이어 한참 궁리하더니 말했다.

"그보다는 〈능파신녀〉凌波神女가 어떨까?"

돈민은 마음에 들지 않는 표정이었다.

"여장군의 기백이 별로 느껴지지 않잖아! 워낙 신비스럽고 독특한 인물이니 시명詩名도 그에 걸맞아야지."

조설근도 머리를 긁적이면서 한참 고민하고 있는 좌중의 사람들을 향해 입을 열려고 했다. 그러자 돈성이 갑자기 골치가 아픈지 손사래를 쳤다.

"판을 벌인 사람이 수습하도록 하고 우리는 술이나 마시자고. 나는 관심이 없어!"

돈성이 이어 빈 술 주전자를 머리 위로 추켜올리면서 안방을 향해 소리쳤다.

"형수님, 여기 말 오줌 조금만 더 데워주세요!"

"예, 잠깐만요!"

방경이 곧 맑은 목소리와 함께 달려 나왔다. 그리고는 술 주전자에 황주黃酒를 따르면서 말했다.

"작은 것은 젖 달라고 보채고 큰놈은 얘기를 들려달라고 조르니 통 정신이 없어요. 그나저나 너무 많이 드시는 거 아니에요? 술이 아까워서 그러는 게 아니라 지난번처럼 여기저기 쓰러져 토해놓으면 내가 뒤처리하기가 너무 힘들어서 그래요."

방경이 서로 허물없는 사이라고 생각한 듯 곱게 눈을 흘겼다. 돈성이 미소를 지은 채 방경의 말을 농담으로 받았다.

"형수님은 애를 둘 낳더니 더 풍만해지고 아름다워졌습니다. 내가 존경하는 설근 형의 집사람만 아니었다면 어떻게 해봤을 텐데!"

방경이 평소에 듣지 못하던 돈성의 취기 어린 농담에 바로 따끔하게 맞받아쳤다.

"한다는 소리가 전부 허튼소리뿐이네요. 하늘같은 형수님한테 무슨 말버릇이에요! 말 오줌도 많이 마시니 못 쓰겠군!"

방경이 그렇게 쏘아붙이고 안방으로 들어가는 순간 갑자기 조설근이 무릎을 탁 쳤다.

"그래, 바로 그거야! '궤획'媿嫿……. 〈궤획장군사〉媿嫿將軍詞라고 하는 게 좋겠어!"

좌중의 사람들이 조설근의 말에 모두 어안이 벙벙한 눈치를 보였다. 미녀 영웅을 칭송하는 시 이름을 '허튼소리'라고도 들릴 수 있는 궤획

(허튼소리라는 말 귀화鬼話와 궤획은 중국어로 발음이 같음)이라고 지으려고 하니 그럴 만도 했다.

조설근이 젓가락에 술을 찍어 음식상 위에 '궤획' 두 글자를 써 보이면서 설명을 덧붙였다.

"이 단어는 송옥宋玉의 〈낙신부〉洛神賦에 처음 등장하는 단어네. 여자의 정숙하고 단아함을 뜻하지. 여기에 '장군'이라는 두 글자를 보태면 임사낭의 늠름한 기상을 제대로 표현할 수 있을 것 같아. 요즘에는 이 단어를 거의 사용하지 않지. 읽을 줄 아는 사람도 몇 안 되고. 그러니 모른다고 해서 창피해 할 것 없어."

좌중의 사람들은 완전히 정곡을 찔렸다. 조설근의 말 한마디에 졸지에 무식한 사람이 돼버린 것이다. 그들은 급기야 서로 마주보면서 실없는 웃음을 흘려야 했다. 그때 돈민이 입을 열었다.

"요즘 기윤은 도서를 수집하느라 정신이 없다는데, 등잔 밑이 어둡다고《홍루몽》을 곁에 두고 우리가 뭘 하는 거야! 한번 추천해보자고. 편입되면《사고전서》의 격이 달라질 텐데."

돈민의 말에 조설근이 술을 따르다 말고 정색을 하면서 손사래를 쳤다.

"아니, 아니! 나는 평범한 백성이야. 내 소설도 나 같은 일반인들이 사소한 일 때문에 울고 웃는 잔잔한 일상을 그린 것일 뿐이라고. 한가한 우리끼리 심심풀이로 얘기할 때 필요한 것이라는 말이지. 군국軍國의 대사나 조정朝廷의 대정大政에 대해서는 단 한마디도 언급하지 않았어. 기윤이《사고전서》를 편찬한다는 소식은 나도 종학宗學에서 들은 바 있어. 경經, 사史, 자子, 집集과 정론政論, 문론文論에 관한 서적들만 들어갈 수 있다고 했어. 내가 알기로 기윤은《요재지이》聊齋志異나《홍루몽》 따위의 야사野史나 패관소설은 별로 좋아하지 않아. 출처가 분명하고 사실을 제대로 기록한 책들만 선별하고 있지. 그러나 그의 성향이 나와 다르다고 해서 나쁘다고 할 수는 없지 않은가. 기윤은 겉보기에는 우스갯소리를 잘하고 쉽게 다가갈 수 있는 만만한 사람 같아 보이나 실은 흉금이 대단히 넓고 세상사에 달관한 경륜대신經綸大臣이야. 전대前代의 고사기高士奇와는 다른 사람이지. 골방에 틀어박혀 야사 따위나 끼적거리는 나는 그런 어마어마한 귀인들과 얽히고 싶지 않아."

돈성이 바로 끄윽 하고 술 트림을 하면서 조설근의 말을 받았다.

"맞는 말이야. 그 친구는 미꾸라지 저리 가라 할 정도로 뺀질뺀질한 사람이지. 속없어 보이는 것도 자신의 약은 속내를 교묘하게 위장하기 위한 술책이라고! 요즘 사람들은 갈수록 똑똑해져서 그 속내를 점칠 수 없다니까. 폐하의 성명하심은 성조에 비견할 만큼 출중하신데 신하들은 하나같이 참기름 독에 빠졌다 나온 것처럼 간사하기 이를 데 없으니!"

그러자 아계가 가만히 있으면 안 되겠다는 듯 입을 열었다.

"다 그리 형편없는 것은 아니야. 손가감, 사이직, 범시첩, 우명당, 윤계선 등등 몇 분은 관가에서도 평판이 괜찮은 사람들이지."

"그래, 손가감과 사이직은 그나마 강희황제 시절 대신들의 유풍遺風을 이어받은 것 같아."

돈성이 말을 마치고는 욱하고 치미는 술기운을 이기지 못하고 황급히 차를 한 모금 마셨다. 그리고는 다시 말을 이었다.

"그러나 우명당과 범시첩은 제 털을 뽑아 제 구멍에 밀어 넣는 고물 딱지에 불과해. 윤계선도 헛발질이나 해대고 있으니……. 이런 인간들이 대체 국사國事에 무슨 보탬이 되는지 원! 그래서 강희황제 때의 당뢰성唐賚成이라는 사람은 시험관들의 고루한 작태에 신물이 난다고 북궐北闕에 글을 올리고 크게 웃으면서 고사장을 뛰쳐나갔지. 요즘에는 그런 인물을 눈 씻고 찾아봐도 없으니 원. 윽! 기생오라비 같은 고항이 승승장구하니 말 다 했지! 그는 치마 두른 여자만 보면 침을 질질 흘리는 소문 난 색골이잖아. 덕주의 염세사鹽稅司에 비곗덩어리 같은 자를 한 명 데려 다 앉혀놓기에 사람들이 이유를 몰라 뒤를 캐봤더니 그자의 마누라하 고 그렇고 그런 관계였다더군. 결국 청방靑幇과 염세사가 싸움이 붙으니 까 애꿎은 청방 사람만 곤장을 때렸지. 유통훈은 또 어떻고! 윽! 칼이 명줄을 위협해도 눈 하나 깜짝 안 할 것 같더니만 별 볼 일 없기는 마 찬가지 아닌가. 아마 지금쯤은 고향을 비난하는 오할자의 입을 틀어막 느라 진땀을 빼고 있을 거야, 겁쟁이! 그리고……."

돈성은 완전히 술이 취했다. 이 사람 저 사람 거리낌 없이 끄집어내 서는 도마 위에 올려놓고 칼질을 하고 있었다. 아무리 술기운이라고는 하나 위태로운 난도질이었다. 가만히 내버려뒀다가는 부항과 당아에 대 한 험담까지 나올 듯했다. 결국 조설근이 안 되겠다고 생각한 듯 다급 히 방경에게 술국을 끓여오도록 했다. 이어 횡설수설하는 돈성의 입을 틀어막았다.

아계는 그로부터 하루 뒤 건륭을 알현하기 위해 승덕으로 출발했다. 조설근은 종학宗學에 교습教習 회의가 있는 관계로 아계를 배웅하지 못 했다. 대신 아침 일찍 일어나 대충 밥술을 뜨고는 방경을 도와 설거지 까지 깨끗이 한 다음 서둘러 등청할 채비를 하느라 부산했다. 그때 자 고 있는 줄 알았던 두 아들이 그 소리에 자리에서 발딱 일어났다. 여덟 살 된 큰아들은 동작도 빨랐다. 달려나와 조설근의 목을 껴안은 채 칭 얼거렸다.

"아빠, 옆집 개똥이는 오늘 떡을 사 먹는대요. 아빠도 오실 때 떡 좀 사다 주세요."

두 살 된 작은 아들 역시 설근의 머리채를 잡아당기면서 울먹거렸다.

"아빠, 며칠 전에 여치 조롱을 사주신다고 했잖아요? 오늘은 꼭 사다 주실 거죠?"

조설근은 열심히 두 아들을 달랬다. 하지만 아무리 어르고 달래도 소용이 없었다. 급기야 방경이 나섰다.

"너희들! 그렇게 등짝을 벌겋게 드러내놓고 나오면 어떻게 해? 감기라도 들면 옥황묘 장터에 안 데리고 간다. 당신은 신경 쓰지 말고 어서 가세요."

조설근은 그제야 떠밀 듯 아이들을 방경에게 맡겼다. 그리고는 부랴부랴 집을 나섰다.

우익右翼 종학은 그의 집에서 그리 멀지 않았다. 서직문에서 동쪽으로 채 1리도 떨어지지 않은 곳에 있었다. 천천히 걸어서도 얼마 걸리지 않아 종학 근처에 이르렀다. 종학 골목은 그곳에서 곧바로 남으로 꺾어드는 곳에 있었다. 종학의 뜰은 밖에서 보면 그다지 크지 않았다. 허름해 보이기도 했다. 오래된 기왓장 사이에 끼어 있는 누렇게 마른 풀들이 몇 가닥 남지 않은 노인의 머리카락 같이 보일 정도였다.

그러나 대문을 열고 들어가 보면 외관과는 많이 달랐다. 무엇보다 정원이 널찍하고 문도 세 개나 있었다. 실제로 중심에 있는 가장 큰 정당正堂은 '학례당'學禮堂이라고 해서 육부의 대청보다 더 컸다. 양측에 길게 늘어선 별채도 겉보기와는 다르게 호화스럽고 멋졌다. 난간과 기둥은 주홍색으로 칠해져 있었다. 또 내랑內廊에는 청색 벽돌이 깔려 있었다. 그 옆으로는 매미 날개 같은 휘장을 차분히 드리운 통유리 창문이 보였다. 부와 권력의 상징이라고 해도 과언이 아닌 모습이었다. 바로 적자嫡子나 적손嫡孫으로 태어난 황자 및 황손들이 글공부를 하는 장소였다.

그곳에서 서쪽으로 몇 발자국 더 가면 자그마한 뜰이 또 있었다. 갖가지 잡동사니가 쌓여있는 허름한 이곳은 먼 종친宗親과 대신大臣의 자제들이 글공부를 하는 곳이었다. 계속 서쪽으로 가면 커다란 화원이 하나 더 있었다. 황자나 황손들을 시중드는 가인과 종복들, 가마꾼들이 쉬면서 대기하는 곳이었다. 그 외에도 동남쪽 모퉁이에는 좁다란 정문과는 비교조차 안 되게 큰 대문이 하나 있었다. 서너 대의 수레가 동시에 통과할 수 있는 커다란 대문이었다. 수레와 가마를 탄 사람들은 좁은 정문이 아닌 바로 이 대문을 통과했다.

조설근이 이문二門을 들어서자 안에서는 난리가 벌어지고 있었다. 우선 아이들이 새 조롱과 채찍을 가인에게 던져주고는 정신없이 서당 안으로 뛰어 들어가고 있었다. 뜰 안에는 닭털로 만든 제기, 땅따먹기를 하는 유리구슬, 알록달록한 딱지를 비롯해 흙장난하던 진흙덩어리가 정신 사납게 널려 있었다. 내무부에서 나온 시중꾼들은 땅에 엎드려 먼지 묻은 유리구슬을 비롯해 제기, 딱지 따위를 옷자락으로 닦아 넣고 빗자루로 마당을 쓸었다.

그때 마침 서법書法을 가르치는 교습敎習 갈효신葛效信이 종이뭉치를 옆구리에 낀 채 코를 막으면서 먼지를 피해서 가고 있었다. 조설근이 그에게 다가가서는 물었다.

"오늘은 교습 회의가 있기로 한 것 아니오? 학생들은 수업을 안 하는 걸로 알고 있었는데……."

갈효신이 대답했다.

"회의는 무슨! 요즘 종학의 풍기가 문란해 분위기를 쇄신하라는 폐하의 어지가 계셨다 하오. 학문은 뒷전인 채 어중이떠중이들과 어울려 시간을 죽이러 오는 황자, 황손들이 비일비재할 뿐 아니라 한 달에 스무 냥씩 나오는 월례를 받기 위해 억지로 등 떠밀려 나오는 종친의 자제들까지 있다고 폐하께서 크게 화를 내셨나 보오. 그래서 기윤 나리가 감사차 내려온다고 하지 않소. 그러니 오늘은 학생들이 공부하는 시늉이라도 해야 할 거요."

조설근은 갈효신의 말에 실소를 금치 못했다. 고개를 들어 희뿌연 하늘을 쳐다보았다.

"또 흐리네. 집에 갈 때는 물에 빠진 생쥐 꼴을 면치 못하겠군."

조설근은 그렇게 혼잣말처럼 중얼거린 다음 서쪽 별채 남쪽에 있는 제2 서당으로 들어갔다.

종학은 사서오경四書五經만 가르치는 민간의 서당과는 달랐다. 경經, 사史, 자子, 집集 네 과목의 주과主課 외에도 금琴, 기棋, 서書, 화畵 네 가지의 부과副課도 가르치고 있었다. 각종 악기를 배우는 학생들을 위한 연주실도 따로 있었다. 나머지 일곱 개 과목은 다 함께 공부하도록 정해져 있었다. 조설근은 그중 서화書畵 교습을 맡고 있었다. 당연히 학생들은 자유롭고 해박한 데다 다재다능한 조설근의 수업을 즐겨 들었다. 그래서 대부분의 학생들이 서화 시간이면 달리 엄하게 다스리지 않아도 저절로 고분고분해지고는 했다. 조설근이 들어서자 화선지를 책상 위에 곱게 펴놓고 조용히 기다리던 학생들이 일제히 외쳤다.

"스승님께 문후 올립니다!"

"앉으십시오."

언제나 그렇듯 조설근은 허리를 약간 숙여 답례했다. 벽에는 어김없이 하얀 화선지가 걸려 있었다. 조설근은 말없이 빙그레 웃으면서 붓을 들었다. 이어 학생들이 갈아놓은 먹을 살짝 찍었다. 그런 다음 벼루 언저리에 여분의 먹을 눌러 털어 내고 나서 화선지를 향해 돌아섰다. 그리고는 붓을 힘껏 눌러 점을 찍는가 싶더니 어느새 상체까지 흔들면서 신나게 붓을 놀리기 시작했다. 그러자 시커먼 점이 바로 돌로 변했다. 또 화선지에는 순식간에 꽃 넝쿨이 얼기설기 기어오른 와석臥石이 곧 굴러 내릴 것처럼 위태롭게 걸렸다. 조설근이 붓을 내려놓고 미소를 지은 채 물었다.

"이게 뭘로 보입니까?"

"돌, 그리고 넝쿨!"

"돌과 금은화金銀花!"

"돌과 쑥!"

조설근은 깊은 생각 없이 툭툭 던지는 학생들의 대답을 받았다.

"이 그림은 사의화寫意畵입니다. 넝쿨을 봤다고 해서 꼭 넝쿨에만 집착할 필요가 없습니다. 그림은 마음으로 봐야 제대로 볼 수 있습니다. 자세히 보십시오. 이 넝쿨의 줄기는 진한 갈색이고 잎은 검푸른 색입니다. 담청색 촉수觸鬚를 드리우고 돌 발치에 숨은 듯 기대 있는 꽃망울은 자주색입니다. 먹을 아무렇게나 찍으면 새까만 먹물에서 다섯 가지 색깔이 나올 수 없습니다. 물과 먹의 비율을 정확히 맞추고 손목의 힘을 적절히 조절하면서 필봉에 공력을 쏟아야 합니다. 어떤 사람이 묵국墨菊을 그린다고 그렸는데 결국 검은 종이에 그린 국화꽃을 가위로 오려낸 것 같은 흑국黑菊이 돼버렸다면 그건 그 사람이 자연에서 영감을 얻지 못하고 오로지 '그리기 위한 그림'을 그렸기 때문입니다. 돌을 우습게 봐서는 안 됩니다. 세상에는 영석靈石, 완석頑石 등등 수많은 돌이 굴러다니나 모양이 완전히 똑같은 두 개의 돌을 찾을 수는 없습니다. 같은 삼생석三生石, 같은 불석佛石을 그리더라도 사람들이 쉽게 발견할 수 없는 내면의 경지를 발굴해낼 수 있어야 합니다."

조설근이 다시 붓을 들었다. 동시에 태산석泰山石, 황산석黃山石, 아미석峨嵋石과 여러 가지 넝쿨들을 그렸다. 이어 학생들에게 자세히 비교하도록 했다. 장난기가 다분하던 학생들의 눈망울이 초롱초롱해졌다. 그때 뒤쪽 끝자리에 앉은 꼬마가 큰 소리로 물었다.

"스승님, 혹시 《홍루몽》이라는 책을 읽어보셨습니까? 거기에 여와보

천석女媧補天石이라는 내용이 나옵니다. 아버지께서 그러시는데, 그 돌은 아무도 그려낼 수 없다고 하셨습니다. 어떻게 생긴 돌인지 스승님께서 그려주실 수 없습니까?"

꼬마의 말에 다른 학생들도 일제히 박수를 치면서 떠들어댔다.

"그려주세요, 스승님!"

"영경永瓊 마마시네요! 그래,《홍루몽》은 읽어보셨습니까?

조설근이 미소를 지은 채 대견함이 묻어나는 음성으로 물었다. 영경은 강희황제의 열다섯째아들인 유각군왕愉恪郡王 윤우允祦의 손자로 이미 거기장군車騎將軍의 작위를 세습 받은 상태였다. 하지만 유각군왕은 큰 행사를 제외하고는 거의 두문불출하는 사람이었다. 그 때문에 친왕들 중에서도 가장 점잖다는 평을 받고 있었다. 그런 사람의 손자가《홍루몽》을 알고 있다는 사실에 조설근은 뿌듯하면서도 다른 한편 어쩐지 불안하기도 했다.

"나도 그 책은 못 읽어봤는데, 이걸 어쩌죠? 궁금증을 풀어드려야 하는데……."

어린 영경이 다시 입을 열었다.

"에이, 요즘 세상에《석두기》한 권 없는 집이 어디 있어요? 스승님께서는 사대부의 집에 그 책이 없으면 한 등급 계급이 강등된다는 사실을 모르시나요?"

꼬마 영경의 집요한 선동에 아이들은 지칠 줄 모르고 떠들어댔다.

"그러지 마시고 그려주세요. 일부러 없다고 말씀하신 거죠? 다 알아요!"

아이들의 불같은 성화에 조설근이 난감해하고 있을 때였다. 옆방에서도 한바탕 소란이 일어나고 있었다. 책상과 의자가 마구 날아다니고 유리창이 박살나는 소리마저 들렸다. 몇몇 아이들이 울고 불면서 서로 쥐어박고 욕설을 퍼붓는 모습이 창문 너머로 어렴풋이 보였다.

뜰 안에는 사람들이 점점 더 많이 모여들었다. 그때 명례당明禮堂 쪽에서 벽력같은 고함소리와 함께 종학의 부총관副總管 유우청劉羽淸이 뛰쳐나왔다. 이어 대추처럼 시뻘건 코를 매만지면서 문제의 서당을 향해 고래고래 소리를 질렀다.

"갈효신, 어찌 된 거야? 마마들이 왜 저리 흥분하셔?"

유우청의 말이 끝나기 무섭게 각 서당에서 스승을 우습게 아는 '마마'들이 왁자지껄 뛰쳐나왔다. 동시에 모처럼 큰 볼거리가 생겼다고 생각한 듯 마당으로 몰려나오면서 손나팔까지 한 채 마구 고함을 질러댔다.

"붙었다. 여기 한판 붙었어! 어서 나와 구경해!"

조설근은 뒤늦게 텅 빈 서당에서 나왔다. 그는 두서없이 떠드는 소리를 종합해 본 결과 옆방에서도《홍루몽》때문에 난리가 났다는 사실을 알 수 있었다.

문제의 발단은 옛 이친왕怡親王(윤상允祥)의 세손世孫 영랑永琅이 일으켰다. 그는 그날 집에서《홍루몽》등사본을 몰래 훔쳐냈다. 그리고는 수업시간에 책상 밑에 책을 펴놓고 읽고 있었다. 그러자 그 모습을 본 순군왕恂郡王 윤제允䄉의 아들 홍춘弘春이 빌려달라고 애걸을 했다. 마음 약한 영랑은 순순히 책을 건네줬다. 그러나 홍춘이 받아들기 무섭게 패자貝子 홍경弘暻(윤우允祐의 아들)이 빼앗으려고 했다. 하지만 마지막에 억지로 책을 거머쥔 사람은 의친왕懿親王(윤도允祹)의 세손 영성永城이었다. 그런데 그는 다른 평범한 황손들과는 달랐다. 바로 천자인 건륭황제의 넷째 아들이었다. 의친왕의 슬하가 허전한 것을 염려해 건륭이 영성을 양자로 보냈던 것이다. 따라서 홍경과 홍춘은 항렬을 따지면 영성의 숙부였다. 하지만 옹정황제에 의해 작위를 박탈당하고 몰락한 종친의 자손들이라 감히 당금 천자의 친혈육과 대적할 수가 없었다. 그래서 치밀어 오르는 화를 억지로 참고 어린 조카에게 순순히 책을 빼앗길 수밖에 없었다.

사건은 그렇게 조용히 끝나는 듯했다. 그러나 사달은 끝내 일어나고 말았다. 책을 돌려받은 영랑이 두 쪽이 없어졌다면서 따지고 든 것이다. 혐의는 홍경, 홍춘, 영성 세 사람이 함께 받아야 마땅했다. 그러나 영랑은 만만한 두 '숙부'만 몰아세웠다. 화가 난 홍경은 스승 갈효신이 돌아서서 글자를 쓰는 틈에 신발 한 짝을 벗어 영랑에게 던졌다. 그러나 제대로 맞추지 못한 탓에 신발은 영성의 책상 위에 떨어지면서 그의 찻잔을 박살내고 말았다. 영성은 영랑이 평소에 자신에게 불손하다고 은근히 미워하던 차였다. 당연히 다짜고짜 영랑의 머리채를 잡아당겼다. 영랑이 두 '숙부'를 시켜 자신을 욕되게 했다면서 트집을 잡은 것이다.

유우청은 사건의 자초지종을 다 듣고 나서 어느 편을 들어야 할지 몰라 망설였다. 실제로 당사자인 네 '마마'는 모두 함부로 할 수 없는 인물들이라 누구에게도 밉보일 수 없는 처지였다. 결국 유우청은 애매한 갈효신을 향해 성질을 냈다.

"학생은 스승을 본받는 법이야! 평소에 어찌 처신했기에 마마들이 이런 행동을 하시는 건가? 자네, 어떻게 책임질 거야?"

갈효신은 고개를 숙인 채 아무런 대꾸도 항변도 하지 않았다. 오히려 조설근이 측은한 마음에 갈효신을 두둔하고 나섰다.

"아무리 화가 나셨다고 해도 말씀은 가려서 하셔야죠. 이 일이 갈 교습과 무슨 상관이 있습니까? 설마 갈 교습이 종용하기라도 했다는 말씀입니까? 아무리 연배가 어리고 지체 높으신 '마마'들이라고는 하나 종학에 공부를 하러 온 이상은 스승의 가르침과 지엄한 훈육에 따라야 하는 학생입니다. 훈계도 가르침입니다. 아니면 종학이 왜 필요하겠습니까?"

"뭐가 그리 잘 났다고 나불대는 거야? 당신도 마찬가지야!"

유우청은 그렇지 않아도 장친왕莊親王 윤록允祿의 문하인 갈효신에게 더 심한 말을 하지 못해 입이 근질거리던 차였다. 꿩 대신 닭이라고 조설근에게로 화살을 돌렸다.

"이제 보니 장본인은 바로 당신이었구먼! 스승이라는 자가 이 모양이니 학생들이 뭘 배우겠어? 돈민 형제가 뒤를 봐준다고 안하무인인 것 같은데, 그런 허수아비 같은 것들을 믿고 까불려면 내일부터 아예 나오지 마!"

조설근은 일단 분노를 참았다. 그러나 그의 얼굴은 심한 경련으로 푸들거렸다. 그가 곧 창백해진 얼굴을 들어 먹구름이 몰려오는 하늘을 쳐다보더니 이를 갈면서 씹어서 뱉듯이 소리쳤다.

"그래, 크게 깨닫게 해줘서 눈물 나게 고맙소. 여기에서 당신 같은 족속들과 코를 맞대고 있느니 집에 가서 속 편히 연이나 만들어 파는 게 백번 낫겠소!"

조설근은 그 말을 내뱉고는 옷자락을 날리면서 휭하니 나가 버렸다. 대나무를 닮은 꼿꼿한 그의 어깨 위로 차가운 빗방울이 떨어지기 시작했다.

38장
사고전서四庫全書

　건륭은 열하에서 겨울을 나기로 결정했다. 기윤은 그래서 《사고전서》 편수작업에 착수하라는 어명을 받고 10월에 혼자 북경으로 돌아왔다. 북경에 돌아와서는 바로 예부, 한림원, 도찰원, 국자감의 각료대신과 각 사司의 당관들을 전부 소집해 연 며칠 동안 긴 회의를 했다. 그리고는 '계고우문'稽古右文(고전을 살펴 학문을 중시하는 것)의 건륭의 뜻을 설명했다. 동시에 온 천하의 서적들을 수집하는 방법에 대한 안배를 했다. 우선 각 부部에는 일상적인 업무 처리에 꼭 필요한 최소한의 인력만 남겨두고 나머지 사람들은 전부 문연각文淵閣으로 보내 도서를 검열하도록 했다. 이밖에 봉천奉天의 고궁故宮, 원명원圓明園 관사管事, 내무부內務府, 문소각文溯閣, 문원각文源閣과 피서산장避暑山莊의 문진각文津閣 등지에 있는 도서들을 전부 문연각으로 옮겼다. 이어 엄격한 심사를 거쳐 합격된 것들만 《사고전서》에 편입시키기로 했다.

회의에는 관리들 외에도 100여 명의 퇴직 문신文臣, 북경과 직예 일대의 명류名流, 그리고 한림원의 모든 서길사庶吉士와 편수編修들까지 참석했다. 어쨌거나 조금이라도 관련이 있는 사람들은 모두 참여했다.

기윤은 불철주야 동분서주하면서도 지칠 줄을 몰랐다. 낮에는 회의를 소집해 의견을 수렴하고 밤에는 군기처 장경들의 방에서 날을 새면서 건의사항과 작업 진척상황에 대한 상주문을 작성했다. 같은 내용도 세 번이나 베꼈다. 하나는 건륭에게 상주하는 것이었다. 또 한 부는 관보에 실었고, 마지막 하나는 등본처謄本處에 보냈다. 18개 행성行省의 총독, 순무, 제독, 장군들에게 등발謄發(베껴서 발송함)하도록 하기 위해서였다. 때문에 하루에 겨우 두 시간에서 많아야 네 시간 정도 새우잠을 잤고, 배가 고플 때는 시위들의 방으로 건너가 차 한 잔에 떡 한 조각으로 대충 때우고 다시 일에 전념하는 것이 일상이었다.

그러다보니 승덕의 피서산장에 머물고 있는 건륭도 덩달아 바빠졌다. 그러나 불평 한마디 없이 기윤의 주장을 받아보는 즉시 매일 주비를 달아서 보내는 부지런함을 보였다. 심지어 야간에 작성한 주비朱批 성유聖諭의 경우는 800리 긴급서찰로 발송해 다음날 오전이면 기윤이 받아볼 수 있도록 했다. 건륭은 또 기윤의 건강을 위해서도 많은 배려를 했다. 매일 인삼을 한 뿌리씩 보내줬을 뿐만 아니라 태의원에 명령을 내려 세 명의 어의가 번갈아 가면서 기윤의 건강을 살피도록 했다.

기윤은 이런 건륭의 무한한 사랑에 감복했는지 다람쥐 쳇바퀴 도는 생활을 하면서도 전혀 힘든 내색을 하지 않았다. 오히려 신바람이 나는 듯 측간에 갈 때도 종종걸음일 정도였다. 심지어 지인을 만나도 바쁘다면서 손 한 번 저어보이면 그만이었다. 그렇게 한 달을 눈코 뜰 새 없이 보내고 나자 사전 작업은 빈틈없이 진척이 됐다. 그러자 기윤은 또다시 깨알 같은 글씨로 만언萬言의 주장을 올렸다. 이제《사고전서》편수작업은 조야^{朝野}의 최대 관심거리가 되었다.

"고생을 두려워하지 않고 끝까지 밀고 나가는 걸 보면 참 대단한 일 꾼이네!"

건륭은 그날 저녁 귀비 고가^{高佳}씨의 처소를 찾았을 때 기윤의 만언 주장을 받았다. 이어 찬탄을 금치 못하면서 등불 밑에서 토씨 하나 빠트릴세라 세세히 읽었다. 그리고는 손바닥으로 상주문을 가만히 쓸어내리면서 덧붙였다.

"길을 가면서 깜빡깜빡 조는 것으로 부족한 수면을 보충했다는 사람이 직접 만언 상주문을 써서 올린 걸 보게. 필체도 얼마나 훌륭한가! 충정, 충정 하는데 신하의 충정이 별건가."

고가씨가 건륭의 말이 끝나기 무섭게 포도 한 접시를 가져왔다. 이어 숟가락 끝으로 포도 씨를 골라내면서 말했다.

"폐하께서 손수 선발하신 인재이옵니다. 여부가 있겠사옵니까? 하오나 어떤 이는 기윤 그 사람을 세상에 둘도 없는 골초에 남을 농락하는 것을 낙으로 아는 야비한 족속으로 치부한다고 하옵니다. 지난번에 또 누구는 그를 먹고 마시는 데는 사족을 못 쓰는 상머슴이라고 했사옵니다. 요즘은 사람을 봐도 본체만체하며 거만하기 이를 데 없다고 하오니 폐하께서 따로 훈육을 하셔야 할 줄로……."

건륭이 포도 한 알을 입안에 넣고 빙그레 웃으면서 듣고 있다가 갑자기 웃음을 거둬들였다. 동시에 신경질적으로 내뱉었다.

"신하를 다스리는 일은 짐이 알아서 하는 일이네. 아녀자가 어찌 겁없이 아무 말이나 세 치 혀끝에 올리는 건가? 다른 사람은 기윤이 한 달 동안 한 일을 일 년이 걸려도 못해낼 걸세. 그런데 뭐? 먹는 것이라면 사족을 못 쓰는 상머슴? 그건 뭘 몰라도 한참 모르는 자들이나 지껄이는 소리야! 똑똑한 주인이라면 부리는 머슴들을 얼마나 든든히 먹여 내

보내는지 아는가? 산동성의 으뜸 지주인 오 부자는 일꾼을 들일 때 제일 먼저 식사량을 시험한다고 해. 밀가루 두 근 분량의 호떡을 먹지 못하는 자는 받지도 않는다는 거야."

건륭이 비록 크게 화를 낸 것은 아니었으나 제법 따끔한 훈계였다. 고가씨의 얼굴은 삽시간에 귓불까지 붉어지고 말았다. 곧 그녀가 황급히 몸을 낮춰 공손한 자세를 취했다.

"못난 아녀자의 짧은 소견이었사옵니다. 부디 소인의 불경을 하해와 같은 아량으로 용서해 주시옵소서. 평소에 폐하의 면전에서 정무에 대해서라면 털끝만치도 혀끝에 올려본 적 없사옵니다. 오늘은 잠깐 뭐에 씌었나 보옵니다. 아니면 다음에 기윤 공이 입궐할 때 소인이 몸을 낮춰 정중히 사과하면 아니 되겠사옵니까, 폐하?"

고가씨는 건륭이 홧김에 털고 일어나 가버릴세라 울상이 돼 어쩔 줄 몰라 했다. 건륭이 그런 고가씨를 보면서 피식 웃음을 터뜨렸다.

"자네는 상전이고 그 사람은 아랫것이야. 또 자네는 만주족이고, 그 사람은 한족이야. 아녀자가 등 뒤에서 몇 마디 흉을 봤기로서니 그리 쩔쩔매고 사죄할 것까지는 없지 않겠나? 그러나 짐은 후궁과 태감들이 정무의 '정'政자도 입에 올리는 걸 용납할 수 없네. 기윤을 들먹였다는 자체에 짐이 화를 낸 게 아니라는 걸 알아야 하네. 먹을 좀 갈아놓게."

고가씨는 그제야 안도의 숨을 내쉬었다. 그러면서 두 손으로 벼루를 받쳐 들고 왔다. 건륭은 겁먹은 듯 고개를 숙이고 반쯤 돌아앉아 먹을 가는 고가씨의 모습을 보면서 빙그레 웃으며 말을 걸었다.

"하기야 먹을 줄만 알고 일은 못하는 축들도 있지. 산동성 수재복구 현장에서 보니 비곗덩어리를 다섯 접시나 비우는 자가 뭉그적거리면서 돌 하나도 제대로 못 나르더군, 하하."

고가씨는 건륭의 억지스러운 농담에 그제야 배시시 웃었다. 그리고는 곱게 간 먹을 조심스레 책상 위에 올려놓고는 무릎을 꿇은 채 등불을 밝혔다. 순간 따스하고 온화한 불빛이 건륭의 얼굴을 평온하게 비쳤다. 건륭이 기다렸다는 듯 기윤의 상주문 뒷면의 빈자리에 주비를 달기 시작했다.

자고로 문인들은 자신의 학설을 펼치기 위해 책을 쓰네. 그러나 개인의 주관적인 의지와 사유 때문에 사실과 괴리가 있는 주장을 하거나 사물의 본질을 제대로 파악하지 못해 어설픈 학설을 고집하는 경우가 비일비재하네. 경이 서적을 다량으로 수집했다고 들었네. 문인 개개인의 편견과 서로를 비방하는 내용의 글 때문에 취사선택에 어려움이 많으리라 생각되네. 문인상경文人相輕(문인들이 남을 낮추고 자신을 높이는 버릇을 의미함)이라는 말이 있네. 문인들끼리는 서로를 폄하고 경시하는 것이 고질병이니 너무 조심스러워 할 필요는 없네. 짐은 매사에 공명정대한 것을 주창하네. 온 천하의 서적을 수집하도록 이미 하명한 이상 책의 내용을 문제 삼아 소장한 이의 죄를 추궁하는 일은 없을 것이네. 이 점을 분명히 밝혀두네. 짐이 이같은 뜻을 분명히 밝혔음에도 불구하고 서적 수집에 협조하지 않는 자들은 발각되는 즉시 엄벌에 처할 것이네! 이 주비를 등사해 장정옥과 악이태에게 발송하고 온 천하에 명조明詔를 내리도록 하게.

건륭이 붓을 내려놓고 다시 한 번 주비를 읽었다. 그리고는 스스로 만족스러운 듯 미소를 지었다.

"자네가 갈아서 올린 먹은 향도 좋을 뿐 아니라 수묵水墨의 비례도 제대로 맞춘 것 같네. 글씨가 한결 돋보이는군! 기윤이 달필을 과시했는데, 짐이 그에 뒤져서는 아니 되지 않겠는가!"

건륭이 정겨운 눈매로 수줍어하는 고가씨를 일별하면서 다시 붓을 들었다. 동시에 다른 종이에 붓을 날렸다.

모든 준비가 완료됐다니 이제는 좀 쉬어도 좋을 듯 싶네. 적어도 사흘 동안
은 휴식을 취하도록 하게. 문을 닫아걸고 어떤 일도 상관하지 말고 푹 쉬
게. 피로가 누적되면 심장질환과 수면장애가 올 수 있으니 각별히 조심해
야 하네. 당귀當歸를 보낼 테니 닭과 함께 푹 고아 아침마다 복용하도록 하
게. 다음에 만날 때도 여전히 씩씩하고 늠름한 모습을 보여주기를 바라네.
    －등불이 지쳐 가는 으슥한 밤에 장춘거사長春居士로부터

건륭이 붓을 내려놓은 다음 안주머니에서 네모난 작은 옥새를 꺼냈
다. 그것을 종이 위에 꾹 눌러 찍은 뒤 태감에게 건네줬다.
"부항에게 읽어보라고 하고 즉각 기윤에게 발송하도록 하게!"
건륭의 조서는 정확히 이튿날 오전 진시辰時에 기윤에게 전해졌다. 기
윤은 말미에 첨부된 관심 어린 글귀를 보면서 콧마루가 찡해졌다. 급기
야 두 눈에 눈물이 맺혔다. 몸은 천근만근 피곤하기 이를 데 없었으나
잠도 어디론가 사라지고 말았다. 정신은 오히려 점점 더 맑아졌다. 그는
서둘러 상서방, 등본처 관리들에게 조서를 등사해 각 성省에 발송하도
록 지시했다. 그렇게 시간이 한참 흘렀는데도 벅차오르는 감격은 여전
히 주체하기 어려웠다.
그가 그렇게 두 눈을 깜빡이면서 책상 앞에 앉아 있을 때였다. 갑자
기 양강, 절강, 복건 등지의 백성들이 도서를 많이 소장하고 있다는 소
문을 들었던 기억이 떠올랐다. 그는 서둘러 윤계선에게 편지를 썼다. 이
어 편지와 건륭의 조서를 함께 발송했다. 그러자 그제야 배가 출출해
졌다.
그는 습관적으로 말린 돼지고기 한 접시를 가져다 질겅질겅 씹어 먹

었다. 농차濃茶 한 모금을 입가심으로 마시고는 그대로 자리에 드러누웠다. 이윽고 군기처 장경방章京房에서는 우레와 같은 코고는 소리가 울려 퍼지기 시작했다.

그로부터 닷새 후 건륭의 조서를 담은 황금색 상자는 남경의 윤계선에게 도착했다. 윤계선은 노란 상자를 향해 대례를 올리고 나서 서둘러 조서를 꺼내 읽어봤다. 사람을 보내 순무 범시첩과 포정사 도이길을 불러오게 한 후에 기윤의 편지를 뜯었다. 첫 머리에 군주의 강녕무사함을 알리는 인사말이 적혀 있었다. 두 번째 줄부터는 곧바로 본론이 이어졌다.

이번 편수작업은 거국적인 대사大事이니 만큼 '우공이산'愚公移山의 의지를 필요로 합니다. 양강을 비롯해 절강과 복건 일대는 자고로 인문人文이 발전한 곳이니 가가호호에 도서圖書가 부지기수라고 들었습니다. 민간에 숨어 있는 진귀한 서적들을 발굴해야 하니 원장 공의 협조가 필요합니다. 이 일 때문에 대인의 양광 총독으로의 발령도 잠시 보류할 것이라는 폐하의 어지도 계십니다. 성심이 이러하니 절대 이 일을 소홀히 해서는 안 되겠습니다. 도서를 수집할 때는 설득과 교육을 병행하는 것이 바람직하겠습니다. 빼앗지 않고 빌리는 쪽으로 하라는 말이죠. 혹시 필화筆禍와 유사한 재화災禍가 두려워 선뜻 응하지 않을지도 모르니 강요는 하지 않는 게 좋겠습니다. 그럴수록 선한 말로 유도하고 성의聖意로 감화시켜 거국적인 대사에 모두가 흔쾌히 동참하는 분위기를 이끌어내기 바랍니다. 진귀한 서적일 경우 구입할 수 있으면 구입하고 그렇지 않으면 인신차용증印信借用證을 발급해 빌려본 후 돌려주도록 하십시오. 구태여 긴 말을 하지 않아도 잘 알아서 하시리라 믿습니다.

윤계선은 편지를 다 읽고 나서 편지지를 원래대로 다시 접어놓으려고 했다. 그때 장추명이 가랑이에 바람을 일으키면서 성큼 들어섰다. 이어 숙련된 동작으로 윤계선을 향해 절을 하고 읍까지 했다. 그런데 그의 얼굴이 창백하다 못해 파리해 보였다. 얼굴 표정 역시 목석처럼 딱딱하게 굳어 있었다.

"이대로는 도저히 일을 할 수 없습니다. 제대制臺께서 공정하게 잘잘못을 가려주셔야 하겠습니다!"

"어허, 일을 할 수 없다니?"

윤계선은 조서를 조심스럽게 접어 두 손으로 노란 상자에 고이 넣었다. 그리고는 기윤의 편지는 소매 속에 밀어 넣었다. 그런 다음 장추명에게는 눈길도 주지 않고 말을 이었다.

"그게 나를 찾아온 이유가 되는가? 요즘 들어 나는 자네가 유별나게 질긴 고약처럼 느껴지네. 한번 붙어버리면 어지간히 곤욕을 치르지 않고는 떼어버릴 수 없는 냄새 고약한 고약 말이네."

장추명이 냉소를 흘리면서 대꾸했다.

"일각에서 제대를 '강남왕江南王'이라고 하더니 그 말이 틀리지 않은 것 같네요. 아무리 상명하복이라고는 하지만 제대 대인이 이 사람에게 이리 뻣뻣하게 구시니 아랫것들이 이 사람의 말을 개 풀 뜯어먹는 것으로 치부해버리는 것이 아닙니까? 내일모레면 떠나가실 분이 부하들에게 나쁜 인상을 심어주고 가실 것까지는 없지 않습니까? 일지화 사건은 우리 얼사아문의 소관입니다. 그런데 다들 직속상관인 안찰사를 무시하고 직접 제대 대인께 업무보고를 하니 이 사람은 뭐 꿔다놓은 보리자루입니까?"

장추명은 최근 들어 거의 매일이다시피 윤계선에게 찾아와 트집을 잡고 있었다. 진드기처럼 군다고 해도 틀리지 않았다. 윤계선은 그런 끈질

긴 부하를 한참 노려보더니 갑자기 크게 웃었다. 이어 따지듯 물었다.

"이제 와서 일지화를 운운하는 게 우습지 않은가? 처음부터 이 사건은 자네가 맡았던 거야. 하지만 자네가 지금까지 부하들에게 체면이 설 만큼 해놓은 일이 어디 있는가? 시간이 없어 길게 말하지 않겠네. 앞뒤를 분간하지 못하고 앉을 데 설 데를 모르는 자네 같은 사람과는 길게 말하고 싶지도 않네. 다만 한 가지만은 잊지 말게. 자네는 아직 조사를 받고 있는 몸이야. 분수껏 처신하고 상하의 예는 깍듯이 갖추는 게 좋겠네. 내일부터는 친병들이 의문儀門 밖에서 자네 출입을 제한할 거야. 솔직히 나는 창피해 죽겠어. 어찌 자네 같은 사람을 얼사아문으로 들였는지 후회막급이야!"

장추명은 지난번에 여러 사람 앞에서 윤계선에게 창피를 당한 바 있었다. 그 이후부터는 마치 정신이 온전치 못한 사람처럼 변해버렸다. 사흘이 멀다 하고 달려와서는 윤계선의 정신을 쏙 빼놓았다. 심지어 얼마 전에는 회의 중에 쳐들어와 윤계선이 어쩔 수 없이 논의를 중단한 적도 있었다.

그럴 때마다 윤계선은 속이 부글부글 끓어올랐으나 번번이 어르고 달래서 돌려보냈다. 오늘도 그는 꾹 참고 심한 욕설은 한마디도 내뱉지 않았다. 그러나 스스로도 이제는 인내심이 한계에 다다랐음을 느낄 수 있었다. 그때 장추명이 뱁새눈을 치뜨더니 윤계선을 노려보았다.

"무슨 말을 그리 하십니까? 형신 어르신도 감히 나에게는 그렇게 하지 못합니다!"

"감히? 그래, 형신 대인은 감히 말을 못하겠지만 나는 할 수 있네! 순무, 번사들을 불러 회의를 소집해야 하니 어서 나가 주게!"

"못 간다면 어쩌겠습니까? 사대부에게 이리 굴욕을 줘도 되는 겁니까? 나는 일을 그만두겠습니다!"

"그런 졸렬한 행보는 더 이상 나한테 안 먹히네. 내가 보기에 자네는 실심失心을 한 것 같아. 정신이 이상해진 것 같다고! 의원을 불러 병을 보이는 게 좋겠구먼."

윤계선이 냉소를 터트리면서 일어섰다. 그러더니 찻잔을 들어 한 모금 마셨다. 이어 성큼성큼 문으로 다가갔다. 그러다 잠시 발걸음을 멈추더니 고개도 돌리지 않은 채 아역들에게 명령을 내렸다.

"나는 서화청西花廳에 가서 일하고 있을 테니 장 대인이 물러간다고 하면 잘 배웅하고 죽치고 있겠다 싶으면 찻물을 자주 갈아드리게. 정신이 온전치 못한 사람이니 홀대했다가는 큰코다칠 줄 알아!"

아역들이 알겠노라고 대답했다. 동시에 몰래 키득거렸다.

"온전치 못하기는 누가 온전치 못해? 너야말로 미쳤군!"

장추명이 갑자기 길길이 날뛰면서 윤계선에게 달려들었다. 그러나 곧 친병들의 우악스런 손에 제지를 당했다. 그리고는 의자에 주저앉고 말았다.

바로 그때 범시첩과 도이길이 의문儀門으로 들어섰다. 그 뒤로는 이제 막 북경에서 내려온 유통훈과 황천패의 모습도 보였다. 도이길이 앞장을 서서 유통훈을 월동문으로 안내하다가 소란스러운 소리가 들리자 윤계선이 있는 쪽으로 고개를 돌렸다. 윤계선이 계단을 오르다 말고 되돌아와 반색을 하면서 일행을 영접했다.

"뭐든지 제 뜻대로 주물러야 직성이 풀리는 사람인데 그게 안 되니 정신이 나가버려 백약百藥이 무효한 상태라오. 신경 쓸 것 없소! 부상의 서찰을 받은 지 며칠 안 됐는데 벌써 당도하셨소?"

유통훈을 비롯한 사람들은 백약이 무효하다는 말만 듣고도 모두들 윤계선이 누구 얘기를 하는지 알아차렸다. 아무려나 유통훈은 서화청으로 따라 들어가 자리에 앉더니 찻잔을 받아들고 나서 입을 열었다.

"승덕에서 폐하의 접견을 받으면서 저자에 대해 잠깐 언급을 했었소. 폐하께서는 상사를 우습게 아는 자들은 밑바닥에서 더 헤매봐야 윗사람의 마음을 알 거라고 하셨소. 저자를 구품九品의 현승縣丞으로 강등시켜 광주로 내려 보내실 거라 하셨소."

황천패는 유통훈이 얘기를 하는 동안 계속 두 손을 모은 채 옆에 서 있었다. 윤계선이 그게 안 되어 보였는지 자리를 권했다.

"천하에 유명한 황천패가 우리 집에 와서 이리 체면을 차리다니! 그러지 말고 어서 자리에 앉으시게."

황천패는 그제야 조심스레 의자에 엉덩이를 붙였다. 동시에 차만 마시면 땀을 흘리는 범시첩이 모자를 벗고 이마의 땀을 닦으면서 입을 열었다.

"기윤이 이번에 대단한 일에 착수했습니다. 파죽지세로 일을 추진하는데 실로 예사 인물이 아니더군요! 그런데 걱정되는 점도 있습니다. 온 천하의 도서들이 전부 북경으로 몰린다고 생각해보세요. 자금성이 꽉 차고도 넘치지 않겠어요? 그 많은 서적들을 빼고 보태고 교정하고 편집해 백과百科를 아우르는 보고寶庫로 만든다는 얘기인데, 그렇게 되면《사고전서》의 몸집이 도대체 얼마나 커야 하겠습니까?"

유통훈이 범시첩의 말에 약간의 반론을 폈다.

"그건 공이 성유聖諭를 잘 읽어보지 않아서 하는 말이오. 청홍조백青紅皂白을 막론하고 세상의 서적을 전부 다 수집하는 게 아니라 진판珍版만 엄선해 수집한다는 얘기요. 그렇지 않으면 자금성이 아니라 북경성 전체가 책으로 뒤덮여도 모자라겠지."

윤계선이 부채 끝으로 손바닥을 톡톡 건드리면서 생각에 잠기더니 갑자기 빙긋 웃었다. 그리고는 천천히 유통훈의 말을 받았다.

"그렇다 하더라도 책의 덩치가 만만치 않을 거요. 내가 대충 따져보

니 교정과 편집에 삼백 명, 등록謄錄(베껴 적음)에 적어도 사천 명이 매달
린다 하더라도 장장 이십 년은 지나야 완성될 것 같소! 《영락대전》이니
《고금도서집성》은 이에 비하면 완전히 요거요, 요거!"

윤계선이 새끼손가락을 까닥거렸다. 이어 덧붙였다.

"그건 그렇고 어서 본론에 들어가야겠소. 천패, 이곳 순포청巡捕廳의
강정일江定一을 만나봤는가?"

책 한 편 만드는 데 그렇게 많은 인력이 투입된다는 얘기에 딱 벌어진
입을 다물지 못하고 있던 황천패가 느닷없는 윤계선의 질문에 잠깐 얼
떨떨한 표정을 지었다. 그러나 곧 정신을 수습하고는 대답을 했다.

"하관은 강정일 대장님을 만나 뵈었습니다. 일지화는 지금 연자기燕
子磯, 옛 고궁, 호거관虎踞關과 현무호에 네 개의 향당香堂을 소유하고 있
는 것으로 밝혀졌습니다. 신도는 약 삼천삼백 명 정도이고, 영곡사靈谷
寺에 총당總堂이 있다고 합니다. 전국적으로 열네 개 향당에 총 일만 사
천 명의 신도를 관리하는 것으로 알려졌습니다. 적정敵情은 대충 이러
합니다."

"일지화는 어디 처박혀 있는 거지? 각 소굴마다 우리 사람을 심어뒀
겠지?"

유통훈이 황천패의 말을 들으면서 사색에 잠긴 채 물었다. 황천패가
즉각 대답했다.

"총당과 남경에 있는 향당들에는 밀탐密探을 뒀습니다. 현이나 향리에
있는 향당에도 밀탐이 더러 있습니다. 연입운이 열심히 뛰어주고 있습니
다. 일지화가 금릉을 떠났다는 추측이 거의 사실로 밝혀지자 그는 대단
히 실망하면서 일지화를 못 잡으면 죽어버리겠다고 했습니다. 그러나 가
재는 게 편이라고 아직은 방심할 수 없어 태보太保 두 명을 바짝 붙여놓
고 있습니다. 주소조와 양부운은 실수가 없는 친구들입니다."

도이길은 강정일로부터 몇 번 보고를 받아 돌아가는 상황을 어느 정도 알고 있었기에 자신감 넘치는 어조로 한마디 했다.

"연입운처럼 완전히 믿기 어려운 자에게는 아예 태보 자리를 하나 내주지 그래? 공명의 끈으로 묶어버리면 또다시 일지화의 유혹에 넘어가지 않을 텐데."

황천패가 기다렸다는 듯 즉각 나섰다.

"강호의 방식은 그렇지 않습니다. 십삼태보가 딱 좋습니다. 태보가 열네 명이 되면 별 볼 일 없어집니다. 연입운도 어쩔 수 없이 우리에게 넘어온 자입니다. 공명으로 유혹하는 것보다 복수심을 유발시켜 호인중을 없애버리게 하는 것이 더 실리가 있다고 봅니다. 아무튼 그자가 공명에 얼마나 뜻을 두고 있는지 불러서 한번 물어보는 것이 어떻겠습니까, 연청 대인!"

유통훈이 황천패의 물음에 대답했다.

"나중에 하는 걸 봐서!"

칼같이 자르는 데는 세상에 유통훈을 따를 만한 사람이 없었다. 그럴 필요가 없다는 뜻이었다. 황천패가 실망할세라 윤계선이 황급히 덧붙였다.

"아니면 먼저 천총千總 자리를 하나 줘서 부려보든가!"

유통훈이 윤계선의 제안에 즉답을 피하고 잠시 뭔가를 생각하더니 천천히 입을 열었다.

"방금 천패가 얘기했듯 강남에서 비적들의 움직임은 이미 가시화된 상태요. 이제는 우리가 손을 써야 할 때가 되지 않았나 싶소. 다만 일지화 조직이 한두 군데만 있는 것이 아니니 한꺼번에 갈아엎기는 힘들 것이오. 그러니 순포청에만 의존해서는 곤란하오. 내 생각에는 강남에 주둔하고 있는 녹영병에 도움을 청하는 게 어떨까 싶소."

윤계선이 유통훈의 말에 호두 모양의 쇳덩이 두 개를 손바닥에 올려놓고는 빙글빙글 돌렸다. 뭔가 생각에 빠진 모양이었다. 곧 그가 입을 열었다.

"그럴 필요까지는 없을 것 같소. 일지화의 일만 신도를 전부 비적으로 취급할 필요는 없소. 그들은 가난하고 힘없는 백성들일 뿐이오. 신이 내린 약입네 하고 잡곡 가루에 주사朱砂를 섞은 것을 주고 온갖 사술邪術로 유혹하니 쉽게 넘어간 거요. 그러니 벼룩 잡으려다 초가삼간 태우는 일은 삼가야 하오. 비밀이 누설되지 않도록 회의는 가급적 피하고 날짜를 잡아 주둔군에 계엄을 부탁하는 것이 좋겠소. 그렇게 해서 강남에 있는 네 개의 소굴을 먼저 덮치는 거요. 우두머리들과 극성 신도들만 잡아들여 당근과 채찍을 병행하면 뭐라도 걸릴 거요."

윤계선은 내친김에 그 동안 생각해뒀던 방안을 세세하게 설명했다. 심지어 주둔군을 십분 활용하고 그물을 어디에 어떻게 쳐야 하는 것까지 설명하고 나서 마지막으로 한마디 덧붙였다.

"연청, 그대의 편지를 받고 나는 생각이 많았소. 우리말에 '밤이 길면 꿈이 많다'고 했소. 이런 일은 속전속결을 해야 하오. 그렇다고 대부대를 동원해 긴장이 고조된 분위기를 조성해서도 안 되오. 태평세월에 갑자기 계엄령을 내리고 대규모의 군사들이 총을 들고 나선다면 백성들이 얼마나 놀라겠소. 아니 그렇소, 연청?"

유통훈은 젊은 기백과 만년설의 기품이 동시에 느껴지는 윤계선의 말에 감탄을 금치 못했다. 그가 젊은 나이에 개부건아開府建衙의 총독이 된다음 방면대원方面大員으로 활약하면서 십여 년 동안 변함없는 성총을 받아온 유능한 관리라는 사실이 새삼 뇌리에 떠올랐다. 유통훈이 곧 함박 미소를 지으면서 대답했다.

"원장 공의 입장을 많이 배려하지 못했던 것 같소. 진심으로 양해를 바라오. 천패, 지금이라도 늦지 않으니 계선 공을 본보기로 삼아 책을 틈틈이 읽어두도록 하게. 전에 도둑들의 간담을 서늘하게 했던 이위 총독은 늘 무학無學의 아쉬움을 토로했었네. 원장 공의 이런 지혜는 경력과 학문에서 비롯된 것이니 절로 감탄이 터져 나오는군!"

윤계선이 유통훈의 칭찬에 겸손한 자세를 보였다.

"누구나 닥치면 다 하게 돼 있소. 강남은 조정의 식량창고이자 금고요. 동시에 인문의 요람이오. 그러니 잘 단속해야 하는 것은 당연한 일이오. 천패, 직접 제일선에 나서는 일은 자네를 믿고 맡기겠네. 나와 연청 공은 총독아문에서 지휘하면서 자네의 첩보만 기다리겠네. 이번 일만 제대로 완수하면 우리 둘이 자네에게 부장副將 자리 하나 얻어주는 것은 그리 어렵지 않을 거네!"

"두 분의 애정 어린 가르침에 여러모로 부족한 이 사람은 어찌 보답해야 할지 모르겠습니다. 두 분의 훈육을 영원히 잊지 않겠습니다."

황천패는 진심으로 유통훈과 윤계선의 격려의 말에 감격한 듯했다. 그러다 이내 감정이 벅차올랐는지 목이 멘 소리로 말을 이었다.

"주먹질밖에 모르는 무식한 강호인江湖人이 두 분 대인의 하해와 같은 은혜를 한 몸에 받으니 몸 둘 바를 모르겠습니다. 하관은 뼈를 빻아 강물에 뿌린다고 해도 두 분의 은혜를 다 못 갚을 것입니다. 다만 걱정되는 것은 우리가 움직임을 개시하면 구미호 같은 역영이 냄새를 맡고 멀리 도망가서 꼭꼭 숨어버리는 것은 아닐까 하는 겁니다. 그것이 심히 우려됩니다."

유통훈이 황천패의 말을 듣고는 가늘게 좁힌 두 눈에 승냥이의 그것을 방불케 하는 푸른빛을 번쩍이면서 껄껄 웃었다.

"그런 걱정은 안 해도 되네. 승덕에서 이미 폐하께 주청을 올렸네. 폐하께서는 이렇게 말씀하셨어. '대국을 안정시키고 강남의 우환을 뽑아버리는 것이 무엇보다 중요하네. 절을 없애버리면 중은 길바닥을 떠돌겠지! 풀숲을 쳐서 뱀을 놀라게 하는 전술도 꼭 필요할 때가 있네. 짐은 여태 조정과 숨바꼭질을 해온 일지화가 대체 어떤 요물인지 똑똑히 보고 싶네. 그러니 가급적이면 생포하도록 하게!'라고 말이야. 우리 등 뒤에는 폐하의 태산 같은 믿음이 있다는 것을 잊지 말게."

유통훈이 건륭의 말을 옮기는 대목에서 사람들은 자리에서 일어나 경청했다. 유통훈의 말이 끝나자 윤계선이 단호하게 덧붙였다.

"우리는 반드시 범인 색출에 진력해 폐하의 성은에 보답해야 하오!"

유통훈 역시 웃으면서 화답했다.

"이제 합심하는 일만 남았으니 이만 가봐야겠소. 나하고 천패는 돌아가서 세부적인 사항에 대해 조금 더 검토한 후 다시 와서 원장 공의 영전令箭을 모셔가도록 하겠소."

유통훈이 말을 마치더니 윤계선을 향해 작별인사를 고했다. 그리고는 곧바로 밖으로 나왔다. 장추명이 아직도 공문결재처 안에서 서성거리고 있는 모습이 보였다. 그가 마침 잘 됐다는 듯 손짓으로 친병을 불러 지시를 내렸다.

"가서 장추명에게 전하게. 원장 공은 남경 총독에 유임될 것이니 앞으로 진이 빠지도록 싸울 날이 많다고. 더 이상 공무를 방해하지 말고 돌아가라고 하게. 정 분을 삭이지 못하겠으면 역관으로 나를 찾아와도 좋다고 이르게."

윤계선은 여전히 장추명에 대해서는 오불관언이었다. 몇 날 며칠 함정에 갇힌 배고픈 야수처럼 시뻘건 두 눈으로 자신을 노려보고 있는데도 눈길 한 번 주지 않았다. 반면 도이길은 참다못해 불쾌한 감정을 터뜨렸다. 급기야는 마치 똥파리를 삼킨 듯 일그러진 표정을 한 채 장추명을 힐끗 노려보면서 자리에 앉아 입을 열었다.

"우리 몽고에서는 저런 자들을 쇠심줄이라고 하오. 부락에 저런 인간 말종이 나타나면 마을 어른들이 상의를 거쳐 그 인간을 난도질해 독수리 먹이로 준다고 하오. 폐하께서 저자를 광주의 현승으로 보낸다고 하셨다니 내일이라도 당장 쫓아내시오. 뭐가 아쉬워 저 꼴을 계속 보고 있겠소!"

"참는 것도 재주라고 하지. 기왕에 참아온 김에 정식 발령이 날 때까지 조금만 더 기다려 보자고."

윤계선이 도이길의 말에 짧게 대꾸하고는 옆에 있던 범시첩에게도 앉으라는 손짓을 했다. 그러자 범시첩이 입을 열었다.

"저자가 연청 대인께 달려가 귀찮게 굴지는 않을지 모르겠소. 우리 금릉 관리의 얼굴에 먹칠을 하는 사람 같으니라고!"

윤계선이 다시 말을 받았다.

"연청 대인은 나처럼 말로 살살 달래는 성격이 아니지. 욱하면 곧바로 칼을 빼든다네. 그 칼에 얼마나 많은 사람이 죽었는데 감히 그에게 뛰어갈까? 됐어, 그 얘기는 집어치우고 우리는 서적을 수집하는 데 대해 지혜를 모아보도록 하자고!"

범시첩이 윤계선의 말에 알 듯 말 듯한 긴 한숨을 내쉬었다. 사실 총독과 순무는 결코 상명하복의 종속관계가 아니었다. 총독은 군정軍政을 담당하고 순무는 민정民政을 담당하도록 분명히 구분돼 있었다. 그러니 도서를 수집하는 것은 당연히 순무의 일이었다. 범시첩이 잠시 뭔가를 생각하더니 천천히 말했다.

"내 능력은 원장의 만 분의 일도 안 되니 텅 빈 이 머리를 더 훑어봐야 나올 것도 없소. 그냥 원장 공의 지시에 따르는 게 속이 편할 것 같소. 도서를 수집해야 한다는 건 누구나 다 아는 바이지만 아직까지 팔을 걷어붙인 곳은 없소. 당연히 이유는 있소. 무엇보다 도서를 소장한 사람이 손수 싸들고 와서 바쳐야 하는지, 아니면 관부에서 집집마다 찾아다니면서 거둬들여야 하는지 정해진 규정이 아직 하나도 없다는 거요. 게다가 빌릴 때 반환증은 누가 만들고 어떤 식으로 어떻게 반환해야 하는지에 대한 규정도 없소. 어떤 사람들이 보증금을 요구하거나 판매할 의사가 있을 때는 그 자금을 어디서 충당해야 하는지에 대한 원칙은 더 말할 것도 없소. 도서의 선별 기준 역시 애매모호하고! 아무튼 쉬울 것 같지만 대단히 복잡하고 골치 아플 것 같소."

도이길이 범시첩의 말을 받았다.

"나도 동감이오. 나 같은 경우는 더욱 난처한 입장이오. 곧 이임을 앞두고 있어 위의 허락 없이 재정 지원을 마음대로 해줄 수도 없으니 말이오. 만약 해줬다가 제때 회수하지 못하는 날에는 엉뚱한 바가지를 뒤집어쓰기 십상 아니겠소. 어떤 책은 값이 어마어마한 것들도 있소. 나는 송판宋版 서적이 만금萬金도 넘는 가격에 거래되는 걸 본 적이 있소. 내 생각에는 조금 늦더라도 다른 성에서 먼저 시범을 보이는 걸 봐가면서 시작하는 게 좋을 것 같은데……."

윤계선이 도이길의 말이 끝나기를 기다렸다는 듯 시계를 들여다봤다. 이어 한숨을 내쉬었다.

"알았네! 빌리는 건 원래 어려운 법이야. 빌리는 사람과 빌려주는 사람이 모두 받아들일 수 있는 조건이 필요하니 말이야. 아무래도 조금 더 기다려 보는 게 좋겠어. 그러나 기다리는 것도 요령이 필요하지. 바보가 호떡을 굽는 것처럼 다 탈 때까지 멍청히 들여다보고만 있을 것인지, 아니면 어떻게 달리 기다릴 방도가 있는지 잘 생각해봐야겠어. 많은 얘기를 나눴지만 내가 보기에는 전문적인 부서를 따로 만드는 게 가장 좋을 것 같아. 강남, 절강 두 성에 각각 '징차서국'徵借書局이라는 기관을 설치한 다음 소속 현마다 지국支局을 만들어 전담 인력을 배치하는 게 어떨까 싶어. 그들에게 이웃 성들의 움직임을 참고하면서 천천히 준비하라고 일러두고 조정에서 무슨 어지가 내려오면 발 빠르게 선수를 치면 될 것 같은데?"

윤계선은 언제 생각해놓았는지 느긋하게 앞질러가는 묘안을 불쑥 내놓았다. 그의 방안에 따르면 조정에서 각 성에 독촉을 하면 성에서는 서국書局에 임무를 하달하면 될 일이었다. 그렇게 해서 잘되면 총독, 순무, 번대의 얼굴에 광채가 날 수 있을 터였다. 또 설사 조정에서 하달한 목표를 달성하지 못하더라도 밑에서 책임을 모두 떠안으면 될 터였다. 완전히 꿩 먹고 알 먹기라고 해도 과언이 아니었다.

범시첩은 머릿속에 꽉 차 있던 번뇌가 일시에 사라지면서 오래간만에 홀가분한 기분을 느꼈다.

"정말 두 손 두 발 다 들었소, 원장! 똑같이 머리가 하나씩만 달렸는데 어찌 이리도 다를까!"

도이길 역시 한 시름 덜었다고 생각한 듯 껄껄 웃으면서 말을 받았다.

"그러게 말이오. 나는 바보가 호떡을 굽듯 까맣게 탈 때까지 기다리려고 했었는데 말이오! 하하 이건 농담이오. 그런데 내가 보기에 '징차'徵借라는 말은 어딘가 강요하는 듯한 인상을 주는 것 같소. 무난하게 '채방유서총국'采訪遺書總局이 더 낫지 않을까?"

"그래, 그게 더 좋은 것 같군!"

윤계선이 즉각 찬성의 뜻을 표하면서 자리에서 일어났다. 여전히 쇠로 만든 호두처럼 만든 구슬을 굴리면서 방 안을 천천히 거닐기 시작했다. 그러면서 간혹 고개를 갸웃거렸다. 그 모습이 마치 깊은 사색에 빠진 것 같았다.

사실 건륭이 수차례 조서를 내려 강조한 '계고우문'稽古右文은 '문치'文治의 골자라고 해도 과언이 아니었다. 때문에 조정과 황제의 야심작에

굵직한 한 획을 그을 수만 있다면 문인으로서 그만한 공덕도 다시는 없을 터였다. 그러나 말이 쉬워 '채방'采訪이지 필화筆禍의 두려움을 아는 사람들이 순순히 책을 내놓을 리 만무했다.

그런 사례는 너무나도 많았다. 우선 장정룡莊廷權의 문자옥文字獄 사건을 들 수 있었다. 주방단朱方旦의 사설邪說 사건 역시 비슷했다. 그러나 두 사건은 아주 오래 된 일이거나 영향력이 별로 크지 않았다. 제쳐두고 굳이 거론하지 않아도 괜찮았다. 그러나 대명세戴名世의 《남산집》南山集 사건은 달랐다. 겨우 20년 전에 발생한 일이었다. 영향력도 대단했다. 결국 황제의 어명 한마디에 300여 명의 문인들이 마른하늘에 날벼락처럼 큰 화를 입었다.

옹정황제 때는 왕경기汪景祺, 육생남陸生楠, 전명세錢名世, 사사정査嗣庭, 여유량呂留良, 증정曾靜, 장희張熙 등의 문인들이 당파 간 정쟁에 악용되거나 반역의 움직임에 장단을 맞춰 가뜩이나 술렁이는 정국에 기름을 퍼부었다. 옹정황제는 이에 직접 붓을 들어 장장 10만 자에 달하는 《대의각미록》大義覺迷錄을 써서 전국의 학궁學宮에 내려 보냈다. 이로써 수백 명의 문인들이 참수, 능지처참 등의 끔찍한 방식으로 공개처형을 당했다. 전명세는 겨우 목숨은 부지했으나 옹정에 의해 '명교죄인'名教罪人이라는 편액을 하사받고 남은 생을 죽는 것보다 더한 치욕을 겪으며 살아야 했다.

'천심불측'天心不測이라는 말처럼 황제의 마음은 언제 어떻게 돌변할지 모르는 법이었다. 필화의 피비린내가 진동했던 나날이 어제 같은데 백성들이 감히 건륭에게 책을 '빌려' 줄 수 있을까? 윤계선에게는 이런 우려 외에 더 깊은 걱정도 있었다. 윤계선 본인이 천하에 이름을 떨친 문인일 뿐 아니라 강남의 풍아風雅 수령으로 장서루藏書樓에 값나가는 진귀한 송판 밀서密書들을 적지 않게 소장하고 있었던 것이다. 문제는 어떤 책을 내놓아야 하는지, 어느 선까지 기윤에게 협조해야 하는지 도통 감을 잡을 수 없다는 사실이었다. 윤계선이 오래도록 깊은 사색에 잠겨 있더니 길게 숨을 들이마시고서 천천히 입을 열었다.

"서국書局이 설립되는 대로 우리 대원大員들의 장서부터 심사에 걸리지 않을지 잘 살펴봐야겠네. 문운文運은 국가의 운명과 직결돼 있어. 성세盛世의 풍모를 반영하는 잣대이기도 하지. 절대 강남 관리들의 치부를 드러내는 일은 없어야겠네. 또 문인들의 명줄을 저당 잡히는 불행이 재연돼서는 안 되지."

범시첩과 도이길은 윤계선이 오랜 시간 동안 도대체 무슨 생각을 했는지 정확히 가늠할 수는 없었다. 그러나 딱딱한 어조와 굳은 표정에서 미래에 대한 불안을 엿볼 수 있었다. 솔직히 말해 문인들에게 있어 조정은 약속을 지키지 않는 거짓말쟁이라고 해도 크게 틀리지 않았다. 범시첩의 경우만 해도 순진한 글쟁이들이 문망文網에 걸려들어 목숨을 잃는 장면을 수도 없이 목격해온 터였다.

유통훈은 역관으로 돌아오자마자 황천패, 십삼태보와 수행원들을 긴급 소집했다. 이어 총독아문에서 논의한 내용을 들려주고 전략을 세우도록 지시했다. 회의는 황천패가 주재하도록 하고 유통훈 자신은 당일 북경에서 보내온 정기廷寄와 관보官報를 들고 한쪽으로 물러났다.

그는 먼저 관보를 펼쳤다. 손가감과 사이직이 병세가 위독해 건륭에게 유언 상주문을 올렸다는 내용이 맨 위에 있었다. 건륭이 열하에 있던 수행 어의를 북경으로 급파해 진맥을 하게 하는 동시에 은조恩詔를 내려 둘을 위로했다는 내용도 있었다. 기윤이 각 성의 도서수집 현황을 보고하면서 호부에서 각 성에 필요한 경비를 지원하도록 윤허해 주십사 주청을 올린 것이 그 다음 주요 내용이었다. 또 늑민이 운남 동정사로 부임하자마자 각 동광의 채굴량이 전년 대비 1할 증가했을 뿐 아니라 10만 근의 구리를 남경으로 보내 돈을 주조한다는 내용 역시 눈에 떠었다. 그밖에도 강서 철광국鐵礦局이 30만 근의 쇠를 남경 번사藩司로 운송하고 병부에서 20문의 홍의대포를 주조할 것이라는 내용도 관보를 채우고 있었다…….

유통훈은 관보를 꼼꼼히 훑어보고 나서 다시 부항이 보낸 정기문서를 펼쳐들었다. 그때 황천패 쪽에서는 일지화를 습격하는 일정을 놓고 설전이 벌어졌는지 무척이나 소란스러웠다. 유통훈은 자신도 모르게 고개를 들었다. 순간 황천패가 황급히 쉬쉬하면서 사람들에게 주의를 주었다.

"너무 떠들어서 죄송합니다. 다른 방으로 옮기겠습니다."

"아니, 그럴 거 없네. 그래도 여기가 더 조용하지."

유통훈이 즉각 개의치 말라는 손짓을 했다. 그리고는 입을 열었다.

"내가 한마디만 끼어들겠네. 이번 달 이십육 일과 이십칠 일 이틀 중에 하루를 택하게. 반드시 기밀에 붙여야 하네. 감히 기밀을 누설시키는 사람은 의도적이든 그렇지 않든 절대 용서하지 않을 거야. 그 일족은 필히 나 유아무개의 손에 멸문지화를 입게 될 것임을 단단히 일러두는 바이네!"

유통훈은 비밀 준수에 대한 확실한 의지를 황천패 등에게 주지시킨 다음 다시 고개를 돌려 화칠火漆을 한 편지 겉봉을 뜯었다. 그것은 뜻밖에도 눌친의 서찰이었다. 내년 봄 공격을 개시하기로 했다면서 월동에 필요한 옷가지와 이불, 담요, 두터운 천막, 그리고 땔감과 건채乾菜를 보내달라고 부탁하는 내용이었다. 유통훈은 서찰을 한참 읽어 내려가다가 뒷면에 있는 주비를 발견했다. 본능적으로 황급히 자세를 고쳐 앉았다. 이어 서둘러 읽어본 내용은 범상치 않았다.

눌친이 드디어 공격준비를 끝냈다고 하네. 시간이 적지 않게 걸리기는 했어도 준비가 철저해서 나쁠 것은 없지 않은가. 금천에서 두 번 다시 똑같은 패배를 당하는 것은 절대 용납하지 못하겠네. 다른 사람도 아닌 눌친이 짐에게 또다시 굴욕과 수치를 주는 일을 하겠는가? 이 주비는 윤계선에게도 전해주게. 전선에서 필요한 물품의 구입은 윤계선이 맡고 비용은 늑민이 지불하도록 하게. 또 유통훈은 군기처 고관의 신분으로 두 사람이 일을 신속히 처리하도록 독촉하게. 이밖에 악종기를 천섬川陝(사천성과 섬서성) 총독에 임명하고 송번松潘으로 보냈다네. 아마 눌친의 지휘를 받게 될 걸세.

주비의 밑에도 깨알같이 쓴 글씨가 있었다. 유통훈은 돋보기를 끼고 그것을 읽었다. 그의 얼굴에 갑자기 화색이 돌았다.

황후가 경에 대해 많은 관심을 가지고 있다네. 이번에도 담비가죽 외투를 상으로 내리니 잘 받아서 입도록 하게. 대신 어린 황자가 민간의 백납의百衲衣(여러 색깔이 섞인 천을 얽어매서 만든 옷)를 필요로 한다 하니 황후마마와 황자를 위해 구해보도록 하게.

유통훈은 주비를 읽고는 어느 해인가의 원소절元宵節(정월 대보름)을 앞두고 황후 부찰씨가 특별히 어두두부탕魚頭豆腐湯을 상으로 내렸던 기억을 떠올렸다. 그는 갑자기 가슴이 뭉클해지면서 눈물이 났다. 그러나 곧 누가 볼세라 황급히 손등으로 눈물을 닦아내면서 사은 상주문을 어떻게 써야 할지를 생각했다. 그가 그렇게 속으로 초안을 작성하고 있을 때였다. 역승驛丞이 초롱불을 들고 들어왔다.

유통훈은 말할 것도 없고 열심히 논의를 하고 있던 다른 사람들 역시 모두 일제히 입을 다물었다. 역승이 주전자 모양의 기름통을 기울여 등

잔마다 기름을 붓고 나서 아뢰었다.

"얼사아문의 장추명 나리가 유 대인께서 부르셨다면서 아까부터 기다리고 있습니다. 얼굴색이 조금 이상해 보이기도 했습니다."

유통훈이 역승의 말에 버럭 화를 내려다 말고 침착하게 지시했다.

"서쪽 모퉁이 방으로 들어오게 하게."

유통훈은 역승이 물러가자 즉각 누가 엿들을세라 목소리를 낮췄다.

"방금 의논한 대로 움직이도록 하게!"

유통훈은 짤막하게 지시하고는 서둘러 밖으로 나왔다. 이어 곧바로 서쪽 모퉁이 방으로 향했다. 결코 반가운 손님은 아니었으나 최소한의 예의라도 갖춰야 한다는 생각이었다. 그가 딱딱하게 굳은 얼굴로 차를 가져오라 지시하고 나서 단도직입적으로 물었다.

"이 늦은 시각에 어쩐 일인가?"

유통훈은 말을 마치고 가까이에서 장추명을 유심히 뜯어봤다. 확실히 어딘가 문제가 있는 사람처럼 보였다. 심지어 조금 튀어나온 광대뼈는 불그스레하고 눈빛은 술에 취한 사람처럼 초점 없이 흔들렸다. 몸도 흔들거리고 다리도 풀린 것 같았다.

"술을 마셨나?"

유통훈이 물었다. 장추명이 유통훈의 말에 경기를 일으키듯 눈을 희번덕거리면서 두 손을 마구 저었다.

"아니, 아니…… 그런 건 아닙니다. 나는 여태 입술에 술을 묻혀본 적이 없습니다. 누구처럼 술 마시고 해롱대는 일은 죽어도 못하죠! 윤계선이야말로 술독에 빠져 그대로 뒈져야 할 주정뱅이예요. 또 범시첩과 도이길도 마찬가지예요. 술독에 콱 처넣어야 하는데!"

장추명은 무작정 거품부터 물고 흥분했다. 유통훈이 그만 하라는 듯 짜증스레 손사래를 치면서 물었다.

"원장이 술을 마셔서 화가 났다는 건가? 그래서 나에게 하소연하러 찾아온 거야?"

"그럼! 아니, 아니! 그건 아닙니다. 연청 대인이 나를 부르지 않았습니까? 일지화 생포 작전에 지혜를 모으자고 말이에요."

장추명이 간사하게 눈을 굴리면서 말했다. 유통훈이 대뜸 경계의 눈빛을 보내며 버럭 고함을 질렀다.

"내가 언제 자네에게 그런 소리를 했는가?"

"나 참, 장부일언중천금이라고 했습니다. 천하의 연청 대인이 왜 이러실까!"

장추명이 겁도 없이 유통훈의 코를 향해 삿대질을 해가면서 미친 듯이 웃음을 터뜨렸다. 긴 소매를 펄럭거리면서 웃어대는 그 소리는 마치 한밤중의 부엉이 소리처럼 끔찍했다. 유통훈은 온몸에 소름이 쫙 돋는 것 같았다. 그럴수록 장추명은 컹컹 기침까지 해대면서 웃어댔다. 이어 유통훈에게 일갈했다.

"나는 얼사아문의 장추명입니다. 나를 모르겠습니까? 하하! 기억력이 부실한 건 폐하를 닮았군요."

장추명은 썩은 달걀처럼 풀린 눈동자를 한 채 입가에 허연 거품을 물었다. 그리고는 아무 말이나 마구 지껄여대고 있었다. 분명히 멀쩡한 사람은 아니었다. 윤계선의 말대로 실심풍失心瘋(정신병을 의미)에 걸린 것이 분명했다. 유통훈은 구역질이 나면서 일말의 연민도 동시에 느꼈다.

"좋게 말할 때 돌아갔으면 하네. 가서 의원을 불러 병을 치료하는 것이 좋겠어. 당분간 업무에 대해서는 생각하지 말고 마음을 편하게 먹게."

장추명이 다시 잘 알아듣지 못할 말을 지껄여댔다.

"말도 안 되는 소리! 나는 조정의 녹봉을 먹는 사람입니다. 어찌 업무에 대해 생각하지 않을 수 있겠습니까? 또 내가 정계의 시시비비에 신경을 끈다면 이 나라가 어떻게 제대로 돌아갈 수 있겠어요? 윤계선, 흥! 다른 사람들은 무서워할지 모르나 나는 쥐뿔만큼도 두렵지 않아요! 아무리 교활해도 내 눈을 피할 수는 없죠. 강남에 은자가 차고 넘치는데 제까짓 게 깨끗하면 얼마나 깨끗하겠어요? 내가 이럴 때를 대비해 그자의 죄상을 조목조목 책자에 적어뒀다는 거 아닙니까! 연청 대인, 내가 그 책자를 보여줄게요. 우리……."

장추명이 삼시 창밖으로 고개를 내밀더니 주위를 두리번두리번 살폈다. 이어 조용히 입을 열었다.

"우리 공동 탄핵문을 올려 그 자식을 매장시킵시다! 그 자리에 연청 대인이 앉고 내가 연청 대인을 잘 보필할 테니 우리 함께 폐하의 충실한 신하로 명성을 날려봅시다!"

유통훈은 조금 전까지만 해도 장추명에 대해 일말의 동정이라도 느꼈었다. 그러나 장추명의 졸렬한 속내를 다 알고 나자 구역질이 치미는 것을 어쩌지 못했다. 미치광이와 마주앉아 금싸라기 같은 시간을 허비할 이유가 없었다. 그는 장추명을 어르고 달래고 협박하면서 겨우 문 밖으로 밀어냈다. 이어 한마디를 쏘아붙였다.

"그래, 잘해 보게! 그렇지 않아도 부항 대인이 자네에게 군기대신 자리를 내주겠다고 했어. 그러니 집에 장서가 있으면 아끼지 말고 전부 다 내놓도록 해. 군기대신이 솔선수범해야지!"

유통훈은 장추명을 완전히 미치광이 취급을 하고 있었다. 다른 방에서 유통훈의 말에 귀를 기울이고 있던 황천패 등은 급기야 입을 감싸쥐고 키득거렸다.

"그런 일이 있었단 말입니까? 그게 과연 사실입니까? 부상이 나에게 군기대신 자리를 주겠다고 했다는 말이죠?"

장추명은 대문 밖으로 쫓겨나면서도 계속 지껄였다. 나중에는 안도의 한숨을 내쉬는 유통훈을 향해 입이 째지게 웃으면서 몸을 돌려 달려갔다. 그러면서 환호성을 내질렀다.

"군기대신이면 바로 재상이야! 나는 이제 장정옥과 어깨를 나란히 하게 됐어! 내 평생에 이런 날도 있구나! 암, 있고말고! 하하하하……."

유통훈은 후줄근한 옷자락을 바람에 날리면서 어둠 속으로 사라지는 장추명을 지켜봤다. 이어 터져 나오려는 욕설을 억지로 참고는 천천히 방으로 들어갔다.

39장
실성한 관리, 기밀을 누설하다

사달은 엉뚱한 곳에서 일어났다. 유통훈에게 쫓겨난 장추명이 정신
착란 증세를 보이면서 길거리에서 공공연히 기밀을 떠들어대기 시작
한 것이다.

"조정에서 일지화 생포 작전에 돌입했다!"

장추명의 말은 사실이었다. 그는 머리가 오락가락하는 와중에도 유
통훈 일행의 작전을 문틈으로 몰래 엿들었던 것이다. 이렇게 해서 겨우
짜놓은 작전은 수포로 돌아갈 위기에 처했다. 유통훈은 엉뚱한 곳에서
기밀이 새는 바람에 다급해지지 않을 수 없었다. 즉시 작전을 변경했다.
가까운 곳부터 들이치기로 결정을 내린 것이다. 그는 우선 여러 곳의 향
당을 일제히 포위하라는 명령을 내렸다. 동시에 더 이상 문제를 일으키
지 않기 위해 장추명을 총독아문에 감금하도록 했다. 또 황천패와 연입
운을 열사아문으로 보내 일지화 일당의 인상착의를 그림으로 그려 각

지방에 발송하도록 했다. 윤계선 역시 성城의 네 대문을 닫고 오가는 행인들에 대한 철저한 검문을 지시했다. 열 사람을 억울하게 잡아들일지언정 단 한 명의 범인도 놓쳐서는 안 된다는 윤계선의 지시로 성 내에서는 비상이 걸렸다.

유통훈은 자신의 실책도 인정해야했다. 고민 끝에 윤계선과 상의해 스스로를 탄핵하는 주장도 올리기로 했다. 장추명에 대한 탄핵 주장을 쓰는 윤계선과 스스로 자신의 뺨을 때리는 유통훈은 기분이 불쾌하기 짝이 없었다. 아무래도 치밀하게 준비했던 대사를 그르치게 되었으니 그럴 만도 했다.

그럼에도 불구하고 작전은 계획대로 진행됐다. 황천패와 연입운은 우선 얼사아문에서 그림을 잘 그리는 고수들을 불러 일지화 일당을 수배한다는 내용의 포고령에 들어가는 인상착의를 그림으로 그리도록 했다. 둘이 모든 것을 끝내고 아문을 나섰을 때는 이미 어둑어둑하니 땅거미가 지기 시작할 때였다. 짙게 드리운 먹장구름 사이로 빗방울이 간간이 떨어지고 있었다. 황천패가 하루 종일 심드렁해 있는 연입운을 보면서 말했다.

"성문도 봉했고 비상경계령도 내려졌어. 이미 주사위는 던져졌다고 봐야지. 죽이 되든 밥이 되든 기다려보는 수밖에 없어. 우리 어디 가서 술이라도 한잔 할까?"

연입운이 여전히 시큰둥한 표정으로 멀지 않은 곳을 가리키면서 대답했다.

"그러든가! 저 앞에 내가 자주 들르는 기가紀家주점이 있소. 손바닥만 한 주점이나 주인의 인심이 넉넉하다오. 조용하기도 하고 괜찮은 곳이오."

황천패는 연입운을 따라 주점으로 들어갔다. 과연 그곳은 탁자 네 개가 겨우 놓인 비좁은 곳이었다. 그러나 실내는 사면의 벽을 하얀 종이로 도배해 놓은 덕분에 대단히 밝았다. 손님은 밥을 먹는 이들, 술을 마시면서 한담을 늘어놓는 이들을 다 포함해도 대여섯 명밖에 되지 않았다. 주점의 일꾼은 연입운을 보자마자 밤중에 땅바닥에 떨어진 원보元寶를 주운 사람처럼 싱글벙글 웃으면서 반겼다.

"그동안 뜸하셨네요, 연 나리! 한참 안 보이시니 저희 주인마님께서 왜 안 오시나, 뭐가 서운하셨나 하면서 기다리셨어요."

연입운이 별로 감동받은 기색도 없이 무뚝뚝하게 고개를 끄덕였다. 이어 구석자리 의자에 앉은 채 주문을 했다.

"전과 똑같이 줘. 특별한 요리 하나만 더 추가하고."

일꾼이 굽실거리면서 대답하고 물러갔다. 잠시 후 생선조림, 닭찜, 버섯무침, 붉은 고추 야채볶음, 그리고 향신료를 넣어 볶은 땅콩이 나왔다. 황천패가 따끈한 황주黃酒가 서너 잔 들어가자 빙그레 웃으며 연입운에게 물었다.

"이봐, 친구! 무슨 고민이 있는가? 왜 하루 종일 초상난 사람처럼 죽을상을 하고 있는 거야? 내가 자네를 형제처럼 대하니 태보들이 감히 무례한 행동을 했을 리는 없을 테고. 우리 편으로 넘어오자마자 천총千總 자리도 얻었고. 연청 대인과 원장 공도 특별히 잘해주지는 않는다 해도 인간적으로는 크게 문제없이 대해주고 있잖아. 혹시 아직도 역영의 품을 못 잊어서 그러는 건가?"

황천패가 연입운의 눈치를 슬쩍 한번 살피고 나서 다시 말을 이었다.

"내가 보기에는 그 이유밖에 없는 것 같은데? 진짜 그렇다면 지금부터라도 생각을 고쳐먹어야 해. 설사 그가 역적이 아닐지라도 진심으로 자네를 좋아하는 건 아니지 않은가. 그 사람은 자나 깨나 호인중밖에는 없는 사람이야! 치사하게 남의 여자를 낚아챈 그 몹쓸 놈을 찾아 없애버려야 한다고. 더구나 역영은 이미 마흔을 넘긴 여자야. 사술邪術로 미모를 억지로 유지시키고 있는지는 모르나 이미 한물간 여자라고! 꼬부랑 노파가 되는 건 시간문제야. 천망天網에 걸리는 날에는 자네와 나는 말할 것도 없고 설사 부상, 연청 공, 원장 공이 일제히 탄원서를 올린다고 해도 그 여자의 목숨을 구하기는 힘들 거야. 마음을 둘 곳에 둬야지. 역영에게 매달리는 것은 언제 무너질지 모르는 위태로운 모래성에 기대는 것과 마찬가지야!"

연입운은 말없이 술만 마셨다. 황천패가 위로를 하는 동안에도 연거푸 몇 잔을 혼자 부어 냉수 마시듯 마셨다. 그러더니 갑자기 고개를 푹 숙였다. 한참 후 땅이 꺼져라 길게 탄식을 토하면서 고개를 드는 그의 얼굴에는 눈물이 어른거렸다.

"나는 내로라하는 문벌 가문에서 태어나고 나름대로 무예 실력도 자부하는 사람이오. 그런데 내가 왜 십 수 년 동안 역영의 뒤를 졸랑졸랑 따라다녔겠소? 공명이나 부귀 따위는 생각조차 해본 적이 없소. 어떻게든 그녀의 마음속에 둥지를 틀고 싶었을 뿐이오. 그게 과분한 욕심이었다는 말이오? 기껏 꼬리쳐 놓고는 호인중 그자가 오니 매몰차게 나를 외면하고 그자의 품에 안기다니! 돌대가리, 망나니 같은 놈이 뭐가 좋다고."

황천패가 바로 말을 받았다.

"역시 내 추측이 딱 들어맞았군! 나도 그 여자를 봤는데 개미허리에 항아리 엉덩이를 가지고 있더군. 더구나 전족도 하지 않은 큰 발에……. 어디 한 군데라도 고운 곳이 있는가? 내일 내가 비교도 안 되게 고운 여자를 구해줄 테니 얼굴 좀 펴게."

연입운이 황천패의 위로가 고마운지 눈물을 닦았다. 그리고는 한숨을 내쉬면서 다시 입을 열었다.

"꼭 그것 때문만은 아니오. 이래봬도 연아무개 하면 오호사해五湖四海에 모르는 사람이 없는 사내였소. 그런데 어쩌다 주인을 배신한 사람이 되었는지 모르겠소. 관병官兵의 앞잡이가 되어 옛 주인을 토벌하러 나섰으니 어떻게 고개를 들고 살아가겠소. 의리가 없으면 고깃덩어리나 다름없는 게 강호의 사내들이오. 나는 불충, 불의, 불인의 딱지가 붙어 강호에서 몰매를 맞아 죽게 될지도 모르오. 벗을 팔아 사적인 영달을 구한 셈인데 누가 나를 인정해주겠소. 내 인생은 이제 끝난 것 같소."

연입운이 말을 마치고는 추위에 떨 듯 몸을 웅크렸다. 목소리마저 떨리고 있었다. 송장처럼 창백한 손 역시 바들바들 떨었다. 비바람에 꺼질 듯 이어지는 주점 앞의 등불을 바라보는 그의 눈빛에는 공포와 절망감이 가득했다. 마치 늦가을의 비바람 속에 내동댕이쳐진 불쌍한 강아지 같았다. 황천패는 그 모습을 보자 갑자기 형언할 수 없는 불안감이 밀려들었다.

"그런 마음이 있다면 왜 아직까지 역영을 찾아가지 않았나?"

갑자기 옆자리에서 누군가가 말했다. 동시에 화들짝 놀란 황천패와 연입운이 황급히 소리 나는 쪽으로 고개를 틀었다. 두 겹으로 된 회색 비단 두루마기에 누르스름한 가죽조끼를 껴입은 사내 한 명이 멸시와 조소가 어린 눈빛으로 두 사람을 노려보고 있었다. 자세히 보니 사내는 놀랍게도 남장을 한 뇌검이었다. 그녀의 등 뒤에서 우락부락한 거구의 사내들이 모습을 드러냈다. 동시에 주방 쪽에서도 도롱이를 입은 사내 십여 명이 뛰쳐나왔다. 두 사람은 삽시간에 막다른 구석으로 내몰렸다. 순간 수십 쌍의 표독스러운 눈길이 화살처럼 두 사람에게 꽂혔다. 연입운은 느닷없는 광경에 경악을 금치 못하고 뒷걸음치다가 겨우 마음을 진정시켰다.

"어…… 뇌검이군. 오래간만이야. 그런데…… 교주는? 호, 호형도 있네?"

"칼을 내놔!"

뇌검이 목소리를 내리 깐 채 명령조로 말했다. 동시에 두 사내가 덮쳐들더니 연입운의 요도腰刀를 빼앗았다. 뇌검이 싸늘하게 내뱉었다.

"네놈들을 찾아 하루 종일 헤맸어. 결국 제 발로 찾아왔군. 황천패, 영패令牌를 이리 내놔! 연입운, 네놈은 그래도 양심은 조금 남아 있는 것 같으니 우리를 성 밖까지만 안내해주면 무사히 되돌려 보내주겠다."

황천패가 뇌검의 서슬에 불쾌하다는 듯 검붉은 얼굴에 경련을 일으켰다. 이어 빗자루 같은 짙은 눈썹을 날카롭게 치켜세우면서 잠시 생각하더니 냉소를 터트렸다.

"영패를 이런 데까지 가지고 다니는 미친놈이 어디 있냐, 이 돌대가리 같은 계집애야!"

"아무튼 우리를 성 밖으로 데리고 나가야 해."

"영패가 없으면 우리도 나갈 수 없어. 그런데 비바람을 일으키고 운무雲霧를 타고 다닌다는 너희들도 영패가 필요하냐?"

황천패는 실전 경험이 풍부한 그답게 위기의 순간에도 의연하고 느긋했다. 속으로는 포위망을 뚫고 나갈 방책을 찾아 쉬지 않고 머리를 굴리면서도 겉으로는 전혀 두려운 기색이 없었다.

"너희들의 교주를 좀 만나보자. 내가 할 말이 있다."

그러나 뇌검은 황천패 따위는 상대할 가치도 없다는 듯 거들떠보지도 않은 채 연입운만 노려보면서 대답했다.

"말해! 언제 행동을 개시하기로 했어? 관병은 얼마나 출동하나? 우리 교주는 어디 있어?"

연입운은 눈을 감은 채 묵묵부답의 자세를 취했다. 아마 그도 속으로 탈출할 방법을 생각하는 것 같았다. 황천패가 대신 나섰다.

"너희 교주가 어디 있는지를 왜 우리한테 물어?"

황천패의 말이 채 끝나기도 전에 호인중이 솥뚜껑 같은 손바닥을 들더니 그의 왼뺨을 찰싹 때렸다. 동시에 모진 욕설도 퍼부었다.

"주둥이 닥치지 못해? 이 상놈을 섬기는 종놈 같으니라고!"

황천패는 호인중의 거친 말과 행동에도 전혀 당황하지 않았다. 여전히 배짱 좋은 얼굴을 한 채 껄껄 웃었다.

"아무리 날고 긴다고 해도 너희들의 손에 잡힌 이상 무슨 소용이 있겠나? 하지만 너희들이 나를 난도질해 독수리 먹이로 던져준다고 해도 나는 너희 역적들보다 백배는 더 고귀하다고 생각한다!"

뇌검은 호인중과 황천패의 입씨름에는 관심이 없었다. 처음부터 연입운만 계속 닦달했다.

"교주는 지금 남경에 있어? 어느 향당에 있어? 말 안 해? 칼침을 맞고 죽고 싶은 게로구나."

황천패는 뇌검이 말을 할 때 몰래 연입운의 발끝을 살짝 밟았다. 뭔가 행동할 것을 알리는 신호였다.

"그래, 알려주마."

연입운이 황천패의 의중을 간파한 듯 소름끼치는 웃음소리를 내면서 두 손을 탁자 밑으로 내렸다. 그리고는 손바닥으로 탁자를 받친 채 살짝 힘을 줬다. 그러자 탁자가 마치 잠에서 깨어난 사자처럼 용을 쓰면서 높이 튕겨 올라갔다. 그와 동시에 황천패가 소매 속에서 석회가루 두 봉지와 암기暗器 여섯 개를 꺼내 던졌다. 순간 불이 꺼지면서 방 안은 암흑천지가 돼버렸다. 좌중의 사람들은 사방에 흩날리는 석회가루를 뒤집어쓰고 연신 기침을 하면서 우왕좌왕했다.

"뇌검, 암기를 조심해!"

어둠 속에서 호인중이 고함을 질렀다. 그리고는 칼을 뽑아들고 황천패에게 달려들었다. 그러나 황천패는 어느새 커다란 도자기 항아리 뒤로 미끄러지듯 날렵하게 숨었다. 순간 칼과 항아리가 부딪히면서 고막을 찢을 듯한 마찰음을 냈다. 비좁은 가게 안에서는 졸지에 한바탕 쫓고 쫓기는 추격전이 벌어졌다. 그런 가운데 여기저기서 고통스런 신음소리도 들려왔다.

"암기에 맞았어!"

"이 피를 어떡해? 아……!"

뇌검이 분위기를 진정시켜야겠다고 생각한 듯 고함을 질렀다.

"쉽게 죽지 않으니 다들 참아! 어서 불을 밝혀, 저것들이 천장에 올라가 붙었어!"

뇌검이 말을 마치자마자 천장에서 나는 인기척을 감지하고는 대충 목표를 겨냥해 암기를 내던졌다.

"악!"

호인중은 연입운의 짤막한 비명소리를 들었다. 다급한 나머지 그가 장검을 휘두르려고 하는 순간 지붕의 기와가 와장창 깨지는 소리가 들렸다. 호인중은 고개를 들었다. 연입운이 순식간에 지붕을 뚫고 달아나 버렸다. 반면 어디에 붙어 있는지 알 수가 없는 황천패는 연신 암기를 뿌리듯 내던졌다. 도대체 얼마나 많은 암기를 가지고 있었는지 끝이 나지 않았다. 뇌검 일행이 쏟아지는 암기 공세에 몸을 사리느라 정신을 못 차리고 있을 때였다. 갑자기 지붕 위에서 연입운의 고함소리가 들려왔다.

"기가주점에 일지화 일당이 떴다! 이놈들을 잡아라!"

그 순간 기다렸다는 듯 개 짖는 소리와 징소리가 요란하게 터져 나왔다. 사람들도 여기저기서 몰려나와 떠들어댔다. 골목골목 순시를 돌던 병졸들 역시 초롱불을 들고 달려왔다. 순간 가을비가 추적추적 내리는 남경의 밤은 말발굽소리와 사람들의 아우성소리가 뒤범벅이 되었다. 뇌검은 그런 상황에서 말발굽소리가 가까워지자 다급해졌다. 결국 그때까지 황천패와 검투劍鬪를 벌이고 있던 호인중의 팔을 낚아채듯 잡아끌면서 어둠 속으로 도망을 쳤다.

황천패와 연입운은 즉각 추격에 나섰다. 그러나 길거리에 사람이 워낙 많이 몰려든 탓에 횃불과 등촉을 들고 한참 찾아다녔지만 뇌검 일행의 그림자조차 잡지 못했다. 그 사이 관군은 뇌검의 일행 대여섯 명을 붙잡아 왔다. 황천패가 곧바로 명령을 내렸다.

"전부 총독아문으로 압송해! 연입운, 우리 제자들이 다 모였어. 어서 애들을 풀어 석두성石頭城 쪽으로 쫓아가 보라고!"

그 시각 뇌검은 호인중을 끌고 관병들의 포위망을 피해 미궁 같은 골목길을 누비고 있었다. 요리조리 관군들의 추적을 잘도 피해가는 것이 미꾸라지가 따로 없었다. 그러나 그들의 목적지는 황천패가 예상했던 석두성 방향이 아니라 연자기燕子磯 일대였다.

빗방울은 가늘어졌으나 바람은 여전히 거세게 불었다. 뇌검과 호인중은 끝없이 이어진 우중충한 숲길을 정신없이 내달렸다. 어느새 눈앞에 가을철 증수기增水期에 접어든 양자강이 나타났다. 파도가 시커먼 아가리를 쫙 벌린 야수처럼 무섭게 포효하는 바로 그 양자강이었다. 두 사람은 정신없이 뛰어오다가 숨을 몰아쉬며 잠시 멈춰 섰다. 이어 주위를 살펴봤다. 배들이 정박한 부두가 어렴풋이 보였다. 그러나 주위에서는 비바람소리, 파도소리와 소스라치는 낙엽의 신음소리 외에는 들리지 않았다.

"이제 어떡하지?"

호인중이 작고 마른 몸을 잔뜩 웅크린 채 바들바들 떨고 있는 뇌검에게 자신의 옷을 벗어 감싸주면서 미안해했다. 그리고는 다시 천천히 말을 이었다.

"뇌검, 나를 원망하지 마. 역영이 저놈들에게 잡혀 있는 줄 알고 구해주려고 나섰던 거야. 뭐라도 해줘야만 우리도 남은 인생을 마음 편히 살 수 있지 않을까 해서 말이야. 네 말을 들었더라면 이런 낭패는 겪지 않았을 텐데! 다행히 저들이 잡아간 사람들 중에 우리 내부 비밀을 아는 자는 한 명도 없으니 천천히 다시 생각해보자."

뇌검은 가타부타 말이 없었다. 호인중은 뇌검이 추위에 떨고 있는 줄 알고 그녀를 꼭 껴안았다.

"우리가 어떻게 하다 이렇게 쫓기는 신세가 됐지? 꼭 여왕벌을 잃은 벌떼들 같아. 후유! 한때는 꿈도 야무졌지만 이제는 원도 한도 없다. 강호의 영웅이 자존심이 꺾이면 시체밖에 더 되겠어? 우리 둘이 어딘가 인적 없는 곳으로 훨훨 떠나버릴까? 나는 농사를 짓고 너는 길쌈을 하면서 자식을 낳아 기르고……. 그렇게 사는 것도 나쁘지 않을 것 같아."

뇌검은 이상하게 말이 없었다. 그저 호인중의 품만 파고들 뿐이었다. 이상하게 숨소리가 무척 가냘팠다. 호인중의 차가운 볼에 닿은 이마는 불덩이처럼 뜨거웠다. 호인중은 불길한 예감에 화들짝 놀라면서 황급히 그녀의 몸을 흔들었다.

"뇌검, 뇌검, 왜 이러는 거야! 열이 심한데?"

뇌검은 반쯤 혼미해진 상태로 호인중의 품안에 쓰러져 있었다. 그러나 호인중의 말은 들린 듯했다. 희미한 웃음을 지으면서 겨우 입을 열었다.

"오라버니, 우리 함께 떠나요. 그 말을 참 오랫동안 기다렸어요. 나는 어깨에 황가 놈의 암기를 맞았어요. 피를 너무 많이 흘렸나 봐요. 여기 이러고 있을 때가 아니에요. 기어서라도 떠나야 해요."

호인중은 뇌검의 말을 듣고서야 비로소 그녀의 겨드랑이에 손을 넣어 봤다. 과연 끈적끈적한 뭔가가 만져졌다. 그는 경황없이 자신의 옷자락을 찢었다. 그리고는 뇌검의 환부를 동여매고는 그대로 들쳐 업었다.

"먼저 약방을 찾아 의원에게 보여야겠어. 가자!"

"약방은 둘째치고 어디 숨을 곳을 찾아야 하는데……, 보허…… 보허
도사를 찾아가는 것이……."

뇌검이 숨이 넘어갈 듯 신음을 내뱉더니 겨우 자신의 의견을 피력했
다. 호인중도 즉각 그녀의 말에 동의했다.

"그래, 아직은 늙은 기생의 정체가 탄로 나지 않았을 거야. 그쪽으로
가보자."

뇌검이 다시 힘없이 고개를 흔들었다.

"보허도사는 우리 편이 아닐 거예요. 그렇다고 조정의 편도 아니겠죠.
늙은 기생은 돈을 너무 좋아하니 믿을 수 없어요. 그리고 나는 이제 더
이상 역영을 따르고 싶지 않아요."

호인중은 아무런 대답도 없었다. 그저 축 늘어진 뇌검을 업은 채 울
퉁불퉁한 숲길을 비틀거리면서 걸어갔다.

건륭이 유통훈과 윤계선의 상주문을 받았을 때는 10월 2일이었다. 승
덕에는 첫눈이 내리고 있었다. 첫눈치고는 꽤 많이 내렸다. 그러나 세찬
바람 때문에 실제로 땅에 내려앉은 것은 얼마 되지 않았다. 지붕에도 그
랬다. 그저 솜털 같은 눈이 기왓장 틈새가 보일 만큼 얇게 덮여 있었다.

시기가 시기인 터라 추렵秋獵은 이미 다 끝난 상태였다. 당연히 몽고
왕들도 떠나가고 없었다. 그래서인지 북경에서 전해오는 상주문들도 날
씨와 수확을 보고하는 내용 외에는 대부분 문안 상주문이 주류를 이
루고 있었다. 그래도 건륭은 여전히 바쁜 나날을 보내고 있었다. 대신에
쭉 연훈산관에만 머물러 있었다.

건륭은 통유리창 너머로 광활하게 펼쳐진 순백의 정원을 바라보면서
김이 모락모락 나는 농차를 홀짝이고 있었다. 순간 그는 세상 시름이

다 가시는 기분을 느꼈다. 그러나 그 와중에도 창문 너머로 부항이 황후를 모시고 다가오는 모습은 놓치지 않았다. 그가 즉각 태감에게 명령을 내렸다.

"왕신, 황후마마가 들어오시니 주렴을 걷게!"

얼마 후 황후가 들어섰다. 뒤에서는 유모가 두꺼운 솜이불로 꽁꽁 여민 꼬마 황자 영종永琮을 안고 들어서고 있었다. 건륭이 손바닥으로 온돌을 두드리더니 반가움이 가득한 목소리로 말했다.

"온돌이 후끈후끈하니 외투를 벗겨 여기서 놀게 하게. 칼과 사과를 줘서 한번 제 손으로 깎아보게 하게."

유모가 영종을 조심스레 내려놓고는 자못 진지한 표정으로 아뢰었다.

"폐하! 지난번에도 손을 베었사옵니다. 아직은 위험하옵니다. 폐하께서 아직 어지를 내리시지는 않으셨으나 소인은 진작부터 영종마마를 태자마마로 섬기고 있사옵니다."

건륭이 유모의 말에 빙그레 웃었다.

"물론 당연한 태자감이지! 그러니 짐이 더욱 공을 들이는 게 아닌가? 붓과 칼을 막힘없이 다룰 수 있는 문무를 겸비한 태자가 되어야지!"

그 말을 듣고 있던 황후가 가까이 다가와 온돌에 비스듬히 걸터앉았다. 이어 부항에게 말했다.

"폐하께서는 오늘 기분이 매우 좋으신 것 같지 않나?"

건륭이 황후와 부항의 대화를 듣더니 종이 자르는 데 사용하는 칼을 영종에게 주면서 다시 입을 열었다.

"군량미가 충분하고 병사들의 사기가 충천하니 서부 전사에 길조가 보이고 있어. 게다가 전무후무한 《사고전서》 편수 작업에도 착수했어. 짐이 기분 나쁠 이유가 없지 않은가? 강남의 만도晚稻(늦게 심는 벼)도 대풍작을 거뒀다고 하네. 윤계선이 예년에 보낸 것보다 백만 석을 더 보내면서 북경 백성들에게 미주米酒를 돌리는 것이 어떻겠느냐고 했네. 그래서 짐이 술을 빚는 것은 좋으나 저장할 주지酒池(연못처럼 술을 저장할 수 있는 공간)까지 만든다면 사람들이 짐을 호화사치의 전형으로 비난할 것이라고 농담을 했다네. 결국 그 백만 석은 아계의 연병練兵에 보태주기로 했네. 고북구古北口는 유난히 추운 곳이니 양털담요가 얼마나 필요하겠나! 쌀을 팔아 양털담요를 사서 보내면 이보다 더 뜻깊은 일이 어디 있겠나?"

부항이 기다렸다는 듯 말을 받았다.

"하늘이 내려주신 수확의 기쁨을 온 백성과 더불어 누리고자 하니 윤계선의 호의는 참으로 가상하옵니다. 유통훈이 황자마마의 정확한 치수를 몰라 백납의百衲衣를 만들 천을 보내왔사옵니다. 알록달록한 여러 가지 천을 한데 붙인 것이 무늬가 대단히 재미있사옵니다. 나중에 당아를 시켜 황자마마의 몸에 맞춰 만들어 올리라고 하겠사옵니다."

부항의 말이 끝나자 즉각 유모가 끼어들었다.

"밖의 물건을 들일 때는 각별히 유의하셔야 하옵니다. 특히 직물織物은 직접 몸에 닿는 것이기 때문에 대단히 조심스럽사옵니다. 소인의 먼 친척 손자가 백납의를 잘못 입어 천연두에 걸렸다고 하옵니다. 백납의는 다른 사람에게 먼저 입혀보지 않고서는 황자마마께 입힐 수 없사옵니다."

건륭이 유모의 말을 듣자마자 바로 입을 열었다.

"역시 유모가 생각이 깊네. 그렇게 하게. 다른 아이에게 입혀본 뒤에 깨끗이 세탁하고 끓는 물에 삶아 강한 햇볕에 말린 연후에 들여보내도록 하게."

건륭이 말을 마친 다음 황자에게 시선을 돌렸다.

"손을 벨까봐 걱정이 태산 같더니 혼자서 잘만 깎았구먼! 자네들 중에 누가 황자처럼 얇고 길게 깎을 수 있나? 아직 어린데 벌써부터 손재주가 돋보이는군. 황자, 유모를 따라 나가 보거라."

유모가 황자를 안고 물러가자 건륭이 부항을 향해 고개를 돌렸다. 그리고는 준엄한 어조로 물었다.

"유통훈과 윤계선이 올린 상주문을 읽어봤나?"

정무에 관한 얘기가 나오자 황후는 바로 옷섶을 여몄다. 동시에 예를 갖추고는 소리 없이 물러갔다. 부항이 공손히 아뢰었다.

"읽어봤사옵니다. 폐하! 장추명 그자가 갑자기 그렇게 미쳐버릴 줄은 몰랐사옵니다. 그자가 동네방네 떠벌리고 다녔으니 일지화가 아직 남경 성내에 머물러 있을 리는 만무하옵니다. 이 일은 기밀을 철저하게 지키지 못한 유통훈과 윤계선에게 일차적인 책임이 있사옵니다. 두 사람에게 실직죄失職罪를 물어야 마땅할 줄로 아옵니다. 장추명은 미쳤으니 파면시키는 것으로 끝내버리면 될 것 같사옵니다."

건륭이 그럴 수는 없다는 듯 고개를 저었다.

"아무리 정신이 온전치 못해서 그랬다고는 하나 짐은 용서할 수 없네! 선제 때 백白씨 성을 가진 첨사僉事가 정신착란을 일으킨 적이 있었네. 날마다 새벽이면 어김없이 오문午門으로 가서 큰절을 하고 키에 흰쌀을 담아 논두렁에 갔다는 거야. 그리고는 그곳에 앉아 있다가 해질녘에야 돌아오고는 했다더군. 사람들이 수군거리면서 물으니 황제에게 바칠 일등 황량皇糧을 심어야 하는데, 황제가 아직 오지 않아 기다린다고 했다는군. 미쳐도 이처럼 곱게 미치면 누가 뭐라고 하나? 유통훈과 윤계선에 대해서는…… 강등 처벌을 생각해보세."

건륭이 잠시 생각에 잠겨 있더니 갑자기 피식 웃음을 터트렸다.

"장유공이 전에 장원급제하고 너무 좋아 실성했다던 일이 갑자기 떠오르는군. 장추명 이자는 관운이 뜻대로 안 따라줘서 실의에 빠져 그리 됐다고 하는데 공명功名이란 것이 그렇게 목숨까지 내걸 정도로 중요한가?"

부항이 즉각 대답했다.

"입덕立德, 입언立言, 입공立功. 이 세 가지는 시대를 막론하고 누구나 다 추구하는 것이옵니다. 그중 입덕과 입언은 쉽지 않을 뿐더러 실리와도 연결되지 않으니 사람들이 그리 목숨 걸고 추구하는 경우가 많지 않사옵니다. 하오나 입공은 다르옵니다. 밑바닥 인생을 살다가도 어느 한 순간 관운이 트여 출세하면 일문구족一門九族의 역사를 새로 쓰게 되니 어찌 목을 매지 않을 수 있겠사옵니까? 장추명 그자도 아등바등해서 겨우 안찰사 자리까지 올라왔는데 윤계선이 그 옷을 벗겨버리려고 했으니 미치지 않을 리 있겠사옵니까. 워낙 성정이 혼탁하니 더 집착을 한 것이죠. 파직을 당하고 대들보에 목을 매는 것과 같은 이치라고 생각하옵니다."

건륭은 '입언'立言이라는 단어가 나오자 자동적으로 다시 《사고전서》 편수작업을 떠올렸다. 이어 심각한 표정을 지었다.

"지방에서 기윤에게 도서목록을 작성해 올렸다고 하네. 그런데 그중에서 쓸 만한 서적이 몇 백 권밖에 안 된다고 하니 통 이해가 가지 않네. 그 정도 가지고는 어림도 없지 않은가? 억지로 빼앗는 것도 아니고 내놓으라고 으름장을 놓는 것도 아니거늘 군부君父가 신하들에게 책 좀 빌려보자고 하는데 보증금을 운운하지를 않나, 장인 제삿날 미루듯 질질 끌지를 않나……. 어쩌자고 이러는 건가? 짐이 문인들끼리 서로 추천하라고 어지를 내릴 때까지 뻗대고 있겠다는 건가?"

부항은 건륭의 말에 속이 뜨끔했다. 그렇게 강압적으로 나오면 책을 소장하고 있는 사람들은 이제 다들 발 편히 뻗고 잠을 못 자게 될 것은 자명한 일이었다. 게다가 서로 관계가 좋지 않은 사람들끼리 허위보고를 하거나 모함을 할 경우 예상치 못한 혼란을 초래할 수도 있었다. 기본적으로 관리들 중에는 책을 아끼는 문인들이 많았다. 따라서 서로 잘 아는 처지에 이 일 때문에 갈등이나 반목이 심해질 경우 암투가 생기고, 더 나아가 정국에 혼란을 조성하지 말라는 법도 없었다. 생각만 해도 눈앞이 아찔할 일이었다.

"폐하, 지금은 영명하신 군주의 홍복에 힘입어 가가호호가 안거낙업安居樂業하는 태평성세이옵니다. 아직은 편수작업에 대한 이해가 부족해 서로 눈치를 보는 것 같사옵니다. 설득과 교화를 거듭하다 보면 신하들도 적극적으로 호응하고 나설 것이옵니다. 듣기 좋게 서로 추천한다고는 하나 그것이 서로를 고발하는 수준에 이르면 정국이 혼란스러워질 것이옵니다."

건륭이 부항의 말에 얼굴에 미소를 띠며 말했다.

"짐이 홧김에 했던 말이니 못 들은 걸로 하게."

부항이 그제야 안도했다는 듯 어린애처럼 웃었다.

"군주에게는 희언戲言이 없다고 하니 솔직히 많이 두려웠사옵니다."

부항의 말이 끝나자마자 태감 복의가 들어와 아뢰었다.

"아계가 뵙기를 청하옵니다."

"들어오라고 하게."

부항이 건륭의 말이 끝나기 무섭게 바로 일어나려고 했다. 그러자 건륭이 그냥 앉아 있으라는 손짓을 했다.

"눌친이 올린 상주문을 아계에게 읽어보라고 보냈었네. 고북구에서 일부러 달려온 걸 보면 틀림없이 다른 건의사항이 있을 것이네. 자네도 들어보게."

아계가 들어와서는 삼궤구고의 대례를 올렸다. 밖에서는 눈이 그치지 않고 계속 내리고 있는 듯 그는 머리와 몸에 온통 눈을 뒤집어쓰고 있었다. 눈 녹은 물이 뒷덜미를 통해 등으로 흘러 들어갈 정도였다. 건륭이 그걸 보고는 태감에게 지시했다.

"더운 물수건을 하나 가져다주게. 눈길에 말을 타고 달려왔을 텐데 입성이 너무 부실해 보이네. 감기 들지 않게 조심하지 그러나!"

그때 태감 왕례가 꿩고기에 표고버섯을 넣어 끓인 탕을 자그마한 냄비에 받쳐 들고 왔다. 건륭이 아직 보글보글 끓고 있는 탕을 보면서 마침 잘 됐다는 듯 아계를 가리키면서 말했다.

"돈비 왕씨의 솜씨라네. 아계, 자네에게 상으로 내릴 테니 따끈할 때 먹도록 하게!"

아계가 황급히 머리를 조아려 사은을 표하고는 숟가락을 들었다. 이어 크게 한술을 떠 입안에 넣었다. 순간 그는 입 안이 홀랑 벗겨질 만큼 뜨거움을 느꼈다.

"담백한 게 참으로 맛있사옵니다."

아계가 입천장이 다 데었을 텐데도 눈을 질끈 감고 고통스런 표정을 감춘 채 말했다. 건륭과 부항은 그런 아계를 보자 그만 웃음을 터트리고 말았다.

"천천히 먹게. 누가 숟가락 들고 달려들지도 않는데 뭘 그리 서두르나!"

건륭이 인자한 표정을 지으며 유통훈의 상주문을 뽑아들었다. 이어 다시 한 번 읽어보고는 뒷면의 여백에 주비를 달기 시작했다.

경과 윤계선의 주장을 모두 읽어봤네. 자고로 완벽한 사람은 없다는 말이 실감나네. 중요한 일을 그르쳤으니 벌을 내려 교훈을 주지 않을 수 없네. 두 등급씩 강등시킬 테니 그리 알게. 사욕을 만족시키지 못해 정신착란을 일으키고 군사기밀을 누설했다는 장추명은 가증스럽기 그지없네. 더 놀라운 것은 윤계선의 안목이 그토록 부실하다는 것이네. 어찌 그런 인간을 몇 번씩이나 감싸주고 용서해줄 수가 있나. 채방유서총국采訪遺書總局을 세운다는 발상은 아주 좋네. 아직 성과는 미미하나 계획대로 추진하면 잘 될 거라고 믿네.

건륭이 한참을 써 내려가다가 잠깐 뭔가를 생각했다. 그리고는 한마디를 덧붙였다.

백납의를 만들 직물은 잘 받았네. 황후도 무척 기뻐했다네.

아계는 그 사이 냄비째 들이마시고 나서 땀범벅이 된 채 다시 고개를 숙이면서 사은을 표했다. 건륭이 붓을 내려놓으며 빙그레 웃었다.

"먹는 것도 어쩌면 그리도 복스럽게 먹는가, 허허! 몇 백 리 눈길을 달려온 것은 눌친의 주장에 이의가 있어서인가? 거기 앉게!"

아계가 건륭의 지시대로 걸상에 비스듬히 걸터앉았다. 그러더니 주머니에서 종이 한 장을 꺼내 펼쳐 보이면서 심각한 표정을 지었다.

"성명하시옵니다, 폐하! 신은 대금천과 소금천 두 지역에 직접 가봤사옵니다. 뿐만 아니라 오지에 깊이 침투해 고군분투했던 경험도 있사옵니다. 그러니 그곳 사정은 어느 정도 알고 있사옵니다. 눌친 중당이 식량창고를 하랑구下琅口에 만들려고 하는데 이는 누구의 뜻인지 모르겠사옵니다. 그런 자는 당장 죽여 버려야 마땅하옵니다!"

건륭은 아계의 강경한 진언에 별로 놀라는 기색도 없이 일어나라는 손짓을 했다. 아계가 기다렸다는 듯 자리에서 벌떡 일어나더니 종이를 온돌 가까이에 있는 탁자에 펼쳐 놓았다. 이어 쇄경사刷經寺 대본영大本營이 위치한 곳과 소금천으로 진입하는 경로, 그리고 사라분의 작전 수

법에 대해 상세히 설명했다. 그리고는 덧붙였다.

"소금천에서 식량창고를 마련한다는 하랑구까지는 하루가 채 안 걸리는 거리이옵니다. 하오나 하랑구에서 대본영까지는 숨 돌릴 틈도 없이 행군해도 하루가 넘게 걸리옵니다. 식량창고를 대본영과는 멀고 도리어 적들과 가까운 곳에 둔다는 것은 어불성설이옵니다."

"그런가?"

"설사 이대로 한다고 해도 식량창고 서쪽에 주둔군이 너무 적사옵니다. 보시옵소서. 여기가 괄이애刮耳崖이옵고 한로루路는 괄이애 서북쪽으로 뻗어있사옵니다. 사라분 부대는 복잡하고 험악한 지형에 익숙하고 작전이 치밀하옵니다. 군막 하나 정도의 주둔군으로 식량창고를 지켜낼 수 있겠사옵니까? 눌 중당은 실사를 거치기나 하고 그곳에 창고를 둔다는 것인지 심히 의심스럽사옵니다."

"그렇군!"

"군량미 없이 싸워 이긴다는 건 당치도 않사옵니다."

건륭이 턱을 괸 채 아계가 그려온 그림을 한참 들여다봤다. 그러더니 천천히 온돌에서 내려섰다. 이어 손가락으로 종잇장에 그려져 있는 몇몇 곳을 짚어보고는 방 안을 거닐면서 말했다.

"참으로 천 냥의 금으로도 살 수 없는 값진 분석이네! 부항, 이리 와보게. 군사 경험이 없는 짐이 봐도 이상하네. 그런데 수십 년 동안 군중의 밥을 먹었다는 장광사가 이런 허점을 발견하지 못했다니 말이 되는가?"

부항도 공감을 표했다.

"혹시 너무 다습한 지역이라 식량이 썩는 걸 막기 위해 그곳에 창고를 두려고 했던 건 아닐까 싶사옵니다."

그러자 건륭이 버럭 화를 냈다.

"썩어도 자기 수중에서 썩게 해야지. 사라분의 뱃속에서 썩게 할 수는 없네! 하나같이 다들 왜 이러지?"

아계가 안 되겠다고 생각한 듯 바로 나섰다.

"그 때문만은 아닌 것 같사옵니다. 하랑구에서 대본영까지 마차가 오갈 수 있는 길이 있사옵고, 흑엽하黑葉河라고 배가 다닐 수 있는 강도 있사옵니다. 장상將相(장군과 재상) 두 사람은 육로와 수로가 뚫려 있다는 이유로 하랑구를 택한 것 같사옵니다. 하오나 하랑구에서 군량미가 있는 사천성 성도까지는 하랑구에서 대본영까지보다 더 멀리 떨어져 있사옵니다. 식량창고를 하랑구에 두면 운송거리가 배로 더 늘어나게 됩니다. 하랑구가 아닌 이곳에 둔다면……."

아계가 잠시 말을 멈추고는 진두채盡頭寨가 있는 지점을 가리켰다. 그리고는 다시 말을 이었다.

"이곳은 편벽하고 도로도 좁사옵니다. 식량을 등짐으로 나르거나 말 등에 조금씩 실어 나르는 수밖에 없사옵니다. 그러나 교통이 불편한 만큼 적들의 습격에서도 안전한 지대이옵니다. 하랑구에 식량창고를 두고 병력을 투입할 바에는 그 병력을 군량미 운반에 투입시키는 것이 훨씬 안전하고 효과적이지 않을까 사료되옵니다."

건륭이 눈을 껌뻑이면서 아계를 다시 바라봤다. 초롱초롱한 두 눈에서 지혜가 번뜩이고 있었다. 아직 젊은 나이임에도 이마에 내 '천'川자가 깊이 새겨져 있었다. 또 손등은 거북등처럼 갈라져 있었다. 고북구에서 병사들을 훈련시키느라 얼마나 고생했는지 굳이 말하지 않아도 알 수 있는 증거들이었다. 건륭은 야위고 패인 데다 터지고 후줄근해지기까지 한 아계의 모습을 안쓰럽게 바라보면서 부항에게 물었다.

"아계는 지금 부장副將급인가?"

그때까지 아계의 말을 그저 되새김질만 하던 부항이 황급히 대답했다.

"아직은 참장參將이옵니다. 이부, 병부에서 부장급으로 승격시키는 문제에 대해 논의했사오나 아쉽게도 아직은 자격 미달이라 해서 부장으로 승진하지 못하고 있사옵니다."

"자격? 뭘 보고 자격을 논하는가? 나이가 많으면 자격이 있다는 얘기인가? 고공사考功司에 《설문해자》說文解字를 잘 뒤져보라고 하게. 장광사는 자격 타령만 하다가 번번이 두들겨 맞는 패장으로 전락하지 않았는가. 당장 아계를 장군으로 승격시키도록 하게."

"예, 폐하!"

부항이 황급히 대답하고는 멍한 표정으로 서 있는 아계를 나무랐다.

"어서 사은을 표하지 않고 뭘 하는가? 이는 특지간임特旨簡任이라 이부와 병부의 심사를 따로 거치지 않아도 된다는 얘기네. 경하하네."

아계는 몰락한 기인旗人의 후예였다. 성정이 호탕하고 거침이 없어서 전쟁터에서 종횡무진하면서 몇 번씩이나 죽을 고비를 넘겼으나 어쩐 일인지 관운은 그다지 좋지 못했다. 그런데 오늘 전혀 예기치 못한 성은을 입는 행운을 얻게 됐다. 그랬으니 정신이 혼미해질 정도로 기쁘지 않을 수 없었다. 그러나 그는 애써 마음을 다잡으면서 침착하게 엎드려 머리를 조아렸다.

"성은이 망극하옵니다. 폐하의 기대에 부응하고자 진력하겠사옵니다."

건륭이 흡족한 미소를 지은 채 아계를 지그시 바라봤다. 그리고는 다시 부항을 향해 말했다.

"고북구의 연병 상황과 대, 소금천의 용병 상황을 비롯해 군사 관련 소식을 장정옥과 악이태에게 상세히 알려주도록 하게. 그리고 태의원에 일러 악이태의 병세에 좀 더 정성을 기울이라고 하게. 눌친에게는 짐이 은조恩詔만 내릴 테니 자네가 편지를 써서 식량창고를 화급히 옮기라고 하게. 그리고 기윤에게 이르게. 도서를 수집할 때 절대 강압적인 방법을 써서는 아니 된다고 말이네. 유통훈과 윤계선에게도 위로의 말을 해주도록 하게. 처벌은 처벌이고 정은 정이니까! 자네는 이 많은 사람들에게 편지만 쓰려고 해도 밤을 새워야겠으니 그만 물러가게."

건륭은 지시를 마치고 궁전을 나섰다. 그때까지도 무릎을 꿇고 있던 부항과 아계는 처마 밑에서 설경雪景을 보고 환호성을 지르는 건륭의 목소리를 들으면서 막 일어나려고 했다. 그때 건륭이 다시 되돌아왔다. 이어 의복을 갈아입고는 오리털 외투를 걸친 다음 유화油靴까지 신었다. 그리고는 두 신하를 향해 말했다.

"경들은 바쁘겠으나 짐은 좀 놀다와야겠네. 이런 설경은 자주 볼 수 있는 게 아니거든! 눈이 제법 내리는데……, 부항 자네는 먼저 명발明發 조유를 작성해 발송하도록 하게. 직예 총독, 직예 순무, 순천 부윤 등 관리들에게 폭설로 인한 피해가 없는지 민가들을 잘 살펴보라고 이르게. 얼어 죽거나 굶어 죽는 백성이 한 명이라도 생긴다면 막중한 책임을 피하지 못할 것이라고 단단히 일러두게."

건륭은 말을 마치고는 곧 발을 걷고 밖으로 나갔다. 부항과 아계 역시 궁전을 나섰다. 그러나 뿌연 눈보라를 일으키면서 불어 닥치는 찬바람에 숨이 콱 막히면서 눈도 뜰 수 없었다. 그래서인지 처마 밑에 달린 동마銅馬도 눈을 소복이 덮어 쓴 채 호두가 토기 항아리에 떨어지는 소리처럼 투박한 소리를 내고 있었다. 멀리 보이는 산에는 눈안개雪霧가 자욱하게 피어오르면서 신비스러운 느낌을 주고 있었다. 게다가 담벼락처럼 네 면을 빙 두른 송림松林과 키 낮은 동청수冬青樹는 두껍게 쌓인 흰 눈 사이로 파란 살을 빼꼼히 내보이고 있었다. 하늘과 땅에는 마치 거대한 백옥 병풍이 둘러쳐져 있는 것 같았다.

두 사람은 그런 풍경들이 주는 찬 기운에 번쩍 정신이 들어 길을 걸으며 모처럼 담소를 즐겼다. 그때 도롱이를 입은 장유공이 노새를 타고 나타났다.

"어이, 장원! 이런 날에 만나니 기분이 새로운데? 열하에는 언제 도착했나?"

부항이 손짓을 하면서 반색했다.

"부상이시군요, 아계도 있네?"

장유공이 황급히 노새에서 내리면서 대답했다. 이어 덧붙였다.

"어제 저녁에 도착했습니다. 조금 늦게 오늘쯤 도착했더라면 눈길을 달리는 느낌이 얼마나 좋았을까 하고 아쉬워하던 참입니다."

장유공이 이번에는 아계를 향해 말했다.

"옆에 있는 사람들은 자네 수행 친병들이겠네? 눈사람인 줄 알았잖아! 연병練兵에는 자네를 따를 사람이 없지. 이대로라면 부장으로 승진하는 건 시간문제일 것 같은데?"

부항은 장유공의 말에 실소를 금치 못했다. 즉각 큰 소리로 반박했다.

"부장이라니? 아계는 이미 명실상부한 장군이 되었다네. 직급은 나하고 같다고 해도 과언이 아닐세."

옆에 있던 친병들이 부항의 말을 듣더니 마치 자신이 승진하기라도 한 것처럼 일제히 박수갈채를 보냈다. 아계는 못내 쑥스러워했다.

"장형, 부상, 나는 그만 가봐야겠습니다. 조만간 다시 만나도록 합시다."

아계는 말이 끝나기 무섭게 나는 듯 말에 올랐다. 곧 10여 명의 친병들의 호위를 받으면서 눈발을 헤치며 달려갔다. 장유공은 멀어져가는 아계의 뒷모습을 쓸쓸하게 바라보면서 탄식을 발했다. 설경을 즐길 마음의 여유 같은 것은 어느새 사라지고 말았다. 그도 그럴 수밖에 없었다. 자신은 지금껏 공명에 집착해 공을 쌓기 위해 노력해왔으나 아직까지 말단관직인 낭중郎中을 벗어나지 못한 신세였다. 반면 평소에 별로 대단하다고 생각지도 않았던 아계는 일약 건아장군建牙將軍으로 승진하지 않았는가. 그랬으니 솔직히 부러운 마음과 함께 질투심이 생기는 것을 어쩔 수가 없었다. 그러자 부항이 망연자실한 장유공의 안색을 살피면서 조심스레 어깨를 다독여줬다.

"아계와 자네는 가는 길이 다른 사람들이니 다른 생각은 말게. 아계가 자네처럼 문신의 길을 걸었다면 어찌 장원인 자네의 실력에 비하겠나? 부러워할 것도 없고, 속상해할 것도 없네. 제 갈 길만 열심히 가면 되는 거야! 이번에 북경에서 전도는 만났는가? 조설근이 또 종학을 뛰쳐나갔다던데, 어찌된 일인가?"

"전도와는 몇 번 만났으나 나중에는 다들 바빠서 올 때 얼굴도 못 봤습니다."

장유공은 여전히 우울한 기색이 역력했다. 그러나 애서 대수롭지 않은 척했다. 그리고는 말을 이었다.

"오기 전에 돈성을 만났습니다. 조설근은 장가만張家灣으로 이사를 갔다고 들었습니다. 북경에 있을 때와는 비교할 수 없을 정도로 환경이 열악하지만 마음만은 편하다고 합니다. 부상, 조설근에게는 일자리가 필요합니다. 어떻게 좀 도와주시죠."

부항은 눈길에 오래 서 있느라 얼어붙어오는 발을 꼼지락거리면서 한숨을 내쉬었다.

"내년 봄에 북경에 들어가서 알아봐야지 여기서 뭘 어떻게 하겠어? 요즘 어떤 놈이 조설근에게 앙심을 품었는지 《홍루몽》을 음서淫書니 뭐니 하면서 비난한다고 들었네. 나 같은 위치에 있는 사람이 나서면 자칫 불필요한 오해를 살 수 있으니 자네가 그 사람에게 서신을 보내 당분간 집필을 멈추라고 하는 게 좋겠어. 오늘은 할 일이 많아 이만 가봐야 하니 둘 다 한가할 때 황주나 마시면서 못다 한 얘기를 하는 게 어떻겠나?"

장유공은 사실 부항과 함께 설경을 즐기려고 일부러 찾아온 터였다. 그런데 부항의 입에서는 자연스럽게 "할 일이 많다"는 말이 터져 나왔다. 그는 이래저래 속이 상할 수밖에 없었다. 그러나 아무렇지 않은 척 애써 웃으면서 다시 입을 열었다.

"그리죠. 그러면 한가한 이 사람은 설경을 보러 갑니다."

부항은 장유공과 헤어진 뒤 서둘러 처소로 돌아왔다. 이어 잠깐 몸을 녹이고는 편지를 쓰기 시작했다. 우선 당아에게 보내는 편지를 썼다.

북경에 천연두가 번지고 있다고 하니 당신과 강아康兒(복강안)의 건강이 무척 염려되는구려. 가인家人들은 외출을 삼가게 하고 당신도 문을 닫아걸고 손님들을 받지 않기를 바라오.

40장
천연두를 앓는 황자

　북경의 겨울은 시작부터 엄동설한이었다. 첫눈이 내리기 무섭게 얼어 붙은 대지는 정오가 되면 잠깐 풀리다가 밤이 되면 다시 꽁꽁 얼어붙고는 했다. 울퉁불퉁한 빙판길에는 사람과 가축들의 발자국이 어지럽게 찍혔다.

　전도는 그 동안 장가만으로 가서 조설근을 보고 오라는 돈민, 돈성 형제의 독촉편지를 두 번이나 받았다. 그러나 섣불리 움직이지 않았다. 멀고 미끄러운 길을 떠나는 것이 두렵기도 했으나 밖에서 조설근에 대한 좋지 않은 소문이 떠도는 상황에서 일부러 조설근과 친한 티를 내기가 싫었던 것이다. 사실《홍루몽》이 음서라는 소문은 오래 전부터 떠돌고 있었다. 그로서는 조설근을 멀리 하지 않으면 안 됐다.

　이때 전도가 가장 궁금한 것은 다른 것이 아니었다. 자신의 아들을 낳아 기르고 있을 기생어멈의 소식이었다. 북경에서는 천연두가 기승을 부리고 있는데 강남은 과연 무사한지, 기생어멈은 역영과 도대체 어떤 관계인지…… 궁금한 점이 한두 가지가 아니었다. 아무튼 어떻게든 방법을 강구해 아들을 데려오고 기생어멈을 차버리는 것이 상책일 것 같았다. 그렇게 이런저런 걱정에 사로잡혀 있었으니 일이 손에 제대로 잡힐 리 만무했다.

10월 7일 전도는 형부 얼옥사讞獄司의 황黃 당관堂官으로부터 향당을 습격해 잡아들인 일지화 일당의 명단을 받아봤다. 잡힌 사람은 향당의 당주堂主를 비롯해 집법장로執法長老, 호교위타護教韋馱, 금강제자金剛弟子 등 총 1040명이었다. 그 중에서 과격한 악질분자 246명을 제외한 나머지 사람들은 유통훈, 윤계선의 지시에 따라 모두 보석으로 풀려났다. 전도는 1040명의 이름을 샅샅이 훑어보고 그중에 기생어멈이 없다는 사실을 확인했다. 그제야 그는 비로소 땅이 꺼지도록 안도의 숨을 내쉬었다. 그때 뭔가 이상한 낌새를 눈치챈 황 당관이 농담을 걸어왔다.

"설마 역영이나 뇌검 무리와 말 못할 사연이 있는 것은 아니겠죠? 걱정 붙들어 매세요. 월척은 못 낚았으니! 성총이 드높은 유통훈 대인과 윤계선 대인이 이 때문에 처벌을 받았다고 합니다. 하지만 이번에 일지화가 치명타를 입은 건 사실입니다. 둥지가 뒤집어졌으니 알이 무사하겠어요? 연청 대인은 호락호락 당하고만 있을 사람이 아닙니다. 그러니 그대도 뭐 누고 뒤 안 닦은 느낌이 들면 알아서 고백하는 게 나을 텐데요?"

"까불지 마시오! 나는 바빠서 가봐야 하니 나중에 또 보자고!"

전도는 거칠게 쏘아붙이고는 아문으로 돌아왔다. 그러다 부항의 집사인 왕씨가 뒤따라 들어오는 것을 발견하고는 깜짝 놀라면서 물었다.

"자네, 부상을 따라 승덕으로 가지 않았나? 부상께서 돌아오셨나?"

"아닙니다. 부상은 아직 승덕에 계십니다."

왕씨는 수년간 부항의 시중을 들면서 군법軍法처럼 엄한 가법家法에 길들여져 있는 터였다. 때문에 일거수일투족이 반듯하고 단정했다. 그가 밖에 나와서도 그런 자세를 흐트러뜨리지 않은 채 전도에게 편지 한 통을 정중하게 바쳤다.

"부상께서 전 나리께 전하는 서찰입니다. 수령하셨다는 증명을 하나 떼 주십시오. 저희 도련님께서 건강이 안 좋으셔서 부상께서 몽고 의원이 지은 약을 보내셨습니다. 저는 그 약을 마님께 가져다 드려야 합니다. 아 참, 따로 증명을 뗄 필요 없이 여기에 편지를 받았다는 서명만 해주시면 되겠습니다. 예, 그러면 소인은 이만 물러가겠습니다."

왕씨가 돌아서서 나가려고 할 때였다. 전도가 갑자기 그를 불러 붙잡았다.

"완전히 군서軍書를 전하는 격이네. 차 한 잔도 마시지 않고 그냥 갈 건가? 강아 그 애가 천연두를 앓는다고는 들었네. 내일 중으로 내가 문안인사차 들를 거라고 마님께 아뢰게."

왕씨가 즉각 대답했다.

"며칠 후에 방문하시는 것이 좋을 것 같습니다. 집에 두신痘神을 청해 제를 지내기에 저같이 밖에 있는 가인들도 집 안으로 들어갈 수가 없습니다."

왕씨는 말을 마치고는 바로 물러갔다. 전도는 그제야 서둘러 편지 겉봉을 뜯었다. 성안聖安을 알리는 말과 함께 20만 석의 사료를 몽고 지역으로 보내주라는 내용이었다. 또한 기윤이 독촉할 때까지 기다리지 말고 먼저 찾아가 도서 수집에 필요한 경비를 확인해 폐하께 어람을 청하라는 내용도 있었다. 이밖에 각 지역의 총독과 순무들이 박학홍유과 시험에 응시할 석유碩儒들을 선발하고 있으니 시험 준비에 차질이 없도록 하라는 지시 사항도 있었다. 석 장이 넘는 편지 내용은 대부분 명령조였다. 그리고 말미에 짤막하게 덧붙였다.

조설근을 찾아봤는지 모르겠네. 날도 추운데 먹고 사는 데 지장은 없는지 가보게. 내 이름으로 은자도 좀 주고 오게.

전도는 그제야 돈민, 돈성 형제의 부탁이 떠올랐다. 갑자기 불안한 마음이 몰려왔다. 그래서 부랴부랴 채비를 마치고 우선 서직문에 있는 기윤의 집으로 달려갔다. 그러나 기윤은 만나지도 못하고 정중하게 문전박대를 당했다. 부항의 집과 마찬가지로 아이가 천연두를 앓는다는 이유 때문이었다. 어안이 벙벙해진 전도가 퉁명스럽게 내뱉었다.

"올해는 왜 집집마다 천연두 때문에 이렇게들 난리지? 나는 긴히 상의드릴 일이 있어서 기윤 공을 꼭 만나야 하는데!"

전도의 말에 문지기가 좌우를 살피더니 나지막이 말했다.

"저희 나리는 지금 안에 안 계십니다. 나리께서는 천단天壇으로 가서 태자마마를 위한 기복祈福의 제祭를 지내라는 밀지를 받고 나가셨습니다. 일곱째황자(영종)께서도 천연두를 앓고 계신다고 합니다."

"그게 정말인가?"

문지기가 잠시 흠칫하더니 비밀을 털어놓듯 입을 열었다.

"물론 사실이죠! 폐하께서는 어제부터 철조輟朝(정무를 보지 않음)에 들어가셨다고 합니다. 자녕궁의 태후마마께서도 두신낭낭묘痘神娘娘廟로 향배를 올리러 가셨답니다. 폐하께서는 강서 용호산龍虎山과 북경 대불사大佛寺 두 곳에서 동시에 제를 지내라고 하명하셨다고 합니다. 온 천하의 온역瘟疫을 제거해 주십사 하는 명목을 내걸기는 했으나 사실은 일곱째마마를 위한 것이라고요! 황후마마와 태후마마께서 죄질이 경미한 죄인들을 석방시키라는 의지懿旨를 내리신 것도 모르십니까? 이번에 무더기로 잡힌 일지화 일당에 대한 심문도 뒤로 미루기로 했답니다. 여기로 오시면서 집집마다 대문 앞에 붉은 천으로 쓴 부적, 돼지꼬리와 붕대를 내건 것을 못 보셨습니까? 두신낭낭묘는 첫날부터 불전함이 꽉 찼다고 합니다. 향을 하도 많이 태워 향정香鼎이 잿더미에 묻혀 보이지 않을 지경이었다고 합니다. 이번 온역은 동장철벽銅墙鐵壁으로도 막을 수 없다고 하네요. 황자, 서민 할 것 없이 모두 위험한 대재앙에 직면한 것 같습니다."

말 많은 문지기는 한바탕 떠들어대고는 갑자기 하늘을 향해 합장을 했다. 이어 그럴싸하게 염불을 했다.

"아미타불! 관세음보살! 어서 빨리 재난에서 허덕이는 중생들을 구제해 주시옵소서. 대자대비 관세음보살!"

그 사이 전도는 온다간다 소리도 없이 자리를 떴다.

부항의 독촉까지 받은 이상 조설근을 찾아가지 않을 수 없었다. 전도는 관교官轎에 앉은 채 아문이 아닌 집으로 향했다. 이어 스무 냥 가량 되는 은자를 집어넣고는 남경에서 가져온 비단도 한 필 넣었다. 그런 다음 하인도 부르지 않은 채 스스로 옷을 갈아입고는 "어둡기 전에 돌아온다"는 말만 남기고 집을 나섰다.

그는 교통편으로 관교 대신 노새를 선택했다. 북쪽 장가만으로 향하는 길에 옥황묘 동쪽에 있는 두신낭낭묘를 보고 싶어서였다. 아니나 다를까, 멀리서 바라보니 인산인해를 이룬 향객들이 끝이 보이지 않을 정도로 길가에 늘어서 있는 모습이 눈에 들어왔다. 염불소리에는 간간이 울음소리도 섞여 나왔다.

전도는 두 손을 이마에 대고 한참 바라보다가 깊은 한숨을 토하면서 노새의 배를 걷어찼다. 그때 사람들 틈에서 낯익은 여인이 비틀거리면서 걸어 나오는 것이 보였다.

"방경 형수님!"

전도가 여인을 유심히 쳐다보다 그녀를 소리쳐 불렀다. 동시에 노새에서 뛰어내렸다.

"어머! 전 나리가 여기까지 어떻게……?"

방경은 이런 곳에서 누가 자신을 불러 주리라고는 전혀 생각지 못했는지 의아한 눈빛으로 전도를 바라봤다. 이어 고개를 갸웃거리면서 물었다.

"승덕에 계신다고 들었는데 언제 돌아오셨어요?"

방경이 몸을 낮춰 예를 갖췄다. 전도는 그제야 방경의 낯빛이 파리하고 눈 밑이 시커멓게 죽어 있는 것을 보았다. 며칠 동안 잠을 못 잔 것 같기도 하고 금방 울고 난 사람 같기도 했다.

"설근 형은 집에 있나요? 아이들은 별 탈 없이 잘 자라고요? 마침 잘 만났어요. 나는 지금 형수님 집으로 가는 중이에요!"

전도가 말을 마치고는 손짓으로 수레 하나를 불렀다. 이어 덧붙였다.

"지난번보다 더 야위어 보이는데 그 먼 길을 걸어서 온 거예요? 아무리 궁색해도 그렇죠. 수레 대절할 돈도 없어 그 먼 길을 걸어오다니! 수레에 올라타세요. 나는 노새를 타고 갈 테니, 같이 가십시다."

"워낙 하루살이 살림인 데다 이제는 애들 아버지마저 일거리가 없으니……."

방경이 창피한 듯 고개를 숙였다. 전도는 비쩍 말라서 바람에 날려갈 것 같은 그녀의 모습을 안쓰럽게 바라봤다. 그런 가냘픈 몸으로 먼 길을 어떻게 왔는지 신기할 정도였다. 방경이 전도의 생각을 읽었는지 발끝으로 땅을 후비면서 서 있다 천천히 입을 열었다.

"새로 이사 간 장가만에는 조씨 가문의 조상 묘가 있어요. 어설프기는 하지만 조상전을 찾아뵙고 이웃들을 찾아 인사치레까지 하다 보니 빚까지 졌네요. 전에는 아무리 궁색하다 해도 이 정도까지는 아니었는데……."

"그래 여기까지는 무슨 일로 나온 거예요? 돈을 빌리러 온 거예요?"

"어제 왔어요. 애들이 둘 다 천연두를 앓고 있어요. 열이 심하고 무척 괴로워하네요. 그래서…… 두신痘神께 발원하고자 낭낭묘를 찾게 됐어요."

또 그놈의 천연두가 말썽이군! 전도는 자신도 모르게 길게 한숨을 내쉬었다.

"그래도 그렇지, 천하의 조설근이 귀신놀음을 믿다니요? 허약한 아녀자를 먼 길에 내보내다니!"

방경이 깜짝 놀란 표정을 지었다.

"그이는 몰라요. 제가 돈을 빌려 약을 사오겠다면서 나왔거든요."

"알았어요! 어서 갑시다!"

전도가 황급히 방경의 말을 막았다. 그렇게 해서 한 사람은 수레, 다른 한 사람은 노새를 타고 북경 통주通州에 있는 장가만으로 향했다. 전도는 장가만으로 가는 길이 기껏해야 사오십리 길일 거라고 생각했다. 그러나 통주에 다다른 다음 방경에게 물으니 아직도 20여 리를 더 가야 한다고 했다. 이대로라면 날이 어둡기 전에 도착하기 어려울 것 같았다. 전도는 하는 수 없이 수레 대신 말 한 필을 빌려서 자신은 말에 옮겨 타고 방경을 노새에 태웠다. 그렇게 길을 다그쳐서야 유시酉時 경에 겨우 장가만에 당도할 수 있었다.

"저쪽입니다, 전 나리."

방경이 마을 북쪽 모퉁이를 가리키더니 종종걸음으로 달려갔다. 전도는 그 뒤를 바짝 따랐다. 얼마 후 꽁꽁 얼어붙은 자그마한 돌다리를 건넜다. 그러자 자작나무 숲속에 금방이라도 쓰러질 듯한 세 칸짜리 허름한 흙집이 모습을 드러냈다. 대문은 굳게 닫혀 있었다. 반면 찌그러진 처마 밑의 시커먼 창문은 동굴처럼 휑히 열려 있었다. 또 이엉도 손보지 않은 지붕 위에는 누렇게 마른 풀들이 찬바람에 덜덜 떨고 있었다. 시골 마을인데도 개 짖는 소리조차 들리지 않고 죽은 듯한 정적만 감돌았다.

문득 뭐라 형언할 수 없는 불안한 예감이 전도의 뇌리를 번개처럼 스쳐 지나갔다. 방경을 바라보니 그녀 역시 불안한 기색이 역력했다.

"얘들아, 엄마 왔다!"

방경은 괴성에 가까운 소리를 지르면서 안으로 달려 들어갔다. 전도 역시 얼른 뒤따라 들어갔다. 순간 방경이 실성한 사람처럼 스르르 땅에 주저앉는 모습이 그의 눈에 들어왔다. 그는 놀라서 눈을 휘둥그렇게 떴다.

눈앞의 펼쳐진 참상은 차마 눈 뜨고 볼 수 없었다. 세 칸짜리 집은 바람막이도 없이 뻥 뚫려 있었다. 또 연기에 그을린 시커먼 천장에는 거미줄이 다 해어진 그물처럼 얼기설기 얽혀 있었다. 그뿐이 아니었다. 절인 음식을 저장한 항아리 위에는 이 빠진 밥그릇만이 놓여 있었다. 밥그릇 안에는 먹다 남은 밥 한 주먹과 반찬으로 보이는 검정콩조림이 겨우 몇 알 담겨 있었다. 항아리에서는 시큼한 곰팡이 냄새가 풍겼다.

조설근은 널판자 두 개를 이어 만든 침대 위에 실성한 사람처럼 멍하니 앉아 있었다. 수염이 가득 자란 얼굴은 마치 원숭이 같았다. 머리는 봉두난발이 따로 없었다. 목석처럼 굳어 있는 그의 옆에는 크고 작은 두 아이가 얼굴에 흰 종이를 덮은 채 꼿꼿이 누워 있었다.

화롯불은 언제 꺼졌는지 불씨도 남아 있지 않았다. 두 개의 희미한 등잔불에서 약간의 온기가 새어나오고 있는 것이 그나마 다행이었다. 그 온기에 힘입은 듯 남루한 행색의 웬 여자 한 명이 침대 옆의 걸상에 앉아 열심히 종이돈을 접고 있었다.

"설근, 설근 형!"

전도가 마치 으슥한 빈 절에 들어가서 누군가를 부르듯 간절하게 외쳤다.

"나, 전도야, 전도! 전 노형老衡(전도의 호)이란 말이야! 세상에…… 대체 이게 무슨 꼴이야! 어쩌다 이리 됐어?"

전도가 울음 섞인 목소리로 고함을 치면서 주저앉은 방경을 침대 쪽으로 끌고 왔다. 그리고는 종이돈을 접고 있는 여인을 향해 말했다.

"도움을 주려고 오신 분 같은데 정말 고맙습니다. 어떻게 더운물을 좀 끓였으면 좋겠는데……. 너무 추워서 산사람마저……."

그러나 전도는 미처 말을 끝맺기도 전에 또 한 번 깜짝 놀라고 말았다. 더덕더덕 기운 적삼을 입은 여인은 바로 늑민과 결혼 얘기가 오갔던 바로 그 옥아였다!

전도는 북경에 있을 때 늑민을 따라 문지방이 닳도록 장씨의 정육점을 드나들었었다. 옥아가 늑민과 헤어진 뒤에는 한때 그녀에게 연모의 정을 품기도 했었다. 서로의 안부를 모르고 산 세월이 겨우 몇 년밖에 되지 않았건만 각자의 삶이 이다지도 달라지다니! 옛날 그 사람이 맞는데 마치 낯선 사람을 보는 것 같은 그 느낌이 전도는 혼란스럽기만 했다. 어찌해야 할지 갈피를 잡을 수가 없었다.

"오라버니, 이렇게 넋 놓고 앉아만 있는다고 죽은 자식이 다시 살아나는 건 아니잖아요."

옥아가 조설근을 위로했다. 이어 자리에서 일어서면서 덧붙였다.

"모든 것이 정해진 인연이고 운명이라고 생각하세요. 간 사람은 갔지만 남아 있는 사람은 살아야 하지 않겠어요? 이번에 장가만에서만 천연두로 스무 명 넘게 죽었어요. 하늘의 뜻이 그러하다니 무슨 수로 말리겠어요. 집에 가서 더운물이나 좀 끓여올게요."

옥아는 온기 하나 없는 시선으로 방경과 전도를 힐끗 일별했다. 이어 말없이 밖으로 나갔다.

방경은 어깨를 들썩이면서 서럽게 흐느끼고 있었다. 그러다 급기야 이미 싸늘하게 식어버린 아이들을 끌어안고는 목 놓아 오열하기 시작했다.

"얘들아……, 불쌍한 내 새끼……. 너희들이 무슨 죄가 있다고. 죄가 있으면 이 어미, 아비가 못난 죄지. 흑흑…… 아이고, 가여운 것들. 이 추운 날씨에 어디에서 헤매고 있느냐! 어미 얼굴이라도 마지막으로 한 번만 보고 가지……."

조설근 역시 평소의 의연한 모습이 아니었다. 방경의 울음소리를 듣자 새끼 잃은 짐승의 절규를 방불케 하는 울음을 터트렸다. 꺼억꺼억 숨넘어갈 듯 처절하게 울부짖는 두 사람의 모습에 전도 역시 손수건을 적시면서 훌쩍훌쩍 울어야 했다.

그 사이 옥아가 끓인 물을 담은 주전자를 들고 돌아왔다. 그녀는 조설근 부부를 지극정성으로 돌봤다. 그러나 전도는 따로 볼일이 있어 계속 있을 수가 없었다. 해가 완전히 저물기 전에 돌아가야 했다. 때문에 얼마 후 눈물을 닦고 일어섰다. 이어 준비해온 은자를 꺼내놓고 따뜻한 위로의 말을 건넸다. 조설근도 만류할 상황이 못 된다고 생각한 듯 굳이 그를 잡으려고 하지 않았다. 전도는 문밖으로 배웅을 나온 조설근의 손을 굳게 잡아주고는 노새를 끌고 길을 나섰다.

부항은 집사 왕씨로부터 당아의 편지를 받아 읽고 안도의 숨을 길게 내쉬었다. 부항의 아들 강아 역시 천연두에 걸렸으나 다행히 열이 심하지 않고 의원의 치료를 잘 받아 이제는 거의 다 나았다는 소식이었던 것이다. 그러나 다른 한편으로는 마음이 초조하고 불안했다. 아직 천연두 균을 밖으로 배출하지 못해 사경을 헤매고 있는 일곱째황자 영종 때문이었다.

그의 누나 부찰씨는 이팔청춘의 나이에 건륭과 결혼했다. 이후 단정하고 현숙한 국모의 자질을 인정받았다. 건륭의 총애는 말할 것도 없고 육궁六宮과 비빈들의 한결같은 존경과 흠모를 받았다. 그러나 자식 운은 그리 좋지 못했다. 먼저 태어난 둘째황자 영련永璉이 아홉 살에 병으로 죽고 말았다. 그런데 이제 두 살밖에 안 된 일곱째 영종마저 천연두를 앓고 있는 것이 아닌가. 병세가 심각하여 정신이 혼미한 상태였다. 정말 큰 일이 아닐 수 없었다. 사람들은 황자도 위독하지만 황후마저 첫 번째 아이를 잃고 받았던 상처가 덧나 잘못될까봐 하나같이 초조한 나날을 보내고 있었다. 또 은사恩赦에서 시작해 발원發願, 시혜施惠, 철조輟朝까지 온갖 공덕을 쌓을 수 있다는 것은 다 했고 천하의 명의라는 명의는 모두 다 불러들였다. 그러나 황자의 병세는 이렇다 할 차도를 보이지 않았다.

사정이 그랬으니 황자의 외삼촌인 부항 역시 속이 까맣게 타서 잿더미가 될 지경이었다. 그는 혹시나 하는 불안한 마음 때문에 말실수라도 할까봐 일부러 대신들도 접견하지 않았다. 그저 하루에도 몇 통씩 북경에 있는 육부구경들에게 편지를 보내 지시사항만 전달할 뿐이었다.

그날 장정옥으로부터 황제의 문후를 여쭙는 주장이 도착했다. 부항은 건륭을 알현해야 하나 말아야 하나를 두고 한참을 고민했다. 그러다 자리를 털고 일어났다. 그가 그렇게 연훈산관으로 뵙기를 청하러 가다 연우루煙雨樓를 지날 때였다. 태감 복제卜悌가 사색이 돼 정신없이 달려오는 모습이 보였다. 그가 헉헉거리고 흰 입김을 내뿜으면서 아뢰었다.

"부상! 폐하께서 황후마마의 처소에 계십니다. 지금 들라고 하십니다."

'혹시 일곱째가?'

부항은 가슴이 덜컹 내려앉으며 불길한 기분을 느꼈다. 때문에 감히 이유를 묻지도 못한 채 빠른 걸음으로 앞으로 걸어갔다. 아니나 다를까, 연훈산관 의문儀門을 지나면서부터 불당의 서전西殿에서 울음소리가 들려오기 시작했다. 그 소리에 부항은 가슴이 오그라드는 것 같았다. 하도 놀란 탓에 얼어붙은 노면을 잘못 디뎌 비틀거리다 넘어져 하마터면 뒤통수를 깰 뻔했다.

부항은 울음소리가 새어나오는 불당 안으로 경황없이 달려 들어갔다. 일곱째황자 영종은 넋이 나간 유모의 품에 안긴 채 미동도 하지 않고 있었다. 두 눈은 커다랗게 뜨고 동공은 이미 풀려 있었다. 사색이 된 어의들은 덜덜 떨면서 궁전 입구에 무릎을 꿇고 있었다. 부찰씨는 얼굴에 혈색이라고는 없이 조각상처럼 침대에 기대 앉아 있었다. 울지도 않았는지 얼굴에는 눈물이 마른 흔적도 없었다. 그저 어딘가에 시선을 박은 채 넋을 잃고 앉아만 있었다. 반면 고가씨와 나랍씨는 목을 놓아 오열하면서 손수건을 적시고 있었다. 코를 벌름거리면서 애써 슬픔을 억제하는 건륭의 두 눈에도 눈물이 일렁거렸다.

그러나 어떻게든 수습을 해야 했다. 부항은 곧 정신을 차리고 땅이 꺼지게 한숨을 토해내면서 지시를 내렸다.

"황자마마를 침상에 뉘이게. 폐하와 황후마마의 만금지체萬金之體를 다치게 해서는 안 되니 귀비들은 울음을 그치도록 하시오. 어의들도 물러가게."

나랍씨를 비롯해 고가씨, 왕씨는 부항의 말에 오열을 거뒀다. 이어 건륭과 황후를 향해 예를 갖추고는 물러갔다. 나랍씨는 궁전을 나서자마자 고가씨를 힐끗 훔쳐봤다. 순간 두 쌍의 눈빛이 허공에서 부딪치면서 묘한 여운을 남겼다. 둘은 마치 봐서는 안 될 것을 본 것처럼 황급히 서로의 눈길을 피했다.

"마마!"

부항은 황후 부찰씨에게 예를 올리고는 나지막이 불렀다. 부찰씨는 눈꺼풀만 맥없이 움직이고 몸은 아무런 반응도 없었다. 부항이 다시 용기를 내어 목소리를 조금 높여 불렀다.

"누님! 자식을 잃은 상심이 오죽하겠습니까. 그러나 이대로 주저앉으시면 아니 되옵니다. 누님은 영종 황자의 어머니이시자 천하 중생의 국모시옵니다. 누님께서 비감에서 헤어나지 못하시오면 폐하께서는 또 얼마나 상심이 크시겠사옵니까? 폐하를 위해서라도 일어나셔야 하옵니다. 저도 마음이 갈기갈기 찢어지는 것 같사옵니다……."

부항은 목이 메는지 더는 말을 잇지 못했다. 마침내 부찰씨의 생기 없는 눈에서 커다란 눈물방울이 후드득 떨어졌다. 그녀가 그렇게 말없이 한참 동안 눈물만 쏟아내더니 드디어 짤막한 신음소리와 함께 창백한 입술을 열었다.

"아우……, 눈물을 거두게. 폐하를 위해서라도 굳세게 일어날 테니!"

부항이 가슴을 가시로 마구 찌르는 듯한 비통함을 가까스로 참으면서 다시 위로의 말을 건넸다. 이어 장정옥의 문안 상주문 같은 자질구레한 일은 감히 입 밖에 내지도 못한 채 물러났다. 그러자 건륭이 따라나와 부항을 연훈산관 서재로 데리고 갔다. 둘이 서로 위로의 말을 한참이나 주고받은 다음 건륭이 물었다.

"자네 아들 복강안도 천연두를 앓는다고 들었는데, 지금은 어떠한가?"

부항은 건륭의 비통한 심정을 헤아리고도 남았다. 감히 거의 완쾌됐다는 말을 할 수는 없었다. 결국 사실을 아뢰지 못하고 거짓말로 둘러댔다.

"그 아이도 낙관할 정도는 못 된다고 하옵니다. 내인扵ᄉ이 두신낭낭묘에서 살다시피 하오니 그저 운에 맡기는 수밖에 없을 것 같사옵니다."

"직예 총독의 보고서에 따르면 이번 전염병으로 직예에서만 십만 명이 죽었다고 하네."

건륭이 어두운 얼굴로 한숨을 내뱉었다.

"짐이 사랑하는 영종이도 비껴가지 못했으니……. 후유! 다른 아들들과 격이 다른 아이였지. 태자로 점지하고 있었으니 말일세. 그래도 산 사람은 위로 받아야 하니 늦게나마 작위를 내려 친왕으로 봉해야겠네. 이일은 자네가 직접 나서지 말게. 짐이 기윤과 장정옥에게 어지를 내릴 거네. 그네들이 합의해 시호를 정하고 친왕으로 봉하는 예를 갖추도록 할 것이네. 자네는 알고만 있게."

"예, 폐하! 일곱째황자께서도 구천에서 이를 아신다면 평안히 잠들 것이옵니다."

건륭이 다시 한 번 탄식을 내뱉었다.

"그런 형식적인 말은 그만두게. 황후를 조금이나마 위로해주기 위함이네."

건륭이 뭔가 더 말하려다 도로 입을 다물어버렸다. 사실 그는 누군가가 앙심을 품고 황자에게 천연두를 전염시켰을 것이라는 의심을 떨쳐버릴 수가 없었다. 전례도 없지 않았다. 순치順治 연간에 누군가가 천연두 환자의 옷가지를 궁중으로 들여와 어린 강희를 해코지하려고 시도했던 사건이 있었던 것이다. 더구나 경기京畿 지역을 중심으로 급속히 번져나간 천연두를 막고자 궁중에서는 신중에 신중을 기했다. 그럼에도 미래의 태자는 재앙을 피해가지 못했다. 왕씨와 고가씨는 슬하에 자식이 없으니 일단 혐의에서 제외될 수밖에 없었다. 그렇다면 나랍씨가 수상하다고 해야 했다. 그러나 그녀의 아들 영기永璂 역시 천연두 때문에 사경을 헤매고 있으니 그녀도 아닌 것 같기도 했다. 건륭은 잠깐 동안 몇 사람을 떠올리다 그만 절레절레 고개를 젓고 말았다. 그리고는 부항에게 형식적인 말을 건넸다.

"짐은 벌써 열흘도 넘게 정무를 보지 않았네. 내일부터 다시 일상으로 돌아가야겠네. 정무에 마음을 두면 차라리 잊을 수 있겠지! 자네는 짐이 가장 믿는 신하이자 황친이네. 틈이 나는 대로 자주 황후를 찾아 위로의 말을 해주도록 하게."

"명심하겠사옵니다. 심려를 놓으시옵소서, 폐하!"

"그리 알고 물러가게."

"예, 폐하!"

건륭은 부항이 물러가자 부찰씨가 있는 방으로 갔다. 부찰씨는 내낭이 한 술씩 떠 넣어주는 미음을 반 그릇 가량 비우고 나서 숟가락을 밀어냈다.

"됐다, 일어나 앉게 부축해주렴."

건륭이 황후의 힘없는 목소리를 듣고는 황급히 그녀에게 달려갔다. 동시에 두 손으로 그녀의 어깨를 감싸 안아 도로 뉘였다.

"그대로 누워 있게. 이 마당에 무슨 격식을 갖추려고 그러는가? 편히 누워 우리 얘기나 나누세."

"……"

"……"

건륭과 황후는 그러나 한참동안 눈물을 머금은 두 눈으로 서로를 바라만 볼 뿐 아무 말도 하지 못했다. 얼마 후 건륭이 겨우 입을 열었다.

"황후!"

건륭이 다시 말을 멈추고는 창밖의 하얀 겨울 하늘을 바라봤다. 이어 아득한 곳에서 들려오는 듯한 깊은 목소리로 말했다.

"며칠 전 유통훈과 윤계선이 스스로를 탄핵하는 상주문을 보내왔어. 그 글에 어비를 달면서 자고로 완벽한 사람이 없다는 말이 실감난다고 했었지. 천하를 수중에 움켜쥔 군주에게도 뜻대로 안 되는 일이 있다는 걸 이번에 절실히 느꼈어!"

황후가 다소 마음이 진정된 듯 건륭의 말에 귀를 기울였다.

"유통훈과 윤계선은 어인 일로 스스로를 탄핵하는 상주문까지 올리게 됐사옵니까? 어떤 처벌을 내리기로 하셨사옵니까?"

건륭이 천천히 대답했다.

"적당히 강등 처벌을 내렸어. 황후가 염려할 정도는 아니야. 요즘은 인구가 급격하게 늘어나 성조 때의 두 배도 더 돼. 조정의 세수도 열 배는 늘었고. 가가호호 배불리 먹고사는 소강小康 수준까지는 아니나 당나라 전성기 이래 보기 드문 풍요를 누리고 있는 것은 사실이야.《사고전서》는 편수작업에 착수했고 박학홍유과 시험 준비에도 박차를 가하고 있지. 강도와 도둑떼도 크게 줄어들었고. 이것만 가지고도 성조 때와 비견할 수 있다고 생각해. 문치文治도 이대로 가면 몇 년 후에는 더 좋아질 거야. 가닥은 이미 잡혀졌다고."

건륭이 말을 마치고는 황후의 손등을 가볍게 어루만졌다. 그러더니 짧은 한숨을 내쉬고는 다시 말을 이었다.

"물론 유감스러운 일이 없는 것은 아니야. 무엇보다 빈익빈 부익부 현상이 우려스러워. 번영의 이면에 잠재한 빈곤의 그림자가 짙어가는 것도 큰일이고. 용병用兵도 번번이 좌초되면서 대국의 체면이 구겨지는 것도 속이 상해. 또 황후가……."

황후가 건륭의 말에 깜짝 놀란 듯 반문했다.

"소인 말씀이옵니까?"

"그러네!"

건륭이 황후의 손을 내려놓고는 천천히 고개를 끄덕였다.

"황후에게 미리 말해 두고 싶은 것이 있어. 황후는 아직 젊으니 황자를 생산할 기회가 얼마든지 있어. 하지만 다시 황자가 태어나더라도 태자로 세울 생각은 없어. 적자는 기껏해야 왕으로 봉할 생각이야. 짐이 영종을 태자가 아닌 친왕으로 추봉追封한 이유가 뭔 줄 알아? 짐은 이번에 크게 깨달은 바가 있어. 우리 대청은 태조, 태종 때부터 여태껏 적자가 대통을 이은 경우가 한 번도 없었어. 짐은 영종을 원자元子로 점찍은 바람에 하늘의 뜻을 어긴 것 같아. 그런 측면에서 영련과 영종을 잃은 것은 짐의 책임이라고 할 수도 있어. 그러니 다시는 이런 불행이 우리 두 사람을 괴롭히지 않았으면 해."

황후는 건륭이 말하는 동안 내내 눈을 내리깔고 있었다. 그러다 잠시 건륭이 말을 멈춘 틈을 타 입을 열었다.

"소인을 향한 폐하의 진심에 그저 감격할 따름이옵니다. 하오나 소인은 더 이상 황자를 생산하고 싶은 마음이 없사옵니다. 앞으로 얼마나 더 살지는 모르겠사오나 폐하께서 오봉루五鳳樓에서 열병閱兵하시고, 홍기첩보紅旗捷報를 접하시는 그날까지는 악착같이 살아 있고 싶사옵니다. 지난번 남경을 그림처럼 묘사한 윤계선의 주장을 읽고 마음이 크게 동했사옵니다. 언제 한번 폐하를 모시고 남경 구경을 다녀오고 싶사옵니다."

"아직 젊디젊은 사람이 어찌 그런 말을 하는가!"

건륭이 황후를 나무라듯 말했다.

유소림이 강녕江寧에서 북경으로 달려왔을 때는 한 해도 거의 다 지나가는 연말이었다. 원래 대륙의 북방 백성들은 설을 유난히 중요시했다. 음력 12월 23일에 조신竈神(부엌신)을 보낸 다음부터 빈부를 떠나 집집마다 종규鐘馗(나쁜 귀신을 쫓는 신)의 그림을 붙인다, 연고年糕라 불리는 명절 떡을 만든다, 제육祭肉을 삶는다, 방청소를 한다, 동청수冬青樹

가지를 잘라 내건다 하면서 분주하게 설 준비를 하는 것이 기본이었다.

유소림은 이것저것 연화年貨(설음식)를 사들고 장가만 조설근의 집을 찾았다. 그제야 비로소 조설근의 두 아들이 천연두로 죽었다는 사실을 알게 됐다. 조설근은 식음을 전폐한 채 한 달 동안 침상 신세를 지고 있었다. 그의 눈에 비친 조설근의 상태는 생각보다 심각했다. 신열이 있는 데다 각혈 증세까지 보였다. 그의 집에서 하룻밤을 묵는 것은 예의가 아닐 터였다.

결국 마음이 여린 그는 객잔을 찾아 하룻밤을 묵고는 옥아와 함께 시장으로 나갔다. 향촉香燭을 비롯해 불상, 갖가지 과일과 고기, 땔감 등 설을 쇨 물건들을 한가득 사들였다. 그 사이 유소림의 가족들은 몇 번이나 가인을 보내 빨리 돌아오라고 독촉을 했다. 가인들의 성화에 유소림은 어쩔 수없이 조설근과 작별을 고해야 했다.

"설근!"

유소림이 밖에 가인들을 세워둔 채 조설근에게 가까이 다가가 앉았다. 이어 정이 듬뿍 담긴 어조로 말을 이었다.

"오늘은 그믐날이야. 가인들의 독촉이 불같으니 아무래도 가봐야겠어. 설근 아우는 워낙 똑똑한 사람이니 구태여 내가 잔소리를 안 해도 앞으로 어찌해야 할지 현명한 판단을 내릴 거라고 믿어. 사람은 평생 살면서 다들 이런저런 굴곡을 겪으며 살게 돼 있다고. 내가 보기에 그대는 지금 인생의 밑바닥에 다다른 것 같아. 이제부터는 올라가는 일만 남았으니 용기를 내게. 어제 처음 봤을 때는 무서울 정도로 안색이 안 좋더니 지금은 훨씬 밝아 보여. 원소절이 지나면 친구들이 많이 찾아올 거야."

유소림의 말이 끝나자 조설근이 앙상하게 마른 팔을 이불 밖으로 내밀었다. 유소림이 그 손을 잡자 초점 없는 눈빛으로 쳐다보면서 힘겹게 입을 열었다.

"내 걱정은 말게. 이렇게 와 주니…… 뭐라고 말할 수 없을 정도로 기뻐. 여기는 집사람과 옥아가 있으니 걱정하지 말고 가족들과 즐거운 명절을 보내기 바라네. 날도 춥고 길도 먼데, 친구들에게…… 오지 말라고 전해주게. 내년 봄까지 이 목숨이 끊어지지 않고 살아 있으면 내가 성으로 들어갈 거야. 우리의 도화시사桃花詩社가 이렇게 문을 닫아서는 안 되지."

"알았어! 그리 전할 테니 부디 내년 봄까지 건강을 회복해주기 바라네."

유소림은 다시 한 번 간곡한 당부의 말을 남긴 다음 방경에게 작별을 고했다.

"우리가 가진 것은 없어도 좋은 친구는 꽤 있는 것 같아요."

방경이 유소림에게 사의를 표했다. 그리고는 눈이 펄펄 날리는 길에서서 멀어져 가는 수레를 오래도록 바라보면서 길게 한숨을 내쉬었다.

조설근은 방 안에 누워 있으면서도 방경이 하는 말은 다 듣고 있었다. 그 역시 그렇다고 생각했다. 바로 그때였다. 갑자기 이유 없이 가슴이 답답해졌다. 곧이어 온 몸을 몇 번이나 으슬으슬 떨었다. 마치 알몸으로 눈밭에 내던져진 것 같은 느낌이었다. 그는 온 힘을 다해 몸을 일으키려고 버둥거렸으나 그럴 힘이 없었다. 뭔가 말을 하려고 입술을 움찔거렸으나 입조차 벌리지 못했다.

순간 그는 눈앞의 모든 것이 흐릿해지기 시작했다. 벽에 붙어 있는 귀신을 쫓는 그림, 책상 위에 있는 붓과 벼루, 창밖의 눈 쌓인 백양나무, 심지어 명절 준비를 하느라 바쁘게 돌아다니는 방경과 옥아의 뒷모습까지 모두 뒤섞여 눈앞에서 빙글빙글 돌기 시작했다. 급기야 그의 입에서 가벼운 탄식소리와 함께 흐릿한 한마디가 새어나왔다.

"너무 추워."

이것이 그가 이승에서 남긴 마지막 말이었다. 얼마 후 범음사梵音寺의 종소리가 긴 여운을 남기면서 멀어져갔다. 그와 때를 같이 해 요행으로 천연두의 위험에서 벗어난 마을의 조무래기들이 거리로 뛰쳐나왔다. 그리고는 떠들썩한 폭죽소리와 함께 새해를 맞이했다.

〈2부 「석조공산」 끝, 3부 7권에 이어집니다〉